www.tredition.de

AF186030

www.tredition.de

Renato Viola

Mein sensationeller Riesengewinn

Geschichten und Erlebnisse
eines Euro Millions Multimillionärs

Roman

www.tredition.de

© 2016 Renato Viola

Verlag: tredition GmbH, Hamburg

ISBN
Paperback: 978-3-7345-5862-7
Hardcover: 978-3-7345-5863-4
e-Book: 978-3-7345-5864-1

Printed in Germany

www.tredition.de

Felice Utopian, der Protagonist dieses Buches, lebt mit seiner Frau und den drei Kindern ein glückliches, sorgenfreies Leben. Doch es kommt trotzdem zur Scheidung und Felice orientiert sich neu.

Einige Monate vor seinem fünfzigsten Geburtstag wird ihm wegen wirtschaftlichen Überlegungen bei der Arbeitsstelle Kurzarbeit oder Stellenwechsel nahegelegt.

Felice Utopian wird durch Plakate auf einen hohen Jackpot bei Euro Millions aufmerksam und versucht sein Glück.

Und er gewinnt – viele Millionen.

Er geniesst mehrere Wochen seinen Reichtum an der Côte d'Azur und in Australien.

Eines Tages aber beschliesst er, aus seiner Sicht sinnvoll mit dem vielen Geld umzugehen und Philanthrop, also ein Wohltäter, zu werden.

Er lernt verschiedene Leute kennen, welche er finanziell unterstützt. Dass dies nicht immer einfach ist, das hat er sich nicht gedacht.

Wie das Leben so spielt, lernt er eine reizende, wohlhabende Frau kennen. Mit ihr macht es doppelt Spass, Leute zu unterstützen, auch, weil sie seine Lebenspartnerin wird.

Dies ist eine frei erfundene Geschichte und alle Personen entspringen der Fantasie des Autors.

Alle Fehler in diesem Buch gehen zu Lasten des Autors.

Viel Spass beim Lesen und viel Glück im Leben.

Für Lucia, Salvatore und Claudio

Glückliche Momente können wir erleben

- wenn wir dankbar und bescheiden sind

- bei sportlicher Betätigung

- wenn wir Genuss mit allen Sinnen empfinden

- mit einer optimistischen Grundeinstellung

- wenn wir unser Glück selber in die Hand nehmen

- bei interessanter beruflicher Tätigkeit und Erfolgserlebnissen

- wenn wir freundlich sind und das Gegenüber ebenso reagiert

- wenn wir etwas verlieren und wiederfinden

- bei einem unerwarteten Geldzuwachs

Prolog

Einige Jahre vorher

Ein Samstagnachmittag

Am Himmel hat es nur vereinzelte Wolken und es ist wunderschönes Frühlingswetter bei angenehmen Temperaturen. Wir sitzen im Garten unseres bescheidenen Einfamilienhauses und geniessen die Ruhe und die Wärme.
Wir erfrischen uns mit kühlen Getränken, selbstgemachtem Eistee oder auch mit Kaffee
Wir, das sind meine Frau Silvia, unsere drei schulpflichtigen Kinder, Massimo, Elena, Tabea und ich.
Carmen, die Schwester von Silvia, Gotte von Elena, mit Ehemann Christof und Tochter Anna und mein Bruder Ernesto, Götti von Elena, mit seiner Frau Sara sind auch da.
Zur Familie gehört auch Buddy, unser Labrador.
Wir sind insgesamt zehn Personen und haben zusammen gebruncht, das »Zmozmi«, Zmorgenzmittag, eingenommen.
Es herrscht eine entspannte Stimmung. Wir haben uns einiges zu erzählen und lachen auch viel.
Mit Menschen zusammen zu sein, mit denen ich lachen kann, richtig herzhaft lachen, das liebe ich ausserordentlich.
Mittlerweilen haben sich drei Grüppchen gebildet.
Die Kinder, Frauen und Männer sind unter sich.
Elena feiert heute ihren 11. Geburtstag. Sie freut sich schon seit längerer Zeit auf dieses Fest. Massimo ist ein Jahr älter als Elena und Tabea ein Jahr jünger.
Im Verlaufe des Nachmittages werden ihre Freundinnen und weitere Gäste kommen, dann wird es mit der momentanen Ruhe vorbei sein.
Auch Massimo und Tabea dürfen ein paar Freunde einladen.
Insgesamt werden sich in zwei bis drei Stunden etwa dreissig Personen im Garten und Haus aufhalten. Wir haben es

uns angewöhnt, die Kindergeburtstage um ca. 15:00 zu beginnen.

Silvia hat wie immer bei Kindergeburtstagen alle Hände voll zu tun. Sie ist die perfekte Gastgeberin, im Gegensatz zu mir. Das Planen, Organisieren und Einkaufen beherrscht sie perfekt.

Silvia weiss nicht nur, was zu tun ist, sie macht es auch. Carmen, ihre Schwester hilft ihr dabei.

Mit einem kühlen Glas Bier lasse ich es mir gut gehen und bereite mich innerlich auf die nächsten, eher lärmigen Stunden vor. Ich liebe es, die Beine hochzulagern und mich zu entspannen. Hektik und geschäftiges Treiben sind nicht mein Ding.

»Schatz, komm zu mir und setz dich«, rufe ich Silvia zu. Sie ist von der Küche in den Garten unterwegs. Ein ständiges Hin und Her.

»Jetzt nicht, vielleicht später. Jemand muss doch alles parat machen.«

»Mach jetzt einen Moment Pause, danach helfe ich dir gerne.«

»Ich habe wirklich keine Zeit. Ich möchte endlich fertig werden.«

Weil ich ihr liebend gerne zur Hand gehen möchte, stehe ich auf und versuche mich nützlich zu machen.

»Silvia, was kann ich dir helfen?«

»Felice, bleib sitzen, du kannst mir später beim Aufräumen helfen, Carmen hilft ja schon.«

Das lasse ich mir nicht zwei Mal sagen.

Ernesto und Christof machen mit den Kindern Gesellschaftsspiele.

Mein grosser Auftritt kommt später, wenn es ums Grillieren geht.

In der Küche hole ich mir ein weiteres Bier aus dem Kühlschrank und bin in ausgeglichener Stimmung. Mein Gesicht wende ich der Sonne zu.

Nach und nach treffen die kleinen und grossen Gäste ein und ich als Herr des Hauses übernehme es, alle zu begrüssen, da Silvia noch beschäftigt ist. Die Geräuschkulisse wird immer lauter, je mehr Leute versammelt sind.

Auf dem Geschenktisch stapeln sich die bunt eingepackten Schachteln.

Ich beobachte Elena und auch Massimo und Tabea. Alle drei haben das herzliche Wesen ihrer Mutter geerbt. Sie haben stets ein Lächeln im Gesicht.

Mir wird einmal mehr bewusst, wie glücklich ich bin. Habe ich nicht eine tolle Frau und drei grossartige Kinder? Wie habe ich das verdient?

Wir sind eine Bilderbuchfamilie. Dafür, dass wir von ernsthaften Krankheiten, Unfällen und anderen Schicksalsschlägen bisher verschont wurden, bin ich sehr dankbar. Und ich hoffe, dass es immer so bleibt.

Man liest in den Zeitungen ja Vielerlei.

Seit Jahren ist es bei uns Usus, dass die Geschenke möglichst früh ausgepackt werden, damit das Geburtstagkind auch etwas davon hat, bevor es ins Bett muss.

Silvia kommt mit einem selbst zubereiteten Geburtstagkuchen an unseren Tisch. Elf brennende Kerzen stecken im Kuchen. Voller Vorfreude steht Elena mit gerötetem Gesicht zwischen Silvia und mir.

»Blas die Kerzen aus und wünsch dir etwas«, höre ich Silvia sagen.

Elena atmet tief ein und bläst alle Kerzen auf einmal aus.

Alle Anwesenden klatschen und gemeinsam singen wir: »Happy birthday.«

Elena singt auch mit.

Für die Kleinen gibt es Kuchen, Sirup und kalte Schokolade. Für uns Erwachsenen Kuchen und Kaffee.

Bald einmal ist es nach dem Programm von Silvia Zeit, um die Geschenke zu öffnen. Elena geht zum Tisch, auf dem alle ihre Geschenke liegen.

Insgesamt sind es etwa fünfzehn kleinere und grössere Geschenke, die Elena in den nächsten Minuten öffnet.

CD`s, DVD`s, und was weiss ich nicht alles hat sie bekommen.

Von Silvia und mir erhält sie ihr erstes Handy. Die Freude ist riesengross. Innert kurzer Zeit hat sie gemeinsam mit Massimo etliche Nummern auf ihrem Handy gespeichert und auch ihre Nummer wird ihren Freundinnen weitergegeben.

Zum Schluss wird der Klingelton eingestellt.

An allen Tischen geht es fröhlich zu und her. Es wird geredet und gelacht.

So vergeht die Zeit schnell um. Auch das Wetter bleibt stabil.

Ein Blick auf die Uhr sagt mir, dass es Zeit ist, mich meiner eigentlichen Aufgabe als Gastgeber zu widmen, dem Grillieren.

Wir haben seit etwa zwei Wochen einen neuen Elektrogrill, den ich schon zwei Mal benutzt habe. Ich drücke auf die Ein Taste und warte ein paar Minuten, bis er die Betriebstemperatur erreicht hat.

In der Zwischenzeit machen Silvia und Carmen das »Drum herum« parat. Sie decken die Tische neu, bereiten den Salat fertig zu, stellen weitere Getränke auf die Tische und vieles mehr. In der Küche hole ich das Grill Fleisch, welches Silvia vorbereitet hat. Silvia ist sehr gut im Würzen, dafür kann ich besser grillieren.

Die meisten sitzen an den Tischen und unterhalten sich. Ich lege probeweise ein Stück Fleisch auf den Grill, welcher die richtige Temperatur hat. Also fülle ich den Grill mit Fleisch und unterhalte mich mit Christof.

»Felice, das Fleisch brennt an«, höre ich Silvia sagen. Schnell drehe ich den Temperaturschalter etwas zurück und wende alle Fleischstücke. Noch mal alles gut gegangen, denke ich.

Auch beim zweiten Mal, als ich weitere Fleischstücke grilliert habe, war ich mit Christof zu sehr im Gespräch, so dass mich Silvia wieder auf das dunkel werdende Fleisch aufmerksam machen musste. Aber Dank ihrer Mithilfe ging alles nochmal gut.

Nach dem Essen habe ich Silvia versprochen, dass ich das nächste Mal, wenn wir wieder Gäste haben werden, ganz sicher beim Aufräumen helfen werde.

Ich verstehe nicht ganz, wieso sie mich so komisch angeschaut hat. Christof und ich hatten wirklich ein sehr interessantes Thema zu besprechen.

»Mama, Papa, das war das schönste Geburtstagsfest, welches ich feiern durfte. Danke vielmal für alles! Danke Papa fürs Grillieren.«

Nach und nach verabschieden sich alle kleinen und grossen Gäste.

Ramona, die beste Freundin von Elena, schläft diese Nacht bei ihr im Zimmer.

Lange hören wir sie lachen und kichern.

Bevor ich ins Schlafzimmer gehe, frage ich Silvia, ob ihr der Tag gefallen habe und ob es angenehm gewesen sei, nicht kochen zu müssen, da ich ja grilliert habe.

Silvia schaut mich an, als ob ich in einer fremden Sprache reden würde. Sie schluckt dann zwei Mal leer und nickt mit dem Kopf.

»Ja, lieber Schatz, das hast du hervorragend gemacht. Was würde ich nur ohne dich machen.«

Wenn nur dieser sarkastische Tonfall nicht wäre.

Beim zu Bett gehen sehe ich auf unserer Bettdecke einen Zettel.

Darauf steht, von Elena geschrieben: »Liebe Mom, lieber Daddy, ihr seid die liebsten Eltern der Welt. Ich habe euch sehr lieb. Lena.«

Den Zettel lege ich auf das Kopfkissen von Silvia, damit sie ihn auch lesen kann.

Es wird noch einige Zeit dauern, bis Silvia auch ins Schlafzimmer kommt, da sie in der Küche mit dem Aufräumen und dem Abwasch beschäftigt ist.

Mein Gedanke dazu:
»Wer Liebe sät, wird Freude ernten«

Irgendein Tag im November

Einige Monate vor dem Gewinn

Es ist dunkel in meinem Schlafzimmer, sehr dunkel und sehr ruhig. Doch die Stille wird plötzlich gestört. Der Radio Wecker läutet und weckt mich. Er läutet nicht wirklich, es ist ein das Musikstück eines nationalen Radiosenders, das welches langsam immer lauter wird. »Wake me up, bevore you go go« tönt es aus dem Lautsprecher.
»Left my sleepimg in my bed, i was dreaming ... « höre ich Wham singen.
Es ist also schon wieder 06:45 Uhr. Zeit zum Aufstehen.
Ich schätze es sehr, wenn am frühen Morgen das Radio gute Laune verbreitet mit aufgestellter Musik oder durch die Radiomoderatoren. Da fängt der Tag doch schon mal positiv besetzt an!
Eigentlich habe ich, wie schon seit einiger Zeit, noch lange keine Lust zum Aufstehen. Ich würde viel lieber liegen bleiben, etwa noch zwei bis drei Stunden. Noch lieber aber vier Stunden. Wäre das schön.
Aber eben. Fünf Mal in der Woche werde ich frühmorgens vom Radio Wecker geweckt, Montag bis Freitag, wie vielen Durchschnittsschweizern geht es mir so.
Ich finde es unnatürlich, dass man vom Wecker geweckt werden muss, ich fände es angenehmer, dann aufzustehen, wenn man sich ausgeschlafen fühlt.
Manche Leute sind Frühaufsteher und andere Langschläfer.
Ein Frühaufsteher bin ich sicher nicht.
Wenn es nach mir ginge, würden die Arbeitszeiten vermehrt den Bedürfnissen der Arbeitnehmer angepasst. Das bedeutet, dass jeder am Morgen mit dem Arbeiten beginnen könnte, wann er Lust hätte. In der Zeitspanne zwischen 07:00 bis 10:00 Uhr. Also ich wäre meistens erst kurz vor 10:00 an der Arbeitsstelle. Aber leider ist dem nicht so. Mein Arbeitstag beginnt um 08:00. In 75 Minuten muss ich am Arbeitsplatz sein.
Also raus aus dem Bett.

Samstag und Sonntag kann ich ausschlafen, was ich natürlich auch jeweils tue. Das ist herrlich. Am Wochenende stehe ich in der Regel nicht vor 09:30 Uhr auf. Dann stelle ich auch ganz sicher freiwillig keinen Wecker und das Telefon bleibt auch ausgeschaltet. Ich ziehe den Stecker am Freitagabend raus und erst am Samstag gegen 10:00 stecke ich ihn wieder rein.

Gestern Donnerstagabend wurde es wieder einmal spät. Aber nein, nicht gestern Donnerstag sondern heute Freitag früh, also gegen 01:30 Uhr ging ich ins Bett.

Gähnend stehe ich auf, strecke und recke mich, öffne die Vorhänge und drehe die Storen nach oben. Ich schaue aus dem Fenster, es ist immer noch dunkel draussen. Heute wird wieder ein angenehmer Tag werden, die Anzeichen stehen gut.

Von meinem Schlafzimmerfenster im 4. Stock eines Mehrfamilienhauses sehe ich auf weitere Wohnblöcke des Wohnquartiers.

Seit Anfang Oktober dieses Jahres lebe ich in der Wohnanlage mit vier fünfstöckigen Häusern. Also erst seit ein paar Wochen.

Alle vier Mehrfamilienhäuser haben den gleichen Grundriss. In jedem Haus wohnen 25 Parteien und insgesamt sind es somit 100 Wohnungen, in denen vor allem Familien wohnen.

Für meine 2 ½ Zimmer Wohnung bezahle ich monatlich 1380.- CHF, exklusive Nebenkosten. Als Gegenwert erhalte ich 78 m^2 Wohnfläche und etwa 12 m^2 Balkonfläche. Es gibt ein Wohnzimmer, ein Schlafzimmer, ein Badezimmer, einen Kochbereich und wie gesagt, einen kleinen Balkon.

Zur Wohnung gehören ein Keller und die Möglichkeit, in einem der drei Waschküchen mit Tumbler zwei Mal monatlich die Wäsche zu waschen.

Die Tiefgarage bietet Platz für viele Autos der Wohnsiedlung. Es gibt noch einen gemeinsamen Aussenparkplatz für die Bewohner und Besucher. Da ich mir ein Auto nicht mehr leisten möchte, brauche ich keinen Parkplatz.

Die 2 ½ Zimmer Wohnung ist seit meinem Einzug immer noch mehrheitlich mit dem Nötigsten eingerichtet. Wie gesagt, ich wohne noch nicht lange hier.

Ich habe verschiedene Möglichkeiten, zu meinem Arbeitsplatz zu kommen. Mit dem Bus, mit Bus und Zug oder mit dem Velo.

In der Nähe meiner Wohnung befindet sich eine Bushaltestelle, welche ich in wenigen Minuten bequem erreiche. Mit dem Bus alleine habe ich ohne Umsteigen 22 Minuten bis ganz in die Nähe meines Arbeitsplatzes. Mit Bus und Zug sind es 12 Minuten und mit dem Velo habe ich für die 4.5 km. etwa 15 Minuten Fahrzeit auf direktem Weg.

Ich habe mir vorgenommen, je nach Wetter und Lust und Laune vom Frühling bis Herbst vor allem mit dem Velo zur Arbeit zu fahren.

Das Mittagessen nehme ich nicht zu Hause, sondern jeweils mit Arbeitskollegen in einem anderen Restaurant in der Nähe meines Arbeitsplatzes ein, wenn ich nicht im Aussendienst bin, was ja viel vorkommt.

Abends, wenn ich von der Arbeit in mein Zuhause komme, ziehe ich bequeme Kleider an und erkunde die Gegend.

Es ist sehr schön, hier zu wohnen. Mir gefällt auch, dass sich nur wenige 100 Meter nördlich der Zugersee befindet.

Es hat diverse Einkaufsmöglichkeiten in der näheren und weiteren Umgebung, Migros, Coop, Denner und wie sie alle heissen und beim Bahnhof den üblichen Coop pronto.

Eine Poststelle, zwei Bankfilialen, diverse Fachgeschäfte, Restaurants und mehrere Bushaltestellen.

Alles was das Herz begehrt.

Dazu kommen etliche Sportmöglichkeiten, sei es der Vita Parcours, das Schwimmbad, der Fussballplatz und viele Rad- und Wanderwege.

Ich lebe in einer richtigen Kleinstadt mit allem Drum und Dran, mit weniger als 10`000 Einwohnern.

Es ist aber auch ein richtiges vorstädtisches Naherholungsgebiet. Die Distanz zum Kantonshauptort beträgt zwar nur wenige Kilometer Luftlinie und trotzdem fühle ich mich wie auf dem Lande. Es hat Wälder, Wiesen, Felder, einen Fluss und wunderschöne Wanderwege. Da ich mich gerne in der Natur aufhalte, ist es für mich optimal, hier zu wohnen. Ich werde joggen, wandern und Velo fahren, ein ideales Trainingsgebiet.

Und doch tue ich mich schwer. Die Scheidung von Silvia, meiner Ex Frau ist zwar schon vor mehr als einem Jahr gewesen, doch sie hinterlässt Spuren. Sie fehlt mir. Und meine Kinder fehlen mir. Was heisst hier Kinder, sie sind mittlerweile alle drei erwachsen.

Ich habe mich noch nicht so recht daran gewöhnt, alleine zu leben. Jahrelang waren wir zu fünft, da war Leben im Haus.

Vor ein paar Jahren hätte ich mir nicht vorstellen können, dass ich einmal alleine in einer 2 ½ Zimmer Wohnung leben werde. Dass ich den Haushalt selber erledigen muss, Wäsche waschen, einkaufen, kochen und putzen. Und vieles andere mehr.

Vor ein paar Jahren da waren wir wie gesagt zu fünft. Ich, Silvia und die drei Kinder. Nach dieser Zeit sehne ich mich, aber das Rad der Zeit kann man bekanntlich nicht zurückdrehen.

Nachdem ich mich ausgiebig gereckt und gestreckt habe, gehe ich ins Badezimmer zur Morgentoilette, doch vorher stelle ich den Wasserkocher an. Ich bin Teeliebhaber.

Bald sitze ich am Tisch und nehme zum Tee zwei Scheiben Vollkornbrot, welche ich mit Margarine und einheimischem Honig bestreiche. Ich habe es nicht gerne, wenn die Butter hart ist. Am Abend stört es mich weniger, da kann ich die Butter weich werden lassen, da habe ich etwas länger Zeit.

Es hat eine Bäckerei in der Nähe, dort besorge ich mir mein Brot. Ich liebe es sehr, den Tag mit Vollkornbrot, Honig und Tee zu beginnen.

Bald einmal geht es mit dem Velo zur Arbeit.

Im Sommer fahre ich, wie schon erwähnt, meistens mit dem Velo zur Arbeit, aber wenn ich keine Lust habe, auch mit dem Bus. Die Haltestelle ist ganz in der Nähe meiner Firma. Leider kommt es immer wieder mal vor, dass ich mit dem Bus fahre. Mir fehlt öfters die Lust dazu, mit dem Velo zu fahren, mit dem im Alter werde ich bequemer. Von meinem früheren Wohnsitz bin ich sehr viel mit dem Velo unterwegs gewesen. Bei jedem Wetter und jeder Tageszeit. Jahrelang habe ich das gemacht, mit dem Velo zur Arbeit und zurückfahren. Manchmal habe ich abends noch mehrere Kilometer lange Umwege gemacht, um den Kopf durchzulüften und dem Körper Bewegung zu gönnen. Die Jahreszeiten habe ich genossen, meine Kondition und meine Freiheit, zu fahren, wo und wie lange ich wollte.

Ich denke dabei auch an die Velotouren, die ich mit meinen Freunden unternommen habe, all die Passfahrten, so streng sie auch waren, wie habe ich das genossen. Die Überwindung des »inneren Schweinehundes«, meine Grenzen kennen zu lernen. Jeder, der das nicht machte, war für mich ein Warmduscher, ein Weichei oder wie auch immer man das nennt.

Heute bin ich ein Warmduscher, ein Bequemer. Mir soll es recht sein. Ich frage mich immer wieder, von wo woher ich all die Energie hatte. Früher, vor einigen Jahren.

Es ist jetzt 07:20. In 15 Minuten bin ich gemütlich beim Bahnhof Zug. Dort stelle ich mein Velo ab. Beim Bahnhof gibt es sehr viele Velo Abstellplätze und so finde ich immer wieder einen freien Platz.

Vom Bahnhof bis zur Arbeitsstelle laufe ich meistens. Es ist interessant, sich mit dem Strom von Menschen treiben zu lassen, welche ihre Arbeitsstellen oder Schulräume vom Bahnhof aus aufsuchen. Ich beobachte sehr gerne Leute und stelle mir auch vor, was sie tun und wo sie den Tag verbringen werden.

Von Montag bis Freitag gehe ich also meiner Tätigkeit nach.

Beruflich bin ich seit Jahren Angestellter einer Firma in Zug. Wir sind ein Team von sechs Leuten und manche arbeiten Teilzeit, insgesamt haben wir 540 Stellenprozente besetzt. Wir haben unseren »Hauptsitz« nicht allzu weit vom Bahnhof entfernt. Es ist ein Familienbetrieb. Der Seniorchef hat sich aus dem Tagesgeschäft zurückgenommen und sein Sohn, Hr. Frei Thomas, ist jetzt der Chef.

Als Angestellter im Aussendienst halte ich mich nicht allzu viel im Hauptsitz auf. Wir haben dort unsere regelmässigen Besprechungen und Arbeitsplanungen.

An der heutigen Besprechung informiert uns der Juniorchef, Herr Frei, dass wir zurzeit wegen dem tiefen Frankenkurs wenig Aufträge haben und dass es nicht so aussieht, als würde sich die Auftragslage verbessern. Weiter eröffnet er uns, dass er dadurch ab übernächster Woche Kurzarbeit einführen müsse.

Nach der Besprechung der Arbeitseinsätze bittet Hr. Frei meine Kollegin Verena Egli und mich in sein Büro.

Er eröffnet uns, dass ab nächsten Januar, wie an der Sitzung vorher mitgeteilt, nicht für alle genügend Arbeit vorhanden sei. Da die anderen vier Mitarbeiter Familie haben und wir beide keine zu unterstützenden Angehörigen, erklärt er uns, dass diese bevorzugt weiterarbeiten können. Schweren Herzens teilt er uns mit, dass er für uns zwei, sollte sich die Situation nicht wesentlich verbessern, erst ab März, wenn überhaupt, Arbeit habe. Meine bisherigen Aufgaben werde er einem meine Arbeitskollegen übergeben.

Er lässt es uns offen, ob wir uns als Arbeitslose melden oder als Alternative unbezahlten Urlaub machen und eine neue Arbeitsstelle suchen wollen. Da alles so plötzlich kommt, entscheide ich, dass ich mir eine Bedenkzeit nehmen werde.

Ein paar Tage später

Das vergangene Wochenende habe ich mir ausgiebig Zeit genommen und mir die berufliche Situation reiflich überlegt. Ich werde auf das Angebot des Juniorchefs eingehen und ab jetzt bis Mitte Januar im folgenden Jahr die nächsten Wochen unbezahlten Urlaub machen. Ich teile dies meinem Chef so mit. Mitte Januar haben wir den nächsten Besprechungstermin abgemacht um zu schauen, wie er mich unterstützen kann. Wie es dann weitergeht, werden wir sehen. Schauen wir mal!

Mein Gedanke dazu:
»Es ist - wie es ist und es kommt - wie es kommt«

Zu meiner Person

Ich habe mich Ihnen noch gar nicht vorgestellt.
Liebe Leserin, lieber Leser, immer wieder werde ich Sie persönlich ansprechen.
Nun also zu meiner Person.
Name: Felice Utopian, Alter: 49 Jahre. Bei einer Grösse von 1.86 m wiege ich 78 kg.
Mein BMI beträgt somit 22.5. Damit bin ich nun wieder zufrieden. Mein Bauchumfang beträgt exakt 91 cm.

Vor etwa 2 Jahren war ich 95 kg schwer und der BMI betrug 28. Das war eindeutig zu viel und so habe ich nebst dem, dass ich Gewicht abgenommen habe, auch den Bauchumfang reduziert. Ich kann Ihnen versichern, dies ist eine Wohltat und es hat sich gelohnt.
Doch dazu später.

Wie erwähnt, habe ich drei Kinder, einen Sohn, Massimo, 23 Jahre alt, zwei Töchter, Elena, 21 Jahre und Tabea, 20 Jahre alt. Ich bin riesig stolz auf die drei.
Mein Ziel war es jahrelang, dass alle drei gesund zwanzig Jahre alt werden und eine Berufsausbildung oder ein Studium absolvieren.
Dieses Ziel haben Silvia und ich bei allen drei erreicht.
Ich bin, wie schon erwähnt, seit einiger Zeit geschieden.
Leider.
Vor 28 Jahren habe ich Silvia, meine Ex Frau, kennen gelernt. Es war Liebe auf den zweiten Blick. Silvia und ich sind beide 49 Jahre alt, ich wurde im März und sie im September geboren.
Vor mehr als 27 Jahren haben wir geheiratet, da waren wir beide 22 Jahre alt.
Wir wurden nach mehr als 24 Ehejahren geschieden. Ich wollte eigentlich die silberne Hochzeit mit ihr und den Kindern feiern, dazu hat es aber leider wegen fünf Monaten nicht mehr gereicht. Die Hälfte meines Lebens war ich dazumal mit ihr verheiratet.

Die Scheidung fand etwas mehr als eineinhalb Jahren vor meinem Euro Million Gewinn statt.

Wir sind im Frieden auseinandergegangen und sind heute sogenannte Freunde. Es gibt sie also doch, Geschiedene, die nachher noch einigermassen gut miteinander auskommen. Vermutlich hat dies auch damit zu tun, dass ich sie und unsere Kinder nicht um jeden Preis festhalten wollte.

Ich habe mir gedacht, wenn ich loslasse geht es mir und ihnen danach besser. Es war aber gar nicht so unkompliziert, wie es jetzt tönt. Manches Mal hatte ich den Telefonhörer in der Hand und habe ihn wieder aufgelegt.

Der Scheidungsgrund war, dass ich zu wenig Zeit hatte und der andere mehr als genug. Und auch viel mehr Geld. Wobei, sie hat mir eigentlich nie gesagt, ob das der Hauptgrund war.

Aber lassen wir das, es spielt ja keine Rolle mehr.

Der Riesen Gewinn kam absolut zur rechten Zeit, da ich nach der Scheidung nach kurzer Zeit mehrere Anzeichen einer Erschöpfung, oder Neudeutsch Burnout, bei mir feststellen konnte.

Nachts konnte ich schlecht schlafen, damit meine ich, ich schlief sehr schlecht ein und war auch früh wieder wach. Dann lag ich meist lange Zeit wach im Bett und viele Gedanken gingen mir durch den Kopf. Ich fühlte mich als Versager. Die Lebensqualität ging in den Keller. Ich fühlte mich lustlos, der Antrieb war fast auf dem Nullpunkt und meine Batterie ebenso. Ich hatte keine Ahnung, wie ich die Batterie wieder auffüllen konnte.

Ich funktionierte nur noch. Wie sollte das weitergehen?

Mein Hausarzt empfahl mir, Ferien zu machen, aufzutanken, mehr Sport zu treiben, unter Leute zu gehen und am Schluss gab er mir ein Rezept mit. Ich habe es in mein Portemonnaie gesteckt und dort war es dann mehrere Wochen lang.

Das einzige, das ich gemacht habe, war Wanderungen zu unternehmen. Ausgedehnte Wanderungen. Alleine oder jeweils mit einem Freund oder mehreren Freunden.

So habe ich meine Ferien als Wanderferien geplant. Am Computer habe ich mir vorher Mehrtagewanderungen zusammengestellt. Am Sonntag ging es jeweils los und am Donnerstag, spätestens Freitag hatte ich genug. Ich bin nicht der Typ, der sich über mehrere hundert Kilometer abquälen mag. In fünf / sechs Tagen etwas mehr als hundert Kilometer zu wandern, sind das höchste meiner Gefühle, das reicht.

Persönlich kann ich es nicht nachvollziehen, dass es Menschen gibt, die mehrere hundert Kilometer in ein paar Wochen wandern oder pilgern. Das wäre mir viel zu anstrengend. Da habe ich grossen Respekt vor deren Leistungen.

Liebe Leserin, lieber Leser, ich kann es Ihnen nur empfehlen, solche Wochen- oder Mehrtagewanderungen zu unternehmen, wie ich es gemacht habe. Der Aufenthalt an der frischen Luft und an der Sonne hat meine Stimmungslage markant verbessert. Das jeweilige Wetter hat mich nun nicht wirklich interessiert, mir war jedes Wetter recht. Wobei, Sonnenschein hatte ich viel lieber als Regen.
Das Zurückgeworfen werden auf mich hatte eine reinigende Wirkung.

Am liebsten habe ich Seenwanderungen gemacht. Am Ufer entlang. Wobei ich sagen muss, dass sehr viele Ufergebiete in der Schweiz in Privatbesitz sind. Das habe ich vorher auch nicht so bewusst bemerkt.
Wenn Sie eine »Wanderung rund um einen See« planen sollten, berechnen Sie genügend Zeit ein. Ich habe manches Mal am Ufer verweilt. Die Zeit spielte keine Rolle, da ich ja Ferien hatte. Ich habe mich gemütlich auf eine Bank gesetzt und dann kamen sehr viele Gedanken und Fragen auf.
Fragen nach dem Lebenssinn.
Jetzt, da ich geschieden bin und die Kinder erwachsen und ausgeflogen sind. Welchen Sinn macht denn so ein Leben noch?

Ich habe mir jeweils Notizen gemacht und sie nach den Ferien geordnet. Diese Form von Tagebuch schreiben hatte eine therapeutische Wirkung auf mich.
Es war eine Art positives Tagebuch. Ich habe mir nur positive Ereignisse aufgeschrieben. Auch Kleinigkeiten.

Aber, wo bin ich stecken geblieben, ah ja, bei meinem Burnout, der Erschöpfung nach der Scheidung.
Das wünsche ich meinem ärgsten Gegner nicht.
Burnout – ausgebrannt, genau so fühlte ich mich je länger je mehr. Ich hatte in erster Linie einen Arbeitsüberdruss und konnte mich nicht mehr richtig entspannen.

Etwas weiter vorne habe ich geschrieben: Der Riesengewinn kam absolut zur rechten Zeit.
Ich möchte aber auf gar keinen Fall den Eindruck erwecken, als ob viel Geld eine beginnende oder bestehende Krankheit verbessern könnte.
Nein, gar nicht.
In meinem speziellen Fall war es aber so, dass ich mir Aufenthalte an Orten leisten konnte, an denen ich mich wohl fühlte.

Doch darauf komme ich später noch zu sprechen.

Mein Gedanke dazu:
»Ich bin der ich bin«

Der sensationelle Riesengewinn

Ein Dienstagvormittag Anfang Januar

Seit langer Zeit habe ich es mir zur Gewohnheit gemacht, in den ersten Tagen eines neuen Jahres das vergangene Kalenderjahr Revue passieren zu lassen.
Während und nach dem Frühstück lasse ich meinen Gedanken freien Lauf.
Das Hauptereignis des letzten Jahres aus persönlicher Sicht ist sicher das Gespräch am Arbeitsplatz mit Hr. Frei, in dem er meiner Kollegin Verena Egli und mir in seinem Büro mitteilte, dass vermutlich für einige Zeit nicht für alle genügend Arbeit vorhanden ist.

Er hat offen gelassen, dass wir uns als Arbeitslose melden oder als Alternative unbezahlten Urlaub machen und eine neue Arbeitsstelle suchen können. Ich habe mich für den unbezahlten Urlaub bis Mitte Januar Jahr entschieden. Wir haben einen weiteren Termin abgemacht, der bald fällig ist. In nächster Zeit sollte ich ihm Bescheid geben. Ich überlege mir, mich mit diesem Thema heute Nachmittag bei einem Winterspaziergang zu beschäftigen. Ich bin der Auffassung, dass ein kühler Kopf besser denken kann.

Nachmittags, kurz nach 15.00.

Es ist kaltes Winterwetter, es schneit und windet. Ich habe mir während des ausgiebigen Spazierganges den Kopf zerbrochen, wie ich meine berufliche Situation verbessern kann, aber mehr als Stellenangebote zu studieren kann ich im Moment wohl nicht machen, rede ich mir ein. Zu einem wirklichen Resultat bin ich leider noch nicht gekommen. Ich lege mich so fest, noch im Verlaufe dieser Woche mit Hr. Frei zu reden.
Nun bin ich auf dem Heimweg und gehe wie schon manches Mal zu meinem Bahnhofkiosk. Auf grossen Plakaten wird verkündet, dass im Euro Millions im Super Jackpot

120 Millionen zu gewinnen sind. Diese Plakate sind mir heute auch wieder aufgefallen.

Ich gehe also zum Kiosk und in einer plötzlichen Eingebung kaufe ich mir mit einem Einsatz von 15.- CHF einen Euro Millions Spielschein.

Das liest sich jetzt so, als ob ich Geld übrig hätte. Wie Sie bereits erfahren haben, steht es mit dem Finanziellen nicht zum Besten, aber es könnte noch viel schlimmer sein.

Seit Tagen sehe ich bei den Kiosken den Aushang, dass es im Euro Millions so viel Geld zu gewinnen gibt.

Lotto, oder besser gesagt, Euro Millions spiele ich nur, wenn sich mindestens 50 Millionen Euro im Jackpot befinden und ich auch daran denke, zu spielen.

Und das kommt nicht jede Woche vor. So kann ich etwas Geld »sparen«, auch dadurch, dass ich nicht jedes Mal spiele. Mehr Geld sparen würde ich natürlich, wenn ich überhaupt nicht Euro Millions spielen würde, aber wer nicht wagt, kann eben nicht gewinnen.

Aber so ein richtiger Spieler bin ich eigentlich nicht. Ich habe Freude, wenn ich etwas gewinne.

Mein höchster Gewinn waren einmal vier richtige Zahlen. Da habe ich, weil ich da System gespielt habe, zehn mal vier Richtige ausbezahlt bekommen, das waren 2`720.- CHF.

Und ich hoffe nun doch schon seit längerer Zeit immer mal wieder, wie heisst es doch so schön »mit etwas Glück«, dass das ganz GROSSE GLÜCK endlich einmal bei mir vorbei schaut. Was muss das für ein Glücksgefühl sein, wenn man einen Riesengewinn erhält. Unvorstellbar.

Doch halt. Ob viel Geld wirklich glücklich oder zumindest glücklicher macht, das habe ich habe mich schon etliche Male gefragt und sicher viele andere auch.

Nun, eigentlich möchte ich ja mit sehr viel Geld nicht wirklich in erster Linie glücklich werden.

Euro Millions spiele ich, um Geld zu gewinnen und nicht um glücklich zu werden. Geld als Mittel zum Zweck.

Dass der erste Moment des Gewinns Glückshormone in Massen freisetzt, das kann ich mir vorstellen, aber danach reitet man bestimmt nicht sein Leben lang auf einer Glückswelle.

Mir genügt es vollkommen, wenn ich nicht mehr arbeiten müsste, um Geld zu verdienen. Und ich genug Geld hätte und wenn ich reisen, wenn ich mir unnütze Sachen leisten könnte und vieles mehr, da bin ich wirklich bescheiden.
Glücklicher zu sein habe ich nicht zuoberst auf meiner Liste.
Da kommen mir andere für mich wichtige Eigenschaften in den Sinn wie unabhängig, frei, freudvoll, schlicht, lebenslustig und wohlgestellt.
Doch halt, was heisst hier wohlgestellt. Ich habe das Wort »gegoogelt«, habe aber keine richtige Erklärung gefunden. Nicht einmal ein Synonym habe ich gefunden. Nun denn, mir gefällt das Wort und so bleibt es dabei.

Zurück zum Kiosk. Wie üblich fülle ich den Spielschein nicht selber aus, sondern lasse den Computer einen »Quick Tipp« ausfüllen. Der Computer hat fünf Reihen zu fünf Zahlen und zwei Sternen für mich auf den Schein eingetragen, das sind fünf Gewinnchancen.

Die Kioskverkäuferin wünscht mir »viel Glück« und gibt mir den Spielschein. Wenn sie wüsste, wie viel Glück es dazu braucht, ich habe es ja damals auch nicht so genau gewusst.
Den Spielschein nehme ich entgegen, kontrolliere ihn kurz und werfe nur einen Blick auf die Zahlen. Dann falte ich ihn und stecke ihn ins Portemonnaie. Wie immer nehme ich mir vor, sollte ich gewinnen, dass die Kioskverkäuferin als Glücksfee auch etwas von meinem Gewinn bekommen wird. Diesmal wäre es die mit den langen schwarzen Haaren.

Am Mittwoch danach

Bewegung an der frischen Luft finde ich eine tolle Sache, so bin ich auch heute Mittwoch spazieren gegangen. Ich komme am Bahnhofkiosk vorbei. Es hängen wieder Plakate von Euro Millions aus. Diesmal sind 137 Millionen CHF im Super Jackpot zu gewinnen. Heute Morgen beim Frühstück habe ich bei der Kontrolle des Spielscheins gesehen, dass ich drei richtige Zahlen habe und der Gewinn 25.25 beträgt. So beschliesse ich, mein Glück heute ein weiteres Mal zu versuchen. Ich spiele bei diesem hohen Jackpot wieder einmal ein System und entschliesse mich für das System 5.05. Das heisst, dass der Computer fünf Zahlen und fünf Sterne auf den Spielschein einträgt und ausdruckt. Diesmal sind es zehn Gewinnchancen. Das System 5.05 kostet 30.- CHF. Ich muss also nur noch 4.75 CHF bezahlen. Da der Gewinn von 25.25 CHF von den 30.- CHF abgezogen wird. Die schwarzhaarige Verkäuferin, es ist die gleiche wie gestern, wünscht mir bei der Übergabe des Scheins viel Glück.

Der Samstag danach

Wie üblich am Wochenende schlafe ich aus. Den Weckradio habe ich gestern Abend natürlich nicht eingestellt. Ich geniesse es, ohne Zeitdruck im Bett liegen zu bleiben. Ich schlafe wieder besser.
Es ist 09:10 Uhr und ich stehe auf.

Für heute habe ich mir schon länger vorgenommen, einen gemütlichen Spaziergang am Zugersee zu machen, soweit ich komme und dann mit dem Bus wieder zurück.
Wenn ich aus dem Fenster schaue, sehe ich es. Es scheint ununterbrochen zu schneien. Das Wetter lädt nicht wirklich zum Spazieren ein, es wird wohl eher einen Stadtbummel geben.

Zuerst werde ich aber gemütlich das Frühstück einnehmen. Ich hole im Briefkasten die Post und lese die Zeitung durch.

Das Ende der Schneefälle ist noch nicht absehbar.

Gegen Mittag habe ich Lust, etwas spazieren zu gehen und auswärts eine Kleinigkeit zu essen.

Gegen 12:00 betrete ich ein Restaurant, in welchem ich schon mehrmals gegessen habe.

Es hat sehr gut geschmeckt und zum Schluss trinke ich einen Kaffee und lese eine Tageszeitung.

Bald einmal komme ich zu den Zahlen von Euro Millions von gestern Freitagabend. Jetzt kommt es mir wieder in den Sinn, dass ich am Mittwoch einen Spielschein gespielt habe. Ich suche im Portemonnaie den Spielschein und vergleiche die Zahlen und Sterne.

Wie meistens, wenn ich die Angaben vergleiche, bekomme ich eine Vorfreude, dass ich mindestens den Einsatz gewinne.

Zuerst vergleiche ich die beiden Sterne

Auf meinem Spielschein stehen 5 Sterne und wie es der Zufall will, stimmen zwei der fünf Sterne mit den gezogenen Sternen Zahlen überein.

Nun zu den Zahlen.

Meine Güte, alle meine fünf getippten Zahlen stimmen mit den gezogenen Zahlen überein. Ich spüre, wie sich mein Puls beschleunigt und meine Hände feucht werden. Ich nehme die Serviette und trockne mir die Hände.

Mit meinen fünf richtig getippten Zahlen habe ich einen Fünfer bei Euro Millions gewonnen! Super!

Ich schaue mich um, aber niemand nimmt Kenntnis von mir.

Ein zweites Mal kontrolliere ich die Zahlen und Sterne. Es stimmt alles.

Ich habe 5 richtige Zahlen! Aber halt – die Sternzahlen stimmen ja auch.

Ich habe den Höchstgewinn 5 Zahlen und 2 Sterne gewonnen!

Zuerst muss ich mich weiter beruhigen. Also bewusst langsam und ruhig ein und aus atmen.

Seit langem habe ich davon geträumt, eine Million oder noch lieber mehrere zu gewinnen.

Heute ist es wahr geworden. Endlich. Mein Glück kann ich immer noch nicht fassen und möchte es am liebsten allen im Restaurant mitteilen und sie einladen, kann mich aber beherrschen.

Daran, dass ich mir vorgenommen habe, einen so grossen Gewinn absolut niemandem mitzuteilen, erinnere ich mich. Sorgfältig versorge ich den Spielschein im Portemonnaie und rufe die Bedienung. Eigentlich gebe ich ja fast nie Trinkgeld, doch heute möchte ich einmal grosszügig sein.

In der Zeitung stehen nur die gezogenen Zahlen, aber nicht die gewonnenen Beträge. Nach Hause fahre ich, um dort im Internet nachzusehen, wie gross mein Gewinn ist.

Ich leiste mir ein Taxi.

Ob ich alleine gewonnen habe oder den Hauptgewinn mit weiteren Gewinnern teile?

Im Jackpot sind 138 Millionen CHF.

Sind wir zwei oder sogar mehrere Personen?

Zu Hause angekommen, starte ich den PC auf. Selten ist es mir so lange vorgekommen wie heute, bis er endlich aufgestartet ist.

Im Internet klicke ich die Homepage von Euro Millions an.

Dort bei Euro Millions klicke ich auf Gewinnzahlen und Quoten.

Es erscheint das neue Fenster mit den Angaben.

Ich vergleiche nochmals meinen Spielschein mit den Angaben auf dem Bildschirm.

Es stimmt wirklich. Es sind fünf Zahlen und zwei Sterne richtig.

Nun zu den Gewinnrängen:

5 + 2 Sterne: Anzahl Gewinner 2
                 Gewinn 68`899`602.5 CHF

Sage und schreibe mehr als 68 Mio CHF habe ich gewonnen.

Zwei haben je mehr als 68 Millionen gewonnen, zusammen sind es 137.8 Millionen CHF. Und einer davon bin ich.

Bin ich froh, dass ich sitze. Ich lehne mich zurück und schliesse die Augen.

Viele Gedanken rasen mir durch den Kopf. Ich kann es nicht wirklich fassen, dass dieser Traum sich erfüllt hat.

Aus der Küche hole ich mir ein Glas Wasser und trinke es langsam. Zum wiederholten Mal kontrolliere ich die Zahlen und Sterne.

Es ist die Wirklichkeit. Ab jetzt bin ich Multimillionär. Phantastisch!

Und irgendwie freut es mich, dass noch jemand auch fünf Zahlen und zwei Sterne richtig getippt hat.

Nach der ersten Freude gehe ich zum Telefon und nehme den Hörer in die Hand. Wem soll ich von meinem Glück erzählen. Ich scrolle die Liste durch und werde aber mit der Mitteilung noch etwas zuwarten. Wenn es einer weiss, dann wissen es bald mehr als mir lieb ist.

Nun kommt mir in den Sinn, dass ich ja ein System gespielt habe. Also schaue ich bei der Spielanleitung bei Systeme nach.

In der Systembroschüre steht auf Seite 8 bei System Nr. 5 05

Gewinn 1 x 5 + 2,   6 x 5 + 1   und   3 x 5 + 0.

Mein gesamter Gewinn:

ein mal	5 + 2	=	68`899`602.50 CHF
sechs mal	5 + 1 a 257`767.75	=	1`546`606.50 CHF
drei mal 5	30`013.40	=	90`040.20 CHF

Ich sitze am PC und öffne eine neue Excel Tabelle und trage die Zahlen wie oben angegeben untereinander ein und zähle sie zusammen.

Total habe ich 70`536`249.20 CHF gewonnen.

Absoluter Wahnsinn!
Das ist der Hammer!
Paradiesisch!

S E N S A T I O N E L L !!

Nun bin ich bald stolzer Besitzer von mehr als 70 Mio. CHF

Da ich schon mal im Internet bin und Ablenkung brauche, recherchiere ich weiter und lese unter anderem:
Euro Millions (Euro Lotto) ist die beliebteste europäische numerische Lotterie.
Die Wahrscheinlichkeit, 5 aus 50 plus 2 aus 11richtig zu tippen, ist erbärmlich gering.

5 Zahlen aus 50 richtig anzukreuzen, ist die Chance

1 zu 3'236'994,4

Die Wahrscheinlichkeit auf den Gewinn mit 5 Zahlen und 2 Sternen ist:
1 zu 116'531'800

Oder in Prozent: Die Wahrscheinlichkeit bei Euro Millions den Jackpot zu knacken, und alle 5 Zahlen plus beide Sterne richtig zu tippen beträgt exakt 0,0000001%.
Wer allein spielt, müsste im Extremfall etwa 1'5 Millionen Jahre spielen, bis es gelingt, den Jackpot zu knacken.
Nun es gibt aber auch Spielgemeinschaften. In einer Spielgemeinschaft von 100 Leuten dauert es »nur« etwa 15'000 Jahre. Einen Gewinn durch hundert zu teilen, nein, da spiele ich lieber alleine. 20 Mio durch hundert, da bleiben »nur« noch 200`000.- CHF.
Um also den ganz großen Erfolg zu landen, bedarf es jeder Menge Glück....

Was interessiert mich die Wahrscheinlichkeitsrechnung.
In meinen Händen halte ich einen Spielschein mit »sieben richtigen Zahlen.«

In der Schweiz hat es bisher mehr als vierzig Euro Millions Millionäre gegeben. Und nun gehöre ich auch dazu.
Womit habe ich das verdient?

Kann ich mit so viel Geld überhaupt umgehen?
Bei den heutigen Zinsen, lohnt es sich, das Geld auf eine Bank zu bringen?

Diese und viele weitere Fragen und Gedanken formulieren sich in meinem Hinterkopf:
Wie komme ich zu meinem gewonnenen Geld?
Wem erzähle ich von meinem Gewinn, wenn überhaupt?
Wie viel bleibt mir nach Abzug der Steuern?

Den Spielschein deponiere ich in die zweite Schublade des Schreibtisches. Ich schaue auf die Uhr. Es ist 17:15 Uhr. Meine Güte, habe ich viel Zeit im Internet verbracht. Heute Abend habe ich ja noch mit meinem Sohn Massimo zum Abendessen abgemacht. Er hat mich eingeladen, da er mir etwas mitzuteilen habe, äusserte er sich am Telefon.
Da mir noch etwas Zeit bleibt, werde ich eine kleine Runde laufen. So locker und leichtfüssig bin ich schon lange nicht mehr gelaufen, es kommt mir vor, als ob ich schwebe. Da ich mich meinen positiven Gedanken widme, merke ich gar nicht, dass ich laufe, herrlich, so sollte es immer sein.
Nach der Rückkehr dusche ich und mache mich auf den Weg zum Restaurant.
Unterwegs gehe ich zu meinem Bancomat und schaue nach, wie viel Geld aktuell auf dem Konto ist. Es ist eine tiefe vierstellige Zahl, also »nur« wenige Tausend CHF.
Na ja, das wird sich bald ändern. Der Kontostand wird sich massiv erhöhen.
Da ich die Karte nun schon mal eingeführt habe, lasse ich mir 10 Hunderternoten auszahlen. Beschwingt mache ich mich auf den weiteren Weg.

Massimo, mein Sohn, hatte vor 14 Tagen Geburtstag. Ich habe an seinem kleinen Fest teilgenommen und wir haben abgemacht, dass wir uns heute Samstagabend zu einem gemütlichen Essen treffen werden.
Während des Abendessens erklärt er mir freudig, dass er seine langjährige Freundin Riccarda heiraten werde. Er habe sie am Abend seines Geburtstages gefragt, ob sie

seine Frau werden wolle und sie habe ja gesagt. Vorher hat er natürlich beim Vater von Riccarda um die Hand angehalten, so wie es sich gehört.

Die Überraschung meinerseits ist vollkommen.

Heute ist ein absoluter Glückstag. Zuerst der Millionen Gewinn und nun die Nachricht der bevorstehenden Hochzeit meines Stammhalters.

Die beiden haben den Termin auf den Sommer festgelegt. Also in diesem Sommer, in fünf, sechs Monaten.

Ich biete Massimo an, mich an den Hochzeitskosten zu beteiligen. Er winkt ab. Wie ich wisse sind die Eltern von Riccarda recht wohlhabend und sie bestehen darauf, als Hochzeitsgeschenk die Feierlichkeiten zu bezahlen.

Massimo macht eine Andeutung, dass ich nun nach der Scheidung wohl immer noch nicht auf Rosen gebettet sei. Es würde ihn sehr freuen, wenn ich am Fest dabei bin. Ein wirklich grosses Geschenk erwarte er aber allerdings nicht von mir.

Ich erzähle ihm bei dieser Gelegenheit, dass ich zurzeit an der Arbeitsstelle beurlaubt bin. Er nimmt dies besorgt zur Kenntnis und bietet mir Unterstützung an. Ich kann ihn beruhigen, dass ich es schon schaffe, über die Runden zu kommen.

Es beschäftigt mich, dass ich nicht im Stande bin, ihm von meinem Gewinn zu erzählen. Selten war es in meinem Leben schwieriger, nicht mit der Wahrheit raus zu rücken.

Aber eben, wenn ich es ihm sagen würde, die Nachricht würde sich wie ein Lauffeuer verbreiten. Das will ich jetzt noch auf keinen Fall. Er wird es noch früh genug erfahren.

»Bist du auch mit einem kleineren Geschenk zufrieden?«, frage ich ihn.

»Selbstverständlich, ich möchte nicht, dass du dich unserer Hochzeit wegen in Unkosten stürzt.«

»Du kannst ja mit Riccarda besprechen, was ihr gerne von mir zur Hochzeit wünscht.«

Damit gibt er sich zufrieden.

»Sobald ich das Datum weiss, gebe ich dir Bescheid und hoffe, dass du am Fest dabei bist.« »Das werde ich ganz sicher!«

Der Abend vergeht wie im Fluge.

Ich bin mächtig stolz auf Massimo.

Irgendwie bin ich auch stolz auf mich, dass ich nichts von meinem Gewinn erzählt habe. Und natürlich bedrückt es mich auch sehr. Aber damit kann ich leben.

Gerne hätte ich ihn an meinem Glück teilhaben lassen wollen. Jetzt ist es aber definitiv zu früh.

Später, in ein paar Wochen, werde ich ein paar wenigen Leuten andeutungsweise von meinem Gewinn erzählen, einmal, da wird er es sicher erfahren.

Wir verabschieden uns vor dem Restaurant und jeder geht seines Weges.

Der Sonntag danach

Auf heute habe ich mit Freunden schon vor Wochen abgemacht, dass wir eine Winter Wanderung unternehmen. Heute ist es nun soweit.

Geschlafen habe ich die letzte Nacht nicht wirklich viel und auch nicht gut. Nein das habe ich wirklich falsch formuliert. Denn ich habe ja kein Auge zugemacht oder das Gefühl gehabt, kein Auge zugemacht zu haben.

So bin ich entgegen meinen Gewohnheiten schon um 07:30 aufgestanden.

Da wir uns erst um 10:00 treffen, benutze ich die Zeit, um im Internet nachzuschauen, wie denn die Möglichkeiten zur Einforderung meines Gewinnes sind.

Während ich gemütlich das Frühstück vorbereite, fährt mein PC hoch.

Mit der Teetasse und den beiden Scheiben Vollkornbrot setze ich mich an den PC. Das ist eine Ausnahme, gewöhnlich esse ich nicht am Computer. Das verbiete ich mir eigentlich strikt.

Ich gebe bei Google verschiedene Begriffe ein, und bei Euro Millions gibt es eine Gewinnbroschüre mit dem Titel »Kleiner Ratgeber für grosse Gewinner.«

Mit dem Untertitel:

Wir freuen uns mit Ihnen und wünschen Ihnen, dass all Ihre Träume in Erfüllung gehen! Gerne geben wir Ihnen ein paar kleine Tipps mit auf den Weg und hoffen, dass Sie Ihr Glück vollumfänglich geniessen können!

Genau das habe ich gesucht.
In der Broschüre stehen wertvolle Anregungen, welche ich mir zu Herzen nehme.
Lassen Sie sich Zeit. Ein Glückspilz schweigt und geniesst.
Da bin ich vollkommen gleicher Meinung.
Ich finde weitere hilfreiche Informationen.
Da eine Telefonnummer aufgeführt ist, werde ich morgen Montag bei Euro Millions anrufen.

Den Rest des Tages verbringe ich wie erwähnt mit Freunden. Wir nehmen gemeinsam das Mittagessen ein und machen anschliessend die schon lange geplante, leichte Wanderung. Irgendwann kommen wir auf das Thema, wer der Glückspilz ist, der in der Innerschweiz sein Euro Millions Los abgegeben hat und den Euro Millions Jackpot geknackt hat. Wir rätseln, ob es wohl ein Einwohner der Innerschweiz oder ein Tourist der Gewinner ist.
Wir besprechen danach, was wir mit dem vielen Geld machen würden.
Es fallen diverse Vorschläge wie Immobilien, Autos, Kunstgegenstände oder Schmuck kaufen. Auch ich mache mit und bringe Vorschläge ein. Wir sind uns aber alle einig, dass wir vorläufig eine recht lange Zeit mit dem Arbeiten aufhören würden. Eine Mehrheit unter uns würde viel Geld an wohltätige Institutionen spenden.
Im Gegensatz zu ihnen entsprechen meine Ideen einem realen Hintergrund.
Wie immer fahren wir bei unserem Zusammensein mit einem Abendessen fort und danach jassen wir.

Mein Gedanke dazu:
»Um zu gewinnen, braucht es die Anstrengung, einen Lottozettel auszufüllen«

Montag

Ich schlafe aus, da es gestern später als auch schon wurde. Im Verlaufe des Vormittags erreiche ich Hr. Otto Huber von Euro Millions. Nach der Gratulation machen wir einen Termin für heute Nachmittag in Basel ab. Da ich genügend Zeit habe, passt mir dies bestens.

Ausnahmsweise fahre ich in der 1. Klasse mit dem Zug nach Basel.
Bei Euro Millions an der oberen Gasse 24 sind alle sehr nett zu mir. Es kümmert sich, wie schon erwähnt, Hr. Huber, der für Grossgewinner zuständig ist, speziell um mich. Zuerst muss ich ihm meinen Gewinnschein zeigen. Er gratuliert mir zum Gewinn. Danach fragt er mich nach einer Kontonummer und er empfiehlt mir, meine Bank vorzuwarnen – damit diese nicht erschrickt. Er informiert mich weiter über die Möglichkeiten zur Auszahlung und ich entscheide mich, das Geld, den Gewinn abzüglich der Verrechnungssteuer auf mein Konto überweisen zu lassen.

70`536`249.20 CHF habe ich gewonnen, die Verrechnungssteuer beträgt 35%.
Also etwa 24.7 Mio CHF werden abgezogen. Überwiesen werden mir somit etwas mehr als 45.8 Mio. CHF.
Da ich Basel nicht sehr gut kenne, beschliesse ich, die Stadt zu erkunden und eine Nacht in einem sehr guten Hotel zu übernachten.

Dienstag

Ich fahre am Vormittag wieder mit der SBB in der 1. Klasse nach Zug zurück und im Verlaufe des Nachmittages eröffne ich noch weitere Bankkonten und ich werde in nächster Zeit je 6 Mio CHF vom bisherigen Konto auf die weiteren Konten und den Rest, etwas mehr als 3.8 Mio CHF auf mein Postcheckkonto einzahlen.

Da ich bei der Eröffnung der neuen Konten auch je eine PIN Karte und einen Internet Banking Vertrag abgeschlossen habe, kann ich die Überweisungen in den nächsten Tagen feststellen. Am letzten Freitag war die Ziehung und bald darauf ist das ganze Geld bei mir eingetroffen.
Das ganze Drumherum hat also nur ein paar Tage gedauert. Tage, die mein Leben nachhaltig verändert haben und werden.

Mein Gedanke dazu:
»Geld macht reich – sehr viel Geld macht sehr reich«

Bin ich nun glücklicher?

In den Zeitungen habe ich ab und zu vom »Glückspilz« gelesen, der einen Riesengewinn bei Euro Millions gewonnen hat. In diesem Zusammenhang war immer wieder von Glück die Rede. So wurde ich neugierig, woher das Wort Glückspilz stammt und was es mit Glück im Allgemeinen auf sich hat.

Einmal mehr wurde ich im Internet fündig. Nun folgen einige Texte, die ich im Internet gefunden habe. Da dieses Buch keine wissenschaftliche Abhandlung ist, verzichte ich auf die Quellenangaben.

Herkunft:
Glückspilz könnte in Anlehnung an das englische mushroom (Pilz) entstanden sein. Bis ins 19. Jahrhundert war die abwertende und als Schimpfwort verwendete Bedeutung ‚Emporkömmling' vorherrschend, die sich daraus ergibt, dass solche Leute schier wie Pilze aus dem Boden schießen. Ab der zweiten Hälfte des 19. Jahrhunderts wurde Glückspilz dann nur noch in der heute gebräuchlichen Art und Weise verwendet.

Glück ist ein vielschichtiger Begriff, der Empfindungen vom momentanen Glücksgefühl bis zu anhaltender Glückseligkeit einschließt, aber auch als ein äußeres Geschehen begegnen kann, z. B. als glücklicher Zufall oder als eine zu Lebensglück verhelfende Schicksalswende.

Das Streben nach Glück hat als originäres individuelles Freiheitsrecht Eingang gefunden in das Gründungsdokument der ersten neuzeitlichen Demokratie, in die Unabhängigkeitserklärung der Vereinigten Staaten.
Dort wird es als „Pursuit of Happiness" bezeichnet. Die Förderung individuellen menschlichen Glücksstrebens ist heute Gegenstand spezifischer Forschung und Beratung unter neurobiologischen, medizinischen, soziologischen,

philosophischen und psychotherapeutischen Gesichtspunkten.

Das Wort »Glück« kommt von mittelniederdeutsch „gelucke" (ab 12. Jahrhundert) bzw. mittelhochdeutsch gelücke. Es bedeutete »Art, wie etwas endet/gut ausgeht«. Glück war demnach der günstige Ausgang eines Ereignisses. Voraussetzung für den »Beglückten« waren weder ein bestimmtes Talent noch auch nur eigenes Zutun.
Dagegen behauptet der Volksmund eine mindestens anteilige Verantwortung des Einzelnen für die Erlangung von Lebensglück in dem Ausspruch:
»Jeder ist seines Glückes Schmied«
Die Fähigkeit zum Glücklich sein hängt in diesem Sinne ausser von äusseren Umständen auch von individuellen Einstellungen und von der Selbstbejahung in einer gegebenen Situation ab.

Man will nicht nur glücklich sein, sondern glücklicher als die anderen. Und das ist deshalb so schwer, weil wir die anderen für glücklicher halten, als sie sind.
Charles-Louis de Montesquieu, 18.01.1689 - 10.02.1755
Französischer Schriftsteller und Philosoph

Geld allein macht nicht glücklich. Es gehören auch noch Aktien, Gold und Grundstücke dazu.

Man ist meistens nur durch Nachdenken unglücklich.

Das Geheimnis des Glücks liegt nicht im Besitz, sondern im Geben. Wer andere glücklich macht, wird glücklich.

Nun habe ich ein paar Texte zum Thema Glück gefunden, kann die im Titel dieses Kapitels gestellte Frage: »Bin ich nun glücklicher?« so beantworten:

Ja, ich bin aktuell glücklicher, weil sich die materiellen Lebensumstände massiv verbessert haben und ich keine Zukunftsängste haben muss. Ich denke, dass ich mich an den

Zustand gewöhnen werde und sich das Glücksgefühl mit der Zeit wieder einpendeln wird.

Die Frage »Wie fühle ich mich?« kann ich eindeutig besser beantworten.

Dazu fällt mir ein:

Unabhängig, frei, reich, selbstständig, ungebunden, voller Tatendrang, Neues zu erleben und entdecken.

Ich bin total positiv besetzt und voller Energie.

Mir liegt die Welt zu Füssen, was immer das auch heissen mag.

Mein Gedanke dazu:
»Glück ist Glücksache«

Die Kioskverkäuferin

Ein Mittwoch gegen Mitte Januar

Heute erinnere ich mich nach meinem ganzen Trubel und allen Veränderungen in meinem aktuellen Leben wieder an den Tag, an dem ich den Spielschein gekauft habe.
Vor ein paar wenigen Tagen war es.
Wie immer, wenn mir eine Kioskverkäuferin Glück wünscht, habe ich mir vorgenommen, sollte ich gewinnen, dass sie als Glücksfee auch etwas von meinem Gewinn bekommen wird. Damals war es die Verkäuferin mit den langen schwarzen Haaren.
Nun möchte ich mein Versprechen einlösen.
Heute möchte ich die Kioskverkäuferin aufsuchen.
Wieso arbeiten eigentlich vor allem Frauen an Kiosken? Ich kann mich nicht erinnern, jemals von einem Mann bedient worden zu sein.
Es ist wunderschönes Winterwetter. Ich bin wieder einmal auf dem Heimweg und gehe zu meinem Bahnhofkiosk.
Lottoscheine kaufe ich nur noch selten. Denn die Chance, ein zweites Mal sehr viel Geld zu gewinnen ist sehr, sehr klein. Doch es gibt sie.
Daran, dass ich Lotto spiele, wird sich nichts ändern, wenn also der Jackpot über 50 Mio CHF beträgt, kaufe ich mir einen Quick Tipp Lottoschein. Ich spiele weiterhin das System Nr. 5 05, da dieses System mir Glück gebracht hat.
Es kostet mich 30.- CHF.

Je näher ich dem Kiosk komme, desto mehr überlege ich mir, wie ich es denn anstelle, mit ihr ins Gespräch zu kommen um sie mit einem Geldbetrag zu beschenken.
Sich beim »Glückwünschen« lassen der Verkäuferin vornehmen, ihr etwas zu geben, das ist das eine, es dann aber in der Realität später umzusetzen, das ist etwas ganz Anderes.
Für mich ist es klar, dass ich ihr nicht nur ein paar hundert CHF geben möchte.
Es darf schon grosszügiger sein.

Wie viel soll ich ihr denn nun geben?

Ich überlege: ein Prozent des Gewinnes, 1 % von 46`015`149.30 sind 460`151.50. So viel Geld für nicht mal eine Minute Arbeit.

Das wäre ein Stundenlohn von mehr als 27 Millionen CHF. Zu viel.

Eine andere Variante: Ich biete ihr an, ein Jahr lang jeden Monat, sagen wir mal 1500.- CHF auf ein Konto zu überweisen, das wären dann 18`000.- CHF.

Ja, das geht in Ordnung für mich. Sie wird damit nach dem ersten Schock einverstanden sein, denke ich mir.

An ihrer Stelle wäre ich es ganz bestimmt.

Doch bevor ich mir allzu viele Gedanken mache, schaue ich erst mal nach, ob »meine« Verkäuferin heute arbeitet.

Ja, da steht sie und bedient lächelnd eine jüngere Frau.

Komisch, nun bekomme ich schon etwas Lampenfieber.

Ich kann ja nicht zu ihr gehen und sagen: »Hallo, Sie haben mir den Schein verkauft, mit dem ich mehr als 70 Mio CHF gewonnen habe. Darf ich ihnen zum Dank etwas Geld geben?«

Ich nehme mir also eine Zeitschrift, reihe mich in die Warteschlange ein und lege sie vor mich hin, als ich der Vorderste bin. Nach dem Bezahlen frage ich sie plump, es tönt für mich wie ein Anmachespruch: »Wann haben Sie heute Feierabend?«

Sie schaut auf ihr Uhr und sagt: »In 45 Minuten. Warum fragen Sie?«

»Wäre es Ihnen möglich, bei einer Tasse Kaffee eine persönliche Angelegenheit mit mir zu besprechen, welche für Sie sehr positiv sein wird. Darf ich Sie dann abholen?«

»Um was geht es denn? Ich habe Kaffee nicht sehr gerne.«

»Ich auch nicht. Ich bin Teeliebhaber.«

Nun lachen wir beide.

»Können Sie sich vorstellen, eine Art Blind Date mit mir abzumachen?«

»Nun machen Sie schon« höre ich eine Stimme hinter mir, »sagen Sie ja, ich möchte auch gerne bedient werden.«

»Der Herr hat recht, sagen Sie bitte ja, Sie werden es nicht bereuen. Ich verspreche es Ihnen« sage ich zu ihr.

»Also gut. Ausnahmsweise. Holen Sie mich in 45 Minuten hier am Kiosk ab. Seien Sie pünktlich. Ich warte nicht auf Sie« ermahnt sie mich.
»Abgemacht. Ich freue mich.«

Die nächsten 45 Minuten verbringe ich in einem Restaurant und lese die Motorradzeitschrift, die ich eben gekauft habe. Zwischendurch schaue ich immer wieder auf meine Uhr, um den Termin nicht zu verpassen. Gleichzeitig überlege ich mir noch mal, wieviel ich der Kioskverkäuferin anbieten soll.
Beim Durchblättern der Motorrad Zeitschrift schaue ich mir etliche Motorräder etwas genauer an. Auf einmal kommt mir die Idee, dass ich mir ein Motorrad kaufen könnte. Ja, das werde ich machen, nächsten Frühling kaufe ich mir ein schweres Motorrad,
Auf meiner Uhr sehe ich, dass es Zeit ist.
Endlich hat das Warten ein Ende.
Kurz darauf stehe ich wieder beim Kiosk. Von »meiner« Verkäuferin ist aber nichts zu sehen. Bei einer Kollegin von ihr frage ich nach: »Entschuldigung, vor etwa einer halben Stunde war eine Verkäuferin mit langen schwarzen Haaren hier. Ist sie schon gegangen?« »Ah, Sie sind der Herr. Ja, Angelina hat ein Telefon bekommen und musste dringend weg. Sie lässt sich entschuldigen. Sie können es ja in ein paar Tagen nochmals versuchen. Am Freitag arbeitet sie wieder hier.«
Das war`s dann für heute, also bis zum Freitag auf ein Neues.

Mein Gedanke dazu: »Alle guten Dinge sind drei – zwei Versuche gebe ich mir noch«

Besuch bei meiner ehemaligen Firma

Ein Donnerstag Mitte Januar

Bis kurz vor den Festtagen Ende Dezember letzten Jahres
war ich Angestellter in einer Zuger Firma. Danach habe ich
mir eine Auszeit genommen, um mich neu zu orientieren.
Als ich mich damals dazu entschlossen habe, wusste ich
noch überhaupt nichts von den Veränderungen, die dann
eingetreten sind.
Heute beim Frühstück erinnere ich mich, dass mein ehemaliger Chef, Hr. Frei, vermutlich auf eine Antwort wartet,
ob ich wieder bei ihm in der Firma weiterarbeiten möchte.
Mit einer Tasse Tee setze ich mich ans Telefon und ver-
einbare mit ihm für heute Nachmittag einen Termin.

Beim Gespräch mit ihm lasse ich zunächst vor allem meinen ehemaligen Chef reden und höre einfach zu.
Er äussert sein Bedauern, dass seine Firma mich zurzeit
nicht weiter beschäftigen könne. Er bietet mir an, mich aus
der Fürsorgekasse seiner Firma vorübergehend mit einem
monatlichen Betrag zu unterstützen. Und zwar solange, bis
ich wieder eine neue Stelle gefunden habe.
Mir wird dabei ganz warm ums Herz. Dankend lehne ich
aber sein Angebot ab. Ich wollte ihm nicht sagen, dass ich
ausgesorgt habe und von nun an vor allem das Leben geniessen werde. Es fühlt sich aber sehr gut an, als er mir
diese Unterstützung angeboten hat.
Nun ergreife ich das Wort und danke ihm für seine einlei-
tenden Worte. Ich erkläre ihm, dass ich sein Angebot sehr
grosszügig finde, ich aber nicht darauf angewiesen sei.
Im Gegenzug erkundige ich mich nach dem Befinden von
Verena Egli, meiner ebenfalls in Kurzarbeit geschickten le-
digen Kollegin.
Es gehe ihr den Umständen entsprechend.
Wie der Zufall es will, wird sie in etwa zehn Minuten zum
Gespräch mit ihm erscheinen.

Er erklärt mir, dass er für sie leider immer noch keine Arbeit habe und dass er sie schweren Herzens heute entlassen müsse.

Im Gegenzug biete ich ihm an, dass ich ihren Lohn zahlen werde, wenn er sie weiter beschäftige, so lange, bis sich die Firma erholt habe. Er darf ihr aber nicht sagen, dass ich dahinterstecke.

Zunächst schaut er mich nur sprachlos und staunend an.

Ob bei mir der Wohlstand ausgebrochen sei?

So in etwa könne man dies sagen.

Er findet mein Angebot sehr lobenswert, aber ohne Garantien, ohne dass er Geld auf seinem Konto habe, sei für ihn alles nur eine »Blase«.

Dies sehe ich natürlich genauso.

Es klopft an der Türe. Die Chefsekretärin meldet, dass Frau Egli eingetroffen ist.

Sie solle sich ein paar Minuten gedulden, wird ihr ausgerichtet.

Nun besprechen mein ehemaliger Chef und ich das weitere Vorgehen.

Als erstes wird er Frau Egli von seiner Sekretärin ausrichten lassen, dass sich der Termin auf morgen verschoben hat.

Zweites werden wir anschliessend die Transaktion vornehmen.

Wir bleiben noch im Büro sitzen und warten, bis sich Frau Egli ausser Haus befindet.

Während des Wartens diskutieren wir die Höhe der Transaktion. Frau Egli war zu 80 Prozent angestellt gewesen und alle Lohnkosten kamen die Firma monatlich auf 5800.- CHF zu stehen. Er nimmt seinen Taschenrechner und gibt Zahlen ein.

»69`600.- « höre ich ihn sagen. Stimmt, das habe ich auch im Kopf so gerechnet.

Er geht zum Fenster und schaut hinaus. Kurz darauf dreht er sich zu mir und teilt mit, dass sie soeben in den Bus gestiegen ist.

Er nimmt seine Jacke und wir verlassen sein Büro.

Bei seiner Sekretärin meldet er sich ab.

Mit seinem Auto fahren wir zu seiner Bank. Der Zufall will es, dass ich dort auch ein Konto habe.

Ein Kundenberater bittet uns in sein Büro. Ich stelle mich ihm vor.

Er nennt mir seinen Namen: »Ich bin Hr. Baumann Daniel, freut mich sehr.«

Wir setzen uns.

Der Kundenberater beginnt das Gespräch »Hr. Frei, geht es um die ausstehenden Beträge?«

Nun ist es an mir, beide erstaunt anzuschauen.

»Ausstehende Beträge?« frage ich unbeholfen.

»Nein, es geht nicht um meine ausstehenden Beträge. Diese werde ich begleichen. Hr. Utopian möchte eine Einzahlung auf mein Geschäftskonto tätigen, damit ich eine Mitarbeiterin weiter beschäftigen kann.«

Ich schaue meinem Ex Chef kurz in die Augen und frage dann den Kundenberater:

»Dürfen wir etwas zu trinken bestellen. Ich würde gerne einen Tee nehmen.«

»Und ich einen Kaffee,« dies ist mein Chef.

Hr. Baumann verlässt das Büro, um die Getränke zu organisieren, er spürt vermutlich, dass ich mit Hr. Frei einen Moment alleine sein möchte.

»Hr. Utopian, was soll das nun werden?«

»Darf ich fragen, wie hoch die Summe ist?«

Nun schaut mich Hr. Frei erstaunt an. »Hr. Utopian, wie gesagt, es geht nicht darum.«

»Wie viel ist es denn?« ich bleibe hartnäckig.

Mein ehemaliger Chef zuckt die Achseln und sagt mit leiser Stimme: »Insgesamt reden wir von einer Summe von ca. 410`000.- CHF.«

»Lassen Sie mich bitte einen Moment überlegen.«

»Was gibt es da zu überlegen?«

»Haben Sie doch etwas Geduld, ich möchte mir in Ruhe etwas überlegen.«

Doch er gibt noch nicht nach und fragt wieder: »Was überlegen Sie denn?«

Nun entschliesse ich mich, ihn eine Zeit lang zu ignorieren. Ich stehe auf und gehe zum Fenster. Beim Hinausschauen kann ich meine Gedanken ordnen.

Der Kundenberater kommt nach einiger Zeit mit einer Sekretärin ins Büro, welche uns die Getränke serviert.

Ich setze mich an den Tisch und informiere die beiden.

»Meine Herren, ich habe einen Beschluss gefasst. Ich möchte die ausstehenden Beträge von Hr. Frei jetzt begleichen. Weiter möchte ich einen Betrag darüber hinaus auf das Konto der Firma von Hr. Frei einzahlen.«

»Hr. Utopian, wissen Sie, was Sie da tun.« Es ist mein ehemaliger Chef.

»Ja, ich weiss was ich tue. Ich habe Jahre meines Lebens in Ihrer Firma gearbeitet und wurde jederzeit fair behandelt und habe immer pünktlich meinen Lohn erhalten. Dass es der Firma im Moment nicht gut geht, dafür können Sie nichts. Also lassen Sie mich Ihnen helfen.«

»An welchen Betrag haben Sie gedacht, Hr. Utopian?« fragt mich Hr. Baumann.

»Wir werden heute, wenn es sich machen lässt, 650`000.- CHF von meinem Konto auf das Geschäftskonto von Hr. Frei überweisen. Ich habe bei Ihrer Bank ein Konto. Lässt sich die Transaktion auch auf ihrem Computer machen?«

Er setzt sich auf seinen Bürostuhl und bedient die Tastatur um sich einzuloggen.

»Können Sie mir Ihre Kontonummer und Ihren Ausweis geben?«

»Selbstverständlich.«

Hr. Frei schaut mich ganz entgeistert an. Er versucht mir etwas zu sagen, doch mein Blick fordert ihn auf, mich gewähren zu lassen.

Ich gebe Hr. Baumann meinen Personalausweis und eine Karte mit der Kontonummer.

Er gibt zunächst meine Kontoangaben ein, dann vergleicht er die persönlichen Angaben mit meinem Ausweis.

Nun fällt mir auf, dass ich noch keinen Tee getrunken habe. Er ist nicht mehr sehr warm. Nach zwei Schlucken lasse ich ihn stehen. Auch Hr. Frei scheint keinen grossen Durst zu haben.

Nachdem Hr. Baumann mir den Ausweis und meine Karte mit den Bankdaten zurückgegeben hat, beginnen seine Finger flink auf der Tastatur Daten einzugeben.

Nach einiger Zeit druckt der Drucker diverse Blätter aus. Eines davon reicht er mir zur Unterschrift. Es ist der Überweisungsbeleg. Nun habe ich auf diesem Konto 650`000.- CHF weniger.

Was solls.

Ein weiteres Blatt überreicht er Hr. Frei. Es ist der Beleg seines Kontos mit der letzten Zahlung. Er schaut ihn lange staunend an.

Ein Minus hat sich in ein Plus verwandelt.

»Das werde ich Ihnen niemals vergessen, Hr. Utopian« wendet er sich an mich.

Ich nicke.

Zu Hr. Baumann gewandt frage ich: »Sind wir hier soweit fertig?«

»Ja, es ist ausgeführt, wie Sie es wünschen.«

Ich reiche ihm die Hand und verabschiede mich. Auch Herr Frei verabschiedet sich von ihm.

Beim Ausgang zeigt Hr. Frei auf das Cafe gegenüber.

»Wollen wir zur Feier des Tages ....?« Den Rest des Satzes lässt er offen.

Ich nicke und schon sind wir unterwegs.

Er bestellt sich einen Kaffee und ich einen Tee.

Verlegen schaut mich Hr. Frei von der Seite an.

»Woher haben Sie auf einmal so viel Geld und warum helfen Sie mir?«

Ich reiche ihm die Hand und biete ihm das Du an: »Ich bin Felice.«

Und er: »Thomas, es soll gelten.«

»Nun zu deinen Fragen. Erstens rede ich nicht über Geld und zweitens lautet die Antwort gleich wie vorher in der Bank. Viele Jahre durfte ich in deiner Firma arbeiten und wurde jederzeit fair behandelt. Jetzt habe ich die Möglichkeit mich, zu revanchieren. Ich habe die finanziellen Mittel dazu. Also habe ich es gemacht.«

»Aber.., «

»Nein! Kein aber. Nimm es wie es ist.«

»Ich mache dir einen Vorschlag. Sollte sich die finanzielle Situation meiner Firma verbessern, werde ich dir das Geld zurückzahlen. Für mich ist es nur geliehen.«
»Mir soll es recht sein.«
Mit einem Handschlag beschliessen wir diese Abmachung. Wobei, es ist mir eigentlich nicht wichtig, dass er mir das Geld zurückgibt.

Wir sitzen noch eine Zeit lang zusammen und unterhalten uns über vielerlei. Wir machen ab, dass ich mich wieder einmal bei ihm melde. Danach geht jeder seines Weges.

Mein Gedanke dazu:
»Heute habe ich zwei Personen Freude bereitet und die eine weiss noch nichts von ihrem Glück. Wenn ich weiter so grosszügig bin, dann – ja, was dann?«

Die Kioskverkäuferin zum Zweiten

Ein Freitag Mitte Januar

Heute möchte ich die Kioskverkäuferin, Angelina, nochmals aufsuchen.

Ich begebe mich zum Hauptbahnhof. Heute regnet es leicht. Herrlich, wie die Tropfen herabfallen. Ich geniesse es, die Regentropfen auf den Schirm aufprallen zu hören. Ich lasse mir viel Zeit für den Weg zum Bahnhof. Das letzte Mal musste ich ja etwa 45 Minuten warten.

Gegen 18:40 stehe ich also wieder beim Kiosk.

Hinter der Theke stehen drei Frauen, eine davon ist Angelina.

Ich stehe an und als ich an der Reihe bin, schaut sie mich fragend an, da ich nichts in den Händen habe. Nach kurzer Zeit aber scheint sie mich wieder zu erkennen.

»Aha, Sie wieder. Sorry, dass ich das letzte Mal nicht warten konnte, aber meine Tochter musste dringend zum Arzt.«

»Schon in Ordnung. Jetzt sind Sie ja da. Haben Sie heute etwas Zeit für mich?«

»Können wir das nicht jetzt und hier erledigen?«

Nun muss ich wirklich lachen. »Nein, das geht leider nicht, können wir uns in einem öffentlichen Restaurant in der Nähe treffen und einen Tee trinken?«

»Es kommt mir heute leider sehr ungelegen. Ich muss in ein paar Minuten wirklich dringend weg. Ich habe noch einen wichtigen Termin.«

»Nicht einmal 10 Minuten?«

»Leider nein. Aber ein anderes Mal sicher.«

»Wann geht es Ihnen denn?«

»Heute ist Freitag. Also am Montag arbeite ich bis 15:00. Dann könnte ich anschliessend mit Ihnen einen Tee trinken.«

Ich überlege kurz. Am Montag könnte ich es einrichten.

»Ich hole Sie am Montag um 15:00 hier ab und wir gehen in ein Restaurant Ihrer Wahl.«

»Sie sind sehr hartnäckig.«

»Ja, in diesem Fall bin ich es. Zu Ihren Gunsten. Also bis Montag.«

Am Montag

Das Wetter hat wieder gebessert. Es ist trocken, aber der Himmel ist mit Wolken verhangen. Mein Ziel ist der Bahnhofkiosk und dort versuche ich heute bereits zum dritten Mal, die Verkäuferin Angelina zu überraschen.
Aller guten Dinge sind drei. Ich habe mir vorgenommen, wenn sie sich heute wieder keine Zeit für mich nimmt, dann lasse ich es halt bleiben.
Kurz vor 15:00 treffe ich dort ein und werde von Angelina erwartet.
Sie begrüsst mich mit den Worten »Ich habe nicht wirklich daran geglaubt, dass Sie heute wiederkommen.«
»Haben Sie denn etwas Zeit für mich und mein Anliegen?«
»Ja, das habe ich. Heute geht es. Ich habe das Gefühl, dass Sie heute das letzte Mal in dieser Angelegenheit zu mir kommen. Ich bin nämlich inzwischen sehr neugierig, was Sie mir zu verkaufen haben.«
»Zu verkaufen? Nein zu verkaufen habe ich nichts. Eher zu verschenken«.
»Sie schenken mir etwas?«
»Geduld. Ich möchte das nicht in aller Öffentlichkeit mit Ihnen besprechen. Lassen Sie uns irgendwo hingehen.«
»Also gut. Meinetwegen. Wenn es halt sein muss.«
»Ja, das muss es.«

Nach ein paar Minuten haben wir einen ruhigen Platz in einem kleinen Restaurant erreicht. Nachdem wir unseren Tee bestellt haben, beginne ich: »Danke, dass Sie sich ein paar Minuten Zeit genommen haben. Übrigens, mein Name ist Felice Utopian.«
»Ich heisse Angelina, genügt das für Sie?«
»Im Moment ja. Zum Anlass, warum ich mich mit Ihnen hier treffe. Es ist Folgendes. Ich habe mir vor vielen Jahren vorgenommen, sollte ich einmal im Lotto gewinnen, dann

werde ich der Verkäuferin, welche mir den Lottoschein verkauft hat, als »Glücksgöttin« etwas von meinem Gewinn geben. Nun ist es so, dass ich vor ein paar Monaten im Lotto gewonnen habe«.

Bei dieser Notlüge werde ich vermutlich leicht rot, »und möchte Sie nun bitten, als Dank von mir etwas Geld anzunehmen.«

»Ich arbeite aber noch nicht so lange am Bahnhofkiosk«, korrigiert sie mich.

»Ist es denn wichtig, wann mein Gewinn war?«

»Es ist nur, weil Sie gesagt haben, vor ein paar Monaten, vielleicht verwechseln Sie mich.«

»Okay, es tut wirklich gar nichts zur Sache, wann der Gewinn war. Ich weiss aber ganz genau, dass Sie mir den Schein verkauft haben und mir Glück gewünscht haben. Ich möchte aber, dass Sie niemandem davon erzählen, von wem Sie das Geld erhalten haben. Ich meine im privaten Bereich. Bei den Steuern werden sie es wohl oder übel angeben müssen.«

»Darf ich Sie fragen, von welchem Betrag Sie reden.«

»Also ich habe gedacht, dass es monatlich 1500.- CHF sein werden.«

»Was meinen Sie mit monatlich?«

»Sie werden einige Zeit monatlich 1500.- CHF erhalten. Ich werde es Ihnen per Dauerauftrag überweisen.«

Entgeistert schaut sie mich an.

»Wie lange erhalte ich dieses Geld? Zwei oder drei Monate?«

»Ich habe an ein Jahr gedacht, wenn Ihnen das recht ist.«

Sie schaut mich fragend an, als ob Sie meinen Geisteszustand prüfen wolle.

»Es geht alles mit rechten Dingen zu und her« versichere ich ihr.

»Es ist mir total Ernst. Ich erzähle Ihnen keinen Unsinn. Ich versuche nur, mein Versprechen einzulösen. Ich sollte aber noch eine Kontonummer von Ihnen haben. Sei es eine Bankverbindung oder Ihr Postcheckkonto.«

»Sie wollen mir erklären, dass Sie mir ein Jahr lang jeden Monat 1500.- CHF schenken werden, weil ich zufällig an diesem Tag gearbeitet und Ihnen den Lottoschein verkauft habe?«

»Genau, besser hätte ich es auch nicht erklären können.«

»Warum?«

»Was warum?«

Es geht also wieder von vorne los.

»Warum schenken Sie mir so viel Geld? Was möchten Sie, dass ich für Sie als Gegenleistung erbringe?«

»Nochmals von vorne: Ich habe mit mir abgemacht, dass, wenn ich im Lotto Geld gewinne, dass ich der Lottoschein Verkäuferin Geld geben werde. Dieses Versprechen möchte ich einlösen. Wollen Sie denn kein Geld von mir. Gratis, ohne Bedingungen und ohne Hintergedanken?«

»Wenn ich das jetzt richtig verstanden habe, möchten Sie mir ein Jahr lang monatlich 1500.- CHF geben, weil ich Ihnen den Lottoschein verkauft habe. Gibt es denn so was? Das macht ja zwölf Mal 1500.- CHF«, sie überlegt und rechnet »das sind ja achtzehn Tausend CHF. Wahnsinn, absoluter Wahnsinn. Das gibt es doch nicht.«

»Ist es Ihnen zu wenig. Sie können gerne etwas mehr haben? Ich kann ja auf zwanzig Tausend aufrunden.«

»Zu wenig, zu viel. Was macht das für einen Unterschied.«

Nun fängt sie an, sich misstrauisch im Restaurant umzusehen.

»Was suchen Sie?«

»Gibt es versteckte Kameras? Kommt bald irgendjemand und sagt, dass jetzt eine Fernsehsendung gedreht wird.«

Nun muss ich lauthals lachen.

»Nein, es gibt keine Kameras. Nur Sie und ich.«

»Wie haben Sie es sich denn vorgestellt? Wie soll alles ablaufen?«

»Wie gesagt, Sie geben mir Ihre Bankdaten oder Ihr Postcheckkonto und Sie erhalten monatlich 1500.- CHF per Dauerauftrag überwiesen.«

»Wie sagten Sie, ist Ihr Name?«

»Felice Utopian.«

»Gut, Hr. Utopian. Und was genau möchten Sie von mir als Gegenleistung?«

Es scheint so zu sein, dass sie zu den Leuten gehört, denen man alles mehrere Male erklären muss, bis sie begreifen.

»Nichts. Ich möchte keine Gegenleistung, ausser ein Dankeschön. Ja, ein Danke wäre super.«

Sie öffnet ihre Handtasche und nach längerem Suchen findet sie ihr Portemonnaie. Dort drin entnimmt sie die gelbe Postcard Karte und reicht sie mir.

Ich schreibe ihre Postcheck Nummer auf und vervollständige nach ihren Angaben die Personalien. Dann gebe ich ihr die Karte wieder zurück.

Auf der Karte konnte ich ihren ganzen Namen lesen, Angelina Maria da Costa Barroso.

Ich erkläre ihr: »Sie erhalten ab sofort jeweils immer Ende Monat den von mir versprochenen Betrag. Ein Jahr lang. Bitte erzählen Sie niemandem davon, ausser auf der Steuererklärung, dort sollten Sie es deklarieren.«

Schweigend sitzt sie einige Zeit fast bewegungslos mir gegenüber.

Dann höre ich sie leise »Danke, ganz, ganz herzlichen Dank.« sagen.

Tränen kullern ihre Wangen hinunter.

»Ich habe eine schwere Zeit gehabt und finanziell geht es mir nicht sehr gut. Ich muss an zwei Arbeitsstellen arbeiten. Ich habe noch Schulden, welche ich abzahlen muss. Wenn es wirklich wahr ist, was Sie mir erzählt haben, dann sehe ich positiver in die Zukunft.«

Wir sitzen nun eine Zeit lang da ohne zu reden.

»Darf ich Sie fragen, wie hoch Ihre Schulden sind? «

»Mittlerweile sind es nicht mehr ganz 30`000.- CHF.«

Ich frage nicht nach, wie sie zu ihren Schulden gekommen ist. Das ist ihre Privatsache.

Nun stelle ich ihr die Frage, welche mir irgendwie schwer fällt, ich habe ja noch keine Übung darin. »Darf ich Ihnen eine grosse Freude machen, ich möchte Ihnen heute, sagen wir mal 15`000.- CHF schenken. Einfach so. Und Sie würden damit die Hälfte der Schulden begleichen?«

Absolut fassungslos schaut sie mich an.

»Das gibt es doch gar nicht! Das ist doch unmöglich. Niemand verschenkt einfach so so viel Geld! «

»Doch, ich. Wissen Sie, ich habe genug Geld zum Leben und es würde mir eine grosse Freude bereiten, wenn ich Ihnen diesen Betrag schenken dürfte.«

»Wie stellen Sie sich das denn vor?«

»Das geht ganz problemlos, wir bezahlen jetzt, Sie sind selbstverständlich eingeladen. Dann gehen wir an einen Bankschalter und ich gebe Ihnen das Geld.«

»Ganz einfach, haben Sie gesagt?«

Ich zucke mit den Schultern und wiederhole: »Ja, ganz unkompliziert.«

Nachdem wir bezahlt haben, gehen wir zu einer Bankfiliale in der Nähe und ich lasse 15`000.- CHF auszahlen. Das vermindert meinen aktuellen Kontostand nur sehr minim.

Ich übergebe ihr das Geld und sie nimmt es irgendwie wie in Trance entgegen. Wie wenn sie ihr Glück noch nicht fassen kann.

»Ganz herzlichen Dank. Ich kann es zwar noch nicht so recht einordnen, aber jetzt, wo ich das Geld in der Hand habe, begreife ich langsam, dass Sie es wirklich ernst meinen. Danke.«

Ich ergreife ihre Hand und versuche mich zu verabschieden.

»Auf Wiedersehen. Oder besser gesagt, ich wünsche Ihnen alles Gute, wir werden uns ja vermutlich nicht mehr so schnell wiedersehen. Eigentlich.«

»Darf ich Sie zum Abschied umarmen?«

»Sehr gerne.«

Sie umarmt mich, drückt ganz fest und ich höre, wie sie leise sagt: »Sie sind ein bemerkenswerter Mensch. Ich wünsche Ihnen auch alles Gute.«

Und Freudentränen haben wir beide in den Augen.

Wir lösen uns voneinander und reichen uns zum Abschied die Hand.

Sie schaut mich mit grossen Augen an und dann geht jeder seines Weges.

Ich denke, dass ich sie später wieder einmal zu einem Tee einladen werde.

Am gleichen Abend habe ich im PC bei PostFinance einen Dauerauftrag auf ihr Postcheckkonto eingegeben.

Ab Ende Januar bis Dezember monatlich 2000.- CHF.

Ich habe noch etwas aufgerundet, so kann sie den Rest der Schulden begleichen.

In dieser Nacht habe ich speziell gut geschlafen. Es tut wirklich gut, Gutes zu tun.

Am nächsten Morgen war einer der ersten Gedanken.
»Warum hat sie nicht gefragt, wie viel ich gewonnen habe?«

Ich bin überzeugt, dass von hundert Frauen ganz bestimmt etwa achtundneunzig Frauen diese Frage gestellt hätten: Wie viel ich gewonnen habe.

Angelina ist wohl eine einzigartige Frau. Sie wird ihren Weg machen.

Noch eine Bemerkung:
Ich bin überzeugt, dass von hundert Männern ganz bestimmt hundert Männer nach der Höhe des Gewinns gefragt hätten

oder aber, wann die Ziehung gewesen ist, um selbst danach zu recherchieren.

Mein Gedanke dazu:
»Ende gut, alles gut«

An der Côte d'Azur

So, jetzt habe ich meiner Meinung nach eigentlich alles geregelt was es zu regeln gibt.

Von meinem Gewinn habe ich immer noch wirklich absolut niemandem erzählt. Nicht meiner Ex Frau, nicht den Kindern, weder in der weiteren Verwandtschaft, nicht an der bisherigen Arbeitsstelle und auch nicht meinen Freunden und Kollegen.

Es ist beinahe schon zwanghaft, wie ich mich immer wieder damit beschäftige, niemandem etwas davon zu erzählen.

Und was mich sehr freut, dass auch Euro Millions absolut nichts über mich hat verlauten lassen. Sie haben mit meinem Einverständnis nur angegeben, dass jemand in der Innerschweiz das Los gekauft hat.

Meine aktuelle Mietwohnung behalte ich noch. Ich werde wohl einige Zeit immer wieder im Ausland unterwegs sein. Sollte ich Lust verspüren, ein paar Tage in der Schweiz zu verbringen, habe ich noch meine eigenen vier Wände.

Um eine grössere, modernere und luxuriösere Wohnung kümmere ich mich später.

Eine hübsche Wohnung mit Seeblick soll es sein.

Habe ich Ihnen schon von Arno erzählt. Nein? – noch nicht. Also, Arno ist einer meiner wenigen Freunde. Ihn kenne ich schon sehr lange. Arno habe ich erzählt, dass ich eine Auszeit nehme und einige Zeit im Ausland verbringen werde.

Er hat mir keine weiteren Fragen gestellt und es so hingenommen, wie ich es ihm erklärt habe.

Er wird während meiner Abwesenheit in meiner Wohnung nach dem Rechten schauen, da er ganz in meiner Nähe wohnt. Wenn er will, darf er auch dort wohnen, denn meine Wohnung gefällt ihm besser als seine eigene.

Ich habe mir ein neues Smartphone zugelegt und er ist einer der ganz wenigen, dem ich meine neue Nummer gegeben habe, nebst meinen Kindern natürlich.

Ein Dienstag im Januar

Seit einiger Zeit arbeite ich nicht mehr.
Es ist ein riesengrosser Unterschied, ob man sich vorstellt, etliche Zeit vor der Pensionierung mit dem Arbeiten aufzuhören oder wie es jetzt in der Realität ist. Es ist zehn Mal, was schreibe ich da, nein - hundert Mal schöner. Ich wünsche jedem einen Gewinn, damit er das Leben geniessen kann. Denjenigen, die ihre Erfüllung bei der Arbeit haben, wünsche ich einen grossen Zahltag und die Möglichkeit, Teilzeit zu arbeiten und sich in der Freizeit Gutes zu tun.

Jetzt schaue ich vorwärts, genauer gesagt in den Süden. Heute Dienstag geht es los, ab in den warmen Süden. Ich kann mir endlich leisten, wovon ich früher nur geträumt habe:
Dolce far niente am Mittelmeer.
Süsses nichts tun, dort wo die Temperaturen um einiges höher sind als hier in der Schweiz.
Es geht zuerst nach Italien ans Mittelmeer und dann an die Côte d'Azur. Die nächsten Wochen werde ich mehrheitlich nicht in der Kälte in der Schweiz verbringen, sondern vor allem an der Sonne in Italien, Südfrankreich und weiteren Orten überwintern. Dort soll es aktuell angenehme 18 Grad haben.
Zuallererst einmal geht es mit dem neuen Auto nach Portofino.
Habe ich Ihnen schon vom Kauf meines neuen Autos erzählt?
Nein.
Was für ein Auto ich mir zugelegt habe, ist eigentlich nicht so wichtig, suchen Sie sich eins aus und reisen Sie in Gedanken mit dieser Marke mit mir mit. Ich kann nur so viel verraten, dass das Reisen mit diesem Auto sehr bequem ist und es mehr als genug Annehmlichkeiten bietet.
Am späteren Nachmittag habe ich Portofino erreicht. Ich weiss, dass diese Strecke auch in ein paar Stunden zu schaffen ist, aber ich habe ja jetzt alle Zeit der Welt.

Sie fragen sich zu Recht, wie um alles in der Welt ich denn auf Portofino als erstes Reiseziel komme. Für mich war klar, dass ich in den Süden, Richtung Italien und Frankreich fahren werde. Sehen Sie, das Weitere geht ohne viel Aufwand: Ich habe zwei Möglichkeiten gehabt, erstens von Osten nach Westen oder umgekehrt zu reisen.

Von Genua nach Marseille oder umgekehrt.

Ich habe vor der Abreise eine Landkarte von der Gegend Genua bis Marseille auf den Tisch gelegt, die Augen geschlossen, die Karte ein paar Mal im Kreis gedreht und dann mit dem Zeigfinger auf die Karte getippt. Nach mehreren Versuchen landete der Finger an der Küste und nicht mehr im Landesinnern. Wie der Zufall es wollte, habe ich auf Portofino getippt. So geht das.

Nun ein paar Zeilen zu Portofino.

Portofino befindet sich ca. 40 km südöstlich von Genua und ist die Schönheitskönigin in der Region Ligurien. Das ehemalige malerische Fischerdorf Portofino hat ca. 600 Einwohner und avancierte nach 1945 zum beliebten Jetset Treff. Die schön erhaltenen Fischerhäuser um den von Luxusyachten dicht belegten Hafen beherbergen heute luxuriöse Geschäfte und sündhaft teure Restaurants.

In Portofino logiere ich zum ersten Mal in meinem Leben in einem 5-Sterne-Hotel mit Meersicht. Absolut traumhaft. Um welches Hotel es sich handelt ist nicht so wichtig. Da ich es mir leisten kann, miete ich mich für drei Nächte ein. Soviel möchte ich verraten, diese Tage im Hotel haben mich drei Mal 550 € gekostet, also 1650 €, wobei im Preis neben der Übernachtung nur das Frühstück inbegriffen ist. Da ich bis jetzt jahrelang immer sparsam gelebt habe, fange ich an zu rechnen.

Preis pro Nacht 550 €. Das macht eine »Monatsmiete« von 16`500 €. Das ist mir eindeutig zu viel. Ich leiste mir die Zeit in Portofino, aber wenn es dann Richtung Frankreich geht, werde ich nicht mehr einen Preis von 550 € pro Nacht bezahlen. Bei allem was Recht ist.

Obwohl, wenn ich es mir recht überlege und weiter rechne. Kosten pro Tag 550 € ergibt eine Jahresmiete von etwas über 200`000 €. Das sind mehr als 230`000.- CHF. Und

wenn ich die nächsten 20 Jahre in solchen Hotels übernachten würde, komme ich auf einen Betrag von etwas über 5 Mio CHF.
Mir würde immer noch genug zum Leben bleiben.

Hier in Portofino möchte ich vor allem eines: meine Ruhe haben.
Und ich habe sie gefunden – die ersehnte Ruhe. Ich kann mich tagelang in dem wunderschönen Ort mit Hafen frei bewegen. Doch etwas ist nicht so, wie ich es mir vorgestellt habe. Das Wetter spielt nicht mit, es ist kalt. Nein nicht wirklich kalt. Aber eben nicht so wirklich warm wie ich es mir wünsche.

Meine Reise geht weiter nach San Remo, wo ich eine Nacht übernachte. Von Portofino nach San Remo sind es 180 Kilometer. Danach übernachte ich zwei Nächte in Monte Carlo. Von San Remo nach Monte Carlo sind es etwa 45 Kilometer. Und zum Schluss geht es 20 Kilometer nach Nizza. Die weiteren Orte an der Côte d'Azur, die ich geplant habe, in den nächsten Tagen zu besuchen, wären: Antibes, Cannes und St. Tropez. Aber eben, das Wetter macht mir einen Strich durch meine Planung. Es ist nicht so warm, wie ich es mir gedacht habe. Die Temperaturen sind um etliche Grad kühler. So ist es absolut klar für mich, dorthin zu reisen, wo es im Moment sehr warm ist.
Die Region zwischen Genua und St. Tropez werde ich ganz sicher zu einem späteren, etwas wärmeren Zeitpunkt besuchen.
Ich packe meine Sachen und fahre von Nizza über Mailand mit dem Auto nach Hause zurück in die Schweiz.

Arno gebe ich Bescheid, dass ich zurückkomme.
In meiner Wohnung angekommen, erscheint sie mir sehr schäbig. Nach den paar Tagen in luxuriösen Suiten bin ich schon »Besseres« gewohnt.
Wie schnell das geht, sich an den Luxus zu gewöhnen.
Ich mache mir Gedanken, wenn ich nach meinem geplanten Abstecher in wärmere Gegenden zurückkomme, dass

ich mich als erstes nach einer neuen Wohnung umsehen werde.

Im Internet gehe ich auf eine oberflächliche Wohnungssuche und stelle zu meiner Freude fest, dass es eine genügende Anzahl von Objekten gibt, die für mich in Frage kommen. Es eilt somit nicht.

Mein Gedanke dazu:
»Es ist nicht immer so wie man es gerne hätte«

Ab an die Wärme

Hier in meiner Wohnung ist es gemütlich warm. Aber wenn ich zum Fenster hinausschaue, friert es mich. Wärme habe ich schon immer viel lieber als Kälte gehabt. Nun kann ich es mir leisten, in den Wintermonaten an Orte zu reisen, in denen die Temperatur meinen Wünschen entspricht.

Nach dem Frühstück erkundige ich mich im Internet, wo es angenehmere Temperaturen hat. Und siehe da: In Australien gibt es Temperaturen von über 25 Grad.

Nichts wie hin. Australien ich komme.

Wenn ich schon im Internet bin, schaue ich die Wetterprognosen an. In Europa soll es in den nächsten Tagen in einigen Gebieten noch viel kälter werden. Es wird Temperaturen tagsüber von bis – 20 Grad, also eine sibirische Kälte, geben.

Ich packe nur wenig in den Koffer ein. Ich werde mich in Melbourne neu einkleiden.

Da Arno mich mit meinem Auto nach Kloten fährt, erkläre ich ihm, dass ich eine Erbschaft gemacht habe und es mir nun leisten kann zu reisen. Ich überlasse ihm bis zur Rückkehr meinen Wagen.

Ich fliege also von Zürich über Singapur nach Melbourne.

Herrliche 27 Grad Wärme empfangen mich. Ich bin nun insgesamt mehr als einen Tag unterwegs gewesen, davon über zwanzig Stunden im Flugzeug in der Businessclass von Singapore Airlines. Wir landen am frühen Vormittag auf dem Tullamarine Airport in Melbourne, Victoria. In einem Flughafenrestaurant genehmige ich mir einen Tee und erkundige ich mich im Handy, wie in Europa das Wetter ist. Die Kälte ist anhaltend. Es hat tragischerweise mehrere Tote gegeben, die erfroren sind, so lese ich bei den News. Und das Wetter im Süden Frankreichs, an der Côte d'Azur, ist weiterhin nicht wirklich warm, es hat tagsüber nur etwa 12 Grad.

Und hier im Süden von Australien ist Sommerwetter.

Früher habe ich jeweils das Tennis Grand Slam Turnier »Australien Open« im Fernseher mitverfolgt und festgestellt, dass ich zu Hause Winter habe und in Melbourne Sommer ist. Nun bin ich hier in der für mich richtigen Jahreszeit angekommen.

Vom Flughafen geht es mit dem Airport-Bus in 40 Minuten in südlicher Richtung in die zweitgrösste Stadt Australiens, in der ich die nächsten Tage verbringen werde.

In einem 5-Sterne-Hotel kann ich schon einchecken, obwohl ich noch etwas vor der Check-in Zeit ankomme. Mit dem Lift geht es in die Höhe.

Als erstes nehme ich eine Dusche und danach schlafe ich ein paar Stunden. Gegen 16:00 wache ich auf und lasse mir im Hotel am Informationsschalter Unterlagen für Ausflüge geben, damit ich die nächsten Tage planen kann. Es wird mir empfohlen, den Eureka Tower zu besichtigen, da man von dort im 88. Stockwerk in 285 Metern Höhe bei der Aussichtsplattform Eureka Skydeck 88 einen hervorragenden Überblick über Melbourne hat.

Gesagt, getan.

Nachdem ich ein Ticket gelöst habe, geht es mit dem Aufzug in 40 Sekunden in die 88. Etage. Was für eine wunderbare Aussicht. In einem der Restaurants nehme ich mein Abendessen ein. Danach gehe ich wieder in mein Hotelzimmer und ich schaue die Unterlagen durch, die ich mir am Informationsschalter habe geben lassen. Und siehe da, in einem Prospekt finde ich eine Broschüre eines sogenannten Begleit Services.

Eine Internet Adresse ist angegeben und aus lauter Neugierde gebe ich diese auf meinem Smartphone ein.

Die Texte sind englisch und ich wähle die Option übersetzen.

Beim Register »Travel Companions« klicke ich drauf. Das tönt für mich nach Reisebegleitung.

Es wird für die Agentur geworben. Ich lese Sätze wie: »Alle unsere wunderschönen Girls sind intelligent, höflich, bereit, gepflegt und sauber.« »Alle besitzen das gewisse Etwas, das uns erlaubt, Sie in unsere Familie zu lieben, fürsorgliche Begleiter Willkommen.«

Ich blättere durch diverse Seiten der Homepage und komme zu den Preisen. Obwohl ich, wie man so schön sagt, im Geld schwimme, muss ich doch staunen, wie teuer die Dienstleistungen sind. Ich habe einen kurzen Blick darauf geworfen und weil mir eine Travelbegleitung für mehrere Tage viel zu teuer erscheint, verlasse ich diese Internet Seite. Ich bin mir schon bewusst, dass gute Leistung seinen Preis hat, aber was zu viel ist, ist zu viel.

Da ich schon mal im Internet bin, schaue ich Escortseiten aus der Schweiz an. Dort sind die Preise, wie soll ich sagen, moderater, das bedeutet, es kostet nur einen Teil von dem, was es hier kostet.

So blättere ich die anderen Prospekte durch und entschliesse mich, mich morgen mit der Planung zu befassen. In den nächsten Wochen werde ich folgende Orte besuchen.

Als erstes von Melbourne westlich zu den 12 Aposteln, dann auf die Insel Tasmanien.

Weiter geht es mit dem Flugzeug nach Sydney und von dort werde ich die Ostküste in nördlicher Richtung bereisen über Fraser Island bis zum Great Barrier Reef.

Danach gehe ich nach Alice Springs und von dort zu Ayers Rock/Uluru. Zurück nach Alice Springs und von dort nach Adelaide und nach Kangaroo Island.

Und wieder zurück nach Melbourne.

Ich könnte nun Seiten füllen mit Reisebeschreibungen. Aber lassen wir das.

Hauptsache es ist warm und mir ist warm!

Übrigens, ich bin meist alleine unterwegs gewesen, also manchmal habe ich auch tageweise Autostopperinnen oder Autostopper mitgenommen.

Nach mehr als einem Monat Aufenthalt in Australien habe ich Sehnsucht nach der Schweiz.

So plane ich die Rückkehr und meinen bevorstehenden runden Geburtstag.

Ich habe auch schon Kontakt zu einem Immobilienmakler aufgenommen, um mit ihm geeignete Wohnungen zu besichtigen.

Mein Gedanke dazu:
»Schön ist es auf der Welt zu sein, vor allem wenn die Finanzen stimmen«

Mein 50. Geburtstag

Ein Samstag Anfang März

Gestern Freitag bin ich in die Schweiz zurückgekehrt.
Bei noch relativ winterlichen Temperaturen komme ich in die Schweiz und übernachte in Zürich.
Ich werde meine Familie wiedersehen!
Darauf freue ich mich schon seit längerem. Ich habe alles mit dem Smartphone von Australien aus organisiert.
Aber heute feiere ich meinen 50. Geburtstag.

Silvia, meine Ex Frau, hat sich bereit erklärt, an meinem fünfzigsten Geburtstag den Abend mit uns, mit mir und den Kindern, zu verbringen. Da dies ein besonderer Anlass für mich ist, habe ich meine Kinder gebeten, ohne ihre Partner zu kommen.
Da die vier aus verschiedenen Teilen der Schweiz anreisen, habe ich ihnen mitgeteilt, dass wir uns beim Bahnhof in Zürich treffen und von dort mit einem Taxi weiterreisen werden. Ich habe ihnen versprochen, dass der Abend für sie alle unvergesslich sein werde.
Einzeln trudeln alle innerhalb von zwanzig Minuten im Bahnhof am vereinbarten Ort ein.
Kurz vor 18:00 Uhr sind wir nun also komplett. Ich nehme mein Smartphone und telefoniere dem Chauffeur, dass er das Fahrzeug vorfahren könne. Meine vier Angehörigen gehen in Richtung Bahnhofstrasse zu den Taxis. Ich rufe sie zurück und gehe in die andere Richtung. Es dauert nicht lange und eine wunderschöne Stretchlimousine fährt vor und ich gehe darauf zu.
Silvia sagt zu mir: »Du machst wohl einen Spass. Diese Limousine ist sicher nicht für uns.«
»Doch, doch, steigt nur ein, lasst euch überraschen«, erwidere ich ihr, »ich werde nur einmal im Leben fünfzig. Ich habe extra für heute Abend etwas auf die Seite gelegt, um euch etwas zu verwöhnen.«
Das wird sicher ein lustiger Abend.

Nachdem alle eingestiegen sind und die Innenausstattung bewundert haben, öffne ich den Kühlschrank und hole den Champagner hervor. Die Limousine hat sich in Bewegung gesetzt und rollt gemächlich dahin.

Den Chauffeur habe ich schon heute Nachmittag telefonisch instruiert, wohin er uns bringen soll. Ich schenke fünf Gläser ein und gemeinsam stossen wir das erste Mal heute Abend an. Es wird sicher nicht das letzte Mal sein. Nach etwa 50 Minuten haben wir unser Ziel erreicht.

Den Chauffeur bitte ich, dass er sich in etwa drei Stunden wieder zur Verfügung hält. Ich gebe ihm ein Couvert und wünsche ihm einen schönen Abend. Zum Abschied zwinkere ich ihm zu.

Wir steigen aus und begeben uns ins Restaurant des Hotels. Ich habe an der Fensterfront einen Tisch für uns reservieren lassen.

Wir geniessen den wunderschönen Ausblick auf die verschneite Landschaft und den Blick auf den See.

Bei der Bestellung fordere ich alle auf zu nehmen, wozu sie Lust haben, der Preis spiele heute Abend keine Rolle. Das Essen schmeckt allen wunderbar und wir unterhalten uns angeregt. Sie möchten natürlich wissen, wo ich die letzte Zeit verbracht habe. Doch ich vertröste sie auf später.

Nachdem wir reichlich gegessen und getrunken haben, bestellen wir uns Kaffee und ein Dessert zur Feier des Tages. Während wir auf unsere Bestellungen warten, unterbricht Massimo die Gespräche und richtet das Wort an mich: »Lieber Papa, ich möchte dir zum Geburtstag etwas Kleines geben.« Er nimmt aus seiner Jacke ein Couvert und überreicht es mir.

Es ist ein Geschenkgutschein eines Kaufhauses. Ich bedanke mich bei ihm. Auch Tabea und Elena geben mir je ein Couvert mit einem Geschenkgutschein.

Silvia schaut etwas verlegen drein. Ich versuche, es zu übersehen.

Ich bedanke mich bei ihnen, erhebe das Glas und richte das Wort an meine Liebsten:

»Meine Lieben, ich habe eine Überraschung für euch. Euer Leben wird sich in den nächsten Minuten radikal verändern. Aber mit der folgenden Überraschung ist eine Bedingung verbunden. Ihr dürft niemandem etwas davon erzählen.«

Ich schaue alle der Reihe nach an. Gespannt lauschen die vier meinen Worten. Ihren Blicken, die sie mir, aber auch untereinander zuwerfen kann ich entnehmen, dass ich eine gewisse Spannung erzeugt habe.

Ich greife langsam in die linke Innentasche meiner Jacke und hole vier angeschriebene Couverts hervor. Auf jedem Couvert steht ein Name. Feierlich lege ich sie vor mir auf den Tisch und schaue alle vier nacheinander an.

Dann beginne ich meine Erklärung: »Manchmal ist es im Leben nicht so, wie es aussieht. Ich war in den letzten Monaten nicht immer ganz ehrlich zu euch. Ich möchte mich daher kurzfassen. Letztes Jahr habe ich Euro Millions gespielt und mehrere Millionen CHF gewonnen. Wie viele Millionen, sage ich euch noch nicht, aber das ist jetzt auch nicht so wichtig.«

Nun beginnt ein Durcheinander von Stimmen, alle reden gleichzeitig und Fragen prasseln auf mich ein.

»Stopp, Ruhe!« unterbreche ich den Redeschwall nur mit grosser Mühe.

»Lasst mich ausreden!«

Allmählich wird es ruhiger und ich kann weiter erklären.

»Wichtiger ist es, dass ich euch heute an meinem fünfzigsten Geburtstag reich beschenken möchte. Ich habe für jeden von euch ein Bankkonto eröffnet und im Couvert findet ihr die Bankbestätigung.«

Ich reiche jedem ein Couvert, welches mit ihrem Namen angeschrieben ist.

Ich bitte sie eindringlich: »Bitte seid nicht allzu laut, wenn ihr den Betrag liest.«

Elena ist die erste, welche das Couvert geöffnet hat. Und schon geht es nach kurzer Zeit los.

»Mama mia, eine halbe Million, mama mia,« stammelt sie ungläubig.

Auch die anderen drei haben nun den Bankbeleg gelesen und starren mich an.

Wortlos steht Massimo auf und kommt zu mir und umarmt mich. »Danke, Papa, danke.« Kurz darauf kommen auch die anderen drei zu uns und so umarmen wir uns alle.

Meine Güte, ist das ein Glücksgefühl. Ich werde geküsst, gedrückt und weiter umarmt. Nun tönt es vielstimmig »Danke, Papa, danke.«

Auch meine Ex bedankt sich »Danke, Felice, vielen Dank.« Nach der ersten Aufregung setzen wir uns wieder hin.

Ich reiche allen nochmals ein weiteres Couvert mit je 10`000.- CHF und erkläre ihnen: »Das ist, damit ihr etwas Geld in der Hand habt.«

Ich erzähle ihnen nun, dass ich etwas mehr als zehn Mio. gewonnen habe. Es ist die Wahrheit, aber eben nur ein Teil davon. Alles müssen sie nicht wissen.

Bald einmal beginnen die Diskussionen, was sie mit dem geschenkten Geld machen könnten.

So wird es etwa so spät, wie ich gedacht habe. In weiser Voraussicht habe ich fünf Zimmer reserviert und gegen Mitternacht begeben wir uns auf unsere Zimmer.

Während ich mich zum Schlafen bereit mache, klopft jemand ganz leise an meine Zimmertüre.

»Wer mag das wohl sein?« denke ich.

Ich öffne die Tür einen Spalt breit.

Vor mir steht Silvia, meine Ex Frau. Ich rieche einen sehr bekannten Geruch an ihr. Ein Parfüm, welches ich nun seit mehreren Monaten nicht mehr gerochen habe.

»*Was mag sie um diese Zeit wohl von mir wollen*?« ist mein nächster Gedanke.

»Darf ich reinkommen?« fragt sie mich.

«Ist es etwas Dringendes? Ich bin müde und möchte schlafen« höre ich mich sagen.

»*Habe ich das jetzt wirklich gesagt*?« denke ich für mich.

»Ich würde dir gerne etwas Gesellschaft leisten.«

Noch vor einigen Monaten wäre ich sehr, sehr glücklich gewesen, wenn sie mir das gesagt hätte. Doch im Augenblick bin ich nur müde und möchte schlafen.

»Ich möchte jetzt nicht unhöflich sein, aber können wir uns nicht ein anderes Mal unterhalten?«

Mit den Worten: »Wie du willst«, dreht sie sich abrupt um und begibt sich in ihr Zimmer.

Ich gehe zu Bett und lösche das Licht.

Etliche Gedanken gehen mir durch den Kopf.

Lange hat es gedauert, bis ich eingeschlafen bin, doch danach habe ich traumlos und lange geschlafen.

Mein Gedanke dazu:

»Geld allein macht nicht glücklich, er braucht auch gute Beziehungen«

Die Eigentumswohnung

Am Montag danach.

Da ich vorhabe, einige Zeit in der Schweiz zu bleiben, benutze ich die Gelegenheit, um mir eine Eigentumswohnung zu kaufen.

Die letzten Wochen war ich ja mehrheitlich im Ausland und habe immer in Hotels übernachtet. Nun sehne ich mich vor allem nach eigenen vier Wände. Ein Zuhause oder Daheim. Ich freue mich auf meinen zukünftigen Lebensmittelpunkt.

In der Nähe von Zug habe ich eigentlich eine Wohnung, aber wie schon geschrieben, möchte ich etwas Luxuriöseres.

Da ich in Zukunft viel Steuern bezahlen muss, kommt es mir bei meinen Überlegungen auch auf eine steuergünstige Gemeinde an. Und recht nahe am Zürichsee sollte sie gelegen sein, mit Seesicht an leicht erhöhter Lage.

Im Internet habe ich in letzter Zeit mehrere Wohnungen ausgesucht und nun drei Wohnungen in der engeren Auswahl, die ich heute und morgen mit meinem Immobilienmakler besichtigen werde.

Es ist wirklich immer noch kalt in der Schweiz im März.

Vorgestern habe ich mit meiner Familie meinen fünfzigsten Geburtstag gefeiert. Es war wirklich ein für alle unvergesslicher Abend. Alle fünf haben wir in dem Hotel übernachtet und auch zusammen gefrühstückt.

Silvia hat mich immer mal wieder verstohlen angeschaut. Führt sie etwas im Schilde, hat sie eine bestimmte Absicht?

Wie sie mich wieder einmal mustert, fällt es mir wie Schuppen von den Augen.

»Silvia hat den Braten gerochen. Wenn sie mich wieder zurück erobern könnte, käme sie an den grossen Honigtopf.«

Schnell verdränge ich diesen Gedanken und widme mich wieder den Gesprächen. Ich möchte ihr ja nichts Böses unterstellen. Wir sind auf ihren Wunsch geschieden und dabei bleibt es. Aus uns wird kein Paar mehr. Aus und vorbei. Meine Kinder haben erzählt, dass ihnen das Ereignis wie ein Traum vorkommt. Sie haben immer wieder die Inhalte der beiden Couverts angeschaut, um sicher zu sein, dass alles seine Richtigkeit hat.

Während des Frühstücks überrasche ich meine Familie damit, dass wir wieder mit der Stretchlimousine nach Zürich fahren. Um 10:30 kommt die Limousine an und bringt uns sicher nach Zürich.

Ich lasse alle vier in der Nähe des Bahnhofes aussteigen. Wir verabschieden uns voneinander und sie versprechen mir nochmals, nur ganz Nahestehenden etwas über mich als Spender verlauten zu lassen.

Silvia verabschiedet sich als letzte und schaut mich an. Sie erwartet wohl eine Frage von mir. Wir umarmen uns und ich löse mich dann von ihr.

Ich habe weder ihr noch den Kindern gestern etwas davon erzählt, dass ich heute Wohnungen besichtigen werde. Ich sage auch Silvia nichts davon, es könnte ja sein, dass sie mich begleiten möchte. Dazu habe ich keine Lust. Wie ich sie kenne, würde sie mir Empfehlungen machen und für mich die Wohnung aussuchen, die ihr gefällt. Ich möchte dies nicht. Um dies zu verhindern, drücke ich ihr ein letztes Mal die Hand und steige ein.

Beim Wegfahren winke ich ihr zu.

Ich lasse den Chauffeur in der Nähe des Parkhauses anhalten, wo ich mein Auto abgestellt habe.

Ich habe mir einige Zeit lang Gedanken gemacht, ob ich als sogenannt ständigen Wohnsitz ein Haus oder eine Wohnung kaufen soll. Dann bin ich nach reiflichem Überlegen zum Entschluss gekommen, dass eine Eigentumswohnung für mich die geeignetere Variante ist.

In einem Haus würde ich alleine wohnen und in einem Mehrparteienhaus hätte ich im Bedarfsfall Mitbewohner.

Für eine Wohnung spricht auch, weil ich meinen Reichtum nicht unbedingt zur Schau stellen möchte.

Nun geht es also zur ersten Wohnungsbesichtigung an die Goldküste.

Ich bezahle das Parkticket und kurz darauf fahre ich am Zürichsee entlang. Nach ein paar Kilometern erreiche ich die gewünschte Ortschaft, wo ich mich mit meinem Immobilienmakler verabredet habe.

Um 12:00 Uhr treffen wir uns zum Mittagessen in einem bekannten Fischrestaurant ganz in der Nähe des Zürichsees. Wir geniessen das wunderbare Essen und beim Kaffee schauen wir uns die Unterlagen an.

Er erklärt mit, dass die Wohnung, welche wir zuerst besichtigen werden, vor kurzem frei wurde, da der bisherige Besitzer wegen eines Stellenwechsels ins Ausland berufen wurde. Die Wohnung ist frisch renoviert und sofort bezugsbereit.

Bei meinem ersten Objekt handelt es sich um eine Eigentumswohnung mit unverbaubarer Seesicht. In der exklusiven Wohnlage gibt es drei Häuser mit je drei Wohnungen. Die 4 Zimmer Wohnung hat 160 m^2 Wohn - und etwa 90 m^2 Terrassenfläche. Sie kostet etwas mehr als 2.5 Mio CHF.

Mein Makler bezahlt das Essen und dann fahre ich ihm mit meinem Auto die leicht ansteigende Strecke nach. Wir erreichen die Wohnanlage und stellen das Auto ab. Ich schaue zum See hinunter und die Aussicht gefällt mir. Da die Bäume jetzt noch keine Blätter haben, ist die Sicht wunderbar. Die drei Häuser sind terrassenförmig angelegt.

Wir begeben uns zum Wohnhaus, welches am nächsten am Waldrand gelegen ist. Dort geht es in die oberste Wohnung.

Mein Makler öffnet die Wohnungstüre und lässt mich eintreten.

Es schmeckt nach frischer Farbe und Putzmitteln. Alles sieht sehr sauber aus. Die Wohnung ist leergeräumt.

Ich schaue mich in allen Räumen um. Nebst der grossen Wohnstube hat es zwei Schlaf- und ein Arbeitszimmer. Es gibt zwei Badezimmer inklusive Duschen und zwei separate WCs. Dazu gehören ein Bastelraum und Waschraum mit Tumbler. Die Tiefgarage bietet Platz für mehrere Autos und es gibt einen Lift direkt in die Wohnung. Es gibt noch einen gemeinsamen Aussenparkplatz.

Die Wohnung gefällt mir sehr, vor allem die Seesicht. Auf der Terrasse verweile ich eine Zeit lang und geniesse die Aussicht und die frische Luft. Ich lasse alles auf mich einwirken und. Ich könnte mir gut vorstellen, hier zu wohnen. Ich möchte aber noch die beiden anderen Wohnungen besichtigen.

Mit der Fähre geht es auf die gegenüberliegende Seeseite. Während der Überfahrt erhalte ich eine SMS von Silvia. Sie schreibt, dass sie sich über das Wiedersehen sehr gefreut hat. Wenn ich Lust und Zeit habe, können wir gerne zusammen einen Tee trinken.

Ich schreibe ihr zurück, dass es im Moment leider nicht günstig ist. Ich werde mich melden.

Am anderen Ufer des Zürichsees geht es in Richtung Osten und in den Nachbarkanton Schwyz. Dort in eine Gemeinde, wo die Steuern sehr günstig sind.

In einer Wohnlage gibt es eine Terrassenwohnanlage mit diversen Wohnungen. Die 5.5 Zimmer Wohnung hat 210 m^2 Wohn- und etwa 80 m^2 Terrassenfläche. Sie kostet etwas mehr als 3 Mio CHF.

Es gibt auch hier eine Tiefgarage, welche Platz für mehrere Autos bietet und einen Lift direkt in die Attikawohnung. Es gibt noch einen Aussenparkplatz und Besucherparkplätze.

In der gesamten Wohnanlage hat es vier Häuser und jedes Haus hat vier Wohnungen.

Die Wohnung ist derjenigen von der Goldküste sehr ähnlich, preislich besteht ein kleiner Unterschied. Die Steuerbelastung ist aber um einiges geringer.

Was mich an dieser Wohnung beeindruckt ist die wundervolle Seesicht und die perfekte Privatsphäre

Da mir die Lage, die Aussicht, die Raumaufteilung und die Nähe zu Zürich gefällt, beschliesse ich spontan, dass ich diese Attika-Terrassenwohnung nehme.

Dies habe ich dem Makler so mitgeteilt und wir haben für den nächsten Tag abgemacht, um den Papierkram zu erledigen.

Den Kaufpreis werde ich in den nächsten Tagen überweisen.

Die dritte Wohnung habe ich dann doch nicht mehr angeschaut.

In mein neues Zuhause in Wollerau einziehen kann ich ab jetzt jederzeit. Da ich Zeit habe, nehme ich dies sofort in Angriff.

Danach rufe ich Tabea an, ob sie Lust und Zeit hat, mir behilflich zu sein.

Ich hole sie am Dienstagnachmittag in Zürich ab, nachdem ich alle Formalitäten des Kaufes erledigt habe.

Auf direktem Weg fahren wir zu meiner neuen Wohnung.

Tabea bestaunt alle Räume und hat Ideen, wie diese möbliert sein könnten.

Ich erkläre ihr, dass sie mich gerne beraten kann, aber mein Schlafzimmer wähle ich alleine aus, bei den anderen Zimmern lasse ich mich von Tabea inspirieren.

Während den nächsten Tagen richten Tabea und ich meine neue Wohnung ein. Wir suchen in Geschäften in der Umgebung alles aus und ich lasse es mir in die Wohnung liefern und montieren.

Die 5.5 Zimmer gliedern sich folgendermassen:

Zwei Schlafzimmer mit separatem Bad, ein grosses Wohnzimmer, Küche mit Essbereich und einen Fitness- / Büroraum.

Am Montag war die Wohnungsbesichtigung, am Dienstag die Schlüsselübergabe und am Freitag ist die Wohnung zu meiner Zufriedenheit soweit eingerichtet.

Gekostet hat mich das Ganze etwas mehr als fünfzigtausend CHF.

Zur Feier des Tages lade ich meine drei Kinder zum Abendessen ein.

Voller Stolz zeigen wir Massimo und Elena die neue Inneneinrichtung mit allem drum und dran.

Begeistert sind sie vor allem von der Aussicht und dem Cheminée im Wohnzimmer sowie der grosszügigen Terrasse.

Es wurde ein wunderschöner Abend. Wir haben uns viel zu erzählen gehabt.

Irgendwann tauchte die Frage auf, warum ich meine EX Frau nicht auch eingeladen habe. Ich erkläre ihnen, dass wir nun seit mehr als zwei Jahren geschieden sind und jeder sein Leben lebt. Ihre Mutter und ich haben wohl noch manchmal Kontakt, aber eine Partnerschaft werde es auf keinen Fall mehr geben. Darauf war es einen Moment recht still.

Ich erkläre ihnen, dass mir der Kontakt mit ihnen sehr wichtig sei.

Massimo hatte dann die Idee, dass wir das kommende Wochenende gemeinsam verbringen könnten. Wir diskutierten etliche Vorschläge.

Da die Wetteraussichten für das kommende Wochenende angenehme Temperaturen und mehrheitlich Sonne voraussagten, einigen wir uns auf ein Wanderwochenende. Wir werden zusammen um den Hallwilersee wandern. Dies ist eine meiner Lieblingsstrecken.

Wir machen ab, dass wir uns morgen Samstag gegen 10:30 in Lenzburg am Bahnhof treffen werden. Tabea schläft diese Nacht wieder bei mir und fährt mit mir über Zürich nach Lenzburg.

Massimo und Elena verabschieden sich.

Mein Gedanke dazu:
»Home, sweet home«

Die Hallwilersee Wanderung

Tabea und ich richten es so ein, dass wir rechtzeitig beim Bahnhof Pfäffikon eintreffen, um mit dem Zug nach Zürich zu gelangen. Von dort geht es weiter nach Lenzburg.
Massimo und Elena treffen wir wie abgemacht um 10:30 beim Bahnhof in Lenzburg.
Dann geht es mit dem Zug Richtung Luzern. Nach drei Stationen und etwa fünfzehn Minuten später erreichen wir Boniswil.
Hier steigen wir aus. Boniswil liegt oberhalb des Hallwilersees. Vom Bahnhof geht es leicht abwärts zum Schulhaus. Links am Schulhaus vorbei geht der Weg rechts zum See.
Ich mache meine drei Begleiter darauf aufmerksam, dass wir morgen Sonntag nach der Seeumrundung wieder hier sein werden.
Wir begeben uns auf den Feldweg nach rechts. Der See ist in Sichtweite.
Es dauert ein paar Hundert Meter, bis wir an den Seeuferweg kommen.
Unser erstes Ziel ist Birrwil. Von Boniswil bis Birrwil sind es etwas mehr als drei Kilometer. Für die Strecke benötigen wir etwa eine Stunde. Wir nehmen es sehr gemütlich und haben auch eine Pause eingelegt.
Unterhalb von Birrwil befindet sich ein Restaurant direkt am See gelegen. Und es hat geöffnet.
Wir nehmen an einem Tisch im Garten des Restaurants Platz.
Wie es so ist, bestellen wir vier vom gemischten Salat bis zum Dessert alle das Gleiche. Da wir alle Fischliebhaber sind, ist es ein Muss, dass wir ein Fischgericht a la Carte bestellen. Dazu einen auserlesenen Châteauneuf du Pape blanc.
Nachdem wir alle den Hauptgang beendet haben, zeige ich auf das gegenüber liegende Ufer. Dort in Meisterschwanden werden wir übernachten.
Es ist Massimo, der mich darauf aufmerksam macht, dass die Strecke, die wir heute wandern, etliches länger ist als die von morgen. Wir nehmen dies so zur Kenntnis.

Im Internet stellt er fest, dass es einen Hallwilerseelauf gibt, einen Halbmarathon.

Nach dem Tee zum Abschluss überrascht uns Elena damit, dass sie die Rechnung begleicht. Elena die Sparsame.

Mit dem Versprechen, dass wir hier wieder einkehren werden, verabschieden wir uns von unserem Kellner.

Von Birrwil geht es in südlicher Richtung dem See entlang. Die sechs Kilometer lange Strecke bis Mosen ist eine der schönsten Seeuferwege, die ich bisher kennen gelernt habe. Genuss pur. Auch meine drei Begleiter sind begeistert von der Schönheit. Der Weg ist oft direkt am Ufer und wir hören Vögel pfeifen – Natur pur.

Kein einziger Radfahrer ist auf unserem Wanderweg unterwegs.

Während einer Rast schlägt Massimo vor, dass wir ab jetzt jedes Jahr gemeinsam ein Wochenende am Hallwilersee verbringen werden. Nur wir vier.

Es entsteht nun eine Diskussion, wann der beste Zeitpunkt sein könnte.

Wir einigen uns auf den Monat Juni. Nun ist es Elena, die vorschlägt, dass wir dieses Jahr das dritte Wochenende im Juni wieder hierherkommen.

Wir nehmen alle das Smartphone zur Hand und siehe da, es passt allen. Somit steht fest, dass wir in drei Monaten wieder eine gemeinsame Wanderung unternehmen. Wir freuen uns schon jetzt darauf.

Da ich das Smartphone angestellt habe, schaue ich nach, wann der nächste Hallwilerseelauf stattfindet. Es ist Mitte Oktober soweit, also in sieben Monaten.

Da ich im November in New York laufen möchte, wäre das ein guter Anlass.

Wir beenden die Rast und wandern gemütlich weiter.

Von Mosen geht es in nördlicher Richtung weiter, da wir nun mehr als 2 Stunden unterwegs sind, beschliessen wir, in Aesch einen Teehalt zu machen. Wir verlassen den Uferweg und gehen ins Dorf.

Anschliessend geht es wieder Richtung Ufer zurück und weiter Richtung Meisterschwanden. Es sind dies nicht mehr ganz vier Kilometer. Dort am Ufer bei der Schifflände befindet sich ein Resort und Spa. Es hat genügend Zimmer frei und wir wählen alle ein Zimmer mit Seesicht.

Das Abendessen nehmen wir im Restaurant direkt am See ein. Es ist ein wunderschöner Abend und wir tauschen sehr viele Erinnerungen von an frühere Zeiten aus.

Ich habe dann sehr gut geschlafen.

Das Frühstück vom Buffet nehmen wir gemeinsam gegen 08:30 Uhr ein.

Diesmal ist es Massimo, der die Rechnung begleicht.

Um 10:30 begeben wir uns wieder auf Wanderschaft. Von unserem Hotel bis zum Bahnhof Boniswil, wo wir gestern gestartet sind, sind es ziemlich genau sieben Kilometer. Bis zum nördlichsten Punkt des Hallwilersees können wir am Ufer wandern. Bei der Schiffhaltestelle Seengen biegt es rechts ab und wir spazieren zum Schloss Hallwyl.

Da wir nicht auf der Hauptstrasse nach Boniswil wandern möchten, gehen wir über Feldwege zum Bahnhof. Bei der Schule Boniswil schliesst sich der Kreis, den wir gestern angefangen haben. Wir bleiben einen Moment stehen und geniessen das Gefühl, gemeinsam zu Fuss einen See um-wandert zu haben.

Am Bahnhof beschliessen wir, das Mittagessen in Lenz-burg einzunehmen. Was wir auch gemacht haben.

Mein Gedanke dazu:
»Das Wandern ist so etwas von erholsam«

Meine finanzielle Situation im Frühling

Vor ein paar Monaten habe ich sehr wenigen viel Geld gewonnen und nun interessiert es mich, wie meine finanzielle Situation aktuell aussieht.

Von den im Januar gewonnen 70.5 Millionen CHF wurden mir für die Verrechnungssteuer 35 %, das entspricht 24.6 Millionen CHF, abgezogen.
Ausbezahlt wurden mir 45.9 Millionen CHF.
Wegen der Steuern habe ich mich an einen Steuerberater gewandt und wir haben die Steuern gemeinsam, wie sagt man so schön: »erledigt«.
Für Bund- (7.5), Kantons- (8.2) und Gemeindesteuer (9) wurden mir insgesamt 24.7 Millionen CHF berechnet.
Da mir 24.6 Millionen CHF bei der Verrechnungssteuer abgezogen wurden, muss ich nun noch 120`000 CHF bezahlen. Ich werde die Gesamtbeiträge termingerecht mit E-Banking überweisen.
Aktuell bin ich Besitzer von immer noch etwa 38 Millionen CHF.
Sie sehen, dass der Kauf der Eigentumswohnung, die Geldbeträge an meine Familie und auch die Zeit an der Côte d'Azur und in Australien einige finanzielle Spuren hinterlassen haben. Innerhalb mehrerer Monate habe ich etwas mehr als 7 Millionen CHF unter die Leute gebracht.
Nehmen wir mal an, ich hätte statt 70 Millionen CHF, viel weniger gewonnen, zum Beispiel 9 Mio CHF, so hätte ich einiges »sparsamer« mit dem Geld umgehen müssen.
Aber lassen wir das.
Es gibt etliche Schicksale von Lottomillionären, die einige Jahre später Schulden statt Millionen haben. Mir wird dies ganz sicher nicht passieren. Wobei, vermutlich haben das schon andere vor mir gedacht und gesagt und sind trotzdem ärmer als vor dem Gewinn.
Nun zu meinen bisherigen Ausgaben. Manche waren sinnvoll, andere etwas weniger. Aber ich habe sie alle genossen.

Vor allem, wenn ich daran denke, dass ich mit einem ursprünglichen Einsatz von 30.- CHF etwa 70 Mio CHF gewonnen habe. Der Einsatz hat sich also mehr als 2`300`000 vervielfacht, das ist eine ausgezeichnete Gewinnsteigerung.

Vor meinem Gewinn habe ich jährlich brutto ein Einkommen von etwa 110`000 CHF gehabt, ich müsste etwa 64 Jahre arbeiten, um so viel Geld, etwa 70 Mio. zu verdienen.

Da ich ja schon seit einigen Monaten, nicht mehr arbeite, habe ich auch kein Einkommen mehr. Eigentlich.

Die etwa 38 Mio. CHF, welche ich noch habe, werden zu etwa 1 % verzinst, da erhalte ich jährlich etwa 380`000 CHF. Diese Zinsen darf ich als Einkommen zählen und versteuern.

Und mein Vermögen versteuere ich auch. Jährlich werden mir also ca. 250`000 CHF Einkommens- und Vermögenssteuern belastet.

Wenn ich kein Geld ausgeben würde, was ich aber nicht tue, wäre ich jedes Jahr um etwa 130`000 CHF reicher (Zinsen minus Steuern).

Ich habe mit schon einige Male überlegt, was ich alles mit dem restlichen Vermögen von 38 Mio. CHF machen könnte:

- 50 Jahre in Luxus Hotels zu ca. 2000 CHF pro Nacht wohnen.
- Eine Villa, wo auch immer, könnte ich mir leisten. Oder sogar mehrere.
- Bei einer Lebenserwartung von 80 Jahren kann ich noch gut 30 Jahre leben. Von meinen ca. 38 Mio. CHF kann ich jährlich 1`266`666 CHF ausgeben. Das sind 105`555 CHF im Monat oder 3`470.- CHF täglich.
- Ich könnte mir mehrere Luxusautos kaufen, z. b. Maybach, Lamborghini, Maserati, Ferrari oder wie sie alle heissen.
- Mehrere Schmuckstücke wie Uhren oder Ringe und dergleichen mehr.

- Mir eine eigene »bescheidene« Yacht zulegen.
- Ein Haus auf der Kunstinsel Palm Jumeirah für 3 Mio. kaufen.
- Kunstgegenstände könnte ich mir leisten.
- Liegenschaften kaufen und Miete kassieren.
- Ein eigenes Flugzeug kaufen.

Diese Liste liesse sich beliebig ergänzen.

Wie Sie sehen, sind das alles Ausgaben für unnötigen Luxus. Was soll ich mit einer Villa auf der Kunstinsel Palm Jumeirah oder mit Schmuck oder einem sehr teuren Auto. Oder mit Kunstgegenständen oder einer Yacht?
Dies alles geht für mich in Richtung Verschwendung.

Aber wie soll ich mein Geld sinnvoll ausgeben? Lesen sie dazu im nächsten Kapitel weiter.

Mein Gedanke dazu:
»Viel Geld ist dazu da, um es auszugeben«

Was mache ich mit dem restlichen Geld?

Der grösste Luxus ist, gesund zu sein und seine Freiheiten zu geniessen.
Noch schöner aber ist es meiner bescheidenen Meinung nach, seinen Reichtum mit anderen zu teilen. Was heisst hier seinen Reichtum? Ich gehe nicht davon aus, alles mir zur Verfügung stehende Geld mit anderen zu teilen.
Sagen wir mal so: Kleinere und grössere Teile davon.

Nun, da ich die erste Zeit des Geldausgebens hinter mir habe, möchte ich doch langsam wieder etwas Sinnvolles machen. Meine Verwandtschaft und meine Freunde sind bestens bedient.

Was mache ich nun mit meiner gewonnen Zeit und dem vielen Geld?

Im Kapitel »Bin ich nun glücklicher?« habe ich geschrieben:
Das Geheimnis des Glücks liegt nicht im Besitz, sondern im Geben. Wer andere glücklich macht, wird glücklich.

Das tönt für mich zwar wie ein Werbespruch einer Institution, die auf Geld aus ist.
Aber der Spruch hat was für mich.
Wer andere glücklich macht, wird glücklich. Das möchte ich von jetzt an ausprobieren.
Das Geheimnis des Glücks liegt nicht im Besitz, sondern im Geben. Meine Schlussfolgerung lautet, je mehr ich gebe, desto glücklicher werde ich sein.
Auch das möchte ich ab jetzt versuchen.

Aber halt, so absolut glücklich möchte ich nun auch wieder nicht werden.
Bin ich glücklicher, wenn ich Millionen gebe oder genügen Zehntausende von CHF?

So entscheide ich mich ich: Ab sofort bin ich ein Philanthrop.

Hier eine weitere Belehrung meinerseits: Unter Philanthropie versteht man menschenfreundliches Denken und Verhalten. Im allgemeinen Sprachgebrauch versteht man Wohltätigkeit und gemeinnützige Aktivitäten darunter.

Ein Philanthrop im Sinne von menschenfreundlichem Denken war ich eigentlich schon immer. Im Verhalten war es in bescheidenem Rahmen. Ich würde mich bisher als passiver Philanthrop bezeichnen.
Ab heute möchte ich bewusst aktiver Philanthrop werden. Mein Ziel ist es, andere glücklich zu machen und glücklich zu sein.

Dieses Ziel möchte ich gerne alleine verfolgen und dazu brauche ich keinen Philanthropieberater. Wie ich schon in Zeitschriften gelesen habe, gibt es einen Markt für solche Beratungen. Wenn es mir wichtig wäre, dass ich und meine Hilfsangebote in den Medien bekannt werden sollten, wäre dies sicher eine überlegenswerte Möglichkeit. Wobei - ich habe Vorstellungen, wie eine Philanthropieberatung aussehen könnte, ob meine Vorstellungen der Realität entspricht, weiss ich natürlich nicht. Aber wie gesagt ist mein Ziel, mich möglichst bedeckt halten.

Als ich noch nicht Multimillionär war, habe ich mir Gedanken gemacht, wie ich denn einen »mehrere Millionen Gewinn« sinnvoll einsetzen könnte.

Jetzt bin ich mehrfacher Millonär und nach langem, reiflichem Studieren komme ich auf die folgende Idee:
Ich besorge mir eine grosse Schweizerkarte. Diese lasse ich auf eine Spanplatte kleben. An einer Wand meines Fitnessraumes montiere ich dann die Schweizerkarte.
Dann nehme ich mir vor, ab und zu einen Pfeil auf diese Schweizerkarte zu werfen.

Ich schaue nach, wo der Pfeil stecken bleibt und danach gehe ich in die betreffende Ortschaft, um dort eine Person oder ein Paar kennen zu lernen, die ich mit einer guten Tat unterstützen kann, das bedeutet, denen ich mit Geld unter die Arme greifen werde. Wobei ich im Prinzip bei den Personen eine sinnvolle Zukunftsinvestition leisten und wenn nötig, Schulden bezahlen möchte. Sollte es die Situation erfordern, werde ich von diesem Grundsatz gerne Gebrauch machen.

Jede Ortschaft, jeden Kanton werde ich nur einmal besuchen. So habe ich es mir vorgenommen, wenn ich immer wieder in der Schweiz bin und das werde ich in nächster Zeit auch tun.

Mein Gedanke dazu:
»Das grosse Glück ist die Summe kleiner Freuden«

Eine Lernende

Ein Montag Ende März

Bevor ich Ihnen von meiner ersten guten Tat erzähle, möchte ich ganz kurz von meinem Abstecher an die Côte d'Azur erzählen. Vor gut sechs Wochen bin ich von Nizza an der Côte d'Azur in die Schweiz zurückgekehrt. Wie vor Wochen habe ich drei Nächte in Portofino übernachtet. Danach ging es die gleiche Strecke über San Remo, Monte Carlo und Nizza. Wobei, in Monte Carlo habe ich nur eine Nacht statt zwei übernachtet. Weiter führte mich die Reise über Antibes und Cannes nach St. Tropez. Das Wetter machte diesmal mit.
Ich habe gedacht, dass ich nun sehr reich bin, aber was ich da alles gesehen habe!
Bewusst habe ich darauf geachtet, wie Leute mit ihrem Reichtum umgehen.
Es ist unglaublich, wie manche Leute ihren Reichtum zur Schau stellen. Was für Autos sie fahren und welche Yachten sie besitzen. Manche Frauen tragen ihren sehr teuren Schmuck öffentlich zur Schau.
Und zu guter Letzt die Wohnungen, Häuser und Villen, die sie ihr Eigentum nennen. Vor allem die Neureichen, also solche wie ich es bin.

Gegenüber manchen bin ich schon fast ein armer Schlucker. Während ich Besitzer von mehreren Millionen Euro bin, besitzen viele Reiche Dutzende Millionen, einige haben Hunderte Millionen und einige wenige nennen Milliarden Euro ihr Eigen.

Es war eine sehr interessante Zeit und es hat mich gelehrt, dass ich meinen Prinzipien von Bescheidenheit weiter nachleben werde. Damit meine ich, dass ich meinen Reichtum nicht öffentlich sichtbar machen werde.

Nun zum hier und jetzt.

Bevor ich mich auf die erste Reise als Philanthrop mache, habe ich mir vorher einen möglichen Ablauf überlegt und was ich brauchen könnte.
Das Geld kann ich jeweils aus einem Bancomaten holen. Bancomat Karten von mehreren Banken habe ich.
Sollte ich von jemandem etwas zugestellt erhalten, habe ich in Zürich ein Postfach eröffnet, dies als Ergänzung zu meinem Briefkasten. Ist auch erledigt.
Ich habe zusätzlich auch noch hellgrüne Visitenkarten drucken lassen mit meinem Namen und der Postfach Nummer.
Wie ich schon geschrieben habe, werde ich heute einen Pfeil auf die Schweizerkarte werfen. Es ist das allererste Mal und ich verspüre eine grosse Vorfreude.

Ich begebe mich also nach dem Frühstück in den Fitness-raum, wo an der Wand die Schweizerkarte hängt. Sie ist die grösste, die ich gefunden habe. Sie misst etwa drei mal zwei Meter.
Ich nehme den Pfeil in die rechte Hand, gehe von der Karte vier Schritte zurück und werfe den Pfeil in Richtung Karte.
Der Pfeil bleibt stecken.
Gespannt und erwartungsvoll schaue ich, wo er steckt.

Es ist Herisau. Den Pfeil lasse ich stecken.
Meine erste Reise als »Wohltäter« wird mich heute also nach Herisau führen.

Von meinem Wohnort aus gesehen liegt Herisau nordöstlich und dorthin sind es ungefähr 70 km. Diese kurze Strecke mag ich gut mit öffentlichen Verkehrsmitteln unternehmen.

Doch bevor ich mich auf die Reise mache, schaue ich zunächst im Internet nach, um etwas über Herisau zu erfahren.

Auf der Homepage von Herisau lese ich:

Sympathisch - eine Prise Stadt, eine Prise Dorf, das ist Herisau: eingebettet in die sanfte appenzellische Hügellandschaft, ohne eingeschlossen zu sein - offen zum Säntis, zum Grossraum Zürich oder zur Region Bodensee. Trotz nahezu 16'000 EinwohnerInnen keine Stadt, sondern das grösste Dorf der Schweiz - Treffpunkt der städtischen und dörflichen Vorzüge. Herisau - der Ort, in dem sich Tradition und Moderne Treffen. Herisau hat Zentrumsfunktion, ein reges Vereins- und Gesellschaftsleben, ein vielfältiges Kulturangebot, kurze Behördenwege, innovative Unternehmen, aufgeschlossene Schulen. Herisau - der Ort, der Heimat ist, mit attraktiven Arbeitsplätzen, aussichtsreich und weitblickend. Lebensraum und Wirkungsfeld für aufgeschlossene Menschen.

Schön haben die das formuliert. Doch es geht noch weiter mit dem Titel: Visionen

Herisau ist ein selbstbewusster, aktiver und weltoffener, auf Nachhaltigkeit bedachter Kantonshauptort mit grosser Ausstrahlung, der seinen Einwohnerinnen und Einwohnern eine hohe Lebens- und Wohnqualität bietet.

Herisau ist stolz auf sein attraktives Zentrum, seine Familienfreundlichkeit, sein breites Kultur-, Sport- und Freizeitangebot und auf die solide, innovative Wirtschaft, die für ein vielfältiges Angebot an Arbeitsplätzen sorgt.

In unmittelbarer Nachbarschaft zur Stadt St. Gallen gelegen, ist Herisau zugleich regionales Zentrum und Tor zur unverwechselbaren Kulturlandschaft des Appenzellerlands.

So, genug der Werbung, weiter zu meiner Geschichte.

Mit dem Zug, dem Voralpen Express, habe ich etwas mehr als eine Stunde und muss nicht einmal umsteigen.

Kurz vor 12:00 Uhr treffe ich auf dem Bahnhof Herisau ein. Komisch, ein bisschen aufgeregt bin ich schon. Aber was soll das? Ich bin hierhergekommen, um jemandem eine

Freude zu bereiten. Trotzdem. Wie reagiert mein Gegenüber. Werde ich ernst genommen werden. Da ich so etwas noch nie gemacht habe, ist es absolutes Neuland für mich. Nun, ganz neu ist es ja nicht, ich erinnere mich an Angelina, die Kioskverkäuferin. Wie es ihr wohl geht?

Ich möchte zunächst einmal das »grösste Dorf der Schweiz« näher kennen lernen. Ich schlendere die Strassen entlang und schaue mir die Auslagen in den Schaufenstern an. Dann entschliesse ich mich, in einem Restaurant das Mittagessen einzunehmen. Ich werde schnell fündig und geniesse die einheimische Küche. Betulich nehme ich die fantastische Mahlzeit ein und geniesse jeden Bissen.

Gegen 13:30 ist es dann soweit. Nachdem ich bezahlt habe, verlasse ich das Restaurant und beginne mit der Suche des ersten Glückspilzes. Ich gehe wieder durch die Strassen und Gassen und komme zu einem Cafe. Draussen auf dem Vorplatz stehen vier Tische an der Frühlingssonne.

Eine junge Frau sitzt alleine an einem Tisch. Ich nehme meinen ganzen Mut zusammen, deute auf einen Stuhl ihr gegenüber und frage sie »Ist hier noch frei?«

Ich verstehe meine Nervosität überhaupt nicht. Ich möchte ihr doch einen Gefallen machen tun und sie nicht anbaggern.

Sie schaut mich an, lächelt und erklärt: »Alle Stühle an diesem Tisch sind noch frei.«

Ich setze mich ihr gegenüber und bestelle einen Tee. Bald darauf kommt der Tee und während er zieht, überlege ich, wie ich sie ansprechen soll, ohne aufdringlich zu sein.

»Sind Sie aus der Gegend?«

Erstaunt schaut sie mich an und entgegnet: »Ja, ich bin von hier und ich gehe hier in die Berufsschule. Ich mache eine dreijährige Ausbildung als Forstwartin.«

Nun habe ich das Gefühl, dass der Anfang schon recht gut gelungen ist. Nach ein paar weiteren Fragen meinerseits und ihren Antworten möchte ich langsam zum Kern kommen.

»Sind sie zufrieden mit ihrem Leben?«

»Was ist das denn für eine komische Frage?« fragt sie zurück.

»Wissen Sie, es interessiert mich halt, wie es den Leuten so geht.«

»Ja, eigentlich bin ich recht zufrieden mit meinen Leben. Genügt Ihnen das als Antwort?«

Nun hat sie mich verlegen gemacht.

Also, langsam sollte ich mich nun besser erklären.

So erzähle ich ihr: »Ich habe vor einiger Zeit eine Erbschaft gemacht. Es gibt aber eine Bedingung. Ich komme nur an das Geld, wenn ich Teile des Vermögens innerhalb eines Jahres sinnvoll verschenke. Ich muss meine Ausgaben aber belegen können.«

Zum Glück ist mir spontan diese Notlüge eingefallen. Es erstaunt mich, dass ich so total unvorbereitet, irgendwie naiv, zu diesem ersten Gespräch gefahren bin. Ob es noch weitere Stolpersteine gibt?

Ich möchte ja wirklich niemandem von meinem Lottogewinn erzählen.

»Wie viel werden Sie denn erben?« fragt sie zurück.

»Darüber möchte ich nicht sprechen«, äussere ich mich dazu. »Ich kann Ihnen versichern, dass es recht viel ist. Haben Sie denn keine finanziellen Wünsche?«

»Ich bin rundum zufrieden und eigentlich ist alles bezahlt.«

»Was heisst eigentlich?«

»Na ja, da ist mein Wunsch, die Autofahrprüfung zu machen und ein kleines Auto zu kaufen. Ich bin seit zwei Monaten neunzehn Jahre alt. Aber ich kann mir die Fahrstunden nicht leisten. Und ich kann mir beim besten Willen nicht vorstellen, dass Sie mir diese bezahlen.«

»Was meinen Sie, wie teuer sind denn die Autofahrstunden und die Prüfung?«

»Ich rechne mit allem Drum und Dran mit etwa 2`500.- CHF.«

Nun muss ich leise vor mich hin lachen.

Sie schaut mich entgeistert an.

»Entschuldigung, aber das ist sicher viel zu viel.«

»Nein« erkläre ich ihr »das kann ich mir sehr gut leisten. Ich habe mehr als genug Geld. Ich könnte sogar noch etwas an das kleine Auto zahlen.«

»Okay, nehmen wir mal an, ich würde mir die Autofahrstunden und einen Teil des Autos von Ihnen bezahlen lassen, was müsste ich als Gegenleistung machen?«

»Nichts.«

Wieder dieser erstaunte Blick.

»Was nichts, das gibt es doch nicht, dass Sie mir ohne Grund so Geld schenken.«

»Doch, ich habe es Ihnen vorher erklärt. Das gehört zur Bedingung der Erbschaft.«

Langsam begreift sie, dass es mir möglicherweise Ernst ist.

Sie denkt nach.

»Und wie machen wir es mit der Bezahlung? Wenn es denn so weit kommt.«

»Das erkläre ich Ihnen gerne. Wir gehen nun zusammen zum Bancomat und ich gebe Ihnen das Geld. Sie bezahlen irgendwann die Fahrstunden und schicken mir die Quittungen an mein Postfach.«

Ich reiche ihr eine hellgrüne Visitenkarte.

»Wenn Sie das kleine Auto gekauft haben, schicken Sie mir eine Kopie der Rechnung zu.«

»Ja, so können wir es machen, einverstanden.«

Wir gehen zum nächsten Bancomaten und ich ziehe 18`000.- CHF aus dem Automaten und überreiche ihr das Geld.

Sie schaut mich lächelnd an, nimmt die Noten und zählt nach.

»Haben Sie sich vertippt, das sind ja 18`000.- CHF?«

»Nein, das Geld schenke ich Ihnen und hoffe sehr, dass Sie die Prüfung bestehen und sich irgendwann ein Auto leisten werden. Ich bin der Meinung, dass eine rechte Occasion seinen Preis hat.«

Sie versorgt sorgfältig das Geld in ihrem Portemonnaie.

»Bitte kneifen Sie mich am Arm, ich glaube das jetzt nicht. Ist es wirklich ihr Ernst, mir einfach so so viel Geld zu schenken?«
»Ja natürlich.«
Und ich kneife sie am Arm.
»Ich lade Sie zu einem Getränk ein, wenn Sie möchten. Sie edler Spender. Das sollten wir gemeinsam feiern.«
Also gehen wir wieder in ein Restaurant.
»Ihre Adresse bitte«, sage ich zu ihr.
Sie nimmt einen Zettel aus der Handtasche und schreibt ihren Namen und Adresse drauf. Dann reicht sie mir den Zettel.
Ich schau drauf und lese das Geschriebene.
Erika Leutenegger heisst sie.
Es ist alles Nötige drauf.
Eigentlich brauche ich diese Angaben ja nicht, aber meine Geschichte wird glaubhafter.

Nachdem wir unsere Getränke ausgetrunken haben, öffnet sie ihr Portemonnaie und bezahlt mit einer 200 CHF Note, welche ich ihr vor noch nicht allzu langer Zeit geschenkt habe. Ich finde, dies ist eine sinnvolle Investition.
Zum Abschied reiche ich ihr die Hand.
Sie nimmt sie und fragt mich: »Darf ich Sie umarmen?«
»Natürlich.«
Das Umarmen nach einer guten Tat gefällt mit je länger desto je besser.
Danach winken wir uns fröhlich zu.

Das ging ja recht gut.

Mein Gedanke dazu:
»Aller Anfang ist schwer«
Oder auf englisch: »The first step is always the hardest«
Den ersten Schritt habe ich heute gemacht.

Besuch im Nachbardorf

Ein Donnerstag im April

Weil mir das Erlebnis mit Frau Leutenegger in Herisau so
gut gefallen hat, entscheide ich ein paar Tage darauf beim
Frühstück spontan, wieder als Philanthrop tätig zu sein.
Mein Wurf auf die Karte bleibt in unmittelbarerer Nähe mei-
nes Wohnortes stecken. Es ist Samstagern. So ein Zufall.
Dorthin könnte ich direkt zu Fuss gehen. Es sind nur drei
Kilometer. Trotzdem fahre ich mit der Schweizerischen
Südostbahn, SOB, dorthin.
Mit der S40, welche von Rapperswil nach Einsiedeln fährt,
habe ich alle 30 Minuten eine Verbindung. Und von Wolle-
rau nach Samstagern sind es auch nur zwei Stationen.
Kaum bin ich eingestiegen, ertönt nach kurzer Zeit die
Durchsage »Samstagern.«
Ich steige aus. Hier war ich noch nie.
Vom Bahnhof laufe ich von der Stationsstrasse Richtung
Schulhaus. Bald sehe ich einen Volg Laden. Ich verspüre
Lust, einen Apfel und ein Getränk zu kaufen. Also begebe
ich mich in den Laden. Das Gewünschte habe ich schnell
gefunden und mit dem Einkauf geht`s zur Kasse.
Vor mir steht eine Frau mit ihrem Einkaufswagen. Sie legt
ihre Einkäufe auf das Band. Nachdem sie alles in einen
Rucksack eingepackt hat, bittet sie die Verkäuferin: »Kön-
nen Sie es mir nochmal aufschreiben?«
Die Verkäuferin schaut sie an und sagt: »Frau Kaufmann,
das ist nun aber das allerletzte Mal. Das nächste Mal müssen Sie aber Ihre Rechnungen begleichen oder mindestens die Hälfte davon anzahlen.«
Ich merke, wie es der Frau vor mir sehr peinlich ist. Sie
schaut mich an und mir ist es auch irgendwie peinlich für
sie. Aber mehr Aufmerksamkeit erregt bei mir dieser Blick,
Verzweiflung und Hoffnungslosigkeit kann ich darin sehen.
Sie wendet sich mit einem »Danke« ab und verlässt den
Laden.

Die Verkäuferin druckt den Beleg aus und legt ihn auf einen Stapel mit anderen Belegen, die sie mit einer Büroklammer aneinanderheftet.
Wie der Zufall es will, muss die Verkäuferin danach die Papierrolle für die Belege auswechseln.

Eigentlich möchte ich mit der Kundin, die vor mir war, Kontakt aufnehmen. Aber durch das Wechseln der Papierrolle geht leider Zeit verloren. Nachdem ich bezahlt habe und aus dem Laden trete, ist die Frau nirgends zu sehen.
Ich beisse in den Apfel und schaue mich um.
Nichts.
Sie scheint spurlos verschwunden zu sein. Schade. Ich kann mir vorstellen, dass sie meine Unterstützung benötigt.
Ich überlege mir, dass ich mich auf die Suche nach ihr mache.

Nachdem ich längere Zeit erfolglos gesucht habe, kehre ich wieder in den Volg Laden zurück. An der Kasse sitzt noch die gleiche Frau.
Sie hat im Moment keine Kundschaft zu bedienen.
»Darf ich Sie etwas fragen?« wende ich mich an sie.
»Fragen Sie.«
»Können Sie mir bitte sagen, wo ich die Frau finde, die vor einiger Zeit vor mir an der Kasse stand und ihren Einkauf aufschreiben lassen musste.«
»Warum wollen Sie das wissen?«
»Ich würde Sie gerne kennen lernen.«
»Ach ja, das ist eine vom Schicksal schwer geprüfte Frau. Sie hat es zurzeit recht schwer. Wie Sie mitbekommen haben, muss sie ihre Einkäufe aufschreiben lassen. «
»Und, möchten Sie mir sagen, wo ich sie finde?«
»Eigentlich darf ich das ja nicht, aber wenn sie niemandem sagen, dass ich es Ihnen gesagt habe.«
»Ich gebe Ihnen mein Ehrenwort.«
»Also gut, sie heisst Kaufmann. Sie wohnt auf einem Bauernhof etwas ausserhalb des Dorfes.«

Sie beschreibt mir wo ich sie finden kann. Es ist auf dem Weg Richtung Wollerau. Das trifft sich gut.
Gemütlich mache ich mich auf den Weg.

Nach wenigen hundert Metern bin ich an dem Haus angelangt, in dem Frau Kaufmann wohnt. Etwa zur gleichen Zeit fahren zwei Kinder mit dem Velo an mir vorbei auf das Haus zu.
Die Türe öffnet sich und Frau Kaufmann tritt heraus. Sie geht auf die Kinder zu und begrüsst sie. Danach erblickt sie mich.
Ich grüsse sie mit einem »Guten Abend.«
»Guten Abend, ich kaufe nichts.«
Nun muss ich lachen: »Ich habe auch nichts zu verkaufen.«
»Was wollen Sie dann?«
»Das kann ich Ihnen in einer kurzen oder aber auch in einer längeren Version erklären.«
Sie schaut die beiden Kinder an und sagt zu ihnen: »Geht bitte ins Haus und macht die Hausaufgaben.«
Und zu mir gewandt: »Ich bevorzuge die Kurzfassung.«
»Können wir uns einen Augenblick setzen?« frage ich und zeige auf eine Bank.
»Ich habe gedacht, die Kurzfassung dauert nicht lange.«
»Das stimmt schon, was ich zu sagen habe dauert nur kurz. Aber wie Sie darauf reagieren, das könnte länger dauern.«
Sie schaut mich mit dem Blick an, den ich im Volg Laden gesehen habe.
Gemeinsam gehen wir die paar Meter zur Bank.
»Mama, Mama, ich habe Durst,« tönt es aus einem Fenster. »Ich auch.«
Nun schauen beide Kinder zu uns. »Ihr könnt Wasser trinken.«
»Ich möchte bitte Cola.«
»Wir haben keines, also trinkt Wasser.«
Das Fenster schliesst sich wieder.

»Ich höre«, sagt sie zu mir.

»Zuerst möchte ich mich Ihnen vorstellen. Mein Name ist Felice Utopian und ich wohne im Nachbardorf. Ich habe Sie heute Nachmittag im Volg gesehen und möchte Ihnen meine Hilfe anbieten.«

»Mein Name ist Daniela Kaufmann. Was heisst das, mir Hilfe anbieten.«

»Sehen Sie, meine Kurzfassung war ein Satz lang. Was jetzt kommt, wird eben ein bisschen länger dauern. Ich habe Sie wie gesagt im Volg gesehen und mitbekommen, dass Sie aufschreiben lassen mussten. Das ist der Grund, warum ich Ihnen gerne helfen möchte. Ich nehme an, dass sie finanzielle Engpässe haben.«

»Und Sie wollen mir helfen?«

Ich nicke.

»Wie wollen Sie mir helfen?«

»Darf ich vorher fragen, was Sie arbeiten?«

»Ich bin aktuell Mutter und Hausfrau. Ich habe im Moment keine Arbeitsstelle ausser Haus.«

Genau in diesem Moment habe ich eine Idee, wie ich ihr helfen könnte und auch etwas davon habe.

»Gibt es Zeiten, in denen Sie stundenweise als Haushälterin tätig sein könnten? Natürlich gegen eine gute Bezahlung.«

»Wo wäre das?«

»In Wollerau. Ich lebe alleine in einer 5.5 Zimmer Wohnung und könnte gut eine Frau brauchen, die die Wohnung in Ordnung hält.«

»Wie gross ist die Wohnung und an wie viele Wochenstunden haben Sie gedacht?«

»Die Wohnung ist etwas über 200 Quadratmeter gross. Da mir die Idee, dass Sie bei mir als Haushälterin arbeiten könnten, erst soeben in den Sinn gekommen ist, habe ich mir bisher keine Gedanken gemacht, wieviel Zeitaufwand das bedeuten könnte.«

Sie schaut mir irgendwie hoffnungsvoll in die Augen und dann in die Ferne und dann wieder mich an.

»Hr. Utopian, ist eine Stelle als Haushälterin nicht auch eine Arbeit, die auf Vertrauen basiert. Sie kennen mich überhaupt nicht und wollen mir Zutritt in Ihre Wohnung lassen.«

»Frau Kaufmann, ich schlage vor, dass Sie sich die Wohnung erst einmal anschauen kommen. Danach können Sie entscheiden, ob Sie mein Angebot annehmen.«

In diesem Moment fährt eine junge Frau mit dem Velo auf uns zu. Sie lächelt uns beide an und begrüsst uns: »Hallo Mama.« Mir reicht sie die Hand und ich stelle mich vor.

»Annabel Kaufmann. Möchtet ihr etwas trinken? Kaffee, Tee oder Wasser?«

»Gerne Tee« sagen wir beide.

Die junge Frau geht ins Haus.

»Wo sind wir stecken geblieben. Ach ja, ich habe gefragt, ob Sie die Wohnung einmal anschauen kommen. Wann passt es Ihnen?«

»Da meine älteste Tochter nun zu Hause ist und nach den jüngeren Kindern schaut, könnten wir nach dem Tee zu Ihnen gehen.«

»In Ordnung, das machen wir. Möchten Sie mir erzählen, wie es dazu gekommen ist, dass Sie aufschreiben lassen müssen.«

»Heute nicht, ein anderes Mal.«

So sitzen wir ein paar Minuten schweigend zusammen, bis ihre Tochter den Tee bringt.

»Annabel, ich werde Hr. Utopian nach Wollerau begleiten. Er möchte mir eine Stelle als Haushälterin anbieten. Er zeigt mir seine Wohnung.«

Die junge Frau schaut mich ganz erstaunt an. »Wie lange kennt ihr euch denn schon?»

»Erst seit heute Nachmittag«, erkläre ich.

»Und Sie bieten meiner Mutter eine Arbeit an, obwohl Sie sie nicht kennen?«

»Ja«, sage ich kurz und bündig. »Aber Ihre Mutter muss die Stelle erst annehmen. Darum gehen wir bald nach Wollerau.«

Nachdem wir den Tee getrunken haben wandern wir los.

Nach etwa zwei Kilometern und gefühlten zwanzig Minuten später erreichen wir das Haus, in dem ich eine Eigentumswohnung besitze.

Ich öffne die Wohnungstüre und lasse ihr den Vortritt.

»Auf die Ordnung sollten Sie nicht besonders achten. Ich habe nicht damit gerechnet, dass heute jemand in meine Wohnung kommt. Schauen Sie sich bitte überall um, damit Sie einen Einblick in Ihre zukünftige Tätigkeit gewinnen können. Ich zeige Ihnen die Räume, darf ich vorgehen?«

Die Führung dauert einige Zeit. Staunend geht sie mit mir von Zimmer zu Zimmer.

»Und hier wohnen Sie ganz alleine?«

»Ja.«

»Was machen wir jetzt?« fragt sie.

»Wir setzen uns auf die Terrasse und können das weitere Vorgehen in Ruhe besprechen.«

Auf dem Weg zur Terrasse läutet ihr Handy. Sie meldet sich mit ihrem Namen.

»Kaufmann. Hallo Annabel. Es ist alles in Ordnung. Hr. Utopian hat mir seine Wohnung gezeigt und nun besprechen wir den weiteren Verlauf. Tschüss.«

Zu mir gewandt: »Das war meine Tochter.«

»Das habe ich mir gedacht.«

Sie geht an den Rand der Terrasse, hält sich am Geländer fest und schaut sich um.

»Das ist ja wirklich eine wunderschöne Aussicht. Wohnen Sie schon lange hier?«

»Nein, erst seit ein paar Wochen. Wollen wir uns setzen? Darf ich Ihnen etwas zu trinken anbieten?«

»Eine Cola hätte ich gerne, wenn Sie haben.«

Mit zwei Gläsern und zwei Cola kehre ich zum Sitzplatz zurück und schenke uns ein.

Nachdem wir beide ein paar Schlucke getrunken haben frage ich sie: »Können Sie sich vorstellen, meine Wohnung in Ordnung zu halten?«

Sie nickt zunächst mit dem Kopf und antwortet: »Ja, das kann ich mir gut vorstellen. Was habe ich zu tun?«

»Meine Wohnung in Ordnung halten. Stellen Sie sich dabei vor, es wäre Ihre Wohnung und sie müssten sie reinigen und so weiter. Möchten Sie lieber einen Monatslohn oder einen Stundenlohn?«

»Ich weiss es nicht. Was meinen Sie? Was sind Sie bereit zu zahlen?«

»Ich schlage vor: 40.- CHF Stundenlohn oder aber fix 3500.- CHF Monatslohn. Sie können auswählen.«

Sie schaut auf den See und überlegt es sich.

»Ich nehme Ihr Angebot, bei Ihnen als Haushälterin zu arbeiten, an und habe mich für den Monatslohn entschieden. Wo muss ich unterschreiben?«

»Sie müssen nirgends unterschreiben. Wir machen das mit Handschlag.«

Ich reiche ihr die Hand und sie schlägt ein.

»Warten Sie bitte einen Moment.«

Ich gehe ins Schlafzimmer und hole aus dem Tresor 3000.- CHF und einen Wohnungsschlüssel. Beides lege ich in ein Couvert.

»Frau Kaufmann, Sie sind nun als meine Haushälterin angestellt. Im Couvert sind der Wohnungsschlüssel und ein Antrittsgeschenk. Darf ich dann von Ihnen noch eine Kontonummer haben, damit ich Ende Monat jeweils Ihr Gehalt überweisen kann.«

Sie öffnet das Couvert und schaut hinein, stutzt und wird ganz ruhig und sprachlos.

»Ist das für mich?«

»Ja, nehmen Sie es ruhig. Es ist wie gesagt ein Willkommensgeschenk.«

»Danke vielmal«, sie reicht mir die Hand.

»Was genau soll ich machen?« Schon wieder diese Frage.

»Die Wohnung putzen, staubsaugen, Wäsche waschen, aufräumen, was alles so anfällt. Sie können Putzmittel, Waschpulver und so weiter einkaufen und die Quittung auf die Ablage legen, ich werde dann das Geld dazu legen. Und wenn Sie Durst oder Hunger haben, können Sie sich im Kühlschrank bedienen.«

Wir trinken den Rest der Cola aus.

»Frau Kaufmann, eine Bitte habe ich an Sie. Ich bin immer mal wieder einige Zeit unterwegs. Es wäre mir sehr wichtig, dass nur Sie sich in der Wohnung aufhalten. Das heisst, dass Sie sonst niemanden in die Wohnung mitnehmen oder hineinlassen. Auch wenn es während Ihrer Anwesenheit an der Türe läutet.«

»Hr. Utopian, das versteht sich von selbst. Sie haben mein Wort darauf.«

»Gut, dann können Sie mir Ihre Kontonummer geben, auf welche ich Ihren Lohn einzahle?«

Aus Ihrem Portemonnaie holt sie eine Bankkarte und notiert auf einem Zettel die Nummer.

Ich gebe ihr eine meiner Visitenkarten mit meiner Handynummer. »Wenn etwas ganz Dringendes ist, können Sie mich unter dieser Nummer erreichen. Haben Sie noch Fragen?«

»Wann soll ich mit der Arbeit beginnen?«

»Von mir aus morgen, wenn Sie Lust haben. Aber fangen sie nie, niemals vor 09:30 Uhr an. Bis dann schlafe und dusche ich. Wenn Sie wissen, dass ich zu Hause bin, sollten Sie läuten und warten, bis ich Ihnen öffne. Ich habe die Angewohnheit, mich halb nackt und barfuss in der Wohnung zu bewegen.«

Ich sehe sie das erste Mal herzhaft lachen. Nun muss ich ebenfalls lachen.

»Das geht in Ordnung. Ich möchte mich nun verabschieden und meinen Kindern die gute Nachricht mitteilen.«

Ich begleite sie zur Türe und beim Abschied umarmen wir uns kurz.

Ich höre sie leise sagen: »Danke, danke vielmal. Ich werde Sie nicht enttäuschen.«

Ich sehe sie das Treppenhaus hinunterlaufen.

Sie dreht sich nochmal um und winkt.

Leise schliesse ich die Türe.

Ich habe ein sehr gutes Gefühl.

Mein Gedanke dazu:

»Man kann jemandem helfen, indem man ihm Arbeit gibt und hat somit auch etwas davon«

Eine Mutter

Ein Mittwoch im April

Vor dem Frühstück gehe ich in den Fitnessraum und nehme einen Pfeil und werfe ihn in Richtung Karte. Der Pfeil bleibt stecken.
Es ist nun das zweite Mal und ich verspüre wieder diese Vorfreude.
Ich gehe zur Karte und sehe, dass er im Engadin steckt. Genauer gesagt bei Samedan.
Auf der Karte stecken nun zwei Pfeile.
Meine zweite Reise als Philanthrop wird mich also nach Samedan führen.
Von meinem Wohnort aus gesehen liegt Samedan süd östlich und es sind ungefähr 190 km. Diese Strecke werde ich ab Pfäffikon mit öffentlichen Verkehrsmitteln unternehmen. Ich wähle die Reise so, dass ich nur einmal in Chur umsteigen muss.

Kurz schaue ich im Internet nach, wann der nächste Zug fährt, den werde ich nicht erreichen, dann eben den übernächsten.
Mein Auto lasse ich beim Bahnhof Pfäffikon stehen und dann geht's gemütlich mit der SBB in Richtung Bündnerland. In Chur wartet schon der Zug der RhB gegenüber und kurz darauf bin ich wieder unterwegs.

Kurz nach Thusis kommt eine Durchsage: »Liebe Fahrgäste, der Zuge verkehrt nun auf der Albula Linie der Rhätischen Bahn, welche zusammen mit der Bernina Linie in die Unesco Welterbeliste aufgenommen wurde. Damit ist die Rhätische Bahn weltweit erst die dritte Eisenbahn, welche von der Unesco das Welterbe Label erhielt. Auf 122 wunderschönen Kilometern zwischen Thusis und Tirano führt die Strecke über 196 Brücken, durch 55 Tunnels und an 20 Gemeinden vorbei.«
Eigentlich wollte ich eine Zeitung lesen. Aber die Information hat mich neugierig gemacht.

Da ich in Fahrtrichtung sitze, kann ich die vor mir liegende Landschaft geniessen.

Kurz vor Filisur kommt wieder eine Durchsage: »Liebe Fahrgäste, in wenigen Minuten erreichen wir einen der Höhepunkte der Albula Linie. Der Landwasserviadukt ist 65 Meter hoch und 136 Meter lang.«
Nach Bergün beginnt die Albula Linie, ein wahrlich meisterhafte Bahnstrecke.
Nach dem fünf Kilometer und 865 Metern langen Tunnel erreichen wir das Engadin und ich kann in Samedan aussteigen.
Es ist kurz vor 13:00. Ich habe Hunger und auf der gegenüberliegenden Strassenseite steht ein Hotel/Restaurant, in dem ich das Mittagessen einnehme. Die Käseschnitte und das Glas Weisswein haben mir sehr gut geschmeckt. Auf der Terrasse nehme ich einen Tee ein.

Gegen 14:15 verlasse ich das Restaurant. Nun beginnt die Suche des Glückspilzes. Ich gehe die Strasse ins Dorf hinauf und komme an eine Kreuzung. Rechts oder links ist die Frage. Ich entscheide mich für rechts.
An der Academia Engadina spaziere ich vorbei und komme nach einiger Zeit an eine parkähnliche Anlage. Es gibt ein Hinweisschild, das zum Spital Oberengadin weist. Da ich Lust auf einen Tee habe, begebe ich mich zum Haupteingang und entdecke dort im Erdgeschoss direkt daneben die Cafeteria. Alle Tische sind besetzt.
An einem Tisch an der Glasfront sitzt eine Frau alleine. Ich setze mich zu ihr und denke bei mir, dass das Schicksal mich an diesen Tisch zu dieser Frau geführt hat. Sie trägt einen Trainer und ihr Blick ist zum Fenster hinaus in die Ferne gerichtet. Ob sie bemerkt hat, dass ich an ihrem Tisch Platz genommen habe?

Kurz dreht sie den Kopf in meine Richtung, nickt mir zu und schaut wieder zum Fenster hinaus. Bei dem kurzen Blick in ihre Augen habe ich etwas Sorgenvolles, Leidendes, Melancholisches erkennen können.

Ich mustere sie verstohlen und versuche das Alter zu schätzen. Etwa vierzig, denke ich mir.

»Entschuldigen Sie, stimmt etwas nicht mit mir?« Sie wendet mir ihr Gesicht zu und schaut mich fragend an.
Ich spüre, wie ich erröte und suche nach Worten. »Entschuldigen Sie bitte, aber ich möchte Sie nicht in Verlegenheit bringen. Mit Ihnen stimmt alles. Aber ich habe mir soeben Gedanken darüber gemacht, ob und wie ich Sie ansprechen kann, ohne aufdringlich zu sein.«
»Sie möchten sich mit mir unterhalten? So zum Zeitvertreib? Wir kennen uns doch gar nicht.«
»Entschuldigen Sie bitte, aber ich würde mich gerne mit Ihnen unterhalten.«
»Worüber möchten Sie sich denn unterhalten?«
»Entschuldigen Sie bitte, aber … « beginne ich den nächsten Satz.
Sie unterbricht mich und sagt: »Würden Sie es bitte unterlassen, sich dauernd zu entschuldigen.«
Nun erröte ich vermutlich noch mehr. Es ist mir etwas peinlich.

Meinen nächsten Satz möchte ich wieder mit »Entschuldigen Sie bitte, aber … « beginnen, unterlasse es aber.
Ein betretenes Schweigen macht sich breit.
»Sie haben meine Frage noch nicht beantwortet. Worüber möchten Sie sich mit mir unterhalten?« Sie schaut mir neugierig in die Augen.
»Eigentlich nichts Besonderes. Es würde mich interessieren, wie es Ihnen geht. Was Sie in diesem Spital machen.«
»Warum?«
»Sie beantworten alle meine Fragen mit Gegenfragen. Wollen Sie sich denn überhaupt mit mir unterhalten?«
»Von mir aus. Aber erzählen Sie zuerst über sich.«
»Also«, beginne ich »ich bin vom Zürichsee heute Vormittag mit dem Zug hierher nach Samedan gefahren, um jemanden kennen zu lernen, damit ich dieser Person etwas Gutes tun kann. Ich denke, dass Sie die geeignete Person für mich wären.«

105

»Wie sind Sie auf mich gekommen und was heisst das, etwas Gutes tun?«

»Dass ich hier in dieser Cafeteria mit Ihnen an diesem Tisch sitze ist purer Zufall. Und was das »etwas Gutes tun« betrifft, würde ich Sie und Ihre Situation gerne etwas kennen lernen und dann könnten wir gemeinsam heraus finden, wie ich Ihnen helfen könnte.«

»Sie wollen mir einfach so helfen? Ich bin ja eine wildfremde Person für Sie.«

»Ja, ich würde Ihnen gerne ohne Bedingungen helfen.«

»Und wie stellen Sie sich das vor?«

»Sie beantworten immer noch alle meine Fragen mit Gegenfragen. Wenn es Ihnen nichts ausmacht, könnten Sie, wenn Sie wollen, mir Ihre Situation schildern und dann schauen wir weiter.«

Sie dreht den Kopf wieder von mir weg und schaut zum Fenster hinaus. Ich lasse ihr etwas Zeit zum Überlegen. Sie scheint mit sich zu ringen.

Dann dreht sie den Kopf wieder mir zu und beginnt: »Also gut. Ich wage es. Ich bin seit zwei Jahren geschieden und allein erziehende Mutter von zwei Kindern im schulpflichtigen Alter. Es sind Zwillinge und werden bald sechzehn Jahre alt. Beide sind sehr intelligent und möchten am liebsten studieren. Aber dafür reicht das Geld bei weitem nicht. So müssen beide im Herbst eine Lehre anfangen. Das macht mich und die Kinder traurig.«

»Was möchten ihre Kinder am liebsten studieren?«

»Die eine möchte Tierärztin werden und die andere möchte Psychologie studieren.«

»Und Ihnen fehlt nur das Geld?«

»Was soll das heissen, es fehlt nur das Geld. Können Sie sich vorstellen, wie das ist, wenn es an allen Enden fehlt?«

»Wissen Sie, wenn es an Geld fehlt, dann bin ich der Richtige für Sie. «

Sie schaut mich etwas länger an und dann lächelt sie. »Sie kommen von einer Bank oder so und wollen mir einen Kredit vermitteln. Habe ich recht?«

Zuerst schaue ich sie erstaunt an und dann muss ich lachen.

»Entschuldigen Sie bitte, dass ich lache, aber … «

Sie unterbricht mich: »Kein Entschuldigen Sie bitte mehr. Was ist daran so lustig?«

»Weil Sie weit daneben liegen. Ich bin kein Vertreter oder so. Ich möchte Ihnen wirklich ohne Hintergedanken helfen.«

»Einfach so?«

»Ja, ganz ehrlich. Weil ich es toll finde, jemandem helfen zu können, damit sich die Lebensqualität verbessert. Haben Sie für sich denn keine Wünsche?«

»Doch habe ich. Wer hat die nicht. Ich wünsche, dass es meinen Kindern gut geht und eigentlich möchte ich ihre Berufswünsche erfüllen.«

»Das lässt sich machen.«

»Wie denn?«

»Ganz wie Sie wünschen, Sie sagen mir, wie teuer die Ausbildungen ihrer Kinder in etwa sind und ich schenke Ihnen das Geld.«

»Sie schenken mir das Geld?«

»Ja, Ihnen und vor allem den Kindern. Unter einer Bedingung.«

»Ich habe es ja gewusst. Es gibt eine Bedingung. Sie schenken nicht ohne Grund jemandem Geld.«

»Lassen Sie mich bitte zuerst ausreden und hören Sie die Bedingung. Ich schenke Ihnen das Geld für die Kinder, aber nur, wenn Sie auch etwas für sich persönlich wünschen.«

»Und was soll das sein?«

»Das müssten Sie dann wissen.«

Sie dreht erneut den Kopf und schaut zum Fenster hinaus. Ich lasse ihr wieder Zeit zum Überlegen. Diesmal dauert es etwas länger.

»Wissen Sie, was ich in meinem Leben wirklich gerne einmal machen möchte?«

»Nein, ich habe keine Ahnung.«

»Ich würde so gerne einmal nach Paris und mir etwas Schönes leisten. Ein Kleid oder eine Handtasche oder Schuhe. Das wäre toll.«

»Ich habe vorher gesagt, dass ich für die Kinder nur dann etwas schenke, wenn Sie etwas für sich wünschen. Ich möchte Ihnen auch Ihren persönlichen Wunsch erfüllen.«

Erneut sieht sie weg und atmet ein paar Mal tief ein und aus.

Dann schaut sich mich an.

»Wissen Sie was, ich glaube Ihnen nicht. Ich glaube Ihnen nicht, dass Sie mir und den Kindern helfen werden. Ich denke, dass Sie sich bisher köstlich amüsiert haben, warum auch immer Sie dies machen. Aber ich glaube Ihnen nicht.«

»Haben Sie doch ein bisschen Vertrauen. Ich versichere Ihnen, dass ich Ihnen helfen kann und dies auch tun werde.«

»Haben Sie eine Ahnung, wie teuer das alles ist?«

»Machen Sie sich darüber keine Gedanken. Wenn ich sage, dass ich Ihnen helfe, dann ist es so. Ohne wenn und aber.«

»Ich vertraue ihnen aber nicht, ich kenne Sie gar nicht. Sie setzen sich zu mir und machen mir Hoffnungen. Haben Sie wirklich eine Ahnung, wie teuer das sein kann?«

»Bitte beruhigen Sie sich. Ich versuche Ihnen Hoffnung zu geben und werde Sie nicht enttäuschen, das verspreche ich Ihnen.«

Sie dreht wieder den Kopf zum Fenster und schaut lange hinaus.

»Wie stellen Sie sich denn das Ganze vor? Wie soll das weitergehen? Haben Sie irgendeinen Vertrag bereit, den ich unterschreiben muss?«

»Nein.«

»Was nein?«

»Nein, Sie müssen keinen Vertrag unterschreiben. Ich gebe Ihnen das Geld und damit hat es sich.«

»Einfach so?«

»Ja, wir können es mit Handschlag machen, wenn Sie wollen. Wie viel benötigen Sie, um über die Runden zu kommen?«

»Das werden Zehntausende sein.«

»Kein Problem. Wie möchten Sie es denn gerne. Bar oder soll ich es auf ein Konto einzahlen?«

»Darüber habe ich mir nun wirklich keine Gedanken gemacht. Wobei es mir keine Rolle spielt.«

Sie überlegt einen Moment. »Wenn das jetzt wirklich wahr ist, würde ich das Geld doch lieber auf meinem Konto haben.«

»Kein Problem. Wäre es Ihnen möglich, mir Ihre Kontonummer zu geben, damit ich die Einzahlung machen kann?«

»Nein, das möchte ich nicht. Aber wenn es Ihnen recht ist, würde ich Sie gerne zur Bank begleiten. Dann können wir es gemeinsam machen.«

»Haben Sie denn jetzt Zeit?«

»Ja, die nehme ich mir. Warten Sie bitte ein paar Minuten. Ich werde mich umziehen.«

»Ich warte vor dem Haupteingang auf Sie.«

Beim Empfang lasse ich ein Taxi bestellen.

In dem Moment, als das Taxi eintrifft, tritt auch meine neue Bekannte zu uns.

»Entschuldigen Sie bitte, aber ich habe mich Ihnen ja noch gar nicht vorgestellt. Mein Name ist Felice Utopian.«

»Ich heisse Alice. Sie haben sich schon wieder entschuldigt. Ich habe nicht gedacht, dass ich Sie wirklich hier wieder antreffe.«

»Wohin sollte ich denn gehen.

Sie zuckt die Schulter und gibt keine Antwort.

Wir steigen ins Taxi und ich bitte den Fahrer, nach St. Moritz zu fahren.

Von Samedan fahren wir über Celerina nach St. Moritz. Beim Schulhausplatz steigen wir aus und wir begeben uns zur Filiale einer Grossbank.

Am Schalter lasse ich mir 225`000.- CHF auszahlen. Das Geld deponiere ich in einem Couvert. Mit dem Couvert in der Hand gehe ich zu Alice, welche etwas abseits steht.

»Hier ist das Geld.« Ich überreiche ihr das Couvert.

Sie nimmt es in die Hand, öffnet es, sieht das viele Geld und schaut mich mit grossen Augen an. Ihre Augen sind feucht. Dann legt sie das Couvert in ihre Tasche.

»Was machen wir jetzt?«

»Jetzt gehen wir ein paar Schritte und Sie können das Geld auf Ihr Konto einzahlen. Ich nehme an, dass Sie ein Konto bei der Kantonalbank haben.«

»Ja, das habe ich.«

»Gehen wir?«

Sie legt ihren Arm auf meinem Unterarm und dann spazieren wir die Strasse hinab.

Bald darauf sind wir bei ihrer Bank.

»Soll ich da hinein und das Geld einzahlen?«

»Ja, machen Sie das.«

»Gibt es wirklich keine Haken an der Geschichte.«

»Nein, nicht wirklich. Aber ich würde mich freuen, wenn Sie mir aus Paris eine Karte schicken würden.«

»Wenn das alles ist. Gerne.«

Mit der Tasche in der Hand betritt sie die Bank und geht auf einen freien Schalter zu. Sie nimmt das Couvert in die Hand und übergibt es der Bankangestellten. Nach einiger Zeit überreicht ihr die Angestellte den Einzahlungsbeleg. Sie schaut darauf und hält eine Hand vor den Mund. Ihre Augen suchen mich und sie kommt zu mir.

»Warum?« höre ich sie leise fragen.

»Einfach so.«

»Aber das sind ja 225`000.- CHF.«

»Ja, ich weiss. 220 `000.- CHF für ihre Kinder und 5`000.- CHF für Sie in Paris. Ich habe noch einen zweiten Wunsch.«

Ich übergebe ihr eine meiner hellgrünen Visitenkarten.

»Es würde mich ausserordentlich freuen, wenn Sie mir ab und zu mitteilen könnten, wie es Ihnen und den Kindern geht.«

»Wie war noch mal der erste Wunsch?«

»Ich würde mich sehr freuen, wenn Sie mir aus Paris eine Karte schicken würden. «

»Darf ich Sie etwas fragen?«

»Natürlich. Wollen wir unsere Unterhaltung nicht bei einer Tasse Kaffee, Tee oder so fortsetzen?«

»Gerne, aber unter einer Bedingung, ich zahle.«

Wir gehen wieder Richtung Schulhausplatz und in der Nähe hat es ein Restaurant.

»Was wollten Sie mich fragen?«

»Das ist mir etwas peinlich. Wäre es Ihnen recht, wenn ich keine Karte aus Paris schicke?«

»Warum nicht?«

»Also, ich würde mich sehr freuen, wenn Sie mich nach Paris begleiten würden, dann könnte ich Ihnen dort eine Karte schenken.«

»Sie möchten mit mir zusammen ein paar Tage nach Paris? Aber Sie kennen mich doch gar nicht.«

Sie schaut auf ihre Uhr. Dann schaut sie mich an. Ein Lächeln im Gesicht.

»Lieber Hr. Utopian. Erstens: Vor mehr als einer Stunde kannte ich Sie auch nicht und nun sitzen wir hier in St. Moritz. In meiner Tasche ist ein Einzahlungsbeleg meiner Bank über 225`000.- CHF. Das Geld habe ich von Ihnen erhalten, obwohl wir uns nicht kannten. Zweitens: Ich bin alleinstehend und wüsste nicht, mit wem ich lieber nach Paris gehen möchte als mit Ihnen. Sagen Sie ja, ich habe auch ja gesagt.«

»Aber Sie kennen mich doch gar nicht.«

»Ja, das haben Sie schon einmal gesagt. Wiederholen Sie sich gerne?«

»Nein, ja.«

»Was nein, ja?«

»Nein, ich wiederhole mich nicht gerne und ja, ich werde Sie nach Paris begleiten.«

111

»Super, darauf freue ich mich.«

»Darf ich nochmals die Visitenkarte haben, die ich Ihnen gegeben habe?«

Sie reicht sie mir und ich notiere auf der Rückseite meine Handynummer. Sie nimmt ihr Handy aus ihrer Tasche und gibt meine Nummer auf ihrem Handy ein.

Dann drückt sie auf eine Taste. Mein Handy vibriert.

»Das bin ich. Jetzt haben Sie auch meine Nummer.«

»Darf ich Sie um Ihren Namen bitten?«

»Mein Name ist Alice Zanetti.«

Ich speichere ihre Nummer unter ihrem Namen.

Sie bezahlt unsere Getränke und dann gehen wir zum Taxistand. Es ist keines in der Nähe und so fahren wir mit dem Engadinbus nach Samedan.

Bei der Haltestelle am Bahnhof Samedan steigen wir aus. Auf der Anzeigetafel sehe ich, dass ein Zug in zwölf Minuten nach Chur fährt.

Alice kommt zu mir und fragt mich: »Darf ich Sie umarmen?«

Ich nicke und dann umarmen wir uns.

»Danke tausend Mal. Ich werde den heutigen Tag nie vergessen.«

Dann küsst sie mich auf die Wangen, links, rechts, links.

»Mama, Mama. Was machst du da?«

Zwei junge Frauen kommen zu uns und mustern mich skeptisch.

»Mama, wer ist das? Warum küsst du den Mann?«

Ich reiche ihnen zum Gruss die Hand und dann verabschiede ich mich von ihnen.

»Ich werde auch alles erzählen, aber wartet doch bitte einen Augenblick.«

Sie kommt nochmal auf mich zu, umarmt mich, diesmal noch etwas fester und sagt: »Ich melde mich bei Ihnen, wenn ich aus dem Spital entlassen bin.«

Dann dreht sie sich um, geht zu ihren beiden Töchtern und Hand in Hand gehen sie Richtung Spital.

Die Fahrt von Samedan bis Pfäffikon dauert genau drei Stunden. In Chur bin ich in den Speisewagen eingestiegen und habe das Abendessen eingenommen.
Glücklich und zufrieden bin ich zu Hause angekommen.
Bei einem Blick auf mein Handy sehe ich, dass ich ein SMS bekommen habe. Es ist von Alice.
»Lieber Hr. Utopian. Ich und meine beiden Töchter möchten uns bei Ihnen tausendmal bedanken. Sie sind ein ganz besonderer Mensch. Ich freue mich auf Paris. Alice.«

Mein Gedanke dazu:
»Leid und Freude liegen nahe beieinander«

Eine Pilgerin

Ein Mittwoch im Mai in Romont / Freiburg

Es ist wieder einmal Mittwoch und ich begebe mich also in den Fitnessraum.

Ich nehme den Pfeil in die rechte Hand, gehe von der Karte ein paar Schritte zurück und werfe ihn auf die Karte. Der Pfeil bleibt stecken.

Gespannt und erwartungsvoll schaue ich, wo er steckt. Es ist ein Kanton, in dem ich schon war. Beim dritten Wurf bleibt der Pfeil in einem Kanton stecken, in dem ich noch nicht war.

Es ist der Kanton Freiburg und die Ortschaft heisst Romont.

Bevor ich mich auf die Reise mache, stecke ich 10`000.- CHF und meine Postfachadresse in ein Couvert.

Von meinem Wohnort aus gesehen liegt Romont etwas südwestlich und dorthin sind es ungefähr 205 km. Diese Strecke mag ich mit meinem Auto fahren. Das sind gut und gerne

2 ½ Stunden Reisezeit.

So plane ich vorläufig eine Übernachtung ein.

Doch bevor ich mich auf die Reise mache, schaue ich zunächst im Internet nach, um etwas von Romont zu erfahren.

Auf der Homepage von Romont lese ich:

Oh je, alles auf französisch. Also lasse ich es bleiben.

Ich fahre von meinem Wohnort auf die Autobahn Richtung Zürich und weiter über Bern in die Romandie von Fribourg nach Romont. Gegen 15:00 Uhr treffe ich dort ein.

Romont ist ein mittelalterliches Städtchen auf dem »runden Hügel« gelegen. Romont und seine Region sind bekannt als Land der Glasmalerei. Ich mache einen kleinen Stadtrundgang zu Fuss, er führt mich durch Befestigungsmauern und Türme zur gotischen Stiftskirche »Notre-Dame de l'Assomption« und zum Zisterzienserkloster.

Zum Abendessen nehme ich eine typisch einheimische Speise, die Freiburgerplatte.

Danach bummle ich nochmals durch das Städtchen und bald einmal gehe ich schlafen.

Am nächsten Morgen nehme ich das Frühstück in einem Cafe ein. Dort sitzt eine junge Frau alleine an einem Tisch. Sie hat neben sich einen Rucksack abgestellt. Ich setze mich zu ihr und beginne ein Gespräch.

»Gehen sie heute auf eine Wanderung?«

Sie schaut mich fragend an – den Blick kenne ich schon. Sie schätzt mich ein.

»Ja, ich gehe heute auf eine Wanderung und die nächsten Tage und Wochen auch.«

»Ich möchte nicht aufdringlich sein, wohin geht es denn?«

»Ich pilgere» antwortete sie einsilbig. Damit hat sie mich neugierig gemacht.

»Wohin pilgern Sie?«

«Ich gehe auf dem Jakobsweg.«

»Ach so, ich bin dann mal weg. Das meinen Sie.«

Nun lächelt sie das erste Mal.

»Ja, ich bin mal weg.«

»Sie pilgern nach Santiago?«

»Schön wär`s. Aber dazu habe ich nicht genug Geld. Ich gehe, soweit mein Geld reicht.«

»Fehlt Ihnen viel?«

»Was geht Sie das an? Wir kennen uns nicht und Sie stellen mir eine sehr persönliche Frage.«

»Eigentlich geht mich das nichts an, aber ich würde Ihnen gerne helfen.«

»Sie wollen mir helfen, wie denn? Wollen Sie mir Geld ausleihen?«

»Nein, nicht ausleihen, sondern schenken«, gebe ich ihr zur Antwort.

Sie schaut mich nun ganz interessiert an und überlegt.

»Wieso schenken?«

»Damit Sie sehr lange pilgern können, wenn Sie dies gerne tun.«

»Sie schenken mir Geld, damit ich pilgern kann?«

»Ja, ich würde Ihnen gerne Geld schenken.«

»Einfach so?«

»Ja.« lautet meine knappe Antwort.

»Ohne Bedingungen?«

»Eine Bitte hätte ich. Können Sie mir erklären, warum Sie pilgern?«

»Das ist die einzige Bedingung, dass ich Ihnen das erkläre?«

»Wenn Sie so wollen, ja, so ist es.«

»Also gut. Ich bin verheiratet und voll arbeitstätig. Wir haben keine Kinder. Ich mache nun eine Auszeit. Ich möchte Zeit mit mir verbringen, auf mich zurückgeworfen werden. Eine Pilgerreise habe ich schon lange im Sinn. Ich wohne in Freiburg und bin bis hierher gewandert. Ich habe im Lotto etwas Geld gewonnen und kann mir einen Teil dieser Pilgerreise leisten ohne unser Gespartes zu brauchen.«

Nun lächle ich sie an und bin beinahe versucht zu fragen, wie viel sie gewonnen hat. Aber diese Frage stelle ich ihr nicht.

»Ist etwas« fragt sie. »Nein nichts, erzählen Sie weiter.«

»Ich gehe zunächst über Lausanne nach Genf. Von dort bis Santiago de Compostela sind es etwa 55 bis 60 Tagesetappen. Für die ganze Strecke wäre ich mehr als zwei Monate unterwegs.«

»Und wie lange reicht Ihr Geld.«

»Das möchte ich Ihnen nicht sagen. Ich bin der Meinung, dass ich dies nicht einem wildfremden Mann erzählen muss. «

»Entschuldigung. Sie haben natürlich vollkommen Recht. Würde es Ihnen helfen, wenn ich Ihnen, sagen wir mal 10`000.- CHF schenken würde?«

Zuerst schaut sie mich verwundert an, ich kenne diesen Blick ja schon. Dann hält sie die Hand vor den Mund und lacht los.

»10`000.- CHF?« höre ich sie lachend sagen.

»Ja, 10`000.- CHF.« bestätige ich, »würde Ihnen das helfen?«

»Sie machen Spass mit mir. Niemand verschenkt einfach so 10`000.- CHF.«

»Doch. Ich.«

»Wirklich?«

»Ja, wirklich. Es würde mich aber freuen, wenn Sie mir alle fünf bis sieben Tage eine Karte schicken würden.«

»Das ist die einzige Bedingung?«

»Nein, es ist keine Bedingung. Es wäre einfach nett von Ihnen.«

Die Serviertochter kommt an den Tisch und fragt, ob wir noch etwas bestellen wollen. Wir bestellen beide einen doppelten Espresso.

Gemütlich trinken wir unsere Getränke. Sie erklärt mir die Strecke. Von Genf geht es in etwa in 16 – 18 Etappen nach Le Puy-en-Velay, dann folgen weitere 30 - 35 Etappen bis nach St. Jean Pied de port. Dort beginnt der Camino Francés, das sind nochmals etwa 12 Etappen über Pamplona, Burgos, Leon, Ponferrada bis zum Ziel in Santiago de Compostela.

Vor der Türe verabschieden wir uns per Handschlag und ich gebe ihr das Couvert mit dem Geld.

Fragend schaut sie mich an. »Was haben Sie denn da?«

»Das Geld natürlich.«

Sie nimmt das Couvert, öffnet es und schaut hinein. Sie sieht das Geld und wirkt sehr überrascht. »Ist das wirklich für mich. Das gibt es wirklich, dass Sie mir das Geld geben?«

»Ja.« Lautet meine Antwort »Nehmen Sie es ruhig und geniessen Sie Ihre Pilgerreise.«

Ich gebe ihr eine meiner hellgrünen Visitenkarten.

Sie umarmt mich und bedankt sich. Mit einem Danke geht sie davon. Nach ein paar Metern greift sie in ihre Jackentasche und holt ein Handy hervor.

Sie dreht sich noch einmal winkend um, dann geht sie auf ihre lange Pilgerreise.

Die erste von 15 Karten hat sie in Genf geschrieben. Merci, merci beaucoup stand darauf.

Und ihren Namen konnte ich auch entziffern. Yvonne Decastel.

Mein Gedanke dazu:

»Die wahre Freude ist die Freude des anderen«

Mit Alice in Paris

Ein Mittwoch Ende Mai

Sie können sich sicher noch an meine Begegnung in Samedan vor ein paar Wochen erinnern. Ich habe Alice im Spital Samedan getroffen und wir haben abgemacht, dass ich sie ein paar Tage nach Paris begleite.

Ich kann mich noch gut daran erinnern, was sie damals zu mir gesagt hat:

»Ich würde so gerne einmal nach Paris und mir etwas Schönes leisten. Ein Kleid oder eine Handtasche oder Schuhe. Das wäre toll.«

Heute Mittwoch fliegen wir zusammen nach Paris und werden das verlängerte Wochenende dort verbringen.

Wir treffen uns in Thalwil, wo ich zu ihr in den Zug nach Zürich Flughafen zusteige.

Kaum habe ich sie begrüsst und mich zu ihr gesetzt, fängt sie an zu erzählen. Sie berichtet ohne Punkt und Komma. Es sprudelt wie ein Wasserfall. Ich erkenne sie kaum wieder.

Sie strotzt vor Lebensfreude.

Die Fahrt dauert eine halbe Stunde. Doch die Zeit scheint ihr nicht zu reichen, um mir alles zu erzählen.

Im Flughafen angelangt, begeben wir uns zuerst zum Check in und danach in ein Restaurant.

Der Abflug wird in etwa zwei Stunden erfolgen. So haben wir genügend Zeit für ein Mittagessen. Beide bestellen wir das vegetarische Menü, dazu Mineralwasser und einen halben Liter Rotwein.

Ich bin ganz erstaunt, dass sie während des Essens nicht viel redet.

Bei der Hauptspeise nimmt sie ihr Glas Rotwein in die Hand, schaut mich direkt an und sagt: »Ich bin Alice.«

Wir stossen an. »Ich bin Felice.«

»Ist Alice dein richtiger Vorname?«

»Nein eigentlich heisse ich Alicia, aber Alice gefällt mir besser. Und du, heisst du Felice?«

»Nein, getauft bin ich auf Felix. Felix heisst – der Glückli-che, der Erfolgreiche. Und welche Bedeutung hat Alicia?«
»Soviel ich weiss, kommt der Name von Adelheid, was von edlem Wesen, die Vornehme, bedeutet.«
Ich erhebe mein Glas nochmal und proste ihr zu: »Auf die Vornehme.«
Sie lacht und prostet mir zu: »Auf den Glücklichen.«
»Entschuldige bitte, aber .. «
»Stop!« Sagt sie in bestimmten Tonfall. »Ich möchte die nächsten Tage nicht einmal dein »Entschuldige bitte« hö-ren.«
Nun hat sie mich verlegen gemacht. Ich möchte doch nur höflich sein.
»Entschuldige bitte« fängt sie den nächsten Satz an.
»Stop!« höre ich mich sagen.
Beide lachen wir prustend los.
Nachdem wir bezahlt haben, begeben wir uns auf die Aus-sichtsterrasse. Wir schauen den startenden und landen-den Flugzeugen zu.
»Bist du auch schon geflogen?« fragt sie mich.
»Ja, schon mehrere Male. Und du?«
»Nein, das ist das erste Mal. Bisher konnten wir es uns nicht leisten.«
»Wo sind übrigens deine Kinder?«
»Sie machen zwei Wochen Ferien mit ihrem Vater. Ich habe ihnen etwas von deinem Geld gegeben, ist das in Ordnung für dich?«
»Alice, was du mit dem Geld machst, ist alleine deine An-gelegenheit. Es ist ja dein Geld.«
Wir begeben uns zum Gate und sitzen bald einmal auf un-seren Plätzen. Nach einiger Zeit erfolgt der Start Richtung Paris. Während des Starts hält Alice meine Hand und drückt fest. Sie lässt sie erst wieder los, als wir die Flug-höhe erreicht haben. Ich habe für Alice einen Fensterplatz reserviert und sie schaut immer wieder staunend hinaus. Der Flug dauert etwa eine Stunde und fünfzehn Minuten. Vor der Landung ergreift sie wieder meine Hand.
Wir begeben uns vom Flughafen mit dem Taxi zu unserem

5-Sterne-Hotel im achten Arrondissement in der Nähe der Avenue des Champs-Elysées. Ich habe zwei Einzelzimmer bestellt und wir haben zwei neben einander liegende Superior Zimmer in der vierten Etage.

Am zweiten Abend haben wir eine Schifffahrt mit Abendessen auf der Seine genossen, und weil es so schön war, am Abend vor der Abreise noch einmal.

Wir haben viele Sehenswürdigkeiten besichtigt, wie den Louvre, Montmartre, Eiffelturm, Notre-Dame de Paris, Katakomben und Schloss Versaille, um nur ein paar wenige aufzuzählen Wir waren einkaufen in den »Galeries Lafayette« und im »Le Bon Marché«, welches übrigens das älteste Kaufhaus ist.

Alice hat sich nicht entscheiden können, ob sie ein Kleid oder eine Handtasche oder Schuhe kaufen soll. Ein Kleid und eine Handtasche hat sie dann ausgesucht und dazu passende Schuhe habe ich ihr geschenkt. Bei unserem zweiten Abendessen auf der Seine hat sie alles getragen und sie sah zauberhaft aus.

Ich könnte viele Seiten von unserem Parisaufenthalt schreiben. Vermutlich würde ich Sie damit aber langweilen.

Am Freitag, als wir an einem Kiosk vorbei kamen, hat sie mir eine Postkarte geschenkt mit einer Widmung. Sie hat also daran gedacht.

So verlief die Zeit sehr schnell und wir waren wieder auf dem Weg zum Flughafen und zurück nach Zürich. Wie beim Hinflug hat sie nach dem Start und vor der Landung meine Hand gehalten.

Während des Fluges verhielt sich Alice erstaunlich still.

Pünktlich am frühen Nachmittag sind wir gelandet.

Auf der Fahrt vom Flughafen nach Zürich fragte mich Alice:

»War es das?«

»Was war was, ... das?«

»Gibt es noch eine Fortsetzung?«

Lange überlege ich, wie ich es ihr beibringen soll, dass es von meiner Seite keine Fortsetzung gibt, so wie sie es sich vermutlich vorstellt.

»Liebe Alice, es hat mir die letzten Tage mit dir ausgezeichnet gefallen. Ich finde, du bist eine tolle Frau und eine gute Kameradin. Wir können uns ab und zu treffen.«

»Ich habe mich in dich verliebt«, sagt sie »und ich könnte mir gut vorstellen, dass ...«

»Bitte, rede jetzt nicht weiter. Für mich ist die Zeit für eine neue Beziehung noch nicht reif. Alice, es hat nichts mit dir zu tun. Das Problem liegt bei mir. Ich kann mich nicht binden. Noch nicht. Es tut mir leid. Ich mag dich, aber leider ist da nicht mehr.«

»Können wir uns ab und zu treffen?«

»Ja, gerne, das habe ich ja vorher schon gesagt. Ich würde gerne mit dir wandern oder Velo fahren. Von mir aus einmal im Monat.«

Danach wendet sie ihren Kopf zum Fenster und schaut in die Landschaft hinaus.

Kurz vor Thalwil stehe ich auf und mache mich parat. Auch sie steht auf und lächelt mich an.

»Ich verstehe dich ja. Aber ich habe gehofft, dass mehr daraus wird. Ich danke dir für die wundervollen Tage. Ich melde mich in drei Wochen bei dir.«

Wir umarmen uns und sind uns sehr nahe. Ihr Mund sucht meinen, doch ich drehe mein Gesicht leicht zur Seite und küsse sie auf die Wange.

Ich nehme meine Rollkoffer, gehe zum Ausgang und steige aus. Auf dem Perron sehe ich sie am Fenster stehen. Sie wirft mir eine Kusshand zu und dann setzt sich der Zug in Bewegung. Lange winke ich ihr nach.

Mit dem Taxi fahre ich die kurze Strecke nach Hause.

Mein Gedanke dazu:
»Alles Leid und alle Freude kommt von der Liebe«

Der 100 Kilometer Lauf

Ein Freitag im Juni in Aarberg / Bern

Am späteren Nachmittag treffe ich mit dem Auto in Aarberg ein. Die Geschichte mit dem Pfeilwurf möchte ich Ihnen diesmal ersparen.
Aber was ist denn hier in und um Aarberg los. Viele Autos und Leute hat es hier.
Ich finde etwas abseits einen Parkplatz. Wie ich erfahre, findet in dieser Nacht die »Nacht der Nächte« statt.
Der 100 Kilometer Lauf.
Mein Ziel ist es, einmal im Leben einen Marathon zu laufen. Aber diese »Verrückten« laufen hundert Kilometer, am Stück. Wahnsinnig!
Ich begebe mich zum Stadtplatz von Aarberg und der hat es in sich. Über den ganzen Platz sind Absperrgitter aufgestellt und sie bilden von einem bis zum anderen Ende eine breite Gasse. Hier werden hunderte Läufer von der Holzbrücke kommend über den Platz rennen, sich an den Ständen verpflegen und dann Richtung Lyss weiterlaufen.
Es ist eine laue Juninacht, darum nehme ich mein Abendessen in einer der Wirtschaften draussen auf dem grossen Platz ein. Aus den Gesprächen von den Nebentischen erfahre ich, dass insgesamt etwa 3700 Läuferinnen und Läufer an den Bieler Lauftagen teilnehmen.

Etwa 1300 Ultra Läuferinnen und Ultra Läufer sind um 22:00 beim Kongresszentrum in Biel bei optimalen Bedingungen gestartet. Diese haben nun 21 Stunden Zeit, wieder ins Ziel nach Biel zu gelangen.
Gegen 22:40 Uhr lerne ich in der Masse der Zuschauer eine etwa 35 jährige Frau kennen. Wir kommen ins Gespräch und sie teilt mir mit, dass ihr Ehemann so ein verrückter Teilnehmer ist. Ich stelle mich vor und sie stellt sich als Stefanie Matter vor. Sie ist Sekundarlehrerin von Beruf. Ihr Ehemann laufe nun zum zweiten Mal mit.

Er habe das Buch »Einmal musst Du nach Biel« von Werner Sonntag gelesen und sei sofort begeistert gewesen, diese lange Strecke zu laufen.

Letztes Jahr habe er den Hunderter in 11 Stunden und 8 Minuten gelaufen. Sein Ziel sei es, diese Nacht unter 11 Stunden zu laufen.

Der Start in Biel erfolgte um 22:00 Uhr, also ist es sein Ziel, morgen Samstag vor 09:00 in Biel einzulaufen. Sie erklärt mir, dass die allerbesten Läufer unter 7 Stunden für die Strecke benötigen.

Sie ist von Biel mit dem Auto nach Aarberg gefahren und wird ihren Mann an ausgesuchten Orten der Laufstrecke betreuen.

Ich erfahre von ihr, dass sie in Oberamsern und dann in Kirchberg ihren Mann wieder betreuen werde.

Dann verliere ich sie aus den Augen.

Ich möchte sie noch einmal treffen, um sie und den Mann zu beschenken.

Von Biel bis Aarberg sind es 16 km. Die ersten Läufer treffen kurz nach 23:00 auf dem Stadtplatz in Aarberg ein.

Nun laufen mehr als eine Stunde lang Läufer und Läuferinnen über den Platz, viele haben eine Stirnlampe auf dem Kopf.

Sie werden begeistert von den Zuschauern angefeuert.

Ich begebe mich zur Holzbrücke, welche über die Aare führt und feuere dort die Läuferinnen und Läufer an.

Von hier bis Oberamsern sind es 22 Kilometer und bis Kirchberg 40 Kilometer.

Ich beschliesse nach einiger Zeit, zunächst gemütlich bis Oberamsern zu fahren.

Was heisst hier gemütlich. Da mit mir noch viele weitere Fahrzeuge unterwegs sind, fahre ich direkt nach Kirchberg. Dort ist die Parkplatzsituation gut. Es gibt einen sehr grossen Parkplatz, der noch wenig besetzt ist.

Neben den Verpflegungsständen gibt es Tische und Bänke. Etliche Leute sitzen dort und es ist wie bei einem Fest.

Auf den Verpflegungsständen gibt es Getränke und diverse Lebensmittel für die Läufer.

Wie ich mir habe sagen lassen, sind die 100 km Läufer ab Oberamsern alleine auf der Strecke.

Bis Oberamsern gab es noch Nacht Marathon Läufer, die dort ins Ziel liefen.

Auch der Hunderter hat mehrere Ziele, sogenannte Teilstrecken.

Das erste Ziel in Oberamsern bei 38 km, das zweite in Kirchberg bei 56 km, das dritte in Bibern bei 76.5 km und das ultimative Ziel nach 100 km in Biel.

Ich schaue auf die Uhr. Es ist jetzt 1:00 Uhr.

Stefanie, die Sekundarlehrerin, hat gesagt, dass ihr Ehemann in 11 Stunden im Ziel sein möchte. Er läuft somit 9 Kilometer in der Stunde. Er wird ungefähr um 04:00 hier eintreffen.

Ich plane, dass ich etwas mehr als zwei Stunden im Auto schlafen werde.

Kurz vor 03:30 weckt mich der Wecker meines Smartphones.

Zuerst habe ich keine Orientierung.

Was mache ich hier im Auto, wo bin ich, wie spät ist es?

Dann kommt die Erinnerung.

Bieler Hunderter, Stefanie, der laufende Ehemann.

Also raus aus dem Auto und zu den Tischen, wo es Getränke und Esswaren gibt.

Doch zuerst geht's auf die Toilette im Untergeschoss.

Mit mir gehen auch Läufer und Läuferinnen dorthin.

Müde und abgekämpft sehen sie aus.

Ein Geruch nach Massageöl und Dulix liegt in der Luft.

Dann gehe ich wieder nach draussen.

Viele Läufer und auch Begleiter auf Fahrrädern machen hier in Kilchberg Halt und verpflegen sich. Einige wenige trinken hier auch Bier, welches es zu kaufen gibt.

Ich bestelle an einem Selbstbedienungsstand einen Kaffee und einen Nussgipfel, dann suche ich mir einen Platz und entdecke, wen wohl, Stefanie.

Sie beendet soeben ein Gespräch mit ihrem Handy.

Ich setze mich zu ihr, sie grüsst mich, scheint mich aber nicht mehr zu erkennen.

»Wie läuft es ihrem Ehemann?« beginne ich das Gespräch. Nun schaut sie mich genauer an und erkennt mich wieder.

»Es geht ihm gut. Er ist zwischen Kernenried und hier, in etwa 5 Minuten ist er hier.«

Ich schaue auf die Uhr. Es ist 03:45 Uhr.

»Das freut mich für ihn, dann wird er es sicher unter 11 Stunden schaffen.«

»Vielleicht. Von hier bis Biel sind es noch 44 Kilometer. Er müsste also regelmässig sein Tempo weiterlaufen. Aber jetzt kommt der Ho-Chi-Minh-Pfad, der ist nicht ohne Tücken, wegen dem unebenen Boden. Grobe Steine, Wurzeln und Zweige machen den Dammweg entlang der Emme beschwerlich. Dann gibt es noch eine leichte Steigung bis Bibern und dann geht es eher steil hinauf und dann wieder hinunter.«

«Also noch etwas mehr als einen Marathon?» frage ich.

»Ja, etwas mehr.«

»Ist ihr Mann auch schon einen Marathon gelaufen?«

»Ja, schon mehrere hier in der Schweiz. Aber sein grosses Ziel ist der New York City Marathon. Wir werden im November dorthin fliegen. Ich muss jetzt gehen, ich wünsche Ihnen alles Gute.«

»Ihnen auch.«

Mein Gegenüber steht auf, nimmt ihren Rucksack und verabschiedet sich. Sie geht ihrem Mann entgegen, um ihn zu betreuen.

Das ist es, geht es mir durch den Kopf. Ich spendiere den beiden eine Teilnahme am New York City Marathon.

Ich trinke den Kaffee aus und beobachte das Treiben beim Verpflegungsstand und dem Zieleinlauf bei der Teilstrecke. Langsam schlendere ich zu meinem Auto und entdecke Stefanie, welche sich mit einem Läufer unterhält. Beide joggen und er macht einen kurzen Halt bei der Verpflegung. Ich merke mir seine Startnummer. Er nimmt sich ein paar kleine Stücke Bananen und Orangen und sie übergibt ihm eine volle Getränkeflasche, nimmt eine leere entgegen und weg ist er in der Dunkelheit.

Sie kommt beim Parkplatz in meine Richtung und ich frage sie, wo sie ihren Mann das nächste mal treffen werde.

Sie schaut mich mit müden Augen an und sagt: »Ich möchte nicht unhöflich sei, aber ich bin müde und möchte, bevor ich weiterfahre, etwa zwei Stunden schlafen. In Arch treffe ich ihn wieder. Auf Wiedersehen.«

Heute und jetzt wird mir wieder einmal mehr bewusst, dass es gar nicht so unproblematisch ist, Leute zu beschenken. Das ist doch mit einigem Aufwand verbunden.

Da ich noch einige Zeit zu schlafen beabsichtige, stelle ich auf dem Smartphon den Wecker und suche im Navigationsgerät Arch.

Von hier bis Arch sind es 33 Kilometer und dafür werden dreissig Minuten angegeben.

Ich schlafe einige Zeit und bin dann rechtzeitig in Arch. Auf der Laufstrecke sind Läufer unterwegs. Ich parkiere mein Auto und suche den Verpflegungsstand. Nach einigem Suchen und mit Unterstützung eines Läufers, der mir die Richtung zeigt, finde ich den Verpflegungsposten.

Läufer, Begleiter und Zuschauer finden sich dort ein.

Es ist ein Kommen und Gehen.

Stefanie, die ihren Ehemann betreut, entdecke ich nicht.

Sie wird wohl noch kommen.

Ich schaue dem sportlichen Treiben zu. Ich sehe einen Läufer, der genüsslich eine Zigarette raucht. Vieles hätte ich erwartet, aber einen rauchenden Läufer während des Rennens eher nicht.

Alle Läufer, die jetzt durch Arch kommen, sind seit neun Stunden unterwegs und haben etwa 81 Kilometer in den Beinen.

Ich schaue in die Richtung, aus der die Läufer kommen und sehe Stefanie und ihren Mann. Ich winke ihnen zu und sie zeigt auf mich und sagt etwas zu ihrem Mann.

Sie winken aber nicht zurück.

Etwas weiter vorne zweigt die Strecke links ab und weg sind sie.

Ich bleibe noch etwa 10 Minuten hier.

Vielleicht kommt Stefanie ja zu mir.

Sie kommt aber nicht.

Da ich sehr grossen Gefallen am Hunderter gefunden habe, ist es für mich klar, dass ich nun nach Biel fahre, um den Zieleinlauf zu sehen.

Zum Glück ist der Weg gut ausgeschildert. Auch zu den Parkplätzen.

Die Läufer, welche ganz kurz vor dem Ziel sind, machen eine Linkskurve und sind dann schon beim Ziel.

Sie treffen einzeln oder in kleinen Gruppen ein.

Was mich sehr erstaunt ist, dass es Läufer gibt, die auf den letzten Metern spurten, als ob es ein 400 Meter Lauf wäre. Alle Läufer reissen bei der Ziellinie die Arme hoch.

Der erste Läufer hat ein paar Minuten mehr als sieben Stunden benötigt und die erste Frau nicht ganz 8 Stunden und 30 Minuten. Es sind etwa 270 Läufer und Läuferinnen im Ziel, wie ich von der Lautsprecherdurchsage erfahre

Kurz vor 09:00 sehe ich einen Mann und eine Frau auf die Zielgerade einbiegen.

Es sind Stefanie und ihr Mann.

»Mit der Startnummer 423 läuft Peter Matter dem Ziel entgegen. Er schafft es die hundert Kilometer unter elf Stunden zu beenden. Herzliche Gratulation.«

Auf der Uhr oberhalb der Ziellinie sehe ich die Zahl 10:58:42.

Schon etliche Meter vor der Überquerung der Ziellinie reisst auch er die Hände hoch und nach der Ziellinie umarmen sich die beiden. Es scheint mir, dass sie ihn hält, damit er nicht umfällt. Er hat es also geschafft, den Lauf unter elf Stunden zu beenden.

Dann lassen sie einander los und er erhält eine Medaille übergestreift.

Sie verlassen langsam das Zielgelände beim Kongresshaus und ich folge ihnen.

Stefanie schaut zufällig in meine Richtung und entdeckt mich. Sie sagt ein paar Worte zu ihrem Mann und er dreht sich zu mir um. Nun kommen beide Hand in Hand auf mich zu.

»Was wollen Sie von meiner Frau?« fragt er mich aufgeregt in Walliser Mundart unwirsch, so dass ich Mühe habe, ihn zu verstehen. »Lassen Sie sie in Ruhe!«

»Ich möchte mich entschuldigen, wenn ich aufdringlich wirke. Ihre Frau hat mir erklärt, dass sie im November nach New York reisen und ich würde ihnen beiden gerne den New York City Marathon mit allem drum und dran schenken.«

»Das reicht. Ich möchte, dass Sie uns in Ruhe lassen. Uns den New York City Marathon schenken. Was ist das für ein Anmachespruch. So ein Blödsinn. Ausserdem haben wir es nicht nötig. Wir verdienen beide genug und haben die Marathon Reise schon bezahlt. Was erzähle ich Ihnen das überhaupt. Das geht Sie erstens nichts an, zweitens nehmen wir sowieso nichts von Fremden an und drittens gehe ich jetzt duschen. Komm Stefanie, wir gehen.«

Sagt es und die beiden gehen ohne sich zu verabschieden ihren Weg.

Ich bin erstaunt, dass jemand, der in elf Stunden hundert Kilometer gelaufen ist, kurz nach dem Zieleinlauf noch so viel Energie aufbringt, um mir so deutlich die Meinung zu sagen.

»Wer nicht will, will nicht«, denke ich mir.

Ich kapituliere und diese Angelegenheit ist hiermit definitiv beendet.

Heute beschenke ich niemanden.

Ich drehe mich um und schaue dem Treiben beim Ziel noch einige Zeit zu. Danach begebe ich mich in das grosse Festzelt in der Nähe, um mich zu stärken, bevor ich nach Hause reise.

Stefanie und ihren Mann habe ich nicht mehr angetroffen.

Ich habe eine Freinacht hinter mir, da möchte ich mich ein paar Stunden schlafen legen, was ich in meinem Auto auch mache.

Gegen 14:00 werde ich wieder wach. Ich strecke und recke mich. Im Auto zu schlafen ist nicht wirklich bequem, auch wenn mein Auto genügend Platz bietet. In der Ferne höre ich eine Lautsprecherstimme. Es ist der Speaker des Hunderters.

Da es mich Wunder nimmt, wie die Läufer ins Ziel kommen, welche mehr als sechzehn Stunden unterwegs sind, mache ich mich ins Zielgelände auf.

Es sind bereits 970 Läuferinnen und Läufer im Ziel. Die Läuferinnen und Läufer treffen einzeln ein und werden jeder Einzelne vom Speaker mit Namen im Ziel begrüsst.

Etwa eine halbe Stunde schaue ich dem Treiben im Zielgelände zu.

Mit dem Auto fahre ich dann Richtung Zürich. Da es mich Wunder nimmt, wie weit hundert Kilometer etwa sind, habe ich in Biel den Tageskilometerzähler auf Null gestellt.

An einer Raststätte habe ich einen doppelten Espresso getrunken, um meine Lebensgeister wach zu halten.

Kurz vor der Ausfahrt Spreitenbach hat der Tageskilometerzähler hundert Kilometer angezeigt.

Das ist ja eine enorme Strecke, die die Läufer bewältigen.

Mein Gedanke dazu:
»Wer nicht will, der hat gehabt«

Eine Millionärsmesse

Ein Wochenende im Juni

Vor noch nicht allzu langer Zeit habe ich in der Zeitung gelesen, dass in einer Grossstadt in Europa eine Millionärsmesse stattfinden wird.
Ich bin Multimillionär. Meinen Reichtum habe ich nicht geerbt und auch nicht erwirtschaftet sondern zufälligerweise
gewonnen. Ich denke mir, was spielt das für eine Rolle.
Eine Millionärsmesse habe ich bisher noch nicht besucht.
Was noch nicht ist, kann ich jetzt nachholen.
So entschliesse ich mich, das erste Mal in meinem Leben
eine Millionärsmesse zu besuchen. Mal schauen, ob ich
neue Ideen mitnehmen kann.
Wie es sich für einen Millionär gehört, übernachte ich in
einem der teureren Hotels.
Der Eintritt ist eigentlich gar nicht so teuer, er hält sich in
Grenzen.
Die Messe ist mehr als 22000 Quadratmeter gross und es
befinden sich gegen 400 Aussteller auf dem Gelände.
Ein Unternehmer aus den Niederlanden veranstaltete das
erste Mal im Jahr 2001 eine Messe mit dem Namen Millio-
naire Fair. Weitere Messen und Veranstaltungen folgten in
Cannes, Mallorca, Shanghai, Moskau, Istanbul, Wien und
München. Vermutlich wird es in Zukunft in anderen Welt-
städten noch weitere Luxusmessen geben.
Ich bin mir bewusst, dass ich im Verlaufe des Tages nicht
alle Aussteller berücksichtigen werde.
Von Weltwirtschaftskrise ist in dieser Ausstellung keine
Rede.
Was soll ich mir noch leisten, wenn ich eigentlich schon
alles habe? Es ist nicht mein Ziel, mir etwas Neues anzu-
schaffen, ich werde mich höchstens inspirieren lassen.
Alles ist sehr gediegen und entspricht hohen und höchsten
Ansprüchen.
Ich sehe viele Männer in Anzug und manche auch mit Kra-
watte. Bei den Frauen gibt es nicht wenige in Pelzmänteln.

Jungunternehmer, alter Geldadel, Neureiche und vermögende Kinder reicher Eltern sind hier präsent.

Und es hat recht viele, auffallend hübsche, junge Frauen, die alleine oder zu zweit durch die Ausstellung unterwegs sind. Vielleicht besuchen sie unter dem Motto »Wie angle ich mir einen Millionär« diese Messe.

Und wer Geld hat zeigt es.

Weltweit gibt es über zwölf Millionen Dollarmillionäre. In Europa gibt es mehr als drei Millionen Millionäre und es werden immer mehr.

Das luxuriöse Angebot reicht von Diamanten, Uhren, Autos, Inneneinrichtungen, Yachten über Kunstgegenstände, Handtaschen bis zu auserlesenen und sehr raren Getränken wie Weine und Whiskey.

An einem Stand eines Diamanthändlers sehe ich einige Luxus Shopper, welche grosszügig einkaufen, da Diamanten für sie Wertanlagen bedeuten.

»Man lebt nur einmal und da ich es mir leisten kann, möglichst angenehm.«

Dies scheint der Leitgedanke vieler Anwesenden zu sein.

Trotz Staatspleiten und Verschuldung gibt es etliche, die es sich leisten können und noch reicher werden.

Ein Innenarchitekt stellt Einrichtungen für das Badezimmer und den Wohnbereich vor.

Ich könnte eine recht lange Liste notieren, was die vierhundert Anbieter anpreisen, aber es ist in etwa das Gleiche wie auf einer normalen Messe, nur sind die Dimensionen, was die Preise betrifft, um ein vielfaches höher, aber auch die Qualität.

Ich möchte es an einem Beispiel verdeutlichen. Nehmen wir ein Auto.

Es gibt neue Autos für Normalsterbliche von 20`000.- CHF bis, sagen wir mal, 50`000.- CHF. Für reiche Leute von 80'000.- bis 120`000.- CHF und für Superreiche ab 200`000.- CHF. Mit einem Auto kann man bequem von A nach B fahren. Je teurer desto luxuriöser. Genauso verhält es sich mit den Angeboten dieser Millionärsmesse.

Wie ich ein paar Tage danach der Presse entnehmen konnte, hat die Messe etwa 400 Millionen Euro Umsatz gemacht. Bei ca. 400 Ausstellern ergibt dies pro Aussteller etwa 1 Million Euro. Nicht schlecht.

Was habe ich von dieser Millionärsmesse mitnehmen können?

Ich für mich habe mir vorgenommen, dass ich meinen Reichtum nicht zur Schau stellen werde. Es ist ja irgendwie schon verständlich, dass es seit Menschengedenken immer sehr reiche, reiche, arme und sehr arme Menschen gegeben hat.

Zwischen den reichen und den armen Menschen gibt es noch die sogenannten Mittelschichten. Ich mache es mir nun einfach und unterscheide zwischen Ober-, Mittel- und Unterschicht. Dies ist ja keine wissenschaftliche Abhandlung, die ich schreibe, sondern ein Roman.

Aber, dass die sehr Reichen ihren Reichtum so zur Schau stellen – muss das denn so sein?

Nachdem ich die Messe besucht habe, ist es für mich klar, dass dies der einzige Besuch an einer Millionärsmesse war.

Ich persönlich finde es super, dass es solche Messen gibt, damit sich sehr reiche Menschen über Angebote in ihrer gehobenen Preisklasse informieren und diese auf dem angebotenen und grosszügigen Gelände auch ansehen und in echt erleben können.

Aber das, was ich zum Leben brauche, finde ich in vielen Läden im Umkreis von ein paar Kilometern meines Wohnortes.

Mein Gedanke dazu:
»Die SUPER Reichen werden immer reicher und müssen das Geld auch irgendwie ausgeben«

Der Ponyhof

Ein Mittwoch im Juli in Kreuzlingen / Thurgau

Von meinem Wohnort bis Kreuzlingen sind es 100 km. Diese Strecke fahre ich mit meinem Auto. Ich rechne mit einer Fahrtzeit von etwas mehr als einer Stunde.
Ich entnehme, dass in Kreuzlingen etwas mehr als 20`000 Einwohner leben.
So fahre ich um 10:15 ab und bin gegen 11:20 in Kreuzlingen. Ich habe mir während der Fahrt überlegt, wen ich überraschen und wo ich diese Person kennen lernen möchte.
Diesmal soll es eine Familie sein.
Oder mindestens eine Mutter oder ein Vater mit Kindern.
Wo finde ich wohl eine geeignete Familie, überlege ich.
In einem McDonald`s Restaurant. Das ist es – ich suche einen McDonald`s.

Beim Bahnhof Kreuzlingen parkiere ich mein Auto. Im Bahnhofsgebäude frage ich nach, wo sich das nächste McDonald`s Restaurant befindet. Es ist gar nicht so weit.
Freundlich wird mir der Weg beschrieben, so dass ich kurz vor 12:00 nach kurzer Fahrtzeit beim McDonald`s parkiere.

Es sind innen einige Tische besetzt. Draussen ist alles voll. Wenn ich so rumschaue, sehe ich etliche Tische mit mehreren Personen besetzt, es gibt sehr wenige Einzelpersonen wie mich. Ich stelle mich in die kurze Kolonne vor der Essensausgabe und bestelle ein McDonald`s Menü Medium bestehend aus einem Cheeseburger, Pommes frites und Getränk. Das Getränk bestelle ich ohne Eis. Ich habe Getränke, die zu kalt sind, nicht gerne. Nachdem ich bezahlt habe, schaue ich mich zuerst draussen nach einem freien Tisch um. Es sind wirklich alle Tische besetzt. Drinnen finde ich an einem Tisch Platz.
Kaum habe ich angefangen zu essen, kommen ein Mann und zwei Kinder an meinem Tisch. Er fragt: »Ist hier noch frei?«

»Ja, selbstverständlich.«

Sie stellen ihre Tablare auf den Tisch und wir wünschen uns einen guten Appetit. Es erstaunt mich, wie ruhig die beiden Kinder essen. Wenn ich so rum höre, geht es an anderen Tischen laut zu und her.

Bei uns am Tisch herrscht nicht direkt eine gedrückte Stimmung, aber es ist sehr ruhig, kein Wort wird gesprochen.

»Es scheint euch zu schmecken, dass ihr so ruhig seid.« wende ich mich an die Kinder.

Beide schauen mich an und nicken. »Ja, danke.«

Der Mann wendet sich mir zu und sagt: »Wir alle haben eine schwere Zeit hinter uns und sind seit Monaten das erste Mal wieder hier. Das heisst, das erste Mal auswärts essen. Wir wohnen hier in der Nähe von Kreuzlingen.«

Nachdem die beiden Kinder fertig gegessen haben, fragen sie ihren Vater: »dürfen wir nach draussen?«

»Ja, sicher, solange ihr wollt. Räumt zuerst noch ab.«

Die beiden Mädchen nehmen ihre Tablare, entsorgen sie und sind schon draussen.

»Darf ich Sie zu einem Kaffee einladen?« frage ich ihn.

»Gerne«, antwortet er.

Beim Anstehen für den Kaffee überlege ich mir, dass ich mehr von den drei erfahren und dass ich sie beschenken möchte.

Als ich zum Tisch schaue, wo er nun alleine sitzt, sehe ich einen Mann auf ihn zugehen. Dieser wirkt irgendwie aufgebracht. Er spricht ihn laut an, so dass ich es zum Teil verstehen kann: »Rechnungen nicht zahlen, auswärts essen.«

Dann entfernt er sich wieder.

Ich verhalte mich so, als ob ich es nicht mitbekommen habe.

Zurück beim Tisch frage ich ihn »Wie alt sind sie denn?«

»Wen meinen Sie, mich oder die Kinder?« Leicht verlegen antworte ich: »Die Kinder.«

»Sandra ist sieben und Elvira neun Jahre alt. Beide gehen zur Schule.«

»Und ihre Mutter geniesst es, wenn Sie sich um die Kinder kümmern?« frage ich.

»Ihre Mutter lebt nicht mehr, sie ist gestorben. Sie ist vor 2 Monaten gestorben. Ich bin Witwer.«

»Mein herzliches Beileid. Entschuldigen Sie ...«

»Es ist schon gut, Sie konnten es ja nicht wissen« unterbricht er mich.

»Darum waren die Kinder während des Essens so ruhig,« sage ich mehr so zu mir.

»Ja, die beiden vermissen ihre Mutter sehr und ich auch.« Danach ist es eine Zeit lang ruhig an unserem Tisch.

Die beiden Kinder kommen zu uns an den Tisch und fragen: »Papa, dürfen wir ein McFlurry M&M's haben?«

Er schaut die beiden an und sagt: »Wir haben doch abgemacht, ohne Dessert.«

»Papa, bitte! « wie aus einem Mund höre ich sie betteln.

»Darf ich den beiden Kindern ihren Wunsch erfüllen?« frage ich den Vater der beiden Mädchen.

Er wird leicht verlegen und sagt: »Nein, lieber nicht, es ist mir sehr unangenehm, dass Sie das jetzt mitbekommen.«

»Papa, sag ja, bitte.«

Er schaut mich nochmal an und sagt: »Wenn es Ihnen nichts ausmacht, bezahle ich die beiden McFlurry selbst.«

»Wie Sie wollen. In Ordnung«

Er gibt ihnen eine Zehnernote und die beiden Mädchen rennen zur Kasse.

»Danke, Papa!« höre ich sie noch rufen.

Als sie wieder bei uns vorbeikommen und nach draussen gehen, schaut er auf die Uhr und sagt zu ihnen: »Noch 15 Minuten, dann müssen wir auf den Bus.«

»Darf ich fragen, wo Sie wohnen?«

»Wir wohnen in Lengwil auf einem, sagen wir es mal so, auf einem Bauernhof. Das ist eigentlich ganz in der Nähe. Es ist auf der SBB Strecke Kreuzlingen nach Weinfelden. Wir wohnen nahe beim Bahnhof. Ganz in der Nähe hat es einen kleinen See, den Groossweiler.«

Er überlegt kurz und fragt mich: »Darf ich fragen, wo Sie wohnen?«

»Selbstverständlich dürfen Sie. Ich wohne in Wollerau am Zürichsee.«

»Und Sie essen hier in Kreuzlingen im McDonald`s?«

Lachend sage ich ihm »Ja, Sie ja auch.«

Er schaut mich verlegen an und antwortet: »Ich vermute mal, dass Sie, so wie Sie aussehen, andere Restaurants gewohnt sind. Ihre Kleidung sieht nach Understatement, nach Zurückhaltung aus. Vermutlich gehört das tolle Auto mit der Schwyzer Nummer auf dem Parkplatz Ihnen.«

»Ja, richtig, ich habe ein Auto mit einem Schwyzer Nummernschild. Darf ich Sie und ihre Kinder nach Hause fahren?«

»Wieso?«

»Sie haben vorher richtig festgestellt, dass ich üblicherweise nicht im McDonald`s meine Mahlzeiten einnehme. Es ist so, dass ich hier jemand kennen lernen möchte, und das sind zufällig Sie und ihre Kinder.«

»Und – weiter?«

»Ich schlage vor, dass ich Sie und ihre beiden Kinder nach Hause fahre und dann erzähle ich Ihnen weiter. Ich kann Ihnen versprechen, dass es positiv für euch ausfallen wird.«

»Positiv, wie meinen Sie das?«

»Ich werde Ihnen das bei Ihnen zu Hause genau erklären.«

»Jetzt hören Sie mir mal ganz genau zu« sagt er mit erstaunlich fester Stimme. »Wenn Sie glauben, dass ich Sie einfach so aufs Geratewohl zu mir nach Hause nehme, obwohl wir uns überhaupt nicht kennen, dann sind Sie an den Falschen geraten.«

Einmal mehr wird mir wieder bewusst, wie umständlich und schwierig es ist, jemanden zu beschenken, jemandem etwas Gutes zu tun.

»Entschuldigen Sie bitte, aber ich würde Sie gerne beschenken. Ich bin bewusst hierher nach Kreuzlingen in diesen McDonald`s gekommen, um jemandem etwas Gutes zu tun. Und das sind Sie.«

»Was heisst das, jemandem etwas Gutes tun für Sie?«

»Ich würde mir gerne selber ein Bild von Ihnen und Ihrer Situation machen und wir können dann gemeinsam, zum Beispiel, finanzielle Lösungen suchen.«

»Dann sind Sie von einer Bank oder einer Versicherung?«

Ich lache laut heraus. »Nein, weder Bank noch Versicherung.«

»Was denn sonst?«

»Hm, ich bin ein Philanthrop.«

»Was sind Sie?«

»Ich bin ein Philanthrop. Ich bezeichne mich als wohltätigen Menschenfreund.«

Jetzt kommen die beiden Kinder an unseren Tisch. Die grössere der beiden sagt. »Papa, der Bus ist eben angekommen. Wir erreichen ihn nicht mehr.«

Mein Gegenüber schaut mich an und fragt:» Gilt ihr Angebot noch, dass Sie uns fahren?«

»Selbstverständlich. Ein Philanthrop steht zu seinem Wort.«

Wir begeben uns zu meinem Auto, steigen ein und sind in kurzer Zeit in Lengwil. Er dirigiert mich und dann sagt er: »Hier rechts abbiegen.«

Ich sehe ein Schild, darauf steht: »Annas Ponyhof«.

»Anna hiess meine Frau«, höre ich ihn leise sagen.

Vor einem der Gebäude stelle ich mein Auto ab und die Kinder sind schnell weg.

»Kommen Sie mit mir, ich heisse übrigens Kurt. Bei mir ist es üblich, dass sich alle auf meinem Hof duzen.« »Ich bin Felice.«

Wir drücken uns die Hände.

Wir gehen auf ein sehr schönes Bauernhaus zu. Er öffnet die Eingangstüre und sofort bin ich begeistert. Es ist der Geruch, der sich hier in diesem Haus ausbreitet. Es riecht super. Ein Gemisch von verschiedenen Düften, welche ich absolut liebe, Holz, Kaffee, Wachs, Stall, Heu, Tiere und weiteres.

»Was möchtest du trinken?«

»Wenn es nicht zu viel Mühe bereitet, hätte ich gerne einen Pfefferminztee.«

»Gerne. Du kannst inzwischen am Tisch auf der Terrasse Platz nehmen.«

Ein paar Minuten später gesellt er sich mit zwei Teetassen zu mir.

»Ich bezeichne mich als wohltätigen Menschenfreund. Das war dein letzter Satz, bevor die Kinder kamen. Was genau meinst du damit?«

»So, wie ich es sage. Ich möchte Menschen beschenken, den Menschen etwas Gutes tun.«

»Und wie kommst du gerade auf mich?«

»Ich bin nicht auf dich gekommen. Du bist zu mir an den Tisch gesessen. Du hast mir erzählt, dass du seit zwei Monaten Witwer bist. Ich würde dir gerne helfen, wenn du es zulässt. Vielleicht willst und kannst du mir erzählen, was dich bedrückt. Dann schauen wir gemeinsam, ob du Hilfe von mir annehmen willst.«

Ich höre im Haus drinnen das Telefon läuten.

Er entschuldigt sich und geht hinein.

Nach einiger Zeit kommt er zurück.

»Wo sind wir stehen geblieben?«

»Ich habe dich gebeten, mir zu erzählen, ob du Hilfe von mir annehmen willst.«

»An welchen Umfang hast du denn gedacht?«

»Eine Zahl kann ich noch nicht nennen. Vielleicht kannst du mir einen Überblick verschaffen.«

Er antwortet nicht sofort, schaut mich an, dann sieht er sich die Umgebung an. Er steht auf und geht ins Haus.

Kurz darauf kommt er mit einem Stapel Papier in der Hand an den Tisch. Er legt die Papiere vor mich hin.

»Meine Frau hat die Buchhaltung gemacht. Ich habe mich nicht darum gekümmert. Es ist mir alles zu viel geworden. Vor ihrem Tod haben wir alles versucht, damit sie die bestmögliche Behandlung erhält. Nicht nur die übliche Schulmedizin. Gewisse Behandlungen bezahlte die Krankenkasse nicht. Wir haben auf ihren Wunsch noch Städtereisen gemacht. Sie wollte noch einmal nach Paris, Wien und Berlin. Obwohl das Geld knapp war, habe ich ihr diese Wünsche erfüllt. Nun habe ich Schulden.«

Traurig sagt er dies und zuckt mit den Schultern. Er schaut auf die Tassen auf dem Tisch.

»Und diese Papiere« ich deute auf den Stapel vor mir, »sind das Rechnungen?«

»Ja, das sind vermutlich Rechnungen und Kreditkartenabrechnungen.«

»Wie viel ist es denn alles zusammen?«

»Keine Ahnung. Ich habe nicht alle Briefe geöffnet und dann auf den Stapel gelegt. Ich weiss es nicht.«

»Darf ich?«

»Wenn du möchtest.«

Die nächsten Minuten bin ich beschäftigt mit Sortieren.

Dann liegen mehrere Häufchen Papier vor mir.

Ich zeige auf den ersten: »Das sind Kreditkartenabrechnungen. Ich denke mal, dass das etwa 11`000.- CHF sind.«

»Auf dem zweiten Häufchen sind Rechnungen, die die Behandlung deiner verstorbenen Frau betreffen. Das sind gut und gerne 15`000.- CHF.«

»Und hier auf dem dritten Stapel hat es weitere Rechnungen wie Telefon, Tierarzt, Tierfutter und so weiter und so fort. Das sind nochmal 5`000.- CHF.«

»Und was ist auf dem letzten kleinen Haufen?« »Das sind Abrechnungen von Einzahlungen, welche bei dir eingegangen sind.«

»Ich habe Geld bekommen?«

»Na klar, du betreibst hier, wie ich sehe, einen Ponyhof. Gibt es Ponys und andere Tiere in Pension? Kann man bei dir reiten?«

»Ja, das habe ich. Mal weniger und mal mehr. Wie viel ist denn einbezahlt worden?«

»Moment, ich muss zusammen zählen.«

»Ich komme auf 3`500.- CHF«

»Das ist ja super. Ich habe gemeint, dass das alles Rechnungen sind, die ich bezahlen muss.«

»Ausgaben hast du etwa 31`000.- CHF und Einnahmen 3`500.-Hast du Erspartes oder hast du Geld von einer Versicherung bekommen?«

»Weder – noch. Das Ersparte ist alles weg, für den Ponyhof, für die Behandlung meiner Frau und weiteres. Eine Versicherung haben wir nur auf mich gemacht, sollte ich sterben. Meine Frau war immer so gesund. Sie wollte das nicht.«

»Darf ich dir helfen, aus dieser Situation heraus zu kommen?«

Während ich ihn das frage, kommen seine beiden Töchter und weitere Kinder zu uns an den Tisch.

»Wir haben Durst. Dürfen wir Apfelsaft trinken?« »Ja, das könnt ihr, aber verdünnt ihn mit etwas Wasser.«

Er hat den Satz nicht zu Ende gesagt, da rennen alle ins Haus.

Dann schaut er mich an, überlegt und fragt: »Was macht ein wohltätiger Menschenfreund in einer solchen Situation?«

»Er handelt und hilft.«

»Und was heisst das jetzt für mich?«

»Das bedeutet, dass du alle Rechnungen auf ihre Vollständigkeit prüfst, zusammen zählst und dann in ein Couvert legst. « »Das ist alles?«

»Natürlich nicht. Es fängt erst an. Du nimmst das Couvert, setzt dich zu mir ins Auto und wir fahren gemeinsam nach Kreuzlingen. Dort gehe ich auf eine Bank, hole das Geld und dann zahlst du die Rechnungen auf der Post beim Bahnhof ein.«

«Das tönt einfach.«

»Das ist es auch.«

»Es hat aber einen Haken. Wie soll ich dir das Geld wieder zurück zahlen?«

»Gar nicht. Ein Philanthrop wie ich verschenkt Geld. Er gibt keine Darlehen.«

»Einfach so?«

»Ja, einfach so. Gehen wir, wenn du bereit bist?«

»Ja.«

Die Kinder kommen wieder aus dem Haus.

Kurt, mein neuer Bekannter, sagt zu den Kindern: »Hört mal zu, ich bin etwa eine Stunde weg. Benehmt euch!«

»Ja, Papa. Wohin gehst du?«

»Nach Kreuzlingen. Ich bin ja bald zurück.«

»Was machst du in Kreuzlingen?«

»Das erzähle ich euch heute beim Abendessen.«

Die Kinder sind schnell wieder weg.

Er geht ins Haus, holt einen Kugelschreiber und einen Taschenrechner und ist ein paar Minuten beschäftigt.

Ich schaue mich in dieser Zeit ein wenig auf dem Anwesen um.
Auf einem Ponyhof war ich bisher noch nie.
Es hat Stallungen, eine offene Reithalle, Auslaufflächen etc. alles was dazugehört. Es gibt Mädchen und junge Frauen, die sich um die Tiere kümmern.
Nebst den Ponys gibt es noch Pferde und andere Tiere.
Ich kehre wieder zu Kurt zurück.
»Sehr schön hast du es hier.«
»Ja, das stimmt. Aber seit dem Tod meiner Frau ist für mich alles anders geworden.«
»Bist du fertig, hast du die Rechnungen im Couvert zusammen gezählt?«
»Ja. Alles zusammen macht 31`105.- CHF.«
»In Ordnung. Gehen wir?«
»Wie meinst du das, in Ordnung?«
»Ich denke, wir machen uns auf den Weg um die Rechnungen zu bezahlen.«
Er nickt und schweigend gehen wir zum Auto.
Während der Fahrt sagt keiner ein Wort.
In Kreuzlingen angekommen gehe ich zur Bank und hebe 40`000.- CHF ab. Ich stecke das Geld in ein Couvert und reiche es ihm.
Bis zur Post beim Bahnhof ist es nicht weit und so gehen wir zu Fuss.
»Felice, wo ist der Haken an der ganzen Sache?«
»Es gibt keinen.«
Er geht in die Post beim Bahnhof und bezahlt seine Rechnungen. Ich warte in einiger Entfernung.
Dann geht er zu einem Stehtisch und bleibt dort mit dem Rücken zu mir stehen. Ganz ruhig steht er da. Dann bewegen sich seine Schultern und er nimmt ein Taschentuch.
Ich lasse ihn dort alleine weinen und gehe nach draussen, um auf ihn zu warten.
Nach ein paar Minuten öffnet sich die Türe und er kommt wortlos auf mich zu. Er öffnet die Arme und umarmt mich.

Ich habe es eigentlich nicht besonders gerne, wenn Männer mich zu lange umarmen.

Doch diesmal ist es anders.

Ich höre ihn mit belegter Stimme stammeln: »Danke. Ich danke vielmals. Das werde ich ein Leben lang nicht vergessen!«

Wir gehen zusammen zum Auto und fahren los.

Er reicht mir das Couvert und sagt: »Es hat noch Geld drin.«

»Behalte es. Ich habe genug davon.«

»Aber .. «

»Kein aber.«

Ich lasse ihn beim Schild »Annas Ponyhof« aussteigen.

»Kommst du mich einmal besuchen?«

»Gerne, das werde ich ganz sicher machen. Wie ist übrigens dein Familienname?«

»Ich heisse Kurt Brunner. Und du?«

»Mein Name ist Felice Utopian.«

Wir drücken uns die Hände.

Beim Wegfahren sehe ich, wie er mir zuwinkt. Ich winke zurück.

Während der Fahrt nach Wollerau kommt mir der Satz »Das Leben ist kein Ponyhof« in den Sinn.

Was wohl Kurt davon hält?

Mein Gedanke dazu:

»Wenn das Leben kein Ponyhof ist, was ist es dann?«

Ein Psychiater

Ein Mittwoch im August in Riehen / Basel Stadt

Am letzten Wochenende hat Massimo seine Riccarda kirchlich geheiratet.

Die Hochzeitsgesellschaft umfasste annähernd achtzig Personen, von denen ich etwa einen Drittel kenne.

Es war eine wunderschöne Hochzeit und mein Sohn ist nun unter der Haube.

Als Hochzeitsgeschenk habe ich ihnen ein Sparkonto eingerichtet, auf das ich monatlich Geld für die Ausbildung und Zukunft ihrer noch ungeborenen Kinder überweise.

Heute Mittwoch bin ich nach dem Pfeilwurf auf die Schweizerkarte in den Kanton Basel Stadt unterwegs.

Genauer gesagt nach Riehen.

Von Wollerau nach Riehen sind es ungefähr 120 km. Ich rechne dafür eineinhalb Stunde Fahrtzeit.

Nebst Basel und Bettingen ist Riehen eine der drei Gemeinden des Kantons Basel Stadt und zählt etwas mehr als 20`000 Einwohner.

Heute bin ich früh gestartet und so komme ich schon um 11:15 in Riehen an. Wie üblich mache ich mir ein Bild von der Gemeinde.

Ich flaniere an etlichen Geschäften vorbei und gegen 11:50 nehme ich in einer Gartenwirtschaft Platz. Gegenüber befinden sich diverse Geschäfte, darunter auch ein Reisebüro. Nachdem ich die Karte studiert habe, sehe ich einen älteren Mann aus dem Reisebüro kommen. Er hat etliche Reiseprospekte bei sich.

Er schaut sich um und kommt dann direkt in meine Richtung. Bei meinem Tisch bleibt er stehen und deutet auf einen Stuhl.

»Ist hier noch frei?«

»Selbstverständlich«, antworte ich ihm.

Er legt seine Reiseprospekte auf den Tisch und mustert mich eine Zeit lang.

»Sie sind nicht hier aus der Gegend.« bemerkt er und dann schaut er die Speisekarte an, welche ich auf den Tisch gelegt habe.

»Nein, ich wohne in Zürich.«

»Was treibt Sie in diese Gegend?«

Die Serviertochter kommt an unseren Tisch und fragt nach Bestellungen.

Das gibt mir die Gelegenheit, eine Antwort zu überlegen.

»Ich nehme das Menue 2 mit Salat und französischer Sauce. Und ein Shorley.«

»Ich nehme dasselbe«, höre ich ihn sagen.

Die Serviertochter schreibt es sich auf und geht wieder weg.

»Ich habe geschäftlich zu tun.« Lautet meine lapidare Antwort. »Und was machen Sie hier?« frage ich zurück.

»Ich bin Psychiater.«

Darauf macht er eine kurze Pause.

»Ich habe eine Praxis hier in der Nähe. Heute aber habe ich mir einen freien Tag genommen, da ich meine Ferien organisiere.«

»Wohin soll es denn gehen?«

»Nach Amerika. Ich besuche dort an verschiedenen Orten Verwandte und Freunde und werde auch ein paar Tage in Las Vegas verbringen.«

»Wann geht es denn los?«

»Was geht los?«

»Ich meine, wann beginnen Ihre Ferien?«

»Heute ist Mittwoch. Am Montag fliege ich. Also in fünf Tagen.«

»Bleiben Sie lange in den Ferien?«

»Ich werde in sechs Wochen wieder in der Schweiz sein.«

»Was machen Sie denn in Las Vegas?« frage ich ihn.

»Das Leben geniessen, diverse Shows anschauen und auch spielen. Ich möchte den Reiz des Spielens kennen lernen.«

»Ich spiele nur Lotto. Was spielen Sie denn?«

»Poker, Black Jack, Baccarat und Slot Maschinen.«

»Slot Maschinen, was ist denn das?«

»Kennen Sie einarmige Banditen?«

»Sind das nicht diese Glücksspielautomaten?«

»Genau, Sie sagen es.«

»Sie gehen nach Amerika, um diese Slot Maschinen zu spielen?«

Er lacht laut heraus.

»Nein, natürlich nicht. Das ist nur ein ganz kleiner Teil meiner Reise. Aber ich möchte es mal kennen lernen. Ausserdem ist der Megabucks Jackpot aktuell sehr hoch.«

»Was heisst das, der Megabucks Jackpot?«

»Ich gebe Ihnen eine Kurzfassung davon. Es ist ein Jackpot-System in über 160 Casinos im Bundesstaat Nevada. Die Automaten dieser Casinos sind per Internet miteinander verbunden. Mit einem Einsatz von 3 Dollar können Millionengewinne erzielt werden. Um den Jackpot zu gewinnen, müssen auf der sogenannten Payline drei Megabucks Symbole erscheinen. Aktuell ist der Jackpot bei 23 Millionen Dollar.«

»Das ist aber sehr viel Geld. Möchten Sie so viel gewinnen?«

Sein Lachen ist ansteckend.

»Wer möchte nicht so viel gewinnen. 23 Millionen Dollar entsprechen aktuell, sagen wir mal, etwa 23 Millionen CHF.«

»Was machen Sie mit so viel Geld, sollten Sie es denn gewinnen?«

»Zunächst vorübergehend aufhören zu arbeiten und reisen. Und wenn ich vom Reisen genug habe, arbeite ich wieder, aber weniger. Vielleicht so zwei bis drei Tage in der Woche.«

»Arbeiten Sie denn nicht gerne, wenn Sie zu arbeiten aufhören würden? «

»Sie scheinen mir ein ganz Hartnäckiger zu sein. Was machen Sie denn beruflich?«

Oh je, jetzt bin ich weit ins offene Meer hinaus geschwommen.

Zum Glück kommt die Serviertochter mit dem Mittagessen und ich kann mir eine Geschichte ausdenken.

»Das ist so, dass ich vor Monaten arbeitslos wurde. Dann habe ich kurz darauf eine unvorhersehbare Erbschaft gemacht. Und nun geniesse ich das Leben und reise in der Gegend umher. Mal hier hin und dann dahin. Wohin es mich gerade hinzieht. Heute bin ich hier gelandet.«

»Und jetzt, was machen Sie hier?«

»Ich unterhalte mich mit Ihnen und nehme das Mittagessen ein.«

Mein Gegenüber schüttelt den Kopf, sagt aber nichts dazu. Die Serviertochter hat alles auf den Tisch gestellt und wünscht uns einen guten Appetit.

Doch bevor sie geht, frage ich mein Gegenüber: »Darf ich Sie zu einem Glas Wein einladen?«

»Gerne.«

»Bringen Sie uns eine gute Flasche Rotwein, am liebsten einen aus der Gegend. Wir verlassen uns auf ihren Geschmack.«

Diesmal geht sie ohne etwas aufzuschreiben zurück zum Buffet.

»Ich habe zwei Fragen an Sie. Erstens, was macht ein Psychiater genau und die zweite Frage stelle ich Ihnen danach.«

»Was macht ein Psychiater. Diese Frage kann ich Ihnen leicht beantworten. Er hört viel und genau zu. Das ist das Allerwichtigste. Weiter ist es von Vorteil, wenn man Geduld hat, nicht unterbricht und nicht zu viele Fragen stellt. Ich habe gelernt, dass viele Patienten Antworten auf unausgesprochene Fragen selber geben.

In meiner Praxis gibt es keine Liege sondern mehrere Stühle. So habe ich mir angewöhnt, dass Patienten den Stuhl wechseln und ihre Probleme aus Sicht des Therapeuten ansehen. Es gibt also meinen Stuhl, einen »Patientenstuhl« und einen »Therapeutenstuhl«. Eigentlich kann sich jeder Patient, der ambulant zu mir kommt, selber am besten helfen. Von Kollegen in der stationären Psychiatrie habe ich gehört, dass dies bei einigen Krankheitsbildern auch angewendet werden kann. Was sie aber alle brauchen, das ist unsere professionelle Unterstützung.«

»Ihre Antwort zu meiner Frage tönt plausibel. Haben Sie auch Erfolg damit?«

»Lassen Sie es mich so erklären: es gibt im Leben Wünschenswertes und Realisierbares. Genau so läuft es auch bei uns in der Psychiatrie. Es gibt Fortschritte und Rückschläge. Aber wenn es Ihnen recht ist, würde ich gerne das Thema wechseln. Heute habe ich frei und in ein paar Tagen Ferien.«

Er macht eine Pause und ich nicke.

»Und nun, wie lautet die zweite Frage?«

»Sie haben mir vorher von dem Jackpot erzählt. Wie viele Dollars werden Sie in diese Slot Maschinen reinwerfen?«

»Ich habe mir vorgenommen, dass es in den fünf Nächten, welche ich in Las Vegas verbringen werde, nicht mehr als 750 Dollar sein werden. Also 150 pro Nacht.«

»Nehmen wir mal rein fiktiv an, ich würde Ihnen Geld mitgeben, würden Sie dann für mich spielen?«

»An welchen Betrag haben Sie denn gedacht, rein fiktiv?«

»Sagen wir mal 1`000 Dollar pro Nacht.«

»Sie würden mir also 5`000 Dollar anvertrauen, damit ich für Sie während meiner Zeit in Las Vegas Slot Maschinen füttere?«

»Genau.«

»Wie stellen Sie sich das vor?«

»Ich gebe Ihnen das Geld. Sie spielen für mich oder besser gesagt für uns und den Gewinn teilen wir.«

»Wie soll das funktionieren?«

»Nun, jeder bekommt die Hälfte des Gewinns, oder was nach den Abzügen noch übrig bleibt.«

»Aber Sie kennen mich doch gar nicht.«

»Das ist dann mein Risiko.«

»Jetzt nehmen wir gemütlich unser Mittagessen zu Ende ein und dann können wir beim Kaffee nochmal in Ruhe darüber reden.«

»So machen wir es.«

Schweigend nehmen wir unser Essen ein. Zwischendurch serviert die Kellnerin den Rotwein.

Beim Anstossen stellen wir uns vor: »Ich bin der Beat, Beat Gerber. Prost.«

»Felice, Felice Utopian. Prost.«

Nach dem Abräumen bestellen wir den Kaffee.

»Ich bin neugierig geworden«, beginnt er das weitere Gespräch. »Verstehe ich dich richtig, du vertraust mir, sagen wir mal, 5`000 Dollar an und ich spiele für uns. Angenommen, ich gewinne, so erhält jeder 50 Prozent. Soweit richtig?«

»Ganz genau so.«

»Hör mal, erstens geht für mich die Rechnung nicht auf. Du investierst 5`000 Dollar und ich maximal 750 Dollar. Da besteht doch ein Missverhältnis. Und zweitens, wie kannst du sicher sein, dass ich, sollte ich gewinnen, zum einen dich informiere und zum anderen mit dir teile?«

»Also zu zweitens. Eigentlich bin ich mir nicht absolut sicher, dass du mich informierst und einen Gewinn mit mir teilen wirst. Ich wünsche es mir. Und nun zu erstens, hast du einen anderen Vorschlag?«

»Nein, nicht wirklich. Da die Rechnung zu meinem Vorteil ausfallen würde, wäre ich ja deppert, wenn ich damit nicht einverstanden wäre.«

»Siehst du, wir sehen es in etwa gleich. Wunderbar. Dann können wir ja jetzt die Details besprechen.«

Die Serviertochter bringt unsere Getränke.

»Ich schlage vor, dass wir, nachdem wir bezahlt haben, auf eine Bank gehen. Ich hole das Geld und du spielst dann in Las Vegas und gewinnst den Megabucks Jackpot.«

Zuerst schaut er mich entgeistert an und beginnt schallend zu lachen.

»Meinetwegen. Genauso machen wir es. Und wie kann ich dir das Geld geben, sollte ich wirklich gewinnen?«

»Ich gebe dir meine Visitenkarte mit meiner Handynummer. Und wenn du gewonnen hast, schicke mir eine SMS. Zum Beispiel: Gewonnen. Und dann den Betrag.«

»Und dann, wie weiter?«

»Wenn du wieder in der Schweiz bist treffen wir uns hier. Du schickst mir eine weitere SMS mit drei Daten. Zum Beispiel 12.09., 14.09. und 16.09. Da ich ja dann deine Handynummer habe, werde ich per SMS den Tag angeben, wann ich hier sein werde. Wir treffen uns an diesem Tag wieder hier zum Mittagessen.«

»Tönt irgendwie logisch und unkompliziert.«

»Siehst du, es ist gar nicht schwierig.«

»Sicher tönt es einfach. Aber es hat noch einen Haken, nämlich, dass ich das Geld noch nicht gewonnen habe.«

»Dessen bin ich mir schon bewusst. Schauen wir mal. Wir können uns auch treffen, wenn wir nicht gewinnen.«

Nachdem wir bezahlt haben, hole ich das Geld und überreiche es ihm und auch meine weisse Visitenkarte.

»Du bist mir einer«, sagt er beim Abschied. Dann reicht er mir die Hand. »Ich werde mich melden. Ich werde vom 16. bis 20. August in Las Vegas sein. Du hörst von mir. Spätestens, wenn ich Ende August wieder zurück bin.«

»Ich wünsche dir eine sehr schöne Reise und uns beiden viel Glück in Las Vegas.«

»Als Psychiater habe ich schon einiges erlebt, aber so eine verrückte Geschichte durfte ich bisher noch nie mitmachen«, sagt er mir zum Abschied.

Mein Gedanke dazu:

»Wer viel hat, der möchte mehr, viel mehr«

Ein Schriftsteller

Ein Mittwoch im September in Luzern

Es ist wieder einmal Mittwoch. Im Fitnessraum auf der Karte stecken schon einige Pfeile. Nach einigen Würfen gelingt es mir, einen Kanton zu treffen, in dem ich bisher noch nicht war.
Es ist Luzern, die Hauptstadt des Kantons Luzern.

Wie meistens in den vergangenen Monaten fahre ich mit dem Zug. Diesmal geht es über Thalwil. Die Fahrt dauert ziemlich genau eineinhalb Stunden. Ich richte es so ein, dass ich kurz nach 12:00 in Luzern eintreffe. Vom Bahnhof gehe ich nicht weit und kehre in einem nahegelegenen Restaurant zum Mittagessen ein. Nach dem Kaffee, gegen 13:45 breche ich auf und beginne die Stadt am Vierwaldstättersee zu erkunden.
Nach kurzer Zeit bin ich in der Altstadt von Luzern. Dort schaue ich mich nach einem potentiellen »Opfer« meiner Zuwendungen um. Gemütlich geht es Richtung See. Nach kurzer Zeit entdecke ich ein Restaurant mit einer sehr schönen Aussichtsterrasse. Ich werde mir ein Dessert leisten, einfach so.
Die Terrasse ist nicht sehr besetzt. Etliche Tische sind frei. Ich setze mich an einen Tisch unter einen Sonnenschirm, da es warm ist und die Sonne scheint und studiere die Dessertkarte.
Ich entscheide mich für Meringues mit Glace ohne Rahm. Die Kellnerin nimmt die Bestellung auf.
Jetzt habe ich Zeit, die Umgebung und die anderen Gäste etwas zu beobachten. Wie schon gesagt, hat es sehr wenige Leute. Meistens sitzen zwei Personen zusammen, aber es gibt zwei, drei Einzelne, so wie ich.
Ganz in der Nähe sitzt alleine ein Mann. Er hat etliche Papiere und einen Laptop vor sich und bearbeitet die Tastatur. Ich denke, manche nehmen ihre Arbeit sogar ins Restaurant mit.
Nach ein paar Minuten kommt mein Dessert.

Während ich den Coup geniesse, höre ich es, ein Lachen, das Lachen einer Frau, ein sehr sympathisches Lachen. Zwei Frauen haben die Terrasse betreten, gehen an meinem Tisch vorbei und setzen sich an den Nebentisch.

Ich frage mich, wer zu dem bezaubernden Lachen gehört. Ich drehe mich nur leicht seitlich und sehe die beiden Frauen. Die mir zugewandte lacht wieder. Es ist nicht nur ein sehr sympathisches Lachen, nein, die ganze Person entzückt mich.

Sie blickt kurz in meine Richtung und lächelt. Ich begrüsse sie mit einem Lächeln.

Irgendwie geschieht etwas mit mir. Etwas, das ich schon lange nicht mehr empfunden habe. Ich habe das Gefühl, leicht zu erröten.

Sie wendet ihr Gesicht und ihre Aufmerksamkeit ihrer Freundin zu.

So habe ich die Gelegenheit, sie verstohlen etwas genauer zu mustern. Eine sehr attraktive Frau, etwa in meinem Alter, sicher etwas jünger. Ihre langen, dunklen Haare trägt sie zu einem sogenannten Pferdeschwanz gebunden. Sie hat dunkle Augen und einen von der Sonne gebräunten Teint.

Vorher, bei ihrem Vorübergehen habe ich gesehen, dass sie einen Hosenanzug trägt, der ihre Figur betont, weder schlank noch mollig, genau mein Typ.

Während ich sie verstohlen betrachte, höre ich eine männliche Stimme: »Entschuldigung, haben Sie Feuer?«

Es ist der Mann von nebenan mit dem Laptop. Ich greife in die linke Jackentasche und hole mein Feuerzeug hervor. Ich rauche schon längere Zeit nicht mehr viel und das Feuerzeug ist ein Geschenk von Massimo. Ich trage es viel bei mir.

Ich gebe ihm Feuer und sage zu ihm: »Machen Sie das öfters, dass Sie ihre Arbeit ins Restaurant mitnehmen? Hier ist es ja schöner als im Büro.«

Er schaut mich erstaunt an. »Arbeit, welche Arbeit?«

Ich deute auf seinen Laptop. »Ihre Schreibarbeit.«

»Ich bin nicht beruflich am Schreiben. Ich schreibe ein Buch.«

»Sie können es sich leisten, an einem Buch zu schreiben, am Mittwochnachmittag. Toll.«

Oh je, das hätte ich wohl besser nicht gesagt. An seiner Reaktion bemerke ich, dass ich in einen Fettnapf getreten bin.

Ich versuche, die Situation etwas zu entschärfen.

»Darf ich Sie zu mir einladen? Möchten Sie noch etwas trinken?«

Er bejaht, und so setzt er sich an meinen Tisch. Ich bin darauf bedacht, die attraktive Frau mit dem Pferdeschwanz im Blickfeld behalten zu können.

Mein Gegenüber beginnt zu erzählen: »Also, eigentlich geht es Sie ja nichts an, aber ich arbeite seit kurzem Teilzeit. Ich wohne in der Nähe und manchmal, bei schönem Wetter mache ich mit meinem Velo einen kurzen Ausflug. So wie heute. Ich bin verheiratet und meine Frau arbeitet auch Teilzeit. Die beiden Kinder haben heute Nachmittag schulfrei. Ich benutze hier die Gelegenheit um zu schreiben. Und schreiben ist irgendwie auch Arbeit. Sie haben also recht.«

Die Kellnerin nimmt unsere neue Bestellung auf. Nachdem sie gegangen ist, überlege ich, dass ich jetzt zum einen die Person gefunden habe, der ich helfen und zum anderen eine Frau, die ich liebend gerne kennen lernen möchte.

»Kommen Sie gut voran mit schreiben?«

»Es geht so, ich habe zwar viel Zeit, da ich ja nicht voll arbeite, aber manchmal fehlen mir die Ideen.«

»Wie weit sind Sie denn mit Ihrem Buch.«

»Eigentlich schreibe ich nicht nur ein Buch. Ich habe im Sinn, mehrere Bücher zu schreiben. Ich habe einen roten Faden für mehrere Bücher, Fortsetzungskriminalromane. Aber jedes einzelne Buch ist in sich soweit abgeschlossen. Den roten Faden habe ich mir erarbeitet. Nun schreibe ich die Ideen für die einzelnen Bücher.«

»Wie viele Bücher sollen es denn werden?« frage ich ihn.

Aus dem Augenwinkel bemerke ich, dass die entzückende Frau mir gelegentlich Blicke zuwirft. Ich merke, dass ich nicht allzu konzentriert beim Gespräch bin. Meine Gedanken schweifen ab.

Ich frage mich, wie ich es anstelle, diese Frau heute noch anzusprechen, um sie kennen zu lernen. Was mache ich, wenn die beiden Frauen gehen?

»Mindestens drei« sagt mein Tischgenosse. »Besser vier. Aber das Schreiben ist das eine. Das schaffe ich schon. Aber wie ich es dann veröffentlichen soll, da habe ich noch keine Ahnung.«

Jetzt weiss ich, wie die heutige gute Tat ausgehen wird. Ich werde meinem Gegenüber ein oder mehrere Bücher verlegen.

Doch eine Frage interessiert mich noch: »Welchen Inhalt, welchen roten Faden hat das Buch, haben die Bücher?«

»Ich schreibe über einen Serienkiller, der per Post dem Bürgermeister einer Stadt mitteilt, dass er regelmässig wahllos zwei Personen entführt. Dass er eine davon umbringen werde, aber der Bürgermeister bestimmen müsse, wer überleben darf. Dies wiederholt der Serienkiller mehrmals. Der Titel des ersten Buches heisst »Der Seelenretter«, gemeint ist der Bürgermeister, der eine der beiden retten kann. Es gibt natürlich eine Mordkommission und eine Profilerin und etliche andere Personen. Der Serienmörder wird Ende des ersten Buches gefasst und entweicht aber wieder Anfang des zweiten Buches und so weiter.«

»Woran fehlt es denn?« Ich beginne, mich langsam ans Thema heranzuwagen.

Am Nebentisch ist es ruhig geworden.

Mit einem kurzen Blick bemerke ich, dass eine der beiden Frauen den Tisch verlassen hat. Meine Favoritin sitzt noch dort und scheint uns unauffällig zu zuhören.

»Ist es das Geld, das Ihnen fehlt oder brauchen Sie andere Unterstützung? Kann ich Ihnen helfen?«

Fragend schaut er mich an, diesen Blick kenne ich. Zweifel und Hoffnung liegen darin. Doch er rafft sich auf und entscheidet sich für die Hoffnung.

»Es fehlt an allem. Da ich und meine Frau ja Teilzeit arbeiten, haben wir kein wirklich grosses Einkommen. Ende Monat bleibt nicht mehr viel übrig.«

»Wie lange haben Sie denn, bis Sie mit dem Schreiben des ersten Buches zu Ende sind? « erkundige ich mich.

»Wir haben jetzt Mitte September, ich denke, dass ich Ende Oktober oder spätestens Mitte November mit dem ersten Buch zu Ende sein werde. Also noch gut sechs bis neun Wochen.«

Ich überlege, Anfang November findet der New York City Marathon statt. Da möchte ich teilnehmen.

»Ich möchte Ihnen bei der Herausgabe Ihres Buches helfen. Können wir uns Mitte November wieder treffen?«

Ich erkläre weiter: »Wissen Sie, ich habe eine Erbschaft gemacht. Es gibt aber eine Bedingung, eine Vertragsklausel. Ich habe einen Drittel erhalten und bekomme das gesamte Geld erst, wenn ich ein Zehntel des Vermögens innerhalb eines Jahres mit anderen Leuten teile.«

Er nickt und meint: »Es gibt schon komische Bedingungen, um an Erbschaften zu kommen. Aber Ihren Vorschlag finde ich toll, vor allem für mich, wenn es denn klappt.«

Ich schaue wieder zum Nebentisch und jetzt sehe ich, wie sie mich anstrahlt.

Da ihre Freundin noch nicht zurückgekommen ist, kann sie sich scheinbar voll auf unser Gespräch konzentrieren. Mir soll es recht sein.

Ich hole meine Brieftasche hervor und reiche ihm eine meiner hellgrünen Visitenkarten: »Wenn Sie das Buch soweit fertig haben, senden Sie es mir zum Lesen zu. Am liebsten habe ich es auf einem USB Stick.«

Er nimmt die Visitenkarte und studiert sie.

»Würden Sie mir Ihre Visitenkarte geben?« frage ich ihn.

Er stellt sich nun vor: »Rudolf Waibel, freut mich.«

Ich gebe ihm noch eine weitere Karte. »Hier haben Sie einen Vorschuss, es ist eine Prepaid Karte. Auf dieser Karte ist ein Guthaben, Ihr Vorschuss. Sie können diese Karte als Zahlungsmittel weltweit benutzen. Es ist wie eine Geschenkkarte eines grossen Warenhauses. Wenn Sie mit dieser Karte bezahlen, wird das Geld vom Guthaben auf der Karte abgezogen. Sie können mit der Karte auch im Internet zahlen. Beim ersten Gebrauch können Sie den PIN Code ändern. Der aktuelle Code lautet 9876.«

Die Freundin meiner »Möchtegernbekanntschaft« ist an den Nebentisch zurück gekehrt. Ich höre sie sagen: »Du Renata, ich habe soeben einen Anruf bekommen und ich muss leider gehen. Bleibst du oder kommst du auch?« Renata, so also lautet ihr Name. Unter dem Tisch drücke ich beide Daumen, dass sie noch bleibt.

»Ich bleibe noch eine Weile und geniesse meine freie Zeit, du kannst ruhig gehen, ich lade dich ein. Ich melde mich bei dir und wir treffen uns dann wieder.«

»Davon habe ich noch nie etwas gehört« sagt mein Gegenüber.

»Probieren Sie es aus, es wird Ihnen gefallen. Wir können es ja so machen, wenn es mir gelingt, Ihre Bücher zu veröffentlichen, können Sie mich ja mit einem Betrag pro verkauftem Buch beteiligen. Aber das regeln wir dann im November.«

Er reicht mir die Hand zum Handschlag und sagt: »Einverstanden, so machen wir es.«

Er schaut auf die Uhr und sagt: »Schon so spät. Ich habe mit meinen Kindern beim Schifflandesteg abgemacht. Ich sollte schon bald dort sein. Übrigens, wie viel ist denn auf der Karte drauf?«

»Das erfahren Sie beim ersten Geldbezug. Es ist nicht wenig.«

Er packt seine Sachen zusammen. »Ich muss los. Ich melde mich ganz sicher bei Ihnen.« sagt er, reicht auch mir eine Visitenkarte, und innerhalb von kurzer Zeit verlässt er die Aussichtsterrasse.

Mein Gedanke dazu:
»Es muss herrlich sein, Bücher zu schreiben. Das traue ich mir nicht zu«

Eine ganz reizende Bekanntschaft

»Wollen Sie sich zu mir setzen und mir Gesellschaft leisten?«

»Nichts lieber als das« höre ich mich antworten. Und gehe zu ihrem Tisch. Ich reiche ihr die Hand und stelle mich vor: »Felice Utopian. Es freut mich sehr, Ihre Bekanntschaft zu machen.«

»Renata Verrara. Die Freude ist ganz meinerseits. Entschuldigen Sie mein aufdringliches Verhalten. Aber ich habe einen grossen Teil Ihres Gespräches mitbekommen und es nimmt mich riesig Wunder, wie diese Geschichte ausgehen wird. Es ist nicht meine Art, dass ich Männer anspreche, aber meine Neugierde hat gesiegt.«

Sie lacht verlegen.

»Sie müssen sich nicht entschuldigen. Mir würde es an Ihrer Stelle genau gleich ergehen. Ich habe mir nämlich auch schon überlegt, ob und wie ich Sie ansprechen soll. Darf ich Sie zu einem Spaziergang einladen, haben Sie Zeit und Lust?«

»Sehr gerne« antwortet sie.

Nachdem wir beide bezahlt haben, machen wir uns gemütlich auf den Weg.

Wir verlassen die Terrasse und gehen beim Parkplatz vorbei. Dort steht ein wunderschönes Coupé mit Zürcher Autonummer. Ob das wohl ihr Auto ist?

Natürlich geht es zum Vierwaldstättersee und dort am Ufer entlang.

Einen Wanderweg am Ufer des Sees haben wir schweigend erreicht.

Die Aussicht ist fantastisch.

»Die Geschichte mit der Erbschaft, stimmt die so?« eröffnet sie unser Gespräch.

Sie bringt mich mit dieser Frage in arge Verlegenheit. Ich möchte ihr doch nicht in den ersten Minuten unserer Bekanntschaft meinen Reichtum erklären, und Unwahrheiten erzählen mag ich auch nicht.

So frage ich zurück: »Wieviel von unserem Gespräch haben Sie mitbekommen?«

»Eigentlich nicht von Anfang an. Aber ich denke, das Wichtigste wird sein, dass Sie ihn als Schriftsteller unterstützen. Und das finde ich bemerkenswert.«

»Also sind Sie mit dem Thema irgendwie vertraut. Das mit der Erbschaft, ist dies denn wichtig? Was macht es für einen Unterschied, ob die Geschichte so stimmt oder nicht? Hauptsache ist doch, dass ich ihm helfen kann und werde und er sich nun voll auf das Schreiben konzentrieren kann.«

»Da haben Sie recht«, erwidert sie etwas verlegen. »Darf ich Ihnen meinerseits Hilfe anbieten? Ich habe Erfahrungen im Buchhandel. Ich bin Geschäftsfrau und in vielerlei Hinsicht versiert.«

»Was machen Sie denn so im Leben?«

»Sagen wir es mal so, ich bin wie gesagt Geschäftsfrau. Dabei belassen wir es mal vorläufig. Und Sie, was machen sie denn so im Leben?« fragt sie mich zurück.

»Sagen wir es auch mal so, ich bin Geschäftsmann. Aktuell unterstütze ich Menschen, um die Bedingungen zum Erhalt einer Erbschaft zu erfüllen, so wie die Vereinbarung es fordert. Dabei belassen wir es mal vorläufig.«

Nun folgt ein herzhaftes Lachen von uns beiden.

»Ich nehme Ihre Hilfe sehr gerne an. Wir können ja sozusagen gemeinsam als Geschäftspartner dieses Geschäft in Angriff nehmen.«

Wir haben nun auf unserem Spaziergang eine freie Bank am Ufer erreicht und nehmen dort Platz.

Ich gebe ihr meine weisse Visitenkarte. Sie reicht mir ihre Visitenkarte, auf der auch ihre Handynummer steht.

Ich spüre, dass ich mich in ihrer Gegenwart sehr wohl fühle und überlege mir, wie ich es anstelle, den Zeitpunkt unseres Abschieds hinaus zu zögern.

»Wo wohnen Sie?« frage ich sie.

»Ich habe meinen Lebensmittelpunkt in der Agglomeration Zürich, mit Seesicht«, gibt sie zur Antwort.

Ich lache und sage: »Ich auch. Ich wohne auch am Zürichsee. Aber noch nicht so lange.«

»Wo denn?«

»Also, in einer Ortschaft am linken Zürichsee, gegenüber der Goldküste, aber nicht mehr im Kanton Zürich. Und wo wohnen Sie?«

»Gegenüber. Auf der anderen Seeseite.«

Wir merken, dass wir uns beide nicht in die Karten sehen lassen wollen.

Eine Zeit lang sitzen wir schweigend und schauen dem Treiben auf dem See zu.

»Es ist so, dass ich, wie man so schön sagt, recht gut betucht bin und ich mich darüber eigentlich nicht gerne unterhalte«, gesteht sie mir, »sei es, wo ich wohne, was ich mache oder wie viel ich habe. Ich habe in der Vergangenheit nicht immer nur gute Erfahrungen damit gemacht, wenn neue Leute in meiner Umgebung zu genau Bescheid über mich wussten.«

Ich schaue ihr in die Augen und entdecke eine Seelenverwandtschaft darin.

»Mir geht es genau gleich«, erwidere ich ihr »auch ich bin soweit recht gut betucht und auch ich unterhalte mich darüber eigentlich nicht gerne. So richtig arbeiten, von Montag bis Freitag, das muss ich nicht. Mein Lebensunterhalt ist gesichert und meine Kinder sind erwachsen.«

»Sie haben Kinder?« erstaunt tönt diese Frage »sind Sie verheiratet?«

»Verheiratet, das war ich mal, nein ich bin geschieden und ungebunden. Also zu ihrer Frage wegen der Kinder. Ich habe drei Kinder. Massimo, der älteste, Elena und Tabea. Drei an der Zahl, wie gesagt, alle erwachsen. «

»Und Ihre Frau, pardon, Ex Frau, haben Sie noch Kontakt zu ihr?«

»Ja, wir haben Kontakt miteinander. Wir sind Freunde geblieben. Manchmal telefonieren wir miteinander, selten treffen wir uns. Sie ist in einer neuen Beziehung, die hat schon zu unserer Zeit begonnen. Und Sie, haben Sie Kinder, sind Sie verheiratet?«

Sie schaut mir einige Zeit in die Augen, scheint abzuwägen, ob und was sie sagen soll. Sie atmet dabei mehrmals tief ein und aus. Dann gibt sie sich einen Ruck.

»Was ich Ihnen erzähle, erzähle ich nicht jedem, und sowieso nicht bei der ersten Begegnung. Sie machen mir einen vertrauensvollen Eindruck. Ich hoffe, ich täusche mich nicht. Ich bin Witwe, ich habe meinen Mann vor Jahren bei einem Unfall verloren, bei einem Autounfall. Auch unsere beiden Kinder kamen dabei ums Leben.«

Sie wendet den Blick von mir ab und schaut gedankenverloren auf den See hinaus.

Ich ertaste ihre Hand und schweigend sitzen wir Hand in Hand nebeneinander.

Ich überlege, wie ich die Situation ändern kann, denn es bedrückt mich, sie so niedergeschlagen neben mir zu spüren.

»Also, das wegen der Erbschaft« beginne ich.

»Wie bitte?« unterbricht sie mich.

»Ich möchte Ihnen erklären, was es mit der sogenannten Erbschaft auf sich hat.«

»Ach so, Ihre Erbschaft.«

Ich lasse ihre Hand wieder los. Ich möchte ja nicht zu aufdringlich erscheinen.

»Also, das wegen der Erbschaft ist folgendermassen, es gibt keine Erbschaft. Das ist nur eine von mir erfundene Geschichte. Ich bin letztes Jahr zu Geld gekommen und seit mehreren Monaten gehe ich manchmal in eine Ortschaft und versuche, Gutes zu tun. Damit ich den Leuten nicht meinen Reichtum erzählen muss, habe ich mir diese Geschichte zurecht gelegt. Aber bitte lachen Sie mich nicht aus.«

Nun huscht doch ein kleines Lächeln über ihr Gesicht.

»Wie viel ist es denn?«

»Wie viel ist was?«

»Na, Ihr Reichtum?«

»Das erzähle ich Ihnen, wenn ich Sie zum Abendessen einladen darf. Beim Dessert.«

»Erst beim Dessert?« fragt sie zurück.

»Einverstanden, dann beim Hauptgericht. Nehmen Sie meine Einladung an?«

»Eine Minute bitte.« Sie stellt ihre Handtasche auf ihre Oberschenkel und sucht etwas darin. Bald hat sie ihr Smartphone in der Hand. Es geht nicht allzu lange und sie hat eine SMS geschrieben und gesendet. Ein Ton gibt bald darauf an, dass sie ihrerseits eine SMS erhalten hat. Sie öffnet es und nickt befriedigt.

»Ja, ich kann Ihre Einladung sehr gerne annehmen. Wohin soll es denn gehen?«

»Wie sind Sie denn unterwegs, ich bin heute mit dem Zug hierher gefahren.«

»Und ich bin mit dem Auto hier. Es steht auf den Parkplatz beim Restaurant, dort wo wir uns kennen gelernt haben.«

»Wir können uns ja auf dem Rückweg darüber unterhalten, wo wir das Essen einnehmen werden. Ich kenne ein gemütliches Lokal in Zürich, einverstanden?«

»Ja, aber selbstverständlich.«

Beim Parkplatz angekommen geht sie auf das dunkelblaue Coupé mit Zürcher Nummer zu und öffnet mit der Fernbedienung die Türen. Beide steigen wir ein und gemächlich fährt sie Richtung Zürich.

Während der Fahrt vibriert mein Smartphon. Ich habe eine SMS erhalten. Ich nehme das Smartphon aus der Jackentasche und öffne die SMS.

»Gewonnen 24.8 Mio. Dollar - 18.10, 20.10. oder 22.10.«

»Meine Güte, das gibt es doch nicht, das ist doch unmöglich«, stammle ich vor mich hin.

»Was haben Sie denn? Ist etwas passiert?«

»Ja, es ist etwas passiert. Ich habe eine sehr, sehr positive SMS bekommen, Wahnsinn!«

»Möchten Sie es mir sagen?«

»Entschuldigen Sie bitte. Ich muss mich zuerst etwas sammeln. Wenn es Ihnen nichts ausmacht, würde ich es Ihnen gerne später einmal erzählen. Es ist noch zu früh. Wir kennen uns ja noch viel zu wenig.«

Sie wechselt das Thema.

»Seit mein Mann und meine Kinder bei einem Autounfall ums Leben gekommen sind, fahre ich äusserst vorsichtig und passe meine Geschwindigkeit immer an.«

Trotzdem habe ich das Gefühl, dass wir viel zu schnell in Zürich sind.

Sie parkiert das Auto, drückt auf einen Knopf und das Dach geht automatisch zu.

Wir begeben uns ins Restaurant.

»Guten Abend, Frau Verrara« wird sie begrüsst.

»Guten Abend, der Herr.«

Der Chef de Service begleitet uns zum Tisch und rückt meiner charmanten Begleitung den Stuhl zurecht.

Wir bestellen und bald darauf wird uns die Vorspeise serviert.

Leise höre ich aus den Lautsprechern eine wunderschöne Melodie. Ich schliesse die Augen und lausche dem Text.

»When you love a woman you tell her that she`s really wanted«.

»Geht es Ihnen gut?« höre ich Renata fragen.

Ich öffne die Augen und sage: »So wohl wie jetzt habe ich mich schon seit sehr langem nicht mehr gefühlt, es geht mir ausgezeichnet, mir gefällt die Musik sehr.«

»When you love a woman you tell her that she`s the one. She needs somebody to tell her that you`ll always be together.«

Höre ich Bryan Adams singen.

Nun hört auch sie aufmerksam dem Lied zu.

»Tell me have you really really really ever loved a woman.«

Das Lied ist zu Ende.

»Das ist wirklich ein wunderschönes Lied« sagt Renata.

Ich nicke und schaue ihr tief in ihre Augen. Und auch sie schaut mir in die Augen.

Dies ist ein wirklich fantastischer Moment und ich geniesse den Augenblick mit jeder Faser meines Körpers.

Wir werden durch das Servieren des Hauptgerichts abgelenkt, dadurch ist es leider mit dem einmaligen Augenblick vorbei.

Schweigend nehmen wir unser Essen ein.

»Ich habe Sie zum Essen eingeladen und gesagt, dass ich Ihnen beim Hauptgericht sage, wie viel ich in etwa habe. Ich sage es mal so, es ist ein Betrag im zweistelligen Millionenbereich.«

So - jetzt ist es gesagt, hoffentlich fragt sie nicht weiter nach.

»Sie können sich eine Zahl zwischen 10 und 99 aussuchen.«

Nun lacht sie wieder ihr herzhaftes Lachen.

»Bei mir ist es genauso.«

»Haben Sie das Geld auch gewonnen?« frage ich sie.

»Nein, aber ich habe es, sagen wir mal so, geerbt.«

Somit scheint sich dieses Thema vorläufig erledigt zu haben.

»Wegen der SMS, die Sie während der Fahrt erhalten haben, klären Sie mich bei Gelegenheit auf?«

»Selbstverständlich. Aber nicht heute. Ich hätte gerne einen Grund, um Sie wieder zu sehen.«

»Ganz meinerseits.«

Da ich sie eingeladen habe, bezahle ich die Rechnung. Sie willigt ein, möchte aber das nächste Mal selber bezahlen.

Sie fährt mich zum Parkplatz beim Bahnhof Pfäffikon, wo mein Auto steht.

Wir verabschieden uns, wir umarmen uns mit drei Küssen auf die Wangen. Nun kann ich ihr Parfüm mit vollen Zügen geniessen.

»Was bin ich doch für ein Glückspilz. Zuerst lerne ich diese bezaubernde Frau kennen, dann erhalte ich die SMS mit der Gewinnanzeige und zu guter Letzt tauschen wir unsere Visitenkarten aus.«

Die Fahrt zu meiner Wohnung dauert nicht lange.

Beim zu Bett gehen gebe ich die Handynummer von meiner neuen Bekanntschaft bei den Kontakten ein. Kurz darauf trifft eine SMS ein. »Schlafen Sie gut. Danke. Renata.« Lese ich. Mein Herz schlägt schneller.

Ich klicke auf »neue SMS« und schreibe »Schlafen Sie auch gut, Danke ebenfalls Felice.« Senden und weg ist die SMS.

Dann schaue ich nochmals die SMS an, die ich während der Fahrt erhalten habe.

»Gewonnen 24.8 Mio. Dollar - 18.10, 20.10. oder 22.10.«
Ich schreibe: »Super! Wir treffen uns am 20.10. zum Mittagessen.«
Und schicke es ab.

Lange liege ich noch wach und meine Gedanken haben Hochbetrieb. Ich kann es immer noch nicht fassen.

Heute habe ich eine wundervolle Frau kennen gelernt und eine absolut freudige Nachricht erhalten.

Wie ist es möglich, dass ein Mensch alleine so viel Positives erleben darf? Und wieso bin ausgerechnet ich das?

Mein Gedanke dazu:
»Ist das der Beginn einer leidenschaftlichen Beziehung? Ich wünsche es mir sehr«

Shopping Tour in München

Ein Wochenende im September

Heute Donnerstag haben Renata und ich uns zufällig in Rapperswil getroffen.
Wobei, wirklich zufällig war es ja nicht. Vor dem Mittagessen habe ich eine SMS von ihr erhalten: »Lieber Felice, was machen Sie heute Nachmittag? Renata.«
Meine Antwort: »Liebe Renata. Ich werde vermutlich nach Rapperswil wandern. Felice.«
»Lieber Felice, wenn ich es einrichten kann, sehen wir uns dort? Renata.«
»Liebe Renata. Nichts lieber als das. Felice.«
Und sie konnte es einrichten.
Ich bin gemütlich vom Bahnhof Pfäffikon nach Hurden und dann über den Seedamm nach Rapperswil gewandert.
In Rapperswil beim Bahnhof haben wir uns getroffen. Bei der Begrüssung haben wir uns zuerst leicht umarmt und dann etwas fester. Wir haben uns dabei die Wangen geküsst. Mir wurde beinahe schwindlig von ihrem fantastischen Geruch und ich habe es genossen. Sehr genossen. Ich könnte stundenlang hier stehen bleiben und sie umarmen.
Doch wir haben uns voneinander gelöst und sie hat sich bei mir eingehängt.
»Wollen wir am See spazieren?«
»Ja gerne, gehen wir am Obersee entlang?«
»Das machen wir.«
Nach kurzer Zeit sind wir am Strandweg unterwegs und geniessen die Aussicht über den See.
«Dort drüben wohne ich«, und zeige auf die gegenüberliegende Seeseite zwischen Pfäffikon und Richterswil. «Es ist eine wunderschöne Wohnlage mit Blick auf den Zürichsee.«
Nach einiger Zeit gelangen wir zu einer Bank an einem lauschigen Plätzchen. Wir setzen uns und geniessen einige Zeit schweigend den Moment.

»Felice, haben Sie dieses Wochenende schon etwas vor oder haben Sie Lust, mich für ein paar Tage nach München zu begleiten?«

»Renata, wäre es nicht an der Zeit, dass wir uns du sagen? Ich fühle mich dir so sehr verbunden und es ist, als würden wir uns schon sehr lange kennen.«

»Felice, das wollte ich dir heute auch vorschlagen. Also soll es gelten.«

»Ich möchte es mit einem Kuss besiegeln.«

Ihr Gesicht kommt mir langsam entgegen und unsere Lippen berühren sich. Es ist ein magischer Moment und dauert leider nicht so lange, wie ich es mir gewünscht habe.

»Nun zu deiner Frage. Ob ich Lust habe, dich nach München zu begleiten. Nichts lieber als das. Entschuldige mich einen Moment, ich mache kurz einen Anruf.«

Mit dem Handy in der Hand gehe ich ein paar Schritte von der Bank weg und versuche Tabea, meine Tochter, zu erreichen. Doch sie nimmt nicht ab. Ich habe mit ihr am nächsten Samstag abgemacht und glaube, dass sie Verständnis für die neue Situation hat. So schreibe ich ihr eine SMS, dass wir den Termin verschieben.

»So, nun sollte es geregelt sein. Wir können nach München. Wann geht es denn los?«

Sie schaut auf die Uhr. »In einer und einer halben Stunde fährt ein Zug von Zürich direkt, ohne dass wir umsteigen müssen, nach München. Schaffst du das?«

»Wäre es dir recht, wenn wir fliegen würden? Dann habe ich etwas mehr Zeit.«

»Von mir aus gerne, es ist schön, dass du mitkommst. Elvira, eine langjährige Freundin von mir musste heute Vormittag kurzfristig absagen.«

Wir gehen den gleichen Weg wieder zurück und erreichen ihr Auto. Nach kurzer Zeit sind wir auf dem Weg von Rapperswil nach Wollerau. Ich beschreibe Renata den Weg und sie parkiert auf einem freien Parkplatz in der Tiefgarage.

Mit dem Lift fahren wir direkt in meine Wohnung.

»Darf ich dir etwas zu Trinken anbieten? Was möchtest du?«

»Einen Tee. Darf ich mich umsehen?«

»Ja, fühle dich wie zu Hause.«

Es dauert nur ein paar Minuten bis der Tee zubereitet ist. Mit einem Tablar und dem Tee für sie und mich gehe ich auf die Terrasse zu ihr.

»Schön hast du es hier.«

»Entschuldige mich einen Moment, ich werde unseren Flug nach München buchen.«

Nach einiger Zeit habe ich zwei First Class Plätze nach München reserviert. Bis zum Abflug dauert es noch exakt zwei Stunden.

Mit der positiven Mitteilung setze ich mich wieder zu Renata.

»Wie lange werden wir in München bleiben?« frage ich sie.

»Wie lange hast du Zeit?«

»Grundsätzlich habe ich, wie sagt man so schön, endlos Zeit.«

»Ich habe eine Suite für fünf Nächte reserviert. Elvira und ich haben bisher immer in einer Suite mit zwei Einzelbetten geschlafen. Wir kennen uns seit unserer Kindheit. Ist es für dich ein Problem, wenn wir zusammen in einer Suite wohnen?«

Ich spüre, wie ich vor Verlegenheit rot werde.

»Nein, das ist absolut kein Problem für mich, wenn es für dich auch keines ist.«

»Dann ist das in bester Ordnung. Wir bleiben also fünf Nächte in München.«

»Sehr gerne. Ich freue mich sehr.«

Innerhalb von weniger als zwanzig Minuten habe ich meinen Rollkoffer gepackt und aus meinem Safe genügend Euronoten ins Portemonnaie verstaut. Eigentlich bin ich nicht wirklich auf das Bargeld angewiesen, da ich mehrere Kreditkarten besitze. Aber es ist eine Angewohnheit, dass ich gerne Bargeld auf mir trage.

»Renata, ich bin reisefertig. Wollen wir mit deinem oder meinem Auto zum Flughafen fahren.«

»Es ist mir recht, wenn du fährst, so habe ich einen Grund, wieder hierher zu kommen.«

Vor der Abfahrt haben wir ihre beiden Koffer und was sie weiter braucht in mein Auto umgeladen und dann machen wir uns auf den Weg. Für die vierzig Kilometer benötigen wir etwa fünfzig Minuten.

Wir haben während der Fahrt besprochen, dass ich die Flüge hin und zurück übernehme und sie wird den Hotelaufenthalt begleichen.

Nachdem ich das Auto parkiert und wir eingecheckt haben, lassen wir es uns in der VIP Lounge gut gehen und entspannen ein wenig.

Ein sehr gut aussehender Mann betritt die Lounge, sieht sich um und kommt freudestrahlend mit ausgebreiteten Armen auf uns zu. Vor Renata bleibt er stehen, umarmt sie und begrüsst sie sehr herzlich.

Sie unterhalten sich auf Spanisch. Ich verstehe einzelne Worte wie corazon, amor, querida, hermana. Das einzige Wort, von welchem ich die deutsche Übersetzung weiss, ist amor.

Ich spüre, wie sich eine Eifersucht auf diesen spanischen Gentlemen in mir breit macht.

Beide wenden sich mir zu und Renata erklärt: »Felice, darf ich dir meinen Bruder Alonzo vorstellen. Er macht hier einen Zwischenhalt und fliegt nach Madrid weiter.«

Nachdem sie mich vorgestellt hat, sagt ihr Bruder zu mir: »Sehr erfreut, Ihre Bekanntschaft zu machen. Wie ich sehe, sieht Renata sehr glücklich aus und wie sie sagte, hat sie das Ihnen zu verdanken.«

Meine Eifersucht ist augenblicklich wieder weg. Die beiden unterhalten sich noch kurz auf Spanisch und dann wird unser Flug nach München aufgerufen. Wir verabschieden uns von Alonzo und wünschen uns nur das Beste und dass wir uns bald wiedersehen.

Wir nehmen im Flugzeug unsere Plätze ein und nach einer Stunde landen wir in München. Während des Fluges bedankt sich Renata, dass wir mit dem Flugzeug statt mit dem Zug nach München reisen. So hat sie ihren Bruder Alonzo wieder einmal kurz sehen können.

Wer hätte heute Vormittag gedacht, dass ich das Abendessen in München einnehmen werde. Und dies in so entzückender Gesellschaft von Renata.

Beim Check-in im 5-Sterne-Hotel werden wir sehr freundlich empfangen, wobei der Concierge sich nach dem Befinden von Elvira, der verhinderten Freundin von Renata, erkundigt. Renata erklärte ihm kurz die Sachlage und bald darauf sind wir in unserer Suite. Nicht lange danach wird unser Gepäck geliefert.

Während Renata sich duscht und erfrischt, habe ich mein Handy aufgestartet. Von Tabea habe ich eine SMS bekommen, in welcher sie mir viel Vergnügen wünscht. Habe ich nicht eine grossartige, verständnisvolle Tochter.

Renata kommt im Bademantel und einem Kopftuch aus dem Badezimmer.

Nun dusche und erfrische ich mich. Nach der Rasur verwende ich mein Lieblingsaftershave und Bodylotion. Renata hat sich im Schlafzimmer umgezogen und geht in den Wohnbereich, so dass ich mich anziehen kann.

Mit einem Glas Mineralwasser in der Hand sitzt sie auf dem Sofa und schaut auf dem grossen Flachbildschirm irgendeine Sendung. Das Handtuch, das sie auf dem Kopf hatte, liegt neben ihr. Ihre Haare trägt sie nun offen und ich bin hin und weg von ihrem Aussehen.

So sieht meine Traumfrau aus, denke ich.

»Wunderschön siehst du aus. Absolut wunderschön.«

»Danke für das Kompliment, aber du übertreibst. Du siehst auch nicht schlecht aus. Hast du Hunger, wollen wir etwas essen gehen oder lassen wir uns das Abendessen im Zimmer servieren?«

»Wenn es dir recht ist, würde ich gerne hier essen.«

Wir geniessen ein ausgezeichnetes Essen und einen wunderbaren Wein. Während des Essens haben wir mit dem Wein nochmal auf unsere Freundschaft angestossen.

Diesmal dauerte der Kuss etwa länger.

Wir gehen beide früh zu Bett.

Morgen Freitag hat Renata einen Shopping Tag geplant.

Wir nehmen das Frühstück wieder im Zimmer ein und danach geht es bis zum Mittagessen von einem Laden in den anderen. Auch nach dem Mittagessen steht shoppen auf dem Programm.

Am Sonntag haben wir einen Abstecher an den Starnberger See gemacht und Renata zeigte mir ein ausgezeichnetes Seerestaurant.

Am Dienstag, nach fünf Nächten in München sind wir wieder in die Schweiz zurück geflogen.

Während des Fluges fragt sie mich, ob ich Lust habe, mit ihr in ihrem Haus zu übernachten. Ihr Auto können wir auch noch später abholen.

Ich habe ja gesagt und es nicht bereut.

Mein Gedanke dazu:
»Mit der richtigen Begleitung und mit genügend Geld macht shoppen richtig Spass«

Der Tag danach

Ein Tag im September

In München ist ja eigentlich nichts zwischen uns passiert, wir haben vor dem Fernsehapparat gekuschelt und etwas geschmust. Ich habe mir gedacht, dass wir es gemütlich angehen sollen.

Die letzte Nacht aber war sehr schön. Renata und ich haben uns näher kennen gelernt. Wir haben beschlossen, dass wir nun ein Paar sind und dies mit der Liebesnacht gefeiert.

Renata ist schon in der Küche, als ich aufwache. Mit einem Morgenmantel bekleidet gehe ich zu ihr und küsse sie am Hals.
»Wollen wir nach dem Frühstück zu dir fahren. Ich habe mein Auto bei dir in der Garage. Ich brauche es heute Nachmittag.«
»Das machen wir. Ich möchte aber vorher noch einen Tee trinken.«
Mit meinem Auto fahren wir anschliessend bei Rapperswil über den Damm und sind recht schnell in Wollerau.

Während der Fahrt teilt mir Renata mit, dass sie meiner Haushälterin eine Arbeit in ihrem Haus anbieten werde, wenn sie in meiner Wohnung anwesend ist. Ob das für mich in Ordnung geht. Selbstverständlich ist das in Ordnung.
Meine Sachen lasse ich noch im Auto. Renata teilt mir mit, dass sie noch kurz auf die Toilette muss. Ich erkläre ihr, dass es möglich ist, dass meine Haushälterin momentan in der Wohnung ist.
Ich gehe vor und öffne die Wohnungstür. Leise erklingt klassische Musik aus der Anlage.
»Frau Kaufmann, ich bin zurück.«
»Hallo Hr. Utopian, ich komme gleich. Ich bin auf der Terrasse.«

Renata geht an mir vorbei in mein Schlafzimmer und dort ins Badezimmer.

Frau Kaufmann und ich nehmen im Wohnzimmer am geräumigen Tisch Platz.

»Willkommen zu Hause. Wie war die Reise?«

»Wunderbar, absolut traumhaft.«

»Hallo«, Renata kommt zu uns an den Tisch und stellt sich vor.

»Sie müssen Frau Kaufmann sein. Felice hat mir schon von Ihnen erzählt. Es freut mich, dass wir uns endlich kennen lernen.«

»Die Freude ist ganz auf meiner Seite.«

Renata setzt sich auf den Stuhl Frau Kaufmann gegenüber.

»Macht Ihnen die Arbeit hier Spass?«

Frau Kaufmann nickt.

»Sind Sie mit der Arbeit hier ausgelastet oder haben sie noch Kapazitäten?«

»Wenn Sie so direkt fragen, ja, ich habe noch Kapazitäten frei, vor allem am Nachmittag.«

»Ich wohne in einem Haus in Stäfa gegenüber und könnte Sie mir sehr gut als Haushälterin vorstellen. Meine bisherige Hausangestellte ist aus privaten Gründen in ihr Heimatland zurückgekehrt. Wenn Sie möchten, können wir einen Termin vereinbaren, damit Sie sich ein Bild machen können.«

Frau Kaufmann schaut mich an und fragt: »Ist Ihnen das recht?«

Ich schmunzle und erkläre ihr: »Frau Kaufmann, Sie können tun und lassen was Sie wollen.«

Renata schaut sie an und fragt: »Passt es Ihnen übermorgen gegen 14:00?«

Frau Kaufmann überlegt einen Moment.

»Ich kann mit dem Zug gegen 14:00 in Stäfa ankommen. Ja, das geht. Würden Sie mich am Bahnhof abholen?«

»Selbstverständlich. Also übermorgen gegen 14:00 beim Bahnhof Stäfa. So, jetzt verabschiede ich mich.« Sie reicht

Fau Kaufmann die Hand: »Bis bald, ich freue mich auf Sie.«

»Ganz meinerseits. Danke vielmal.«

»Ich habe zu danken. Felice, begleitest du mich zum Auto?«

»Gerne. Ich komme gleich wieder, Frau Kaufmann.«

Mit dem Lift fahren wir in die Garage.

Die Verabschiedung ist zärtlicher und länger als wir es bisher gewohnt sind. Und ich geniesse jede Sekunde.

Mein Gedanke dazu:

»Verdoppelt sich nun das Glück von Frau Kaufmann?«

Ein Opfer

Ein Mittwoch im Oktober in St. Gallen

Renata hat sich diese Woche mit ihrer Freundin Elvira verabredet und sie verbringen einige Tage, welche sie eigentlich in München geplant haben, nun in Madrid bei ihrem
Bruder
Alonzo.
Ich begebe mich in den Fitnessraum, um einen Pfeilwurf
auf die Schweizerkarte zu machen. In der Karte hat es nun
acht Pfeile. Ein Wurf und der Pfeil bleibt auf der Karte mitten in St. Gallen stecken. Also auf nach St. Gallen.
In Pfäffikon parkiere ich wie schon oft mein Auto. Von Pfäffikon über Wattwil nach St. Gallen ist es ziemlich genau
eine Stunde Fahrtzeit.
Diese Strecke bin ich schon einmal vor etwa sieben Monaten gefahren und zwar nach Herisau. Damals habe ich
meine erste gute Tat durchgeführt. Dies ist nun schon
meine neunte gute Tat als Philanthrop.
Ich treffe ein paar Minuten vor 11:00 in St. Gallen ein und
habe genügend Zeit, die Stadt zu erkundigen.

Ohne ein bestimmtes Ziel schlendere ich durch die Strassen und Gassen von St. Gallen. Es gefällt mir sehr, einfach
so in einer mir wenig bekannten Gegend zu spazieren. Ich
schaue mir die Schaufenster an und beobachte auch die
entgegenkommenden Leute.

Jetzt, um die Mittagszeit sind viele Menschen unterwegs.
Als ich um eine Hausecke laufe, stosse ich ungewollt mit
einer Frau zusammen. Ich entschuldige mich und schaue
sie an. Sie hat ein verweintes Gesicht und gerötete Augen.
In der Hand hält sie ein Taschentuch, mit dem sie sich Tränen abwischt. Leise höre ich sie antworten: »Entschuldigen Sie, es ist meine Schuld, ich habe Sie nicht bemerkt.«
»Nein, nein, es ist nicht Ihre Schuld. Wobei, wenn, dann
haben wir beide etwas Schuld. Darf ich Sie zu einer Tasse
Tee einladen?« entgegne ich ihr.

Sie überlegt einen Moment und lächelt.

»Einen Tee könnte ich jetzt sehr gut gebrauchen. Ich bin gerade an einem Restaurant vorbeigelaufen und wollte etwas trinken. Aber alleine gehe ich nicht gerne hinein. Ich komme gerne mit Ihnen mit.«

Nach kurzer Zeit haben wir das Restaurant gefunden und es hat etliche Tische frei. Ich lasse sie auswählen. Sie entscheidet sich für einen Tisch an der Wand.

Sie putzt sich mit dem Taschentuch die Nase und wischt sich mit dem Handrücken über die Augen. Ich merke ihr an, dass sie innerlich sehr unruhig und angespannt ist und lasse ihr Zeit, sich zu beruhigen. Ihre jetzige Gefühlslage hat sicher nicht mit unserem kleinen Zusammenstoss zu tun.

»Entschuldigen Sie bitte, aber mir geht es nicht wirklich gut. Das Leben meint es nicht so toll mit mir. Ich hoffe nur, dass es bald einmal ein Ende hat.«

»Was soll ein Ende haben?«

»Dass das Leben so wie in letzter Zeit weiter geht.«

»Haben Sie Hunger? Darf ich Sie zum Essen einladen?«

Sie überlegt und nickt.

»Gerne.«

Nachdem die Bedienung unsere Bestellungen aufgenommen hat, stelle ich mich ihr vor und sie sich mir. Sie heisst Tabea Fichter.

»Ich habe eine Tochter, die auch Tabea heisst.«

Sie nimmt ihre Handtasche und sucht darin etwas, der Inhalt wird hin und her geschoben und es dauert, bis sie das Gesuchte findet.

Mehrmals schiebt sie ein dickes Couvert hin und her. Sie nimmt einen kleinen Spiegel in die Hand und schaut sich ihr Gesicht an.

»Eine Schönheit bin ich zurzeit nicht. Das ist aber auch nicht verwunderlich, was ich in letzter Zeit alles erleben musste.«

Die Bedienung bringt uns das Mittagessen und die Getränke und wir wünschen uns einen guten Appetit. Mein Gegenüber hat keinen grossen Hunger.

Nachdem sie etwa die Hälfte gegessen hat, legt sie Messer und Gabel beiseite.

»Ich habe genug, ich mag nichts mehr. Das hat wirklich sehr gut geschmeckt und mir gut getan.«

Da auch ich genug gegessen habe, lege ich das Besteck auf den Teller und wische mir mit der Serviette den Mund ab.

Ich schaue sie direkt an und frage sie: »Ich spüre, dass es Ihnen schlecht geht, darf ich Sie zu einem Spaziergang einladen und Sie können mir erzählen, was Sie bedrückt, aber nur wenn Sie wollen. Ich habe von einem Bekannten gehört, dass es gut tut, wenn man seine Sorgen jemandem erzählen kann. Gibt es in der Nähe einen See?«

»Ja. Ich kenne den Gübsensee. Es gibt eine Haltestelle der SBB. Vom Hauptbahnhof St. Gallen dorthin sind es nur ein paar Minuten. Es würde mir gefallen, um den See zu spazieren.«

Ich bezahle und wir machen uns zu Fuss auf den Weg zum Bahnhof. Vom Hauptbahnhof sind es wirklich nur ein paar Minuten Fahrtzeit und wir treffen vor 14:00 dort ein.

Diesen See habe ich bisher noch nicht gekannt. Tabea erklärt mir, dass der See etwas mehr als einen Kilometer lang und etwa 200 Meter breit ist. Sie kennt diesen See, da ihr Vater früher Waffenläufe mitgemacht habe und sie ihn Ende der achziger Jahre jeweils mit der Mutter unter anderem am Gübsensee angefeuert habe. Der St. Galler Waffenlauf habe damals von St. Gallen nach Herisau und zurück geführt.

Wir wandern los und lassen uns den Wind um die Haare wehen. Mit dem Wetter haben wir Glück, die Sonne scheint zeitweise und die Temperatur ist erträglich. Nach ein paar hundert Metern kommen wir an eine Stelle, wo es eine freie Bank hat.

Wir setzen uns und geniessen gemeinsam die Stille.

Nach ein paar Minuten des Schweigens beginnt sie: »Wir kennen uns erst etwa zwei Stunden aber mir ist es, als wenn wir uns schon länger kennen würden. Ich weiss nicht warum, aber ich vertraue Ihnen.«

Sie schaut mich lächelnd an.

»Sie haben mir gesagt, dass es mir gut tun würde, meine Sorgen jemandem an zu vertrauen. Ich wurde in meinem Leben bisher immer wieder enttäuscht, aber Ihnen vertraue ich« wiederholt sie.

»Ich höre Ihnen zu, wenn Sie erzählen wollen.«

»Meine Kindheit verlief schwierig«, beginnt sie »meine Eltern haben sich scheiden lassen, als ich vierzehn Jahre alt war. Sie haben sich viel gestritten. Ich habe es aber geschafft, die Schule und eine Lehre abzuschliessen. Als ich einundzwanzig war, bin ich zu Hause ausgezogen und habe mir eine eigene Wohnung genommen. Ich hatte mehrere Männerbekanntschaften. Vor vier Jahren lernte ich Roland kennen. Das wurde mir zum Verhängnis. Er war charmant, höflich, hilfsbereit, alles was man sich unter einem Traummann vorstellen konnte. Am Anfang lief ja auch noch alles wunderbar. Ich hätte mir damals nie im Leben vorstellen können, dass sich alles so verändern würde. Vielleicht kennen sie Filme, in denen alles in wunderschönen, leuchtenden Farben beginnt und es immer dunkler und gegen Schluss schwarz wird. So etwa war meine Geschichte mit Roland. Grauenhaft.«»

Sie macht eine Pause und schaut einige Zeit auf den See.

»Wissen Sie was das Schlimme ist, dass die Geschichte noch nicht zu Ende ist. Es hört nicht auf. Es ist zum Verzweifeln. Ich bin total verzweifelt. Wann hört es endlich auf?«

Sie nimmt ihr Papier Taschentuch und reinigt sich die Nase.

»Es hat mit Beschimpfungen angefangen und mit Vergewaltigungen geendet. Heute war ich an der Gerichtsverhandlung, an der Urteilsverkündung und musste feststellen, dass man sich um die Täter mehr kümmert als um deren Opfer. Für die Täter gibt man zehntausende, wenn nicht hunderttausende CHF aus, ich als Opfer gehe leer aus.

Von Therapie wie beim Täter keine Spur. Meine Krankenkasse übernimmt nur einen Teil meiner Kosten und den Rest muss ich selber zahlen. Es ist so ungerecht. Das tut so weh.«

Sie lehnt ihren Kopf an meine Schulter und weint.

»Ich habe mich vor Monaten von ihm getrennt und bin in eine andere Stadt gezogen. Aber er hat herausgefunden wo ich arbeite und hat mehrmals täglich dort telefoniert und mich auch manchmal dort aufgesucht.

Seinetwegen habe ich dann meine Arbeitsstelle verloren.

Ich weiss nicht mehr weiter, ich habe keine Ahnung, wie es weitergehen soll. An der Gerichtsverhandlung heute hat sich seine neue Freundin neben mich gesetzt. Sie hat versucht, mich zu beeinflussen. Ich habe den Platz gewechselt und musste mitbekommen, dass er wegen psychischer Probleme nicht schuldfähig ist und eine ambulante Therapie machen muss. Er läuft also noch frei herum.«

Wieder schweigt sie ein paar Minuten.

»Wer kümmert sich um mich? Werde ich jemals zur Ruhe kommen?«

»Darf ich versuchen, Ihnen zu helfen?« frage ich sie.

Sie schaut mich fragend an.

»Wie wollen Sie das machen?«

»Ein Bekannter von mir ist Psychiater und ich würde gerne die Behandlungskosten mit allem Drum und Dran übernehmen. So lange, bis es Ihnen wieder gut geht. Aber nur, wenn Sie damit einverstanden sind. Ich werde ihn nächste Woche treffen und ihn fragen«

»Lassen Sie uns ein Stück spazieren, dann kann ich es mir überlegen.«

Wortlos spazieren wir weiter am Ufer entlang. Bei der nächsten freien Bank setzen wir uns wieder.

»Ich habe es mir überlegt. Ich nehme ihr Angebot an. Was aber heisst mit allem Drum und Dran?«

»Mit allem Drum und Dran heisst, dass ich für Ihre Unkosten aufkommen werde. Für alles, was die Krankenkasse nicht zahlt. Ich kann Ihnen gerne einen Vorschuss geben.«

»Meinen Sie das jetzt wirklich ernst?«

»Das meine ich absolut ernst. Mit so etwas spasst man nicht.«

»Einverstanden. Jetzt geht es mir schon besser. Ich sehe endlich wieder einmal Licht am Ende des Tunnels, wie man so sagt.«

Sie lehnt ihren Kopf leicht an meine Schulter und weint tonlos. Ihre Schultern heben und senken sich leicht.

Wir wandern gemütlich zur SBB Haltestelle und fahren zurück nach St. Gallen.

Als erstes gehe ich zur Bank und hebe Geld ab, es sind zehn tausend CHF. Als zweites machen wir für sie neue Passfotos und danach kaufe ich ihr ein Generalabonnement, weil sie bald einmal immer wieder nach Riehen zum Psychiater Hr. Gerber fahren wird. Da bin ich mir sicher.

Beim Abschied übergebe ich ihr das Couvert mit dem restlichen Geld und reiche ihr meine Visitenkarte. »Sie können mich jederzeit anrufen, wenn Sie das Bedürfnis dazu haben. Darf ich noch Ihre Handynummer haben, damit ich Sie anrufen kann?«

»Ich habe kein Handy.«

»Dann kaufen wir eines.«

Beim nächsten Handy-Shop kauft sie sich ein neues Prepaid Handy und lässt sich einen Betrag darauf laden. Ich starte mein Handy und speichere ihre Nummer.

Nun hat sie ein neues GA und ein neues Handy. Aber das ist hoffentlich nur der Beginn ihrer Besserung.

Beim Bahnhof trennen sich unsere Wege und ich verspreche ihr, dass ich mich baldmöglichst melden werde.

Beim Abschied umarmen wir uns und für Aussenstehende sieht es aus, wie wenn der Vater seine Tochter verabschiedet.

»Sie haben mir neuen Lebensmut geschenkt«, höre ich sie sagen.

»Ich melde mich ganz sicher bei Ihnen.«
Dann trennen sich unsere Wege.

Auf der Fahrt zurück habe ich von ihr eine SMS bekommen; »Danke! Tabea Fichter.«

Mein Gedanke dazu:
»Hoffentlich kommt sie aus dem Tunnel raus, das Ende des Tunnels sieht sie ja schon«

Der Psychiater zum Zweiten

Wieder in Riehen, im Oktober

Wie Sie sich erinnern können, habe ich während der Fahrt mit Renata von Luzern nach Zürich ein SMS des Psychiaters, Beat Gerber, erhalten. Am gleichen Abend habe ich ihm eine SMS zukommen lassen, dass wir uns heute wiedersehen. Ich begebe mich gemütlich vom Bahnhof zu Fuss zum Restaurant. Da es heute nicht besonders gutes Wetter ist und niemand draussen sitzt, begebe ich mich ins Restaurant hinein.
Da sehe ich ihn. Er kommt freudestrahlend auf mich zu und umarmt mich wie einen verlorenen Sohn.
Wir setzen uns einander gegenüber und er scheint Mühe zu haben, Worte zu finden und zu sprechen.
Er räuspert sich und sagt mit heiserer Stimme: »Es ist unglaublich, es ist wunderbar. Wir haben gewonnen!«
Die Serviertochter kommt an unseren Tisch und erkundigt sich nach unseren Wünschen.
»Bringen Sie uns bitte eine Flasche Champagner und die Speisekarte«, bestellt mein Gegenüber.

»Erzählen Sie, wie es Ihnen in Amerika ergangen ist«, fordere ich ihn auf.
»Da gibt es sehr, sehr viel zu erzählen. Aber ich möchte Sie nicht mit belanglosen Geschichten langweilen. Lassen Sie mich von Las Vegas erzählen.«
Die Serviertochter kommt mit einer Flasche Champagner, Gläsern und zwei Speisekarten an unseren Tisch. Sie schenkt den Champagner ein und wir prosten uns zu.
»Ich heisse Beat.« »Und ich bin der Felice. Haben wir nicht schon das letzte Mal auf das Du angestossen?«

»Das ist sehr gut möglich, ja, das kann sein, aber du hast mich doch mit Sie angesprochen.«
Gemeinsam studieren wir die Speisekarte und wählen das gleiche Essen aus.

»Also Beat, dann erzähle von Las Vegas.«

»Las Vegas, das ist eine phantastische Stadt. Warst du schon einmal dort?«

»Nein, bisher noch nicht.«

»Wie gesagt, das ist wirklich eine aussergewöhnliche Stadt in der Wüste von Nevada. Es gibt unzählige Hotels, Casinos und viele Sehenswürdigkeiten. Ich habe in einem 4-Sterne-Hotel am Las Vegas Strip gewohnt. Wie wir abgemacht haben, habe ich jeweils am Abend mit einem Einsatz von 3 Dollar an einer Slotmaschine gespielt, welche mit dem Megabucks verbunden ist. Also habe ich wie auch jeden Abend meine 200 Dollar und deine 1000 Dollar gespielt.«

An dieser Stelle bedient uns die Serviertochter mit der Vorspeise und er hält mit seiner Schilderung inne.

»Das habe ich drei Nächte so gemacht und insgesamt 3600 Dollar eingesetzt. Gewonnen habe ich 500 Dollar. Dann kam die vierte Nacht. Ich habe etwa 800 Dollar gespielt, da kamen plötzlich und unerwartet die drei Megabucks Symbole nebeneinander auf der Payline. Du kannst dir nicht vorstellen, wie dann die Post abging. Wir beide haben über 24.8 Millionen Dollar gewonnen.«

Er macht eine kurze Pause.

»Die Direktion des Casinos kam zu mir und hat mir gratuliert. Es gab Champagner und ich wurde ins Büro des Direktors gebeten. Dort hat man mir eröffnet, dass ich entweder alles ausbezahlt oder jährlich einen Teil bekomme. Ich habe mich für die Gesamtsumme entschieden. Es wurden aber noch 20 Prozent Steuern abgezogen. Wäre ich Amerikaner, hätte ich 50 Prozent Steuern bezahlen müssen. Ich hoffe, dass es Dir so recht ist.«

An dieser Stelle kommt die Serviertochter mit den Mahlzeiten und stellt die Teller vor uns hin.

»Natürlich ist es mir recht so. Aber mach doch mal eine Pause, dann kannst du in Ruhe essen.«

Dann nehmen wir die Mahlzeit wortlos ein.

»Wo bin ich stehen geblieben?«

»Dass du statt 50 Prozent nur 20 Prozent Steuern zahlen musstest.«

»Ja genau. Ich habe also 19.8 Millionen Dollar erhalten. Bei einer amerikanischen Grossbank in Las Vegas wurde mir das Geld einbezahlt. Da auf deiner Visitenkarte die nötigen Angaben darauf stehen, habe ich für uns beide je ein Konto eröffnet. Wobei ich noch auf deinem Konto auch die Vollmacht habe. Das musste ich machen, da du ja bei der Eröffnung des Kontos nicht dabei warst.«

Er holt aus seiner Anzugsjacke ein Couvert und überreicht es mir.

Ich öffne es, nehme vier Dokumente aus dem Couvert und lese sie durch. Beat und ich sind Inhaber je eines Kontos einer Bank in Nord Amerika und besitzen jeder etwas mehr als 9.9 Millionen Dollar. Weiter wird im dritten und vierten Dokument bescheinigt, dass der Casinogewinn ordentlich in Las Vegas versteuert wurde.

»Das ist ja alles bestens. Jetzt hat jeder von uns 9.9 Millionen Dollar auf einem Konto. Dies entspricht etwa 9.8 Millionen Schweizer CHF. Ich habe noch Fragen. Da du die Vollmacht auf mein Konto hast, wie komme ich zu meinem Geld? Wie bekommen wir das Geld nun in die Schweiz? Müssen wir es hier nochmals versteuern?«

Er lächelt mich an und erklärt: »Lieber Felice. Mehrere Fragen stellst du. Nun zu deiner ersten Frage. Hast du schon ein Konto in Amerika?«

»Nein, habe ich nicht. Aber du könntest das Geld auf eine Schweizer Grossbank in Amerika transferieren. Ich habe bei mehreren Banken Konten. Ich denke, das lässt sich von der Schweiz aus machen. Wir können das heute Nachmittag erledigen. «

»Gut, das machen wir. Nun zu deinen weiteren Fragen. Um diese Angelegenheiten habe ich mich noch nicht gekümmert. Von meiner Seite aus sieht es nämlich so aus, dass ich meinen Anteil noch in Amerika auf dem Konto lassen werde.

Ich habe im Sinn, ab jetzt jeweils ein paar Monate im Jahr in Amerika zu verbringen und mein Geld nicht in die Schweiz zu holen.«

»Du lässt dein gesamtes Geld in Nordamerika?«

»Wie gesagt, das mache ich. Ich habe in Nordamerika bei vielen Niederlassungen der Grossbank die Möglichkeit, mein Geld abzuheben.«

Die Serviertochter kommt an unseren Tisch und erkundigt sich, ob wir noch Wünsche haben.

Wir bestellen beide noch Kaffee.

Beat holt aus seiner Anzugsjacke ein weiteres Couvert und überreicht es mir.

»Was ist da drin?«

»Schau doch rein«, antwortet er schmunzelnd.

Ich öffne es und sehe etliche Dollarnoten.

»Was ist das?«

»Felice, du hast mir 5000 Dollar nach Las Vegas mitgegeben. Das ist der Rest, den ich nicht gebraucht habe. Es ist nur ein bisschen kompliziert. In den ersten drei Nächten und in der vierten Nacht habe ich bis zum Mega Gewinn insgesamt 4400 Dollar eingesetzt, gewonnen habe ich bis dann 500 Dollar. Von deinem Geld habe ich 3400 Dollar ausgegeben. Abzüglich Gewinn macht das 3150 Dollar. Im Couvert sind noch 1850 Dollar die du noch zu gut hast.«

»Du bist wirklich ein ehrlicher Mensch. Daran hätte ich gar nicht mehr gedacht.«

Lachend stecke ich dieses Couvert zusammen mit den beiden Dokumenten, welche mich betreffen, in meine Anzugsinnentasche.

Wir trinken den Kaffee und dann bezahlt Beat unsere Mittagessen und den Champagner. Er begründet dies damit, dass er durch meine Risikobereitschaft und mein Vertrauen in ihn Multimillionär wurde.

Danach begeben wir uns ins Zentrum von Basel und erledigen den Transfer meines Geldes von der amerikanischen Bank auf meine Schweizer Bank. In zwei Arbeitstagen werde ich die Überweisung schriftlich erhalten. Ich mache es wie Beat und lasse das Geld vorläufig auch in Amerika auf einer Schweizer Bank.

Wir spazieren in ein nahe gelegenes Cafe und dort erzählt er mir, was er sonst noch in Amerika erlebt hat. Da dies einige Zeit in Anspruch nimmt, wird es später als gedacht. So ergibt sich die Gelegenheit, in Basel zu übernachten. Nach dem ich das Zimmer bezogen habe, stelle ich auf meinem Handy fest, dass Renata versucht hat, mich zu erreichen.

Also rufe ich sie an. Doch ihr Handy ist ausgeschaltet. So schicke ich ihr eine SMS mit der Mitteilung, dass ich in Basel übernachten werde.

Gegen 20:00 treffe ich mich mit Beat und wir nehmen gemeinsam das Abendessen ein.

Wir haben einander viel zu erzählen und lachen auch viel. Es tut gut, sich mit ihm zu unterhalten. Er ist sowohl unterhaltsam als auch ein sehr guter Zuhörer.

Beim Kaffee nach dem Abendessen kommt mir wieder in den Sinn, dass ich ihn ja etwas fragen wollte. Etwas Wichtiges. Es geht um die Situation mit Tabea, die ich in St. Gallen kennen gelernt habe. Ich schildere ihm ihre Sorgen und Nöte. Er ist einverstanden, sie zu behandeln, aber er stellt eine Bedingung. Er möchte sie gratis so lange behandeln, bis es ihr wieder soweit gut geht, dass sie seine Unterstützung nicht mehr benötigt.

»Warum machst du das?« frage ich ihn. »Warum willst du sie gratis behandeln?«

Er lacht, er lacht von ganzem Herzen und es dauert, bis er sich wieder erholt. Es gibt einige Gäste, die ein Lächeln im Gesicht haben, wenn sie zu uns rüber schauen.

»Felice, ich mache das gratis, weil ich erstens es mir leisten kann. Ich bin reich und möchte zweitens dir einen Gefallen machen. Durch dich bin ich sehr reich geworden. Darum!«

Das sind Argumente, da kann ich nichts dazu sagen.

Ich gebe ihm die Handynummer von Tabea. Er wird sich bald bei ihr melden und Termine abmachen.
Gegen 22:30 fragt er mich, ob ich auch schon mal in einem Casino war.
»Nein, ich war bisher noch nie dort. In der Nähe, wo ich früher gewohnt habe, gibt es ein Casino, aber es hat mich nicht hingezogen.«
»Hast du Lust, dein Glück zu probieren?«
»Warum nicht?«
»Also gehen wir ins Grand Casino?«
»Von mir aus.«

Zu Fuss gehen wir dorthin. Nachdem wir unsere Garderobe abgegeben und uns ausgewiesen haben, begeben wir uns in den Glücksspielautomaten Bereich.
Überall blinkt und rattert es, aus den Automaten ertönen verschiedene Geräusche. Im Hintergrund höre ich noch Musik. Die Sinne »sehen« und »hören« werden strapaziert.
Ich frage Beat: »Gefällt dir das?«
»Es hält sich in Grenzen. Und dir, gefällt es dir?«
»Nicht wirklich. Es ist irgendwie hektisch, überladen. «
»Möchtest du nun dein Glück an einem dieser einarmigen Banditen testen? Es hat hier, wie du siehst, sicher zwei bis dreihundert davon.«
»Von mir aus. Welchen wollen wir nehmen?«
»Das spielt eigentliche keine Rolle. Such dir einen aus, am besten einen, wo wir nebeneinander sitzen können.«
Viele Automaten sind besetzt, aber es gibt zwei nebeneinander stehende, auf denen oben das grüne Licht an ist, was bedeutet, dass er frei ist. Vor den Automaten stehen bequeme Stühle und wir setzen uns.
»Was soll ich machen?«
Beat zeigt mir, wo ich das Geld rein schieben kann und erklärt mir, wie die Tasten des Automaten zu bedienen sind.

Er erklärt mir, dass alle Automaten mit der neuesten Technik ausgerüstet sind. Er weist mich weiter darauf hin, dass es vier verschiedene Jackpots zu gewinnen gibt.

Wir machen ab, dass wir uns ein Limit setzen und einigen uns auf läppische fünfzig CHF. Wenn ich mir überlege, dass wir beide mehrfache Millionäre sind, ist dies wirklich ein sehr geringer Einsatz.

Also versuche ich mein Glück und schiebe eine Fünfzig Franken Note in den Geldschlitz. Auf der Anzeige steht nun die Zahl 50, ich kann nun fünfzig Mal mit einem Einsatz von einem CHF spielen. Ich drücke auf Start und es geht los. Fünf Rollen drehen schnell abwärts und eine nach der anderen bleibt stehen. Eine 10, diverse J. K, D und A und Figuren sind abgebildet, insgesamt fünfzehn Zeichen. Bei der Anzeige Credit steht nun 49. Ich habe also einen CHF verloren. Auf dem Display steht »Game over Place your bet«. Also nochmals auf Start. Das wiederholt sich mehrere Male. Ohne dass bei Win eine Zahl erscheint, das wäre dann der aktuelle Gewinn.
Ich drücke einmal mehr auf Start. Mein erster Gewinn: Zwei CHF.
Nun steht auf der Anzeige: »Gamble up to 5x or take the win.«
Ich frage Beat, was ich machen soll. Er meint, dass ich einfach nur auf Start drücken soll.
Ich drücke immer mal wieder auf Start, mehrere Male kein Gewinn. Ich habe aber etliche »Beinahe Gewinne« gehabt.
Ich mache eine kurze Pause und schaue Beat zu. Es geht ihm gleich wie mir. Aber er muss nicht immer auf Start drücken. »Wie machst du das?« frage ich ihn.
»Drücke einfach auf die Taste Autostart, dann spielt der Automat alleine.«
Jemand vom Personal kommt zu uns und nimmt unsere Getränke Bestellungen auf.

Ich befolge seinen Tipp und erhöhe den Einsatz, damit ich schneller fertig bin. So spiele ich nun mit einem Einsatz von zwei CHF statt einem.

Trotzdem finde ich das sehr langweilig, und es hat für mich absolut keinen Spassfaktor. Ich bin froh, dass wir abgemacht haben, nur um fünfzig CHF zu spielen.

Zwischenzeitlich gewinne ich immer mal wieder etwas, auch Beat ergeht es so.

Beat hat noch 25 Credit und ich noch 16. Nun erhöht auch er auf 2 CHF.

Unsere Getränke werden gebracht und wir bezahlen diese. Wir machen beinahe einen Wettbewerb, wer zuerst auf null ist. Zwischendurch habe ich 20 CHF gewonnen und so ist Beat der erste, der seine fünfzig CHF verspielt hat.

Wir vereinbaren, kein weiteres Geld in die Automaten zu stecken und aufzuhören.

Der einarmige Bandit ist für mich im wahrsten Sinn des Wortes ein Bandit, der das Geld aus der Tasche holt.

Danach gehen wir zu den Tischspielen. Roulette. Das kenne ich eigentlich nur vom Fernsehen oder Kino. Nach meiner Erfahrung mit den Automaten beschränke ich mich nur auf das Zuschauen. Die Tische sind sehr gut besetzt.

»Faites vos jeux« oder »Rien ne va plus.« höre ich den Croupier beim Roulette sagen. Roulette kommt aus dem französischen und heisst »kleines Rad«.

Ein junger Mann stellt sich neben mich und legt einen Jeton auf Rot. Der Croupier dreht das Rad und lässt die Kugel in die Gegenrichtung rollen.

Die Kugel landet bei »18 rot«.

Der junge Mann lässt seinen Einsatz und den Gewinn liegen. Das Spiel beginnt wieder. Diesmal ist es die »32 rot«. Der Croupier schiebt den Gewinnern die Jetons zu. Das Spiel geht weiter. Der junge Mann lässt seinen Einsatz und den Gewinn wieder auf Rot liegen. Nun ist es die »7 rot«.

Nach der Auszahlung liegen auf dem roten Feld nun Jetons im Wert von 800.- CHF.

Der junge Mann nimmt die eine Hälfte und legt sie auf schwarz. Die andere Hälfte steckt er in seine Jackentasche.

Die Kugel landet bei »2 schwarz«. Nun hat der junge Mann den Einsatz von 400.- auf 800.- CHF verdoppelt.

Er nimmt Einsatz und Gewinn vom schwarzen Feld und verabschiedet sich.

Insgesamt hat er mit seiner Glückssträhne bei einem Einsatz von hundert CHF 1100.- CHF gewonnen. Nach ein paar Minuten kommt er an den Tisch und lässt dem Croupier einen Jeton als Trinkgeld zukommen.

Meine Gedanken dazu:

»Dollars in Amerika zu haben ist ein beruhigendes Gefühl«

Und

»Im Casino zu spielen macht vermutlich nur Spass, wenn man gewinnt oder sein Limit einhält«

New York City Marathon

Vor ein paar Jahren, als ich noch regelmässig und fleissig von Montag bis Freitag gearbeitet habe, war ich ein durchschnittlicher Hobbyjogger. Wöchentlich absolvierte ich zwei bis drei gemütliche Ausdauer Trainings im Rahmen von dreissig Minuten bis zu einer Stunde, je nach Lust und Laune.

Ich hatte damals unter anderen folgende zwei Träume: Erstens, einen Gewinn von möglichst vielen Millionen CHF und zweitens, einmal im Leben einen Marathon zu laufen. Ich habe davon schon beim »Hunderter« in Biel geschrieben, erinnere ich mich.

Der erste der beiden Träume, wenn man das so sagen kann, hat sich erfüllt, mehr als erfüllt.

Nun ist es an der Zeit, den zweiten Traum auch zu erfüllen. Den ersten dieser beiden Träume konnte ich nicht beeinflussen, doch den zweiten kann ich mir nun selber erfüllen. Sie fragen sich zu Recht, wieso ich mir das antun will. Einen Marathon zu laufen. Sie werden denken, der hat doch Geld genug, was muss der rennen statt fahren.

Also es ist so, dass ich die Zeitungsberichte der ganz grossen Städte Marathons der Welt, wie New York, Boston, Chicago, Berlin und London und weitere immer wieder gelesen und studiert habe. Was muss das für ein Gefühl sein, nach mehr als 42 Kilometern über die Ziellinie zu laufen. Aber leider fehlte mir das nötige Geld für die Teilnahme. Nein, gefehlt hatte es eigentlich nicht, aber ich habe es anderweitig ausgegeben, die Prioritäten anders gesetzt.

Nun, da ich mir eine Teilnahme sehr gut leisten kann, habe ich im März wieder mit dem Training begonnen.

Mein Ziel lautet, ich möchte den New York City Marathon laufen, und zwar zu Ende laufen.

Ich bin mir bewusst, dass sieben Monate eine relativ kurze Zeit für die Vorbereitung eines Marathons sind, aber ich werde es schon schaffen.

Was du träumst, das kannst du erreichen. Irgendjemand hat das mal gesagt.

Nun trainierte ich drei bis fünfmal in der Woche, so oft es geht. Zwei bis drei Mal Ausdauertraining am Seeufer entlang und zwei Mal in meinem Fitnessraum.

Das heisst, wenn ich in meiner Wohnung lebte, was ja manchmal nicht vorkam.

Die Wochenenden benutzte ich zur Regeneration.

Doch das ist Vergangenheit.

Heute Dienstag fliege ich nach New York.

Und ich fliege mit Renata zusammen nach New York.

Ja, Sie lesen richtig. Meine Partnerin kommt mit.

Ich muss gestehen, dass es mich etwas Überwindung gekostet hat, Renata zu fragen, ob ich sie nach New York einladen darf. Sie hat zwei Bedingungen gestellt, erstens, dass sie jeweils das Abendessen bezahlt. Klar, wenn das alles ist. Und zweitens, sollte ich das Rennen aufgeben, bezahle sie ihre Unkosten selber. Das motiviert mich. Ich nehme beide Bedingungen an.

Am nächsten Sonntag, also in fünf Tagen, wird der New York City Marathon durchgeführt und ICH bin dabei.

Am Marathon in New York möchten immer wieder sehr viel mehr Läuferinnen und Läufer teilnehmen, als es Startplätze gibt.

Sich direkt bei den Organisatoren anmelden, das geht nicht.

Es war für mich als Schweizer eigentlich einfach, teilnehmen zu können. Da ich bei einem Reiseveranstalter gebucht habe, der darauf spezialisiert ist und das notwendige Kontingent besitzt.

Jedes Land erhält Kontingente, das heisst, die jeweiligen Reisebüros erhalten diese.

Wer Amerikaner ist, nimmt an der Auslosung teil und wer Glück hat, ist dabei.

Wie gesagt, ich habe es geschafft. Ich bin dabei.

Die Zeit in New York verbringen wir in einem anderen Hotel als die Gruppe des Reisebüros.

Wir, Renata und ich, haben uns entschlossen, ab Donnerstag bis Sonntag das gleiche Programm wie die anderen Teilnehmer der Reisegruppe mitzumachen.

Renata kennt New York, da sie mehrere Male ihren verstorbenen Mann begleitet hatte und so übernachten wir in einem Hotel ihrer Wahl.

New York City, die Stadt die niemals schläft, hat mehr als acht Millionen Einwohner.
New York hat fünf Boroughs, das sind Stadtbezirke. Von diesen ist später die Rede. Diese Boroughs werden in weitere Stadtteile gegliedert, als Beispiele möchte ich in Manhattan Little Italy, Chinatown, Harlem, Brownsville, Greenwich Village und Lower east side aufzählen, um nur ein paar wenige der über 50 Stadtteile zu nennen.
Ich könnte ab jetzt mehrere Seiten mit Beschreibungen von New York füllen, aber dafür eignen sich Reiseführer besser.
Was ich aber gerne erwähnen möchte sind zwei Empfehlungen, erstens empfehle ich, einen Helikopterrundflug zu unternehmen. Es gibt mehrere Anbieter, und zweitens eine Schifffahrt rund um Manhattan, diese dauert etwa drei Stunden.

Laut Programm des Reiseveranstalters findet am Freitagvormittag das erste gemeinsame Kennenlernen und Training im Central Park statt.
Renata und ich begeben uns im Trainingsanzug zum vereinbarten Treffpunkt im Central Park. Sie wird mit mir zusammen etwas joggen. Wir finden eine bunt gemischte Gruppe vor. Es sind geschätzt etwa fünfzig Leute. Auf den ersten Blick kenne ich niemanden. Doch als ich die Teilnehmer etwas genauer anschaue, kommen mir zwei Leute, ein Mann und eine Frau irgendwie bekannt vor. Die Frau schubst den Mann an und zeigt auf mich. Plötzlich kommt es mir in den Sinn. Das sind doch die beiden vom Bieler Hundertkilometer Lauf.
Ich wende mich an Renata und flüstere ihr zu: »Jetzt könnte es etwas peinlich werden. Ich habe die beiden am »Hunderter« kennengelernt.«
Ich schaue wieder in die Richtung der zwei und sehe sie auf uns zukommen. Beide haben ein Lachen im Gesicht.

Er kommt direkt auf mich zu und sagt: »Hallo, jetzt habe ich endlich die Gelegenheit, mich zu entschuldigen.« Seinen Walliser Dialekt kann ich diesmal recht gut verstehen. »Es tut mir sehr leid, dass ich nach dem »Hunderter« so unfreundlich zu Ihnen war. Entschuldigen Sie bitte.«
Ich werde ganz verlegen. Ich bin in zweierlei Hinsicht überrascht, erstens, die beiden hier anzutreffen und zweitens, dass er sich entschuldigt.
Wobei, eigentlich ist es ja logisch, dass sie hier sind, sie haben es doch in Biel gesagt, dass er den Marathon laufen werde.
Renata scheint mein Unbehagen zu spüren und stellt sich und mich vor. »Renata Verrara und das ist Felice Utopian. Es freut uns sehr, Sie kennen zu lernen.»
Auch die Frau stellt sich vor: »Stefanie Matter und das ist mein Mann Peter. Es freut uns auch.«
Ich wende mich an Peter Matter und sage: »Entschuldigung angenommen.«

Da nun alle Marathonteilnehmer anwesend sind, beginnt der Trainingsleiter mit der Begrüssung und stellt seine beiden Co Trainer vor.
Es werden drei Gruppen gebildet und die Gruppe mit mir und Renata joggt in lockerem Tempo in Richtung Reservoir und dort einmal rund herum.
Zwischendurch machen wir Dehnübungen und unser Trainer gibt Tipps, wie wir die Lauf- und Atemtechnik etwas verbessern können.
Alle drei Gruppen treffen sich wieder und es wird uns mitgeteilt, dass am Nachmittag die mehrstündige Stadtrundfahrt für die Angemeldeten stattfindet.
Die Reiseleitung teilt weiter mit, dass sie allen Läuferinnen und Läufern die Startnummern und Unterlagen besorgen wird.

Am Samstagvormittag findet wieder das fakultative lockere Programm im Central Park statt. Ich spüre, wie eine ungewohnte Nervosität Besitz von mir nimmt.

Marathon Day im Big Apple.

Am ersten Sonntag im November findet seit Jahren der New York City Marathon statt.
Heute ist Sonntag.
Jetzt ist es endlich soweit, der Tag, auf den ich mich vorbereitet habe.

Früh. Viel zu früh wache ich auf. Alle Kleidungsstücke habe ich am Vorabend bereit gelegt. Zum wiederholten Male kontrolliere ich sie auf Vollständigkeit.
Alles parat. Super. Auf der Startnummer steht in grossen fetten Buchstaben mein Vorname, damit die vielen Zuschauer mich unterwegs mit Vornamen anfeuern können.
Doch die Nervosität schlägt sich auf die Verdauung nieder. Kennen Sie das? Wenn ja, so muss ich es nicht näher schildern, wenn nein, können Sie es sich vielleicht vorstellen. Wie es Renata mit meiner Nervosität ging, darauf möchte ich nicht näher eingehen. So habe sie mich bisher noch nicht erlebt.

Ich habe mich kurzfristig entschlossen, nicht vom Service des Reiseveranstalters zu profitieren, sondern, wie Tausende andere mit dem vom Veranstalter zur Verfügung gestellten Programm vorlieb zu nehmen. Statt mit dem Bus des schweizerischen Reiseveranstalters fahre ich mit einem normalen Marathon Bus zum Startgelände. Doch vorerst muss ich mich in Geduld üben. Tausende Läufer wollen von Manhattan nach Staten Island. Ich reihe mich am Schluss der sehr langen Kolonne ein und langsam geht es vorwärts.

Es ist eine eindrückliche Fahrt, das Stimmengewirr ist vielfältig.
Nach einiger Zeit treffen wir im Startgelände im Fort Wadsworth ein. Dort gibt es die erste Startnummer Kontrolle. Ohne Startnummer kein Zugang zum Gelände. Ohne

Startnummer keine Chance, den Marathon von Anfang an zu laufen.
Mein erster Gang führt mich zu den Toiletten. Doch dieses Thema hatten wir schon mal. Ich bin nicht der einzige, der vor den mobilen Toilettenhäuschen wartet.

Es gibt zwei Startfelder, ein Frauen- und ein Männerfeld. Diese beiden Felder laufen nicht gemeinsam, die Frauen starten einige Zeit vor den Männern. Der Marathon ist 25.2 Meilen lang. Oder eben 42.195 Kilometer.
Er geht, kurz gesagt, von Staten Island über die Verrazano Narrows Brücke nach Brooklyn, weiter durch Queens, Manhattan, in die Bronx und zurück nach Manhattan zum Ziel im Central Park. Insgesamt sind fünf Brücken auf der Strecke zu überqueren, welche wie erwähnt durch alle fünf Boroughs führt.

Die Verrazano Narrows Brücke ist zweistöckig und den höchsten Punkt des Marathons erreicht man etwa in der Mitte dieser Brücke, welche 3 Kilometer lang ist. Dort durch Brooklyn, eine endlos lange gerade Strasse entlang geht es dann über die Pulaski Bridge, dort befindet sich der Halbmarathonpunkt.
Jetzt erreicht man Queens, Weiter geht es über die Queensboro Bridge nach Manhattan. Die Abfahrt hinunter und bald einmal geht es die First Avenue mehrere Meilen nach Norden.
Eine weitere Brücke, die Willis Avenue Bridge führt uns nach Bronx. Über die Madison Avenue Bridge geht es wieder zurück nach Manhattan, dort durch den Stadtteil Harlem, auf der Fifth Avenue zur Ostseite des Central Parks. In und durch den Central Park. Vom Columbus Circle ist es nicht mehr weit bis zum Ziel. Dort gibt es für die zahlreichen Zuschauer Tribünen. Das Ziel ist bei der Tavern on the Green.

Das Wetter ist bestens, leicht kühl, aber sonnig. Ich habe leichte Kleidung an. Darüber trage ich alte Kleider, welche ich wie viele andere im Startgelände zurücklasse. Ich habe gelesen, dass man das macht, denn diese Kleider werden eingesammelt und an Bedürftige verteilt.

Es gibt eigentlich drei Startfelder, orange, blau und grün. Diese drei Felder werden erst ab Meile acht wirklich zusammenlaufen.
Ich starte im blauen Startfeld und es dauert seine Zeit, bis ich nach dem Startschuss gemütlich spazierend über die Startlinie gelange. Ab dort wird die Zeit mittels eines Chips an den Laufschuhen gemessen. Wie mir geht es vielen anderen auch. Langsam komme ich zum lockeren joggen. Mitten auf der Brücke schaue ich mich um. Hinter und vor mir hat es etwa gleich viele Läufer.
Mir macht es enorm Spass, mit tausenden anderen unterwegs zu sein. Ich finde meinen Rhythmus und orientiere mich am Tempo eines vor mir Laufenden. Er wird nun einige Kilometer mein persönlicher Tempomacher sein. Ich schaue mich um, hinter mir läuft eine Frau, welche sich an mein Tempo angepasst hat. Wir sind nun zu dritt im gleichen Schritt unterwegs. Das geht lange gut. Auf der First Avenue, etwa bei Meile siebzehn, macht mein Vordermann eine Pause und begrüsst Angehörige, welche dort auf ihn gewartet haben. Er bleibt bei ihnen stehen und lässt sich verpflegen.

Renata und ich haben abgemacht, dass wir uns in Manhattan an der First Avenue bei Meile achtzehn, etwa bei der 91th. Street treffen. Es klappt tip top. Sie übergibt mir eine Flasche Cola. Wir küssen uns leicht auf die Wangen und weiter geht es.
Ich geniesse es, die vielen Zuschauer in Richtung Bronx zu beobachten.
Anfeuerungsrufe wie »You can do it« oder »Looking good!« begleiten mich von nun an eine längere Zeit bis ins Ziel. Hunderttausende Zuschauer säumen die gesamte Strecke auf beiden Seiten der Strassen. Was mir besonders gefällt sind die vielen Livebands, die für Stimmung bei den Läufern und bei den Zuschauern sorgen. Wenn mir ein

Lied sehr gut gefällt, bleibe ich einen Moment stehen und geniesse die Atmosphäre.

Dort wo die Strecke in den Central Park abbiegt haben Renata und ich das zweite Mal abgemacht. Dies ist bei der Fifth Avenue Höhe 84 th. Street.

Ab dort muss ich eine Zeit lang laufen statt joggen. Die letzten Kilometer sind hart. Im Central Park geht es immer etwas auf und ab. Ich versuche, wenn es etwas abwärts geht oder eben ist, zu joggen. Geht es aufwärts, marschiere ich.

Vom Columbus Circle bis ins Ziel aktiviere ich meine letzten Reserven. Mit schmerzenden Beinen und auf die Zähne beissend gelingt es mir, ein paar Läufer zu überholen und ich schaffe es, ohne zu marschieren ins Ziel zu gelangen.

Das Gefühl beim Zieleinlauf ist mit Worten nicht zu beschreiben. Mit erhobenen Armen überquere ich die Ziellinie.

Ich bin sehr stolz auf mich. Mein erster Marathon und diesen erst noch in New York fertig gelaufen!

Mehr als 33`000 Läufer beendeten den New York City Marathon. Der New York City Marathon ist und bleibt einer der weltgrößten Marathon`s.

Einer der mehr als 33`000 Finisher bin ich mit einer Zeit von drei Stunden und vierzig Minuten.

Nach einer entsprechenden Erholungszeit mache ich mich auf den Weg, um Renata zu suchen. Um mich herum wimmelt es nur so von mehr oder weniger erschöpften Läufern.

»Felice. Felice!« In einiger Entfernung sehe ich Renata, die mich ruft. Langsam bewegt sich der Menschenstrom in ihre Richtung. Sie hält eine Tasche mit meinen Kleidern in der Hand und reicht sie mir. Ich ziehe mein verschwitztes T-Shirt aus und streife mir ein trockenes über.

Danach umarmt mich Renata und gratuliert mir.

»Jetzt kann ich es dir sagen.«

Spontan und ohne zu überlegen habe ich das jetzt gesagt. Sie schaut mich erstaunt an.

»Was kannst du mir sagen?«

»Ich verrate dir jetzt, was in der SMS stand, welches ich bei unserer ersten Begegnung erhalten habe, als wir mit deinem Auto von Luzern nach Zürich unterwegs waren.«

»Und, was stand in der SMS?«

»Gewonnen 24.8 Mio. Dollar - 18.09, 20.09 und 22.09.«

»Was soll denn das genau bedeuten?« fragt sie mich wie erwartet.

»Liebe Renata, ein Bekannter und ich haben den Mega Bucks Jackpot in Las Vegas von 24.8 Mio. Dollar im August gewonnen.«

Sie ist einen Moment sprachlos und schaut mich fragend an.

»Liebste Renata, ich erzähle dir alles, wenn ich geduscht und mich von den Strapazen etwas erholt habe.«

»Du machst mich sehr neugierig.«

Ich lache: »dann ist es halt so.« Sie lacht auch mit.

Den Abend verbringen Renata und ich nicht mit der Marathon Reisegruppe.

Renata hat im Restaurant unseres Hotels einen Tisch am Fenster für uns reserviert.

»Das ist ja super. Dann kann ich dir beim Abendessen die Geschichte mit dem Jackpot Gewinn ausführlich erzählen.«

Wir haben uns von allen Läuferinnen und Läufern, welchen wir begegnet sind, verabschiedet, auch Peter und Stefanie Matter sind wir begegnet und wir haben uns gegenseitig gratuliert.

Danach fahren wir mit einem Taxi zu unserem Hotel.

Es wurde ein sehr schöner Abend mit einer wunderbaren Frau. Wir haben das Essen, die Aussicht und die Gesellschaft sehr genossen.

Ich erzähle ihr beim Kaffee die Geschichte mit dem Jackpot Gewinn von Las Vegas. Sie freut sich mit mir um den Geldzuwachs.

Wenn ich ehrlich bin, so habe ich bis heute nicht mehr an das Geld gedacht. Ich habe ja so viel Geld in der Schweiz, dass ich dieses Konto ganz vergessen habe.

»Renata, was soll ich mit diesem Geld und diesem Konto anfangen?«

»Wenn ich du wäre, würde ich das Geld in die Schweiz überweisen. Du hast ja Kreditkarten zum Zahlen und bist auf ein Amerika Konto nicht angewiesen.«

»Das ist eine gute Idee. Das können wir morgen Montag machen.«

Renata und ich hatten noch ein paar erlebnisreiche und genussvolle Tage in New York.

Ich habe das Geld - wie mit Renata besprochen - auf eines meiner Schweizer Konten überwiesen.

Mein Gedanke dazu:

»Wenn ich weiterhin vernünftig trainiere, werde ich wohl noch manche sportlichen Glücksgefühle erleben«

Winter Camping in Goldau

Ein Mittwoch im November

Seit ein paar Tagen bin ich nun wieder in der Schweiz. Renata hat sich entschlossen, noch einige Zeit in Amerika zu bleiben und Bekannte zu besuchen.
Wie schon manches Mal, habe ich den Pfeilwurf ausgeführt. Nach vier Versuchen ist der Pfeil auf der Karte in einem Kanton gelandet, in dem ich noch nicht war.
Es ist der Kanton Schwyz. Die Ortschaft heisst Goldau.

Doch bevor ich mich auf den Weg mache, klingelt das Telefon. Ich melde mich wie gewohnt mit einem: »Hallo.«
»Hier ist Thomas, Thomas Frei. Dein ehemaliger Chef. Kannst du dich noch an mich erinnern«
»Hallo, Thomas, natürlich erinnere ich mich an dich, wie geht es dir? Wie läuft es so?«
»Felice, danke der Nachfrage, es geht wieder viel besser. Darum rufe ich dich an. Ich möchte dir Geld überweisen, etwas vom Betrag zurückzahlen, den du mir gegeben hast.«
»Thomas, wie bist du zu meiner Telefon-Nummer gekommen?«
»Ist das wichtig für dich?«
Ich überlege. »Nein, eigentlich nicht. Was möchtest du genau?«
»Ich möchte dir ein paar tausend CHF zurückzahlen. Das Geschäft läuft nun viel besser und Frau Verena Egli konnte ich in der Zwischenzeit wieder voll einstellen.«
»Thomas, darf ich es kurz machen? Es ist so, dass ich auf das Geld nicht angewiesen bin und ich es dir von Herzen schenken möchte. Bitte tu mir einen Gefallen und behalte das Geld und investiere es in dein Geschäft oder organisiere einen Personalanlass oder bezahle Weiterbildungen für deine Mitarbeiter.«
»Aber, ... « beginnt Thomas. »Kein aber.«
»Darf ich dich einmal zu einem Nachtessen einladen?«

»Sehr gerne, darüber würde ich mich sehr freuen. Ich gebe dir meine E Mail Adresse und wir können einen Termin im Frühling abmachen.«
Ich diktiere ihm meine E Mail Adresse und danach beenden wir das Gespräch.

Doch nun wieder zu meiner bevorstehenden Reise in die Innerschweiz.
Goldau liegt zwischen dem Zuger-see und dem Lauerzersee. Und südlich davon ist der Vierwaldstättersee.
Von Wollerau über Biberbrugg nach Arth Goldau sind es, ohne dass ich umsteigen muss, nur gerade etwas mehr als dreissig Minuten.

Vor ein paar Tagen hat es hier geschneit, doch jetzt sind die Strassen schneefrei.
Gegen 11:45 treffe ich in Goldau ein.
Gleich beim Bahnhof befindet sich ein Restaurant. Da ich Hunger verspüre, beschliesse ich, hier mein Mittagessen ein zu nehmen.
Mehrere Tische sind besetzt. Ich trete an einen Tisch, an dem eine Frau und ein Mann sich angeregt unterhalten.
Sie nehmen kaum Notiz von mir.
Auf meine Frage, ob bei ihnen frei ist, nicken sie mir kurz zu.
Ich nehme mal an, dass das ja bedeutet, dass noch frei ist und setze mich mit dem Rücken zur Wand hin. Ich habe einen guten Überblick über das Restaurant.
Ohne es zu wollen, kann ich das Gespräch an unserem Tisch hören.

So bekomme ich mit, wie sie zu ihm sagt: »Schatz, es wird schon irgendwie gehen. Wir müssen uns einschränken. Wir kaufen wirklich nur das Notwendigste. Wir müssen jetzt den Winter überstehen und dann wird es sicher wieder bessere Zeiten für uns geben.«
»Verstehst du es immer noch nicht? Ich sehe wirklich keine andere Lösung, als dass wir heute zum Sozialamt müssen.

Auch wenn wir uns noch so einschränken, es reicht bei weitem nicht.«

Ein Kellner kommt zu uns an den Tisch und nimmt unsere Bestellungen auf.

Ob ich will oder nicht, im Verlaufe des Gespräches erfahre ich ungewollt, dass sie auf einem Campingplatz in der Nähe von Arth Goldau einen Wohnwagen haben, in dem sie wohnen. Der Wohnwagen ist ihr zu Hause. Seit mehreren Monaten wohnen sie auf dem Campingplatz. Nun plagen sie grosse Geldsorgen.

Das Essen für uns drei wird serviert. Während der nächsten Minuten redet keiner ein Wort.

Nachdem sie gegessen haben erklärt sie ihm etwas vorwurfsvoll, dass das Essen in einem Restaurant ein Luxus ist, den sie sich so bald nicht mehr leisten können.

Ich wische mir mit der Papierserviette den Mund ab und schaue beide nacheinander an.

»Bitte entschuldigen Sie mich, wenn ich Ihnen zugehört habe. Aber da wir am gleichen Tisch sitzen, war dies unvermeidlich. Ich mische mich gerne in Angelegenheiten ein, die mich eigentlich nichts angehen. Bei ihnen beiden mache ich das besonders gerne, vor allem, weil ich Ihnen helfen kann.«

»Was geht es Sie an, was wir für Sorgen haben?« giftet mich die Frau an.

»Es geht mich gar nichts an, was aber nicht heisst, dass ich Ihnen trotzdem gerne helfen kann.«

»Wie wollen Sie uns denn helfen?« fragt mich nun der Mann.

»Ich möchte mich Ihnen zuerst einmal vorstellen, ich heisse Felice Utopian und wohne am Zürichsee. Genauer gesagt in Wollerau. Ich habe mir vorgenommen, heute eine gute Tat zu vollbringen.«

Er reicht mir die Hand und stellt sich vor: »Ich bin der Werner, Werner Dosch, und das ist meine Freundin, Susanne, Susanne Winkler.«

Nun reiche ich auch der Frau die Hand. Sie zögert einen Moment und gibt mir auch die Hand.

»Sie haben die Frage von Werner noch nicht beantwortet« sagt sie zu mir. »Wie wollen Sie uns denn helfen? «

»Ganz kurz gesagt, ich schenke Ihnen beiden Geld.«

»Werner, müssen wir uns das anhören? «

Werner wendet sich an mich: »Sie haben gesagt, ganz kurz gesagt, gibt es auch eine längere Version?«

»Selbstverständlich gibt es die. Wissen Sie, ich habe mittlerweile einige Erfahrung im Geld verschenken. Heute weiss ich, dass die Kurzfassung die beste ist. Also nochmal, ich werde Sie beide von den Geldsorgen befreien.«

»Ist das wirklich Ihr Ernst?« Ich sehe Hoffnung im Blick von Werner.

»Mit so etwas macht man keine Spässe. Natürlich ist mir Ernst.«

»Ich vertraue Ihnen«, sagt Werner.

»Wie soll es weitergehen?«

»Ganz einfach, Sie sagen mir, wieviel Sie brauchen um über die Runden zu kommen. Wollen Sie die nächsten Monate wirklich im Wohnwagen verbringen?«

Werner schaut Susanne an. Sie nickt.

»Ja, wir wollen im Wohnwagen wohnen, er ist seit einiger Zeit unser zu Hause. Wir haben uns an ihn daran gewöhnt.«

»Nun sagen Sie mir, wieviel Geld Sie brauchen.«

Werner schaut einen Moment verlegen vor sich hin. Dann legt er einen Zettel auf den Tisch und erklärt: »Es fehlen uns aktuell etwa 25`000.- CHF, um unsere Rückstände zahlen zu können. Dazu kommt noch die Reparatur des Daches des Wohnwagens. Alles in allem sind es gegen 40`000.- CHF, um über den Winter zu kommen.«

»Das lässt sich machen.«

Beide schauen mich entgeistert an.

»Wie meinen Sie das, das lässt sich machen?«

»Ganz kurz gesagt, ich schenke Ihnen beiden das Geld. Und sagen Sie bitte nicht, das gibt es nicht. Sie werden das Geld heute noch von mir erhalten.«

Ich mache den Kellner auf mich aufmerksam: »Zahlen bitte.«

Nachdem ich für alle bezahlt habe, erkläre ich ihnen das weitere Vorgehen. »Wir fahren mit ihrem Auto nach Schwyz und dort werde ich Ihnen das Geld übergeben. «

Ich höre sie zu ihm sagen: »Hoffentlich ist das nicht irgendwie ein Trick, um gratis mit uns mit dem Auto nach Schwyz zu gelangen.« Ich muss lächeln.

In Schwyz bei der Grossbank angelangt, lasse ich mir am Schalter 45`000.- CHF auszahlen und stecke das Geld in ein Couvert.

Damit gehe ich auf die beiden zu.

»Liebe Frau Winkler, ich möchte Ihnen das Couvert überreichen. Sie dürfen es erst in Ihrem Wohnwagen öffnen. Laden Sie mich zu einem Kaffee in Ihren Wohnwagen ein?«

»Das machen wir sehr gerne, Sie sind unser Gast. Ich hole schnell etwas Gebäck«, sagt Werner und kommt nach ein paar wenigen Minuten zurück.

Von Schwyz zum Campingplatz Buosingen sind es nur sieben Kilometer.

Werner parkiert das Auto neben den Wohnwagen.

»Bitte bleiben Sie einen Moment im Auto sitzen, ich muss noch etwas im Wohnwagen heizen und Wasser kochen.«

Nach einiger Zeit lädt er mich ein. Es ist soweit angenehm warm drin und der Kaffee steht auf dem Tisch.

Auf dem Boden stehen mehrere Eimer. »Wozu sind denn die Eimer?«

»Das Dach rinnt. « Mehr braucht er nicht zu sagen.

»Darf ich das Couvert jetzt öffnen?« fragt Susanne.

»Selbstverständlich, das Geld gehört euch beiden.«

Langsam öffnet sie es und beide schauen hinein. Als sie die Noten sieht, höre ich einen Freudenschrei.

Langsam steht sie auf und fragt: »Darf ich Sie umarmen?«

»Gerne.« Dann umarmen wir uns. Auch ihr Partner kommt zu uns und umarmt seine Freundin und mich.

»Sie sind ja wirklich ein Menschenfreund«, höre ich Susanne sagen.

Nachdem die beiden sich beruhigt haben, setzen wir uns wieder und ich lasse mir ihre Lebensgeschichten erzählen. Werner war früher Koch und dann Küchenchef. Vor etlichen Monaten hatte er ein Burnout und Depressionen. Dies hat seine Ehe zu sehr belastet, so dass sich seine Frau trennte und ihn verliess. Sie hat auch die Scheidung eingegeben.

Susanne war Serviertochter und die beiden kennen sich schon Jahre. Sie hat in einem Betrieb gearbeitet, der Konkurs ging. Das Schicksal führte sie in Arth Goldau zusammen.

Manches Mal schmiedeten sie Pläne, dass sie zusammen gerne ein Restaurant führen würden. Aber bisher hat sich nichts ergeben.

Die beiden sind mir sympathisch und so erkläre ich ihnen, dass ich eine gute Freundin habe, die mir behilflich sein wird, um ihnen weiter zu helfen.

»Wissen Sie, meiner Freundin und mir macht es Spass, wenn wir Menschen helfen können, denen es nicht so gut geht wie uns. Manchmal braucht es etwas Starthilfe. Und für die Starthilfe bin ich, sind wir, meine Freundin und ich, gerne zuständig.«

Die beiden schauen sich an und dann mich.

»Was genau meinen Sie damit?«

»Sie können sich in der Umgebung umschauen, vielleicht finden Sie ein passendes Objekt.«

»Da müssten wir eigentlich nicht lange suchen«, erklärt Susanne »ich habe vorher von dem Betrieb, in dem ich zuletzt gearbeitet habe, erzählt. Dieser Betrieb steht zum Verkauf, er liegt an einer guten Lage und mit dem richtigen Know-how lässt sich damit einiges machen. Hier auf dem Campingplatz gibt es ausserdem einige Arbeitssuchende, die uns unterstützen könnten.«

Ich schaue auf die Uhr und sehe, dass es Zeit wird, nach Hause zu fahren.

Werner bietet sich als Chauffeur an. Auf der Fahrt zum Bahnhof bitte ich ihn, dass er einen Business-Plan aufstellen soll. Ich überreiche ihm eine meiner Visitenkarten und er gibt mir seine. Ich verspreche ihm, dass ich mich mit meiner Partnerin und ihnen Anfang nächsten Jahres treffen werde.

Mein Gedanke dazu:
»Wenn alles gut geht, werde ich mit Renata zusammen ein Restaurant kaufen«

Renata kommt von Amerika zurück

Ein Tag im November

Heute kehrt Renata aus Amerika zurück. Endlich. Seit mehreren Tagen haben wir uns nicht mehr gesehen. Renata und ich kennen uns erst seit zwei Monaten und zwei Wochen. Mir kommt es viel länger vor. Ich vermisse sie sehr und freue mich riesig, dass ich sie bald wiedersehe.

Ich fahre mit meinem Auto zum Flughafen und stelle es im Parkhaus ab.

Auf der Anzeigetafel erscheint die Information, dass ihr Flugzeug gelandet ist.

Wir haben abgemacht, dass wir uns nach dem Zoll beim Meeting point bei der Ankunft 1 treffen werden.

Es klappt wunderbar. Schon von weitem winkt sie mir. Doch wie es aussieht, ist sie in Begleitung eines Herrn, der sich sehr um sie bemüht. Er zieht mit der linken Hand einen Rollkoffer und mit der rechten ist er Renata behilflich, ihren Transportwagen zu stossen. Wie ich dem Gesichtsausdruck und der Körpersprache von Renata entnehmen kann, ist ihr der nette Herr etwas zu aufdringlich.

Meine anfängliche Eifersucht verwandelt sich in Beschützerinstinkt.

Der Mann bleibt auch noch bei ihr, als Renata mich erreicht.

»Schöne Frau, darf ich Sie nach Hause fahren?« höre ich ihn fragen.

Renata schüttelt energisch den Kopf. Sie versucht ruhig zu bleiben.

Mit offenen Armen kommt sie auf mich zu und begrüsst mich herzlich.

»Dann eben nicht«, höre ich die Männerstimme. Ich schaue in seine Richtung und zu mir sagt er: »Sie sind zu beneiden. Eine tolle Frau haben Sie.«

Dann wendet er sich ab und geht davon.

Ich nicke nur und schaue Renata in die Augen.

Ganz zärtlich küssen wir uns und ich flüstere ihr ins Ohr: »Wo er recht hat, hat er Recht.«

Dann lachen wir beide und sie lacht das Lachen, das ich so sehr vermisst habe.

»Ich brauche jetzt eine Erfrischung. Hast du auch Lust, etwas zu trinken?«

»Gerne. Wollen wir aber vorher noch dein Gepäck ins Auto bringen?«

Sie bejaht.

Nachdem wir das erledigt haben, machen wir es uns in einem der vielen Flughafen Restaurants gemütlich.

Renata bestellt sich einen doppelten Espresso und ich einen Schwarztee mit Zitrone. Ich liebe es, immer wieder einen anderen Tee zu trinken.

Wir sitzen eine Weile zusammen ohne zu reden.

Ich lasse sie entspannen und frage erst nach einiger Zeit, wie es zu dem Intermezzo mit dem netten Herrn gekommen ist.

Sie schmunzelt. »Du weisst doch, dass ich auf Männer eine unwiderstehliche Anziehungskraft ausübe, « witzelt sie »dieser Gentlemen wollte mich unbedingt näher kennen lernen und hat sich mir schon im Flugzeug aufgedrängt. Er hat mir aber versprochen, mich in Ruhe zu lassen, wenn ich in Zürich von meinem Mann abgeholt werde. Ich habe ihm erzählt, dass ich mit dir verheiratet bin. So eine Art Notlüge, aber es hat funktioniert.«

Eigentlich möchte ich darauf etwas erwidern, aber es kommt mir keine schlagfertige Antwort in den Sinn. So beenden wir dieses Thema.

Danach erzählt sie mir von ihren Erlebnissen in Amerika. Ich betrachte sie, wie sie erzählt und versuche, sie nicht zu unterbrechen. Das gelingt mir sehr gut. Es macht Spass, ihr zuzuhören.

Ein besonderes Vorkommnis während ihrer Zeit in Amerika möchte sie mir aber noch mitteilen. »Felice, du glaubst nicht, was ich dir jetzt berichten werde. Ich erzähle es dir so wie ich es noch in Erinnerung habe. Eines Abends sass ich in meinem Hotel in der Lobby und habe gewartet.

Ganz in meiner Nähe hat eine bildhübsche junge Frau Platz genommen. Kurz darauf kam ein elegant gekleideter Mann, vermutlich nur wenig älter als sie, und hat sich zu ihr gesetzt. Da sie relativ nah bei mir waren, konnte ich ihr Gespräch mithören. Sie haben sich einander vorgestellt und dann hat sie zu erzählen begonnen:

»Ich möchte mich bei Ihnen bedanken, dass Sie sich die Zeit genommen haben, mich heute hier zu treffen, damit wir uns kennen lernen können. Sie wissen, es ist nicht sehr einfach, einen reichen, netten Mann für das weitere Leben zu finden. Wie ich Ihnen bereits mitgeteilt habe, möchte ich ehrlich zu Ihnen sein. Ich werde bald dreissig und wie Sie sehen, bin ich recht hübsch. Ich habe einen guten Geschmack und bezeichne mich selbst als intelligent.

Mein Ziel ist es, einen vermögenden Mann zu finden, der ein jährliches Einkommen von einer Million Dollar hat und ihn auch zu heiraten.

Nun habe ich ein paar Fragen an Sie, wie ich es anstellen soll, damit ich einen solchen Mann finden werde.

Auf welche Altersgruppe soll ich mich konzentrieren? Wie kann ich es anstellen, dass ich nicht die Geliebte sondern die Frau eines reichen Mannes werde? Ich sehe viel hübscher aus als viele der Frauen der reichen Männer, was haben diese was ich nicht habe?«

Renata macht eine Pause und schaut mich vielsagend an und trinkt einen Schluck von ihrem Espresso.

»Was würdest du ihr zur Antwort geben?«

»Was würde ich der jungen hübschen Frau zur Antwort geben?« wiederhole ich und lasse mir einen Moment Zeit zum Überlegen.

»Also, ich würde ihr raten, sich dort aufzuhalten, wo die reichen Menschen sind, Auch würde ich an ihrer Stelle an mehrere Millionärsmessen gehen. Mehr fällt mir im Moment nicht ein.«

»Dann erzähle ich dir weiter. Zuerst hat der Mann ihr gesagt, dass er bereits verheiratet ist und dass seine Frau bald zu ihnen kommen werde.

Weiter hat er ihr mitgeteilt, dass er als Investmentbanker arbeite und er Ihre Situation auch als solcher analysiert habe. »Auf Ihre Fragen möchte ich nicht direkt eingehen. Ich verdiene mehr als eine Million Dollar jährlich und habe auch Vermögen. Aber aus meiner Sicht wäre es keine gute Entscheidung, Sie zu heiraten. Dies kann ich Ihnen gerne begründen.

Was Sie, ganz vereinfacht, anbieten, ist ein Tausch: Schönheit gegen Geld. Sie stellen Ihre Schönheit zur Verfügung und der Mann sein Geld.

Nun gibt es ein grosses Problem. Ihre Schönheit wird vermutlich immer weniger werden, aber das Geld wird sich eher vermehren. Da Ihre Schönheit, auf welche Sie sich reduziert haben, ab- und mein Einkommen zunimmt, macht es aus professioneller Sicht keinen Sinn, Sie zu heiraten.

Jemand, der sehr vermögend ist, ist nicht auf den Kopf gefallen. Sie würden zwar mit Ihnen ausgehen und sich mit Ihnen als Eroberung präsentieren, aber vermutlich würde Sie keiner wegen Ihrer Schönheit heiraten.

Was ich Ihnen damit sagen will ist folgendes, lassen Sie es, zu versuchen, einen reichen Mann zu heiraten. Versuchen Sie selbst, diese reiche Person zu werden. Da haben Sie bessere Chancen als einen reichen Dummkopf zu finden.«

Renata macht hier eine Pause.

»Was meinst du, wie ist die Geschichte weitergegangen?«

»Ich nehme an, dass sie frustriert die Lobby verlassen hat.«

Renata lacht und fährt fort: »Nein, ich erzähle dir wie es weiter- ging. Nachdem er ihr dies erklärte, kam eine ältere, auf jung getrimmte Frau zu ihm und sagte ihm, Darling, gehen wir?

Darauf hat die junge, bildhübsche Frau die ältere gefragt: Darf ich fragen, wie Sie sich kennen gelernt haben? Worauf diese antwortete, Sehen Sie, ich bin sehr vermögend und mein Mann hat das Wissen, wie man das Geld zusammenhält und es vermehrt, ausserdem ist er gutaussehend und im besten Alter.

Das Ehepaar ist danach gut gelaunt aus dem Hotel gegangen und eine bildhübsche junge Frau ist ihnen nachdenklich nach einiger Zeit gefolgt.«

Renata hat ihren doppelten Espresso längst getrunken. Sie erkundigt sich, wie es mir in der Zwischenzeit ergangen ist.
»Wenn es dir recht ist, erzähle ich es dir während der Fahrt.«

Ich berichte ihr von meinem Besuch in Arth. Renata findet es eine ausgezeichnete Idee, die Leute vom Camping zu unterstützen und wird mich beim nächsten Treffen Ende Januar nächstes Jahr mit ihnen selbstverständlich begleiten.
Das habe ich doch gewusst.

Mein Gedanke dazu:
»Wie schön ist es doch, jemandem zum Umarmen zu haben«

Der Schriftsteller zum Zweiten

Ein Tag im Dezember

Im September habe ich in Luzern einen Mann kennen gelernt, der auf der Terrasse eines Restaurants ein Buch,
besser gesagt, eine Trilogie schreibt. Es war der Nachmittag, an dem ich Renata das erste Mal getroffen habe.
Renata hat mir damals angeboten, mich bei der Herausgabe des ersten Buches des Schriftstellers zu unterstützen.
Vor einiger Zeit, nach der Rückkehr aus New York, habe
ich von ihm auf einem USB Stick eine Datei mit seinem
ersten Buch erhalten.
Ich lese sehr gerne Bücher und vor allem Krimis. Was ich
von ihm zum Lesen erhalten habe, übertrifft meine Erwar-
tungen bei weitem.
Der Plot ist durchdacht, es hat Action und Tempo, es ist
keine Seite langweilig. Kurz gesagt, der Mann hat Talent.
Ich hätte es ihm nie zugetraut, eine solch spannende Geschichte zu schreiben. Was heisst hier eine Geschichte, es
sind mehrere Stränge, die einander ergänzen. Für einen
Debütroman ist das erste Sahne. Renata ist absolut meiner Meinung.
Auch Renata hat das Script gelesen und möchte sich finanziell beteiligen. Wir machen ab, dass sie und ich uns je
zur Hälfte am weiteren Vorschuss beteiligen. Wir einigen
uns auf je 25`000.- CHF. Sie übernimmt bei allen Büchern
das Risiko und ich bleibe bei meinen 2.- CHF pro Buch.
Renata macht die Unterlagen bereit und begleitet mich
nach Luzern.
Da ich im Besitz der Handynummer des Schriftstellers bin,
habe ich mich telefonisch mit ihm in Verbindung gesetzt
und einen Termin für heute abgemacht. Er ist einverstanden, dass ich meine Partnerin mitnehme.

Renata und ich haben uns heute Mittwochvormittag mit
dem Zug nach Luzern begeben. Wir haben gemeinsam

das Mittagessen eingenommen und gegen 13:30 kommt auch der Schriftsteller an unseren Tisch.

Er schaut zunächst meine Begleiterin erstaunt an und dann mich.

»Kennt ihr euch schon länger?«

Der Mann ist ein guter Beobachter und hat ein ausgezeichnetes Gedächtnis.

»Als wir uns vor Wochen begegnet sind, habt ihr an unterschiedlichen Tischen gesessen. Daran kann ich mich gut erinnern. Auch dass Sie«, er deutet auf mich »immer wieder an den Nebentisch zu ihr«, er wendet sich Renata zu »geschaut haben.«

Renata und ich nicken lachend und ich erkläre: »Das stimmt alles. Ja, wir haben uns an diesem besagten Nachmittag hier kennen gelernt.«

»Da bin ich aber begeistert. Ich habe mir damals schon gedacht, dass es schön wäre, wenn ihr euch näher kennen lernen würdet.«

Damit setzt er sich an unseren Tisch und reicht Renata die Hand: »Ich bin entzückt, Sie kennen zu lernen. Mein Name ist Rudolf Waibel. Waibel mit a.«

»Es freut mich auch, Ihre Bekanntschaft zu machen. Renata Verrara.«

Dann begrüssen wir zwei uns auch noch per Handschlag.

»Möchten Sie etwas zu essen oder zu trinken? «

»Gegessen habe ich schon, aber einen Kaffee nehme ich sehr gerne« antwortet er.

Renata und Hr. Waibel bestellen Kaffee und ich nehme einen Eisenkraut Tee.

»Hr. Utopian, ich möchte mich bei Ihnen in aller Form bedanken. Ich bedanke mich, dass Sie sich Zeit für mich nehmen und mich unterstützen. Und vor allem auch für den sehr grosszügigen Vorschuss. Ich weiss nicht, ob ich Ihnen den Vorschuss je zurückzahlen kann. «

»Lieber Hr. Waibel. Nachdem ich das Scriptum des ersten Buches gelesen habe, bin ich überzeugt, dass Sie Erfolg haben werden. Weiter kann ich mir, besser gesagt, können wir uns,« ich schaue Renata an und sie nickt »sehr gut vorstellen, dass Sie mit der Trilogie nicht nur im deutschsprachigen Raum, sondern international gutes Geld verdienen werden. Und es macht uns grosse Freude, wenn wir Ihnen helfen können. Den Vorschuss können Sie auf alle Fälle behalten, das ist so üblich.«

Nun meldet sich auch Renata zu Wort.

»Lieber Hr. Waibel. Wenn Sie einverstanden sind, werde ich ihre Bücher herausgeben. Zum einen bin ich im Besitz einer Buchdruckerei und zum andern kenne ich mich aus, wie ihr Buch vertrieben werden kann.

Damit alles seine Richtigkeit hat, habe ich für Sie ein Dokument vorbereitet, welches Sie in aller Ruhe durchlesen sollten. Es geht um die Rechte und um die Finanzierung. Wenn Sie mit etwas nicht einverstanden sind, lassen Sie es mich es wissen.«

Renata ist jetzt total Geschäftsfrau. Von dieser Seite habe ich sie bisher noch nicht öfters kennen gelernt.

Hr. Waibel nimmt das Blatt Papier und beginnt es zu lesen. Dann schaut er zuerst mich und dann Renata an.

»Verstehe ich das jetzt richtig. Sie zahlen mir nochmals 50`000 CHF und von jedem verkauften Buch erhalte ich nochmals 5.- CHF? «

Renata antwortet: »Ja, soweit richtig. Übrigens erhält Herr Utopian auch 2.- CHF pro verkauftes Buch, das war eure Abmachung. Aber das gilt nur für das erste Buch. Da trage ich das volle Risiko alleine.«

»Und was beinhaltet das genau? «

»Beim ersten Buch trage ich, wie gesagt, das finanzielle Risiko. Bei weiteren Büchern können Sie sich mehr finanziell beteiligen, wenn Sie wollen. Wer investiert und bereit ist, ein gewisses Risiko auf sich zu nehmen, kann auch mehr verdienen oder aber eben verlieren. Dieser Vertrag regelt die Herausgabe des ersten Buches. Sollte es erfolgreich sein, werden wir beide in erster Linie verdienen. Herr Utopian bleibt bei den 2.- CHF pro Buch.«

Sie schaut mich an und ich nicke.

»Bei weiteren Büchern werden Sie bei Erfolg mehr am Gewinn beteiligt. Je mehr verkaufte Bücher, desto mehr Gewinn. «

»Hier steht geschrieben, dass Sie beim ersten Buch alle Rechte auf Bücher, ebooks, Hörbücher, Filme, DVD und so weiter haben. Möchten Sie denn das Buch verfilmen?«

»Sie nicht?« fragt sie ihn.

»So habe ich es bisher noch nicht gesehen. Aber die Idee ist faszinierend. Ab dem zweiten Buch könnte ich mich mehr finanziell beteiligen?«

»Ja, das müssten wir dann wieder neu vertraglich festhalten.«

Er nimmt das Dokument wieder zur Hand und liest es sorgfältig durch.

»Hat es irgendeinen Stolperstein?«

»Sehen Sie einen?« fragt Renata zurück.

»Nein. Wo muss ich unterschreiben?« fragt er und nimmt seinen Kugelschreiber zur Hand. Renata hat noch zwei Kopien des Dokumentes bereitgestellt und so unterschreiben wir drei alle Dokumente.

Renata nimmt ein dickes Couvert zur Hand und reicht es ihm.

»Hier sind 50`000 CHF Vorschuss. Wenn Sie bitte den Erhalt bestätigen würden«, und schiebt ihm ein weiteres Blatt Papier zu.

Er schaut in das Couvert und blättert die Noten durch.

»So viel Geld habe ich in meinem ganzen Leben noch nie in der Hand gehabt.«

Er unterschreibt auch den Erhalt des Geldes.

Mein Gedanke dazu:

»Leuten zu helfen, sich zu entwickeln, ist ein tolles Gefühl«

Von der Côte d'Azur nach Barcelona

Loteria de navidad, el Gordo   Dezember

Da ich mir überlege, an der Côte d'Azur eine Wohnung zu kaufen und Renata damit überraschen möchte, verbringe ich ein paar Tage in Monte Carlo.

Am 19. Dezember habe ich beim Abendessen in meinem Hotel einen Geschäftsmann aus Barcelona kennen gelernt. Wir haben uns vorher mehrere Male beim Essen getroffen und nun ist er zu mir an den Tisch gekommen.

Er begrüsst mich und stellt sich vor. Er redet spanisch und verstanden habe ich Jose.

Ich stelle mich ebenfalls vor und erkläre ihm auf Englisch, dass ich aus der Schweiz bin und leider kein spanisch spreche.

Zu meinem Glück wechselt er ab jetzt auf hochdeutsch. Er lobt die Schweiz und berichtet, dass er beruflich auch mehrmals in der Schweiz und Deutschland war.

Im Verlaufe des gemeinsamen Abendessens erzählt Jose mir, dass er ab morgen ein paar Tage zu Hause in Barcelona verbringen werde. Er werde an der spanischen Weihnachtslotterie, der »Loteria de Navidad«, teilnehmen. Da ich diese Veranstaltung nicht kenne, erklärt er mir beim Dessert:

»Also, das ist die staatliche Weihnachtslotterie in Spanien. Sie findet seit Jahren jeweils am Vormittag des 22. Dezembers statt. Das erste Mal fand die Ziehung im Jahre 1812 statt, sie findet nun schon zum -   Moment mal, ich muss schnell rechnen - zum 194. Mal statt.

Die spanische Weihnachtslotterie ist die grösste Lotterie der Welt, wenn man die ausgespielte Gewinnsumme nimmt. Ausserdem erhält der Gewinner der obersten Gewinnklasse weltweit am meisten ausbezahlt. Das heisst, der Hauptgewinn zahlt dieses Jahr, ich schätze mal, gegen 540 Millionen Euro aus.«

»540 Millionen Euro?« wiederhole ich.

»Ja, genau, 540 Millionen Euro. Zum Vergleich, beim Euro Millions kann man mit 5 Zahlen und 2 Sternen, also dem

Hauptgewinn maximal zwischen 200 bis 220 Millionen Euro gewinnen. « Ich höre einen gewissen Stolz in seiner Stimme.

»Wenn man alle Preisgelder zusammenzählt, werden mehr als 2.5 Milliarden Euro ausbezahlt. Die Einnahmen belaufen sich auf etwa 4 Milliarden Euro. Unter dem Strich bleiben dem Staat, der etwas mehr als 20% einkassiert, geschätzte 600 Millionen Euro.«

Ich bin ganz erschlagen von diesen Zahlen. Doch er erklärt weiter.

»Dieses Jahr unterteilen sich 85`000 Losnummern in 180 Serien, und jede Serie in zehn Zehntellose, sogenannte Decimos. Für ein Zehntellos, welches 20 Euro kostet, kann es im Falle eines Hauptgewinnes mehrere Hunderttausend Euro geben. Der Hauptgewinn elGordo, frei übersetzt »der Dicke«, zahlt dieses Jahr wie schon gesagt, ich schätze mal, gegen 540 Millionen Euro.«

»Das ist wirklich viel Geld«, sage ich zu ihm. »Ich muss schnell nachrechnen. Eine Losnummer hat 180 Serien und eine Serie hat zehn Decimos. Ein Decimo kostet 20 Euro, eine Serie sind zehn Decimos und kosten 200 Euro. Stimmt das bisher?«

»Ganz genau« antwortet er«, ich hätte es nicht besser rechnen können, das war ja ganz einfach.«

»Gut, nun weiter. Ein Los hat 180 Serien, ein Los kostet 180 mal 200 Euro, das sind, Moment 100 mal 200 Euro sind 20000 Euro. 80 mal 200 Euro sind 16000 Euro. Zusammen sind das 36`000 Euro. Ein Los kostet 36`000 Euro?«

»Ganz genau. Mit einem Einsatz von 36`000 Euro kannst du 540 Millionen Euro gewinnen.«

Nun lache ich und frage: »Wie gross sind denn die Gewinnchancen?«

»Die Wahrscheinlichkeit des Gordo liegt bei 1 zu 85000. Das ist absolut logisch, wenn es 85000 Lose gibt. «

Wir lachen herzhaft zusammen.

»Ich habe noch einen Einwand«, melde ich mich zu Wort »Sie haben gesagt, dass die spanische Weihnachtslotterie die grösste Lotterie der Welt ist, wenn man die ausbezahlte

Gewinnsumme nimmt. Wenn ich aber überlege, dass man bei Euro Millions mit zwei Euro mehrere Millionen gewinnen kann, so sind es bei der Loteria de Navidad 36`000 Euro, um 540 Millionen zu gewinnen. Für mich ist diese Lotterie auch die teuerste, von der ich je gehört habe, was den Einsatz betrifft.«

»Wenn man es so betrachtet, Unrecht haben Sie nicht.« Dann erhebt er sein Glas und prostet mir zu: »Ich bin Jose, sagen wir uns Du.«

Ich stosse an und sage: »Felice.«

Jose erklärt mir: »Wenn wir schon beim Rechnen sind. Wenn alle 85`000Lose zu 36`000 Euro verkauft werden, ergibt dies eine Summe von 3 Milliarden und 60 Millionen Euro. Aber das habe ich dir ja schon vorher erklärt. Etwa 70 % der Einnahmen werden ausgeschüttet. Aber 85 % der Lose verlieren. Und nur 10% der Lose erhalten den Einsatz zurück und ungefähr 5 % gewinnen.«

»Jeder 20 zigste?« frage ich. »Ja, in etwa so« erwidert er. »Aber es gibt nicht nur den Gordo. Es gibt weitere Gewinne. Es gibt noch einen zweiten, einen dritten, zwei vierte und acht fünfte Preise. Dann gibt es noch 1774 Preise zu je 1000 Euro, sogenannte »Pedrea«, was auf Deutsch Hagel- oder Steinschlag heisst.«

»Das wär es?« frage ich ihn.

»Nein, es gibt noch weitere Preise. Aber es ist sehr kompliziert, dies zu erklären. Es gibt insgesamt genau 15108 Gewinne.«

Er erklärt weiter: »Theoretisch könnten von jeder Serie je ein Decimo von den 85`000 Losnummern gekauft werden, 85`000 Decimos zu 20 Euro kosten 1`700`000 Euro. Das macht aber niemand, da die garantierten Einnahmen nur die Hälfte der Ausgaben betragen.«

»Und was machst du nun in Barcelona?«

Er lacht. »Ich werde etliche Decimos kaufen und dann am Fernseher die Loteria verfolgen, Daumen drücken und mit etwas Glück gewinne ich ein paar Euro.«

Dann fragt er mich »Hast du Lust, mich zu begleiten?«

»Wohin, nach Barcelona?

»Ja, wohin denn sonst?«

Nach kurzem Überlegen sage ich: »Natürlich komme ich mit nach Barcelona. Ich habe mir eine Wohnung ausgesucht und werde sie mit meiner Partnerin bald einmal gemeinsam anschauen. Im Moment habe ich nichts vor. Und in Barcelona war ich bisher noch nie.«

»Du bist mein Gast. Es ist extrem schwierig, während der Loteria de Navidad in Barcelona ein Hotelzimmer zu bekommen.«

»Dann nehme ich dein Angebot gerne an. Wann fahren wir zu dir?«

»Wir fahren nicht, wir fliegen. Morgen früh habe ich ab Nizza einen Flug gebucht. Es hat gerade noch einen Platz frei für dich.«

Dann stelle ich ihm die Frage, die mir, seitdem er sich zu mir gesetzt hat, auf der Zunge brennt: »Was machst du hier in Monte Carlo?«

»Ich bin geschäftlich hier. Ich vertrete eine internationale Firma, die sich damit beschäftigt, Hotels zu kaufen.

Und ich bin der Inhaber der Firma. Bevor wir Hotels kaufen, teste ich deren Qualität. Und du, was machst du hier?«

»Ich mache ein paar Tage Urlaub. Ich bin zu etwas Geld gekommen und leiste mir ein paar Tage an der Côte d'Azur. Ich wollte immer schon mal hierherkommen.«

Was ich beruflich gemacht habe, sage ich nicht und es scheint ihn auch nicht zu stören.

Den Abend verbringen wir im Casino de Monte Carlo.

Da ich beim Roulette kein Glück hatte, versuchte ich es bei den Spielautomaten. Aber auch da hatte ich nicht Glück. Da ich kein Gambler bin, habe ich das Spielen schnell beendet. Ich habe dann Jose beim Roulette zugeschaut.

An der Bar lernte ich eine nette Frau kennen. Nach einer halben Stunde habe ich mich von Jose verabschiedet und wir haben vereinbart, dass wir uns um 08:30 beim Frühstück treffen werden. Den weiteren Abend mit der netten Frau möchte ich als schöne Abwechslung bezeichnen. Da ich aber das Gefühl hatte, dass sie mehr als nur Gesellschaft wollte, verabschiedete ich mich von ihr gegen Mitternacht.

Jose und ich haben wie abgemacht um 08:30 gefrühstückt und er erzählt mir, dass er im Casino12`000 Euro gewonnen habe. Bald einmal fahren wir mit dem Taxi zum Flughafen Monte Carlo, dem Héliport de Monaco. Von dort bis nach Barcelona müssen wir zuerst nach Nizza, da Monaco keinen Flughafen hat. Das heisst, zuerst geht es mit dem Helikopter zum Flughafen von Nizza. Und dort können wir in ein Flugzeug der Iberia einsteigen. Wir haben einen der seltenen Direktflüge. Nach einer Stunde und 10 Minuten landen wir im Flughafen Aeropuerto de Barcelona, el prat de Llobregat (BCN). Dieser liegt sehr nahe bei Barcelona, genauer gesagt etwa 13 Kilometer südwestlich vom Stadtzentrum entfernt.

Jose hat sein Auto in einem der Parkhäuser abgestellt und gemeinsam holen wir es ab. Mit dem Auto fahren wir zu seinem Haus. Was heisst hier »zu Hause«. Er bewohnt eine wunderschöne Villa mit Meersicht. Heute erfahre ich, dass er verheiratet ist und drei Söhne und eine Tochter hat. Alle sind erwachsen.

Am Abend des 20. Dezembers besuchen wir eine Flamenco Show und verbringen einen traditionellen spanischen Abend mit Musik und Tanz. Beim Tanzen habe ich nur zugeschaut.

Am 21.Dezember machen wir eine Stadtrundfahrt. Eine richtig gemütliche, wie sie viele Touristen buchen. Jose erklärt mir, dass er gerne Auto fährt, es aber liebt, gefahren zu werden. Mit dem Touristenbus machen wir eine ganztägige Stadtrundfahrt. Doch ich möchte noch zum Wetter einen Satz schreiben, es ist heute Vormittag leicht bewölkt bei angenehmen 16 Grad. In der Schweiz ist es aktuell 2 Grad.

Barcelona ist aufgeteilt in 10 Bezirke, distritos, welche wieder in einzelne Stadtteile, barrios, aufgeteilt sind. Die wichtigsten Bezirke für den Tourismus sind die Ciutat Vella, Eixample und Gràcia. Dies erfahre ich aus den deutschen Unterlagen, welche ich beim Einsteigen erhalten habe. Ich möchte nur ein paar der Sehenswürdigkeiten aufzählen, welche wir gesehen und besucht haben, da die Anzahl gewaltig ist, welche Barcelona bietet.

Die Weltausstellung fand zweimal in Barcelona statt, im Jahre 1888 als Exposició Universal de Barcelona und 1929, als Exposició Internacional de Barcelona. Es gibt einige Bauten, die damals errichtet wurden und heute noch stehen.

Wir haben unter anderem die Sagrada Familia, die am meist besuchte Sehenswürdigkeit in Barcelona besichtigt. Weiter die Kolumbussäule, das Palau de la Música Catalana, den Arc de Triomf und vieles mehr.

Heute ist der 22. Dezember 2012.

An diesem Tag findet die Loteria de navidad statt. Mit der Loteria beginnt in ganz Spanien inoffiziell Weihnachten, sagt man, weil es hier für sehr viele Leute Geschenke gibt. Wir haben es uns im Wohnzimmer von Jose gemütlich gemacht. Wir, das sind Jose, seine Frau, zwei seiner Söhne und deren Frauen und seine Tochter mit Freund, drei engste Geschäftsfreunde und ich. Zwölf Personen fiebern somit gemeinsam der Loteria entgegen.

Wieso ich dabei sein darf, habe ich mich auch schon gefragt. Wenn Sie weiterlesen, werden Sie es erfahren.

Die genaue Anzahl der Losnummern und Serien und die Gewinnaufteilung werden jedes Jahr neu bestimmt. Seit letztem Jahr gibt es 85`000 verschiedene Losnummern in 195 Serien. Und dieses Jahr, wie bereits erwähnt, unterteilen sich 85`000 Losnummern in 180 Serien. Jose erklärt mir, dass sozusagen alle Spanier einen Losanteil erwerben oder geschenkt bekommen. Es gibt auch Spielgemeinschaften. Der Anteil von Spielern aus anderen Ländern nehme wegen des Internets zu.

Dann gibt er mir ein paar Angaben zum Ablauf.

In zwei großen Trommeln befinden sich Holzkugeln. Die eine Trommel enthält 85`000 Holzkugeln, je eine pro Los-

nummer. Die andere enthält 1`774 Kugeln für die Gewinn-
stufen. Es werden je eine Kugel aus jeder Trommel gezo-
gen und Schüler
oder Schülerinnen aus dem Madrider Colegio San Ilde-
fonso singen die Angaben auf den Kugeln vor. Die ganze
Procedur dauert mehr als dreieinhalb Stunden.
Jose erzählt, dass am Dreikönigstag eine weitere Sonder-
ziehung stattfinden wird, die Sorteo Extraordinario de El
Niño.
Es ist eine gewisse Spannung im Raum spürbar. Endlich
geht es los, die Loteria de Navidad.
Wobei ich noch etwas ganz Wichtiges erwähnen muss.
Jetzt kommt es, wieso ich auch mit dabei bin.
Beim Anlass, der seit Jahren bei Jose stattfindet, kauft je-
der der Anwesenden beim Gastgeber 20 Decimos zu 25
Euro statt der üblichen 20 Euro. Diese Decimos hat Jose
vorher organisiert.
Wir sind zwölf Personen und jeder von uns hat 20 Decimos
gekauft. Diese 240 Decimos zu 25 Euro »kosteten« uns
6`000 Euro. Alle Anwesenden haben somit je 500 Euro be-
zahlt. Auch Jose hat seinen Beitrag in diese eine Kasse
einbezahlt.
Und nun das Allerwichtigste:
Wer mit seinem Decimo einen Gewinn erzielt, verpflichtet
sich, diesen in die Kasse von Jose einzuzahlen. Das ist
das eine, das zweite ist, wer Gewinne ab dem 5 Premio,
Gewinnrang erzielt, zahlt aus seinem Geldbeutel den gleichen Betrag in die Kasse von Jose. Ein Gewinn im 5. Gewinnrang macht 5000 Euro. So würden 10`000 Euro in die
Kasse kommen.
Jose hat mir dies auf dem Flug von Nizza nach Barcelona
erklärt und damals gefragt, ob ich einverstanden bin.
Natürlich bin ich das.
Wieso er auf mich gekommen ist, um mich als Teilnehmer
seiner wohltätigen Veranstaltung einzuladen. Er erklärt
mir, dass der vierte eingeladene Geschäftsfreund kurzfristig absagen musste und ich ihm damals im Hotel in Mo-

naco aufgefallen sei, auch weil ich einer der wenigen Alleinreisenden war. Es habe so für ihn ausgesehen, dass ich erstens Geld habe und zweitens auch Zeit.

Was denn mit dem Geld geschehe, habe ich ihn gefragt.

Er investiere es in ein Projekt, welches er mir bei Gelegenheit zeigen werde.

Nun aber zur Ziehung.

Ich könnte jetzt minutiös und seitenweise schildern, was sich in den nächsten mehr als 200 Minuten abgespielt hat. Gerne beschränke ich mich auf eine Zusammenfassung unserer Gewinne.

In den ersten vier Gewinnrängen hat niemand von uns zwölf Anwesenden einen Treffer.

Im fünften Gewinnrang hat einer der drei Geschäftsfreunde von Jose mi der Nummer 58915 einen Gewinn.

Der fünfte Gewinnrang zahlt für ein billete 50`000 Euro, wovon er ein Décimo hat, also 5`000 Euro gewinnt.

Dieser Betrag kommt der Kasse von Jose zu gut.

Als Haupttreffer wurde die Losnummer 20297 gezogen. Ich hatte die Nummer 20294 und war am nächsten dran. Wobei, ob ich 3 oder als Beispiel 112 daneben bin, spielt das eine Rolle? Daneben ist daneben.

Nebst den schon erwähnten 5`000 Euro haben wir nur noch fünf kleine Gewinne erzielt, wobei ich leer ausgegangen bin, auch Jose hat nichts gewonnen.

Wie viel Geld ist nun in die Kasse von Jose eingegangen? Zunächst mal die 6000 Euro für die 240 Decimos.

Dann die zwei Mal 5000 Euro für den fünften Gewinnrang.

Die fünf kleinen Gewinnränge haben noch 1000 Euro eingebracht.

Insgesamt sind dies 17`000 Euro.

Beim anschliessenden Mittagessen habe ich erfahren, dass Jose nicht der einzige in Barcelona ist, der nach seinem Schema handelt. Es sind mehrere Gruppierungen zu zwölf Leuten, die den Vormittag des 22. Dezembers gleich wie wir verbracht haben.

Stellen Sie sich vor: Insgesamt wurden mehr als 320`000 Euro in den von Jose gegründeten Fonds eingezahlt.

Ich bin mal gespannt, in welches Projekt dieses Geld fliesst.
Er hat mir ja versprochen, mir dies zu zeigen.

Morgen ist der 23. Dezember. Da ich heute Vormittag gesehen habe, wie schön Familienleben sein kann, kehre ich wie abgemacht zurück in die Schweiz.
Ich habe das Bedürfnis, vor allem Renata und auch meine Kinder zu sehen.
Renata hat mich überrascht, indem sie mir mitteilte, dass sie ein wunderschönes Ferienhaus in leicht erhöhter Lage in St. Moritz besitzt.
Die Weihnachtstage und das Neujahrsfest mit Renata waren wunderschön.
Renata und ich haben die letzten Tage des Jahres gemeinsam mit meinen Kindern verbracht.
Mein Sohn, seine Frau und meine Töchter beglückwünschten mich zu meiner neuen Lebensgefährtin.
Am dritten Januar beim Mittagessen haben Renata und ich abgemacht, dass wir uns gemeinsam eine geeignete Wohnung an der Côte d'Azur aussuchen werden. Das heisst, dass wir die von mir angesehene Wohnung auch zusammen besichtigen werden.

Mein Gedanke dazu:
»Wenn viele Gutes tun, können sie gemeinsam wirklich etwas bewirken«

Ein Jahr nach dem Gewinn

Ein Tag Anfang Januar

Wie jeden Tag um 09:10 gehen die Jalousien im Schlafzimmer in meiner Wohnung in Wollerau mittels Zeitschalt-
uhr mit einem kaum hörbaren Surren automatisch nach
oben.
Ich bin soeben aufgewacht und liege noch einen kurzen
Moment im Bett. Gestern Abend wurde es wieder einmal
spät.
Dann stehe ich gemütlich auf, mache ein paar Gymnastik-
übungen gehe ins Wohnzimmer und schaue aus dem
Fenster. Herrlich der Blick über den See. Da ich leicht erhöht wohne, kann ich bis ans andere Ufer sehen.
Es ist kalt draussen. Wenn ich beim Terrassenfenster auf
das gegenüberliegende Ufer schaue, sehe ich bei schönem Wetter die Gemeinde, in welcher Renata wohnt.
Heute kann ich das, es ist Postkartenwetter.
Davon habe ich früher jahrelang geträumt. Am Morgen auf-
wachen und dann den Blick auf einen See. Früher, das ist
schon mehr als ein ereignisreiches Jahr her. Heute bin ich
ein Neureicher. Ich wohne nun seit ein paar Monaten in
meiner grossen Eigentumswohnung mit unverbaubarer
Seesicht.
Nun gehe ich vom Terrassenfenster zuerst ins Bad neben
meinem Schlafzimmer, erledige die gewohnten Abläufe
und danach bereite ich in der Küche mein Frühstück zu.
Ich habe es mir zur Gewohnheit gemacht, in den ersten
Tagen eines neuen Jahres das vergangene Kalenderjahr
Revue passieren zu lassen.
Während und nach dem Frühstück lasse ich meinen Ge-
danken freien Lauf.
Das Hauptereignis des letzten Jahres aus finanzieller Sicht
ist der Gewinn von 70.5 Mio. CHF bei Euro Millions. Dieser
Gewinn hat mein Leben von Grund auf radikal verändert.
Dank dem Gewinn konnte ich eine 5.5 Zimmer Eigentums-
wohnung mit 210 m^2 Wohnfläche und etwa 80 m^2 Terras-
senfläche kaufen. Sie kostete etwas mehr als 3 Mio CHF.

Es ist gut investiertes Geld. Zur Wohnung gehören nebst Wohn- und Schlafräumen ein Allzweckraum und Waschraum mit Tumbler. Die Tiefgarage bietet Platz für mehrere Autos und hat einen Lift direkt in meine Wohnung. Es gibt noch einen gemeinsamen Aussenparkplatz, den ich für meine Gäste freihalte, den ich aber selten benutze. Die gesamte Wohnung ist so eingerichtet, wie ich es mittlerweile gerne habe und sie bietet mir ausreichend Platz zum Sein.

Meine Finanzen haben sich mit dem Gewinn und seit dem Gewinn massiv zum Positiven verändert. Ich habe in den letzten zwölf Monaten für meine philanthropischen Tätigkeiten etwa eine Million CHF ausgegeben und meine Familienangehörigen mit ca. 2 Millionen CHF beschenkt.

Insgesamt habe ich letztes Jahr grob gerechnet 80 Millionen CHF eingenommen und ungefähr 32 Millionen CHF ausgegeben. Aktuell sind auf meinen Bankkonten etwa 48 Millionen CHF.

Ich konnte im letzten Jahr etliche interessante Leute kennen lernen und einigen von ihnen meine bescheidene Hilfe anbieten.

Seit mehreren Monaten hält meine Haushälterin Frau Kaufmann die Wohnung in Ordnung. Ich bin sehr zufrieden mit ihr. Sie ist die ganze Zeit kein einziges Mal vor 10:00 in der Wohnung erschienen. Manchmal haben wir uns getroffen und wir haben schon etliche Tassen Tee miteinander getrunken.

Es geht ihr jetzt viel besser als noch vor mehreren Monaten, als ich sie das erste Mal in Samstagern gesehen habe. Ich kann mich noch an ihren leidvollen Blick erinnern, als ob es gestern gewesen wäre.

Was damals war, darüber haben wir kein einziges Mal gesprochen. Ich habe sie nie gefragt und sie hat von sich aus nicht darüber geredet.

Für mich ist sie mit der Zeit eine vertraute Bekannte geworden. Ich habe sie von Anfang an nicht als meine Angestellte betrachtet. Sie erzählt mir von ihren Kindern und vom Dorfleben. Sie geniesst es, sich in zwei total verschiedenen Welten zu bewegen. Zum einen in ihrem einfachen

Haus zu wohnen und zum anderen meine Luxuswohnung sowie das Haus von Renata in Ordnung zu halten.

Sie äussert immer wieder, wie dankbar sie für die Arbeit in meiner Wohnung ist. Ich habe es mehr als einmal erlebt, dass sie von sich aus die Wohnung mit Blumen verschönert hat.

Meine Ex Frau Silvia und ich haben in der Zwischenzeit wieder mehr Abstand genommen und den Kindern geht es ausgezeichnet.

Und das Allerbeste was mir passieren konnte im letzten Jahr ist Renata, meine neue Partnerin. Wir kennen uns erst seit etwa dreieinhalb Monaten. Doch sie ist mir inzwischen so vertraut, wie wenn wir uns schon seit Ewigkeiten kennen würden.

Ich ertappe mich immer wieder dabei, dass ich beim Einschlafen ein Gefühl von grosser Dankbarkeit verspüre.

Mein Gedanke dazu:
»Womit habe ich all das Glück verdient?«

Eine korpulente Jugendliche

Irgendein Tag im Januar

Vor etwa zwei Monaten bin ich den New York City Marathon erfolgreich gelaufen. Nachher habe ich mein Trainingspensum reduziert. Heute habe ich wieder einmal grosse Lust zum Joggen. Ich habe mir schon früher angewöhnt, dass ich mit dem ÖV an einen bestimmten Ort gefahren bin und dann von dort nach Hause gejoggt bin. Das hat den Vorteil, dass ich zu Hause etwas Warmes trinken und duschen kann.

So werde ich nach dem Mittagessen, mit dem Zug nach Rapperswil fahren, um dann gemütlich über den Damm nach Hause zu joggen.

Von Wollerau bis Rapperswil werde ich etwa eine Viertelstunde unterwegs sein und muss nicht umsteigen.

Manchmal habe ich Lust, in der zweiten Klasse zu fahren, obwohl ich ein 1. Klasse GA habe, so auch heute.

Nachdem ich eingestiegen bin, höre ich, dass es im Abteil eher lärmig zu und hergeht. Neugierig begebe ich mich dorthin und nehme in der Nähe von mehreren Jugendlichen Platz. Ich kann ihre Unterhaltung sehr gut verstehen. Was heisst hier Unterhaltung. Die Jugendlichen machen sich über eine junge Frau lustig, oder anders ausgedrückt, sie belästigen sie. Ich schaue mir die junge Frau an und sehe, dass sie sehr übergewichtig ist.

Von Wollerau bis Pfäffikon wird sie von den anderen vier Jugendlichen immer wieder aufs Übelste beschimpft.

Diesem Treiben kann ich nicht lange zuhören und wechsle in Pfäffikon meinen Platz und setze mich zu der übergewichtigen jungen Frau.

Ich schaue den vier jungen Leuten einem nach dem anderen in die Augen, sitze einfach nur da und rede kein Wort. Augenblicklich hören die Kommentare der anderen auf und sie schauen betreten aus dem Fenster.

Nach kurzer Zeit erreichen wir Rapperswil. Die fünf Jugendlichen und ich steigen aus.

Ich bleibe in der Nähe der korpulenten jungen Frau und begleite sie. Sie bemerkt mich und fragt mich: »Verfolgen Sie mich?«

Ich antworte ihr: »Nein. Ich begleite Sie einen Moment und würde mich gerne mit Ihnen unterhalten. «

»Worüber wollen Sie sich mit mir unterhalten? «

»Das kann ich Ihnen so auf die Schnelle nicht sagen. Aber wenn Sie heute noch Zeit haben, würde ich Sie gerne noch einmal treffen. «

»Ich habe jetzt drei Stunden Unterricht. Also gegen 17:15 Uhr würde es gehen. «

»Dann treffen wird uns heute um 17:15 hier beim Kiosk.«

Wir verabschieden uns und jeder geht seines Weges.

Ich begebe mich zum See und von dort jogge ich gemütlich auf dem Damm über Hurden zum Bahnhof Pfäffikon. Während des Joggens kommen mir immer wieder die boshaften Bemerkungen der Jugendlichen gegenüber der Übergewichtigen in den Sinn. Ich habe es nie begriffen und werde es auch nie begreifen, wieso sich manche zusammentun und sich in der Gruppe gegen einen oder eine andere so negativ äussern.

Das Laufen an der kalten Januarluft tut richtig gut. Ich laufe nicht zu schnell, damit ich nicht zu stark ins Schwitzen komme. Beim Bahnhof Pfäffikon gönne ich mir eine kurze Pause und trinke einen Tee. Ausgeruht und aufgewärmt nehme ich den Rest der Strecke unter meine Füsse.

Zu Hause erwartet mich eine Überraschung. Renata befindet sich in der Wohnung. Sie habe mich telefonisch zu erreichen versucht. Da ich aber während des Joggens nie das Handy angestellt habe, konnte sie mich nicht erreichen.

Ich freue mich sehr über ihre Anwesenheit.

Nach der Dusche und dem Kleiderwechsel entspanne ich mich im Wohnbereich und schildere ihr das Erlebte im Zug.

Gemeinsam lassen wir es uns bei einer Tasse Tee gut gehen und hören Musik. Am Schluss informiere ich sie, dass ich die junge Frau noch heute um 17:15 in Rapperswil treffe.

Renata ist spontan bereit, mich zu begleiten.

Kurz vor der vereinbarten Zeit treffen wir in Rapperswil beim Kiosk ein. Die junge Frau ist wegen ihrer Körperfülle nicht zu übersehen. In ihrer Nähe bemerke ich auch die Jugendlichen, welche sie im Zug so unfair behandelt haben. Als sie mich und Renata erblicken, schlendern alle davon.

Renata und ich begrüssen die junge Frau, wobei sie fragend meine Partnerin anschaut.

»Mein Name ist Felice Utopian und das ist Frau Verrara.«

»Ich bin Andrea Schneider. Sie kommen zu zweit?«

Renata antwortet ihr: »Herr Utopian hat mir berichtet, wie die anderen mit Ihnen umgegangen sind und ich habe beschlossen, mit dabei zu sein. Ist Ihnen das recht?«

»Wobei dabei zu sein?«

Nun übernehme ich wieder das Wort: »Liebe Andrea, ich darf doch Andrea sagen? « Sie nickt. »Frau Verrara und ich würden gerne mit Ihnen reden und Ihnen unsere Hilfe anbieten. Können wir uns an einen gemütlicheren Ort begeben, wo wir dies in aller Ruhe besprechen können?«

»Bevor ich nicht weiss, was Sie von mir wollen, gehe ich nirgendwohin mit Ihnen mit. Ich kenne Sie ja gar nicht..«

Renata versucht, es ihr zu erklären: »Herr Utopian hat die absolut blöden Sprüche über Sie und Ihr Aussehen im Zug mitbekommen und nun würden wir uns gerne über Lösungsmöglichkeiten mit Ihnen unterhalten.«

»Ich bin mit meinem Aussehen zufrieden und was die Bemerkungen der anderen betrifft, die interessieren mich nicht im Geringsten. Die lassen mich kalt. Das sind doch alles Hirnlose, was die sagen, geht ins eine Ohr rein und beim anderen wieder raus.«

Renata und ich schauen uns erstaunt an. Beide haben wir nicht mit einer solchen Antwort gerechnet. Wir wollen uns auf keinen Fall aufdrängen. Ich hole eine Visitenkarte mit meiner Handy - nummer hervor und überreiche sie ihr.

»Wenn Sie es sich noch einmal überlegen und danach das Gespräch mit uns wollen, können Sie mir eine SMS schreiben.«

Auch Renata übergibt ihr eine Visitenkarte mit den Worten: »Oder Sie können sich auch an mich wenden.«

Die junge Frau nimmt die Karten, schaut sie wortlos an und steckt sie in ihre Jacke.

Ein Anfang ist somit gemacht.

Wir reichen uns zum Abschied die Hände und weg ist sie.

»Ich denke, dass wir uns recht gut verhalten haben, indem wir uns nicht aufgedrängt haben. Vermutlich wurde sie in der Vergangenheit des öfteren enttäuscht. Schauen wir mal, ob sie sich bei einem von uns meldet.«

Ich nicke zu den Bemerkungen von Renata: »Ja, ich denke auch, dass es gut war, dass wir uns nicht aufgedrängt haben. Ich vermute mal, dass sie einiges verdrängt und ihr Leidensdruck somit nicht gross ist.«

Danach fuhren wir zu ihr nach Hause und haben einen wundervollen Abend zusammen verbracht. Doch vorher haben wir Köstlichkeiten für das Abendessen eingekauft. Renata ist eine ausgezeichnete Gastgeberin und Köchin. Was habe ich doch für ein Glück mit ihr.

Mein Gedanke dazu:
»Es ist nicht immer so, wie man es sich vorher vorstellt«

Bei Arth Goldau in unserem Restaurant

Ein Tag Ende Januar

Nach mehreren SMS mit Werner Dosch haben Renata und ich beschlossen, dass wir uns zusammen nach Arth Goldau begeben. Wir fahren gemütlich mit dem Auto über die Schindellegi nach Arth.
Im Restaurant beim Bahnhof, dort wo Werner und Susanne uns zum ersten Mal begegnet sind, treffen wir uns zum Mittagessen.
Renata und ich haben Kleider angezogen, die der Situation entsprechen, »Kleider machen Leute« kann man ja auch umgekehrt anwenden.

Wie es der Zufall will, sitzen Werner und Susanne am gleichen Tisch wie vor etwa fünf Wochen.
Ich stelle ihnen Renata vor.
Werner möchte gleich beginnen, er ist voller Tatendrang, doch Renata hält ihn zurück.
»Lieber Herr Dosch, zuerst nehmen wir gemütlich das Mittagessen ein und bei der Besichtigung können wir uns dem Geschäftlichen zuwenden.«
Wir bestellen beim gleichen Kellner wie beim letzten Mal.

Nach dem Essen informieren uns die beiden abwechselnd, dass sie in der Zwischenzeit Rechnungen beglichen haben und den Wohnwagen reparieren liessen, er ist nun absolut dicht.
Ich kenne Renata mittlerweile schon recht gut.
Obwohl wir uns, sagen wir es mal so, nur mit den beiden unterhalten, weiss ich, dass nun ihre Einschätzung der beiden in vollem Gange ist. Ihr ist das Verhalten, die Art, wie sie miteinander umgehen, wie sie zuhören und antworten, viel wichtiger als ein noch so guter Businessplan.

Das Zwischenmenschliche, die Beziehungsgestaltung steht für sie im Vordergrund.
Da ich Werner und auch Susanne eine grosse Chance einräumen möchte, habe ich sie vor diesem ersten Treffen ein

wenig informiert, wie sie ihre Chancen vergrössern könnten. Ich muss sagen, beide machen es sehr gut.

Nach dem Kaffee machen wir uns auf den Weg zu dem
Objekt, welches Werner und Susanne gerne bewirtschaf-
ten würden.
Renata und ich steigen in Renatas Auto ein und wir fahren
Werner und Susanne nach.
Bei einem Restaurant, welches zum Verkauf angeboten
wird, parkieren wir.

Ein Herr mit einer Aktentasche begrüsst uns.
Er und Renata scheinen sich zu kennen.
Renata wendet sich uns zu und erklärt: »Ich habe mir erlaubt, Herr Gübler einzuladen, um an der Besichtigung teil-
zunehmen. Er ist mein Anwalt und wird mich beraten.«
»Darf ich Sie bitten mir zu folgen.« Herr Gübler nimmt aus
der Aktentasche einen Schlüsselbund und öffnet die Ein-
gangstüre des Restaurants.
Gemeinsam besichtigen wir alle Räume. Susanne beteiligt
sich auch an den Erklärungen, sie hat ja schon im Restaurant gearbeitet.
Nach der Besichtigung legt Werner seinen Businessplan
vor.
Sowohl Renata wie auch ihrem Anwalt scheint er realis-
tisch zu sein.
Die beiden ziehen sich gemeinsam mit mir in einen ruhigen
Raum zurück.
Nach kurzem Gespräch sind wir uns einig.
Renata und ich übernehmen je 50 Prozent des Kaufprei-
ses. Herr Gübler hat den Kaufvertrag schon aufgesetzt, so
dass wir ihn nur noch zu unterschreiben haben.
Herr Gübler bittet Werner und Susanne zu uns und eröffnet
ihnen den Kauf durch Renata und mich.
Renata erklärt Werner, dass sie volles Vertrauen habe und
überfliegt den Businessplan noch einmal kurz und gibt ihr
Einverständnis.
Werner und Susanne werden beide als Pächter eingesetzt
und die erste Zeit von uns finanziell unterstützt.

Das heisst, dass sie erst ab dem vierten Monat vorerst den halben Pachtzins monatlich zahlen müssen. Nach einem Jahr wird dann jeweils der volle Betrag alle drei Monate fällig.

Sie sind mit den Bedingungen einverstanden und können mit der Personalbesetzung beginnen.

Ich habe absolut keine Ahnung, woher der Champagner und die Gläser auf einmal herkommen.

Vermutlich hat ihn Hr. Gübler organisiert.

Wir stossen zusammen an und beglückwünschen uns zum Kauf und zum Pachtvertrag.

Nun sind Renata und ich gemeinsam offizielle Besitzer einer Liegenschaft mit Restaurant, einem Speisesaal und Gartensitzplätzen.

Und Werner und Susanne erhalten die Chance, auf die sie lange gehofft haben.

So wie ich die beiden einschätze, werden sie die Chance packen und es schaffen.

Nach einer Umbauzeit von zwei bis drei Monaten sollte das Restaurant gegen Mitte April eröffnet werden können.

Mein Gedanke dazu:

»Nun bin ich Immobilienbesitzer und noch mehr mit Renata verbunden«

Ein Obdachloser

Es ist ein kalter und wolkenloser Spätnachmittag gegen
Ende Februar. Langsam wird es dunkel. Gestern am späteren Abend habe ich auf der Heimfahrt mit dem Auto etwas abseits der Strasse ein flackerndes Licht, vermutlich
eine Feuerstelle, bemerkt. Ich erinnere mich, dass ich gedacht habe, wer macht um diese Jahreszeit ein Feuer und
grilliert.
Heute im Verlaufe des Nachmittages habe ich beschlossen, dass ich nachschauen werde, wo die Feuerstelle liegt.
Meine Neugierde kommt als Bauchgefühl.

Mit dem Auto fahre ich bei Tuggen von der Autobahn und
weiter in Richtung Uznach. Nach der Bushaltestelle beim
Landgasthof »Schloss Grynau« parkiere ich.
Zu Fuss geht es Richtung Obersee.
Weit muss ich nicht gehen und ich rieche den Rauch und
bald darauf sehe ich auch das kleine Feuer.
Ich drehe mich um und sehe dort hinten in einiger Entfer-
nung Autos vorbeifahren. Ich bin also am richtigen Ort.
Langsam drehe ich mich wieder um und gehe auf das
Feuer zu.

Ich bemerke eine Silhouette. Mit lautem Husten mache ich
mich bemerkbar. Die Person kommt langsam auf mich zu.
Es ist ein Mann und er ist warm eingekleidet.
»Guten Abend«, begrüsse ich ihn.
»Guten Abend«, tönt es zurück.
»Hast du dich verirrt oder suchst du etwas?« spricht er
mich an.
»Ich habe gestern Abend von der Strasse aus hier Feuer
gesehen und das hat mich neugierig gemacht.«
Ich zeige mit der Hand Richtung Strasse.

»Ich mache hier Feuer, damit ich es etwas warm habe.
Gestern war ich auch schon hier.«

Ich schaue ihn ganz erstaunt an. Dann schaue ich mich um. In einem Unterstand hinter ihm sehe ich einen Rucksack, Decken und Brennholz.

»Heisst das, dass du hier übernachtest?«

»Ja, genau so ist es, leider.«

Ich bin einen Moment sprachlos

»Ist das nicht sehr kalt?«

»Ja, das stimmt schon, darum machen ich ja das Feuer.«

»Aber warum schläfst du hier draussen in der Kälte.«

Er schaut mich fragend an.

»Weil ich fast kein Geld habe. Und was ich habe, brauche ich für das Essen.«

»Wenn du Geld hättest, würdest du in einem Hotel übernachten.«

Er lacht, als hätte ich einen Witz gemacht.

»Glaubst du wirklich, dass ich freiwillig hier draussen übernachte? Wenn ich Geld hätte, würde ich in ein Hotel gehen, ausgiebig duschen, mich rasieren und dann ein gutes Abendessen einnehmen. Ich denke immer wieder daran, wie sagenhaft schön ein warmes Bad oder eine Dusche wäre. Ich vermisse das sehr.«

Er schaut mich traurig an.

»Aber leider ist das nur eine Wunschvorstellung. Träumen darf man ja noch. «

Ich reiche ihm die Hand und stelle mich vor: »Mein Name ist Felice und ich erfülle dir deinen Wunsch nach Wärme und heissen Mahlzeiten.«

»Ich bin der Jakob. Felice, mit so etwas macht man keine Spässe.«

»Ich mache keinen Spass, ich meine es ernst. Ich lade dich zur Hotel-Übernachtung ein und bezahle. Pack deine Sachen zusammen und komm mit mir.«

Er aber bleibt reglos stehen und schaut mich an.

»Ich überlege, ob du mich auf den Arm nimmst?«

»Aber ich denke, es ist einen Versuch wert. Ich packe meine Sachen zusammen.«

Es dauert nicht lange und er hat das Feuer gelöscht und steht vollbepackt bei mir.

»Los geht's, gehen wir zu meinem Auto.«

Dort angelangt, deponieren wir sein Gepäck im Kofferraum.

Ich fahre den Weg, den ich gekommen bin zurück bis nach Pfäffikon.

Beim Parkplatz vor einem Gasthof parkiere ich. Gemeinsam steigen wir aus. Seine Sachen lassen wir vorläufig im Auto.

Im Restaurant bestellen wir zunächst warme Getränke und fragen, ob es ein freies Zimmer hat. Es hat und so offeriere ich ihm ein Zimmer für eine Nacht.

Nach dem Bezahlen der Getränke holen wir seine Sachen aus dem Auto und er bezieht nach der Anmeldung sein Zimmer für diese Nacht.

Er ist begeistert, er hat ein Zimmer mit WC und Dusche.

»Das ist ja ein richtiger Luxus«, höre ich Jakob sagen.

»Und im WC und der Dusche ist es herrlich warm.«

Ich sage zu ihm: »Du hast mir erklärt, wenn du Geld hättest, würdest du im Hotel ausgiebig baden oder duschen, dich rasieren und dann ein gutes Abendessen einnehmen. Ich schlage vor, dass wir uns in einer dreiviertel Stunde unten im Restaurant zu einem Abendessen treffen.«

Er überlegt kurz und fragt mich: »Ist es auch möglich, dass wir uns erst in einer Stunde treffen, ich würde gerne ein paar Minuten auf einem richtigen Bett liegen und es geniessen.«

»Das soll mir recht sein, ich bezahle jetzt das Zimmer.«

Ich entferne mich etwas von ihm in Richtung Treppe zum Restaurant.

»Felice, warum machst du das?« Jakob steht an der Türe zu seinem Zimmer und schaut mich verlegen an.

»Weil es mir Spass macht und ich das Geld dazu habe. Es kostet ja nicht alle Welt. Wir treffen uns also in einer Stunde unten im Restaurant.«

Ich gehe zum Wirt und bezahle das Zimmer mit Frühstück.

Das Auto lasse ich auf dem Parkplatz stehen und ich gehe gemütlich zu Fuss die paar Hundert Meter zum Hafen. Ich benötige dafür zehn Minuten.

Dort angelangt freue ich mich über die Ruhe und den Blick über den See.

Auf der gegenüberliegenden Seeseite sehe ich viele Lichter, warme gelbe Lichter.

Ich sehe auch die beiden Inseln Ufenau und Lützelau, den Seedamm und weiter hinten Rapperswil.

Und zur Linken Männedorf, Stäfa und wie die Orte alle heissen.

Ich spüre ein Gefühl der Dankbarkeit. Eine Dankbarkeit dafür, dass ich eine Wohnung habe, eine warme Wohnung, die mich vor Wind, Wetter und Kälte schützt. Eine Dankbarkeit dafür, dass ich mir finanziell keine Sorgen machen muss.

Und eine Dankbarkeit dafür, dass ich Renata kennen gelernt habe, dass sich meine Kinder so gut entwickelt haben. Eine Dankbarkeit für alles Positive, das so selbstverständlich geworden ist.

Tränen rinnen mir über die Wangen, Freudentränen.

Es ist ein unbeschreiblich schönes Gefühl, ein wunderbarer Moment.

Nach einiger Zeit nehme ich ein Taschentuch und trockne die Tränen und putze die Nase.

Ich bin emotional voll besetzt. Ich nehme mein Handy zur Hand, scrolle bei Kontakte zu Renata und drücke auf das grüne Telefonsymbol.

Nach zweimal Läuten meldet sie sich.

»Hallo Felice, wie geht's?«

»Ich liebe dich, Renata.« Zum ersten Mal in unserer Beziehung sage ich diese Worte zu ihr.

Einen Moment ist Stille auf der anderen Seite.

»Ich liebe dich auch, Felice. Wo bist du?«

»Ich bin beim Hafen von Pfäffikon.«

»Was machst du um diese Zeit dort.«

»Möchtest du die kurze oder die lange Fassung hören?«

»Natürlich die kurze, also erzähl.«

»Renata, ich bin so froh, dass es dich gibt und dass wir uns lieben. Nun zur Geschichte. Ich habe am Obersee in der Nähe von Uznach einen Obdachlosen getroffen und ihn in einem Hotel hier in Pfäffikon einquartiert. In etwa

dreissig Minuten werden wir dort gemeinsam das Abendessen einnehmen.«

»Lädst du mich auch ein?«

»Nichts lieber als das. Wir treffen uns also im Restaurant
Sonne.«

Gemütlich schlendere ich etwas später zurück zum Restaurant und treffe kurz vor Renata beim Parkplatz ein.

Sie kommt Freude strahlend auf mich zu, umarmt mich,
küsst mich und flüstert mir ins Ohr: »Ich liebe dich sehr.«

»Ich liebe dich auch sehr. Darf ich dich zum Essen einladen?« »Gerne.«

Im Restaurant wartet Jakob schon auf uns. Er steht auf,
als wir an seinen Tisch kommen.

»Es freut mich, Sie kennen zu lernen. Ich bin Jakob Hugentobler.« stellt er sich vor. »Die Freude ist ganz auf meiner
Seite. Setzen wir uns doch.«

Ich wende mich an Jakob: »Wie ich dir schon mitgeteilt
habe, bist du mein Gast. Du kannst bestellen worauf du
Lust hast. Du übrigens auch, Renata.«

»Danke für deine Grosszügigkeit«, witzelt Renata.

In diesem Moment kommt die Bedienung an unseren
Tisch, reicht jedem eine Speisekarte und fragt uns nach
unseren Getränkewünschen.

Nach kurzem Überlegen äussert jeder seinen Wunsch.

Renata schaut uns beide abwechselnd an.

»Felice hat mir eine Kurzfassung erzählt, wie ihr euch ken-
nen gelernt habt. Er hat Sie am Obersee in der Nähe von
Uznach getroffen und in diesem Hotel hier einquartiert.
Darf ich noch mehr erfahren?«

Jakob wendet sich an Renata: »Sehr gerne, aber darf ich
vorher die Speisekarte anschauen?«

Renata wird etwas verlegen und entschuldigt sich: »Entschuldigung. Ich bin wohl sehr neugierig. Lassen Sie sich
ruhig Zeit.«

Die Bedienung kommt an den Tisch und nimmt unsere Bestellungen auf.

Ich erzähle nun, wie ich ihn in der Nähe von Uznach am
Obersee angetroffen habe.

»Ja, Felice hat mich in meinem Wohnzimmer am Kamin besucht«, lacht Jakob »ich wollte mich dem Abendprogramm widmen, da hat er mich gefunden und an diesen Ort eingeladen. Ich bin ihm sehr dankbar dafür.«

Die Vorspeisen werden nun serviert und ohne zu reden nehmen wir diese ein.

»Wenn ich das nun recht verstanden habe, hat Sie Felice im Freien an einer Feuerstelle gefunden.«

»Ja, das habe ich so gemeint, als ich vom Kamin im Wohnzimmer sprach. So drücken wir uns aus.«

Renata überlegt sich ihre nächste Frage.

»Wie sind Sie in ihre Lage gekommen?« fragt Renata Jakob.

Bevor Jakob antworten kann, werden die Hauptspeisen serviert.

Wir wünschen uns gegenseitig einen guten Appetit und auch dieses Essen wird wortlos eingenommen.

Bei einem Blick zu Renata stelle ich fest, dass sie nachdenklich ist und vermutlich viele Fragen haben wird.

Nachdem alle aufgegessen haben und die Teller abgeräumt sind, stellt Renata schon ihre Frage an Jakob: »Wie ist es bei Ihnen dazu gekommen, dass Sie draussen übernachten?«

»Das ist eine längere Geschichte, aber kurz gesagt möchte ich sie so zusammenfassen, nach dem Arbeitsplatzverlust wegen Rationalisierung, der Scheidung und ohne Einkommen bin ich durch die sozialen Netze gefallen. Die Verwandtschaft und Freunde haben sich von mir abgewandt. Danach kam der Verlust der Gemeindewohnung, welche die Gemeinde für das Asylwesen benötigte und ich blieb auf der ganzen Linie auf der Strecke. Früher war ich als Kellner beschäftigt. Heute ist es so, dass ich ohne Wohnung keine Arbeitsstelle und ohne Arbeitsstelle keine Wohnung finde. So sieht es leider aus.«

Es entsteht eine kurze Pause.

»Was machst du von Beruf?« fragt mich Jakob.

»Ich bin Geschäftsmann und Philanthrop. Frau Verrara übrigens auch.«

»Ich habe schon einige Zeit nicht mehr so gut gegessen wie heute. Darf ich mir noch einen Kaffee bestellen?«

Die Bedienung kommt an den Tisch und nimmt die Bestellungen auf.

Nun frage ich ihn: »Was hast du in der nächsten Zeit vor und wo übernachtest du?«

»Ich habe keine Pläne, eigentlich würde ich gerne arbeiten und Geld verdienen. Aber das ist nicht so einfach.«

»Kannst du dir vorstellen, einige Zeit in einem Wohnwagen zu leben?«

»Vorstellen schon, aber wer bezahlt das?«

Renata und ich schauen uns kurz an, dann sagt sie: »Wir.«

Jakob wendet sich an mich: »Du hast vorhin gesagt, dass ihr Philanthropen seid. Ist das nun eine eurer hilfreichen Tätigkeiten?«

»Genau, das stimmt.«

»Ich habe eine Idee, aber ich muss kurz telefonieren«, teile ich den beiden mit.

Mit meinem Handy nehme ich Kontakt mit Werner Dosch vom Camping in Arth auf. Er teilt mir mit, dass es sowohl noch freie Stellplätze auf dem Platz und auch mehrere freie Mietwohnwagen gibt. Ich bedanke mich für seine Auskunft.

»Lieber Jakob. Wir werden morgen Vormittag nach Arth fahren und du wirst in einen Wohnwagen einziehen können.«

Er schaut mich freudestrahlend an und sagt: »Super! Ein Dach über dem Kopf.«

Er reicht Renata und mir die Hand und bedankt sich wortreich.

Ich mache die Bedienung auf mich aufmerksam, es dauert nicht lange und ich kann die Rechnung begleichen.

»Wir treffen uns morgen Vormittag hier um zehn Uhr und dann schauen wir weiter.«

Er nickt und begibt sich auf sein Zimmer.

Renata und ich übernachten bei mir zu Hause.

Für Jakob ist es das grosse Glück, wieder einmal in einem Bett und für mich – mit Renata in einem Bett zu übernachten.

Am nächsten Vormittag um zehn treffen Renata und ich Jakob im Restaurant als er soeben das Frühstück beendet hat.

Wir laden seine Sachen ins Auto und fahren, wie vor etwa zwei Wochen, über die Schindellegi nach Arth.

Dort treffen wir Werner und Susanne bei ihrem Wohnwagen.

Wir steigen aus und werden freundlich begrüsst, dabei stellen wir Jakob den beiden vor.

Gemeinsam begeben wir uns zum Mietwohnwagen, der für die nächste Zeit das Daheim von Jakob sein wird.

Werner überreicht ihm die Schlüssel und Jakob geht in den Wohnwagen hinein. Wir folgen ihm. Jakob schaut sich überall um und ist begeistert. Es ist angenehm warm hier drin.

Aufgeteilt ist der Wohnwagen in Wohn- und separaten Schlafbereich. Es hat auch ein WC und eine kleine Dusche. Im Wohnbereich existiert eine Kochgelegenheit mit Kühlschrank und etlichen Hängeschränken.

Der Wohnwagen ist somit komplett ausgerüstet.

»Lieber Jakob, dieser Wohnwagen ist nun für die nächste Zeit dein Zuhause. Ich hoffe, es gefällt dir.«

Jakob kommt auf mich zu und umarmt mich zaghaft.

»Danke Felice. Das ist wunderbar, wie in einem Traum.«

Nun meldet sich auch Renata zu Wort: »Lieber Herr Hugentobler, das Beste kommt nun. Felice und ich besitzen in der Nähe ein Restaurant. Herr Dosch und Frau Winkler sind die Pächter und sind zurzeit mit der Renovation beschäftigt. Wie ich von Ihnen gestern Abend erfahren durfte, haben Sie als Kellner gearbeitet. Ich möchte Ihnen als Kellner in unserem Restaurant eine Chance geben. Herr Dosch und Frau Winkler werden Ihnen heute Nachmittag Ihren zukünftigen Arbeitsplatz zeigen.«

Nun ist Jakob total überwältigt. Er reicht Renata die Hand und stammelt: »Vielen herzlichen Dank. Ich werde Sie alle nicht enttäuschen. Ich werde mein Bestes geben.«

Werner, Susanne und ich gratulieren ihm zur neuen Arbeitsstelle.

Renata holt aus ihrer Handtasche ein Couvert und überreicht es Jakob. Er öffnet das Couvert und findet darin eine Prepaid Kreditkarte und fünf Hunderter Noten.

»Ich möchte Ihnen das Geld und die Prepaid Karte geben, damit Sie sich Esswaren und Weiteres kaufen können. «

Werner hat die nächste Überraschung parat: »Vor kurzem habe ich eine Anfrage erhalten, ob ich einen Kellner kenne, der eine Arbeit sucht. Im Nachbarort ist ein Kellner beim Ski fahren verunfallt und nun wäre eine befristete Stelle frei. Hättest du Lust, dort zu arbeiten?«

Nun übermannen Jakob die Gefühle und er hält sich die Hände vor sein Gesicht und weint. Freudentränen kullern die Wangen hinunter. Susanne reicht ihm ein Taschentuch.

»Felice, kannst du mich ganz fest kneifen. Ich möchte sicher sein, dass dies kein Traum ist.« Ich kneife ihn etwas.

»Es ist wirklich kein Traum. Wie kann das Leben doch so schön sein, wenn es so liebe Menschen wie euch gibt. Ich möchte euch allen von Herzen danken.«

Renata fragt nun Werner: »Wann kann Herr Hugentobler an der neuen Arbeitsstelle beginnen?«

»Ich und Susanne werden heute Nachmittag zuerst mit ihm seinen neuen Arbeitsplatz besichtigen und wenn er möchte, kann er schon morgen mit Arbeiten beginnen. Anschliessend wird er dann seinen Arbeitsplatz ab April kennen lernen«

Jakob nickt zustimmend.

»So, jetzt lade ich euch zur Feier des Tages in unseren Wohnwagen zum Kaffee, Tee und Kuchen ein.« Susanne geht mit diesen Worten in Richtung ihres Wohnwagens.

Auf der Rückfahrt nach Hause meint Renata zu mir: »Warum nur habe ich nicht schon viel früher damit angefangen, persönlich den Leuten zu helfen, statt eine anonyme Spende einzuzahlen. Wobei – Spenden kann ich ja von der Steuer abziehen.«

Mein Gedanke dazu:

»Ein neues Zuhause und eine Arbeitsstelle sind für manche ein absoluter Glücksfall«

Eine korpulente Jugendliche zum Zweiten

Ein Tag Anfang März

Gestern, spät am Abend, haben sowohl Renata wie auch ich eine SMS von Frau Schneider Andrea erhalten. Sie bittet uns, dass wir Kontakt mit ihr aufnehmen, sie würde sich gerne mit uns treffen. Renata und ich einigen uns, dass ich die SMS beantworte.

Wir haben mit ihr abgemacht, dass wir uns heute Nachmittag gegen 17:20 beim Bahnhofkiosk in Pfäffikon treffen. Renata und ich, wir sind beide gespannt auf das Treffen.

In der Nähe des Bahnhofes parkieren wir gegen 16:00 das Auto von Renata. Wir beide lieben es sehr, uns an der frischen Luft zu bewegen. So werden wir nun eine halbe Stunde Richtung Rapperswil spazieren und dann wieder zum Bahnhof zurück. Renata informiert mich, dass sie nächste Woche mit ihrem Bruder unterwegs sein wird. Ich freue mich für sie und teile ihr mit, dass ich beabsichtige, irgendwann mit Jose aus Barcelona eine Reise zu unternehmen, den Termin weiss ich noch nicht.

Gegen 17:15 treffen wir beim Bahnhofkiosk ein. Kurz darauf erblicken wir Andrea, die auf uns zusteuert.

Wir begrüssen uns und sie schlägt vor, dass wir uns Richtung See begeben und dort auf einer Bank unterhalten. Sie ist etwas ausser Atem als wir die Bank erreichen. Sie setzt sich auf die Mitte der Bank und Renata und ich setzen uns links und rechts von ihr.

»Ich möchte mich bei Ihnen entschuldigen, dass ich Ihre Zeit in Anspruch nehme«, beginnt sie »auch möchte ich mich entschuldigen für mein Verhalten vor ein paar Wochen. Ich habe jeden Tag daran denken müssen, dass Sie mir vorgeschlagen haben, mich zu unterstützen.«

»Sie müssen sich für nichts entschuldigen. Wenn es uns möglich ist, helfen und unterstützen wir Sie gern.«

»Danke, darauf habe ich gehofft. Ich habe das Gefühl, dass ich es alleine nicht mehr schaffe.«

»Wie Herr Utopian gesagt hat, helfen wir beide Ihnen gerne. Möchten Sie uns erzählen, was Sie bewegt.«

»Haben Sie Zeit für meine Geschichte und wollen Sie diese wirklich hören?«

»Ja wir haben Zeit und Ihre Geschichte interessiert uns, darum sind wir gekommen.«

»Also«, beginnt sie »ich habe eine glückliche Kindheit verbracht und war ein aufgestelltes Mädchen. Als ich zwölf Jahre alt war, haben sich meine Eltern scheiden lassen. Das war der Schock des Lebens für mich. Ich wohnte danach mit meiner Mutter zusammen und sie hat dann angefangen zu trinken. Sie hat die Scheidung nie überwunden. Zu Hause mit ihr wurde das Leben je länger je unerträglicher. Sie wurde auch noch depressiv und hatte auch mehrere Klinikeintritte.« Sie macht einen Moment Pause, schaut uns an und fragt: »Ist das nicht zu belastend für Sie?«

»Erzählen Sie ruhig weiter, wenn es für Sie stimmt.«

»Mit vierzehn habe ich mich in einen Schulkameraden verliebt. Ich muss noch sagen, dass ich damals sehr sportlich war, schlank und auch einigermassen gut ausgesehen habe. Wie der Zufall es so wollte, habe ich ihm gefallen und wir wurden Freunde und haben eine mehrere Monate dauernde Freundschaft gepflegt. Meine damals beste Freundin war aber auch in ihn verliebt, aber davon wusste ich lange Zeit nichts. Sie hat ihn mir dann ausgespannt und eine weitere Welt brach für mich zusammen. Ich hatte eine so glückliche Zeit mit ihm und von einem Tag auf den anderen war es vorbei, ohne Vorwarnung. Stellen Sie sich das vor. Zu Hause eine depressive Mutter, die trinkt und an mir wenig Interesse zeigte und nun das Ende einer Freundschaft. Das hat mir den Boden unter den Füssen weggerissen. Da ich viel Zeit mit meiner damaligen Clique verbracht hatte, zu der sowohl mein Ex Freund wie auch meine beste Freundin gehörten, konnte ich meine Freizeit nicht mehr mit ihnen verbringen, so enttäuscht war ich von ihnen. Ich habe mich total verletzt gefühlt und mich zurückgezogen. Je länger je mehr habe ich mich abgeschottet und mit Sport treiben aufgehört. In meinem Kummer begann ich vermehrt viel zu essen.

Jetzt bin ich neunzehn und in den letzten fünf Jahren habe ich stets zugenommen. Ich habe mein Gewicht mehr als verdoppelt, fast verdreifacht. Ich ekle mich, wenn ich in den Spiegel schaue. Man sagt, dass Dicke gemütlich sind, bei mir stimmt das nicht. Ich bin unzufrieden, unbeweglich und habe durch das Übergewicht körperliche Beschwerden.«

Sie macht eine Pause und schaut ans andere Ufer. Eine Zeit lang herrscht Stille.

Renata und ich schauen uns an. Wir sagen nichts und warten, bis sie fortfährt.

Unser Warten wird belohnt, sie fährt fort: »Fast tagtäglich, wenn ich mit dem Zug nach Rapperswil fahre, werde ich von den anderen geneckt. Ich habe früher immer wieder das Abteil gewechselt, aber sie sind mir gefolgt und haben sich einen Spass daraus gemacht, mich zu belästigen. Manchmal sind sie zu viert, manchmal aber auch mehr. Und es hört nicht auf. Ich gehe noch zwei Jahre in die Ausbildung nach Rapperswil. Doch ich möchte nicht, dass das Ganze noch zwei Jahre dauert.

Zu allem Unglück hat meine Mutter vor kurzem versucht, sich mit Tabletten umzubringen und ist nun auf der Intensivstation eines Spitals. Als ich die Information bekommen habe, habe ich überlegt, wie es weitergehen soll. Da dachte ich an Sie beide und habe zwei Tage mit mir gerungen, ob ich Kontakt mit Ihnen aufnehmen soll. Nun bin ich froh, dass wir hier sitzen und ich Ihnen mein Herz ausschütten kann.

»Es wird langsam frisch«, Renata sagt dies »wollen wir zu mir nach Hause fahren und dort weiterreden?«

»Von mir aus gerne«, sagen Andrea und ich gleichzeitig.

Wir begeben uns zum Auto und fahren zu Renata nach Hause. Dort angekommen, stellen wir fest, dass jemand im Haus ist, wir hören einen Staubsauger. Es ist unsere gemeinsame Haushälterin Frau Kaufmann. Sie stellt den Staubsauger ab und kommt zu uns. Als sie Andrea erblickt, staunt sie diese schuldbewusst an.

»Was machst denn du hier?« fragt sie die junge Frau.

»Frau Kaufmann, kennt ihr euch?« frage ich sie.

»Ja, wir kennen uns schon lange. Sie wohnt mit ihrer Mutter im gleichen Dorf. Meine Tochter Annabel und sie waren vor Jahren eng befreundet.«

Nun richtet Renata das Wort an alle: »Setzen wir uns doch und machen es uns gemütlich. Ich mach uns allen Tee.«

Nachdem wir drei uns gesetzt haben, warten wir schweigend auf Renata und den Tee. Dies dauert nicht lange.

Renata setzt sich zu uns und stellt den Tee auf den Tisch und lässt ihn ziehen.

Frau Kaufmann unterbricht das Schweigen: »Andrea, es tut mir leid, dass du und Annabel seit Jahren keinen Kontakt mehr habt. Anfangs wollte ich noch vermitteln, aber Annabel hat mich davon abgehalten und mit der Zeit gab es keine Gelegenheit mehr.«

»Es ist schon gut, Sie können ja nichts dafür. Von Ihnen habe ich mir nie Hilfe erwartet. Aber dass Annabel sich mir gegenüber so lange so fies verhält, hätte ich nicht erwartet.«

»Was heisst das, dass sich Annabel Dir gegenüber fies verhält? «

Nun erklärt ihr Andrea ihre lange Leidenszeit und Frau Kaufmann ist schockiert über das Verhalten der jungen Leute, vor allem, dass ihre Tochter dies mitmacht und sie als Mutter nichts davon gewusst hat.

Sie schaut Andrea in die Augen und hält sie in den Armen: » Es tut mir schrecklich leid. Wenn ich das gewusst hätte, hätte ich schon lange interveniert. Aber das soll nun ein Ende haben. Ich rede noch heute mit Annabel«

Ich mische mich ein: »Ich finde es eine ausgezeichnete Idee, dass Sie mit ihrer Tochter reden. Damit ist aber das Problem nicht gelöst. Wir sollten uns jetzt absprechen, was zu tun ist, damit sich die Lebensqualität von Andrea verbessert. Ich schlage vor, dass wir unsere Ideen besprechen und dann danach handeln.«

Wir haben uns nach kurzer Diskussion geeinigt, dass wir vorläufig nur folgende zwei Ziele in Angriff nehmen:

Eine ganz langsame Gewichtsabnahme mit Hilfe einer Personal Trainerin und Verbesserung der Beziehungen mit den Jugendlichen.

Zum Thema langsame Gewichtsabnahme durch einen Personalcoach bietet Renata an, dass sie mit ihrer Personal Trainerin redet und sie dann einen ersten Termin abmachen. Ich schaue sie erstaunt an, denn ich höre es heute zum ersten Mal, dass sie eine Personal Trainerin hat.

»Ich habe morgen Nachmittag um 14:00 einen Termin mit ihr und werde Ihnen dann Bescheid geben« wendet sie sich an Andrea.

»Ich kann mir aber mit meinem Lehrlingslohn keine Personal Trainerin leisten. Unmöglich.«

»Lassen Sie das unsere Sorge ein, darum kümmern wir uns.« Ich freue mich, ihr diese Mitteilung machen zu können.

Zum Thema Verbesserung der Beziehungen mit den Jugendlichen werden Frau Kaufmann und ich aktiv werden, da Renata die nächste Zeit ortsabwesend sein wird.

Frau Kaufmann und ich werden uns morgen Nachmittag bei mir in meiner Wohnung treffen und das weitere Vorgehen besprechen.

Am Tag danach

Wie abgemacht trifft Frau Kaufmann zusammen mit Andrea am Nachmittag bei mir zu Hause ein. Die beiden kommen aber nicht alleine. Annabel, die Tochter von Frau Kaufmann, ist auch dabei.

Das ist jetzt aber eine Überraschung für mich.

Da es draussen angenehm warm ist, machen wir es uns auf der Terrasse gemütlich.

Ich tische Tee und Gebäck auf.

Dann Ich schaue ich Frau Kaufmann fragend an und sie beginnt das Gespräch: »Lieber Herr Utopian. Gestern Abend habe ich ja Andrea nach Hause gefahren und unterwegs haben wir uns ernsthaft unterhalten. Ich habe sie bei ihr zu Hause aussteigen lassen und sie zum Mittagessen eingeladen. Annabel war auch dabei. Es kam zu einer grossen Aussprache und zum Schluss zu einer Versöhnung.«

Nun meldet sich Annabel zu Wort: »Ich möchte mich hiermit nochmals in aller Form bei dir entschuldigen. Es tut mir sehr leid, dass ich dich so behandelt habe. Eigentlich wollten wir als Gruppe schon lange damit aufhören, aber keiner hatte den Mut, dies zu thematisieren. Der Gruppendruck, wenn du weisst, was ich meine. Aber unser Verhalten soll sofort ein Ende haben. Ich rede zusammen mit meiner Mutter mit allen und dann, wenn alle einverstanden sind, hört das blöde Getue auf. Ich habe ein schlechtes Gewissen.«

Andrea schaut sie freudestrahlend an. »Mir fehlen die Worte. Ich weiss jetzt nicht, was ich sagen soll. Doch eines: Danke, ganz herzlichen Dank euch allen. Meinst du, dass die anderen nun endlich aufhören?«

»Ganz bestimmt. Da bin ich mir sicher. Lass uns nur machen. Mich und meine Mutter, das kommt schon wieder gut.«

Wir sitzen noch eine Weile zusammen und dann meldet sich mein Handy. Renata kündigt an, dass sie mit ihrer Personaltrainerin in etwa 20 Minuten zu uns stossen wird.

Die Zeit vergeht schnell und Renata kommt in Begleitung einer sehr attraktiven Frau zu uns auf die Terrasse.

Renata stellt uns ihre Begleiterin, Frau Monika Rüegg, als ihre Personal Trainerin vor.

Andrea schaut sie staunend an, sie bekommt ihren Mund fast nicht mehr zu.

»Ist es wirklich wahr, dass Sie mich beraten, begleiten und trainieren werden?«

»Ja, das ist so. Und gemeinsam werden wir Erfolg haben. Nicht von heute auf morgen. Wir lassen uns Zeit. Das wird eine mehrjährige Zusammenarbeit.«

»Mehrere Jahre?« »Ja, mehrere Jahre, mindestens fünf Jahre. Ich möchte mit Ihnen keine schnellen Erfolge. Wir werden einen Mehrjahresplan zusammenstellen. Wann wollen wir anfangen?«

»Von mir aus so schnell wie möglich.«

Die beiden setzen sich im Wohnzimmer an den Esstisch und besprechen die ersten Termine.

»Frau Rüegg hat mir gesagt, dass ich es schaffen kann, in fünf Jahren mein Gewicht auf etwa sechzig Kilo zu reduzieren und einen Halbmarathon laufen kann. Ist das nicht wundervoll?«

Renata meint dazu: »Zur Feier des Tages lade ich euch alle zu einem feinen Abendessen ein. Wer hat Lust mit zu kommen?«

Natürlich alle. Es herrscht eine tolle Aufbruchstimmung. Andrea schaut ihre neue Personaltrainerin an und fragt: »Geht das in Ordnung, wenn ich auch mitkomme?«

»Den Vertrag haben wir noch nicht aufgesetzt, also bin ich noch nicht offiziell ihre Trainerin. Sie können selber entscheiden.«

»Dann ist es klar, dass ich auch mitkomme. Ich freue mich.«

Schnell räumen wir das Geschirr von der Terrasse in die Küche. Dann fahren wir Renata mit dem Auto ins Restaurant nach. Es wurde ein sehr gemütlicher Abend. Wir haben die Gesellschaft genossen und viel gelacht.

Mein Gedanke dazu:
»Es nützt immer wieder, wenn man miteinander redet«

Besichtigung des Projektes von Jose

März

Können Sie sich noch an Jose aus Barcelona erinnern? Ich helfe Ihnen. In Monte Carlo habe ich Jose kennen gelernt und bin mit ihm nach Barcelona gereist. Am 22. Dezember letzten Jahres fand in Spanien die Loteria de Navidad, die Weihnachtslotterie, statt. Wir waren zwölf Leute und alle haben wir sogenannte Decimos bei ihm erworben. So kamen 6000 Euro zusammen. Mit den Gewinnen und weiteren Zuwendungen, die auch in seine Kasse flossen, kamen 17`000 Euro zusammen.
Jose war nicht der einzige in Barcelona und in Spanien, der auf diese Weise Geld sammelte. Es waren viele wohlhabende Gruppierungen, die mehr als 320`000 Euro in den von Jose gegründeten Fonds eingezahlt hatten.
Er hat mir damals versprochen, dass er mir sein Projekt zeigen werde.

Letzten Dienstag haben Jose und ich miteinander telefonisch Kontakt gehabt. Er hat mich gefragt, ob ich eine bis zwei Wochen frei nehmen könnte. Da musste ich lachen. Ich und frei nehmen, ich habe immer frei.
Wir haben abgemacht, dass wir uns am letzten Mittwoch im Juni am Abend in Zürich treffen werden.
Ich freue mich auf das Wiedersehen. Auch Renata freut sich, ihn kennen zu lernen.
Wir haben uns beim Meeting point im Bahnhof Zürich wieder gesehen und in der Brasserie Federal im Hauptbahnhof Zürich gemeinsam Kalbskopf gegessen und dazu Bier getrunken. Wegen des Kalbskopfs war er zunächst skeptisch. Jose war begeistert von diesem Essen, er habe diese Speise bisher noch nicht gekannt. Renata hat sich für Cordon bleu entschieden und von mir etwas versuchte. Dabei hat sie es belassen.

Beim Essen überrascht mich Jose: »Felice, ich habe für morgen Donnerstag zwei Flüge nach Jakarta gebucht, das heisst, wir fliegen zuerst nach Singapur und von dort weiter nach Jakarta.«

Jakarta? fragen Sie sich.

Jakarta ist die Hauptstadt von Indonesien. Und Indonesien ist ein Land, besser gesagt ein Inselstaat weit im Osten, in Asien.

»Jakarta, frage ich ihn, Was machen wir in Jakarta? «

»Ich habe dir doch von meinem Projekt erzählt. Dieses werden wir uns anschauen.«

»In Jakarta?«

»Nein nicht direkt in Jakarta. Etwas ausserhalb von Jakarta. Lass dich überraschen.«

»Du hast mich neugierig gemacht. Wann fliegen wir morgen?«

»Abflug ist um 14:20.«

»Dann können wir dir heute noch Zürich zeigen. «

Das haben wir dann auch gemacht. Übernachtet haben wir in meiner Eigentumswohnung.

Wir sind am Donnerstag in 12 ½ Stunden von Zürich nach Singapur geflogen. Die Flugzeit von Singapur nach Jakarta betrug weniger als 2 Stunden.

Im Hotel in Jakarta erklärt Jose mir beim Abendessen: »Indonesien ist weltweit mit mehr als 20 Millionen Tonnen das viertgrösste Anbaugebiet für Cassava. Die Hauptanbaugebiete sind Nigeria, Thailand, Brasilien, Indonesien und die Republik Kongo.

Je nach Land hat diese Nutzpflanze einen anderen Namen. Bekannt sind Maniok, Mandioca, Kassave oder Yuca.

Die Pflanze stammt ursprünglich aus Südamerika. Der Anbau der Pflanze ist wegen ihrer stärkehaltigen Wurzelknollen weit verbreitet. Mittlerweile wird sie weltweit in vielen Teilen der Tropen und der Subtropen angebaut. Die Bedeutung von Cassava ist stark zunehmend, da die Pflanze sehr anspruchslos ist. Cassava gedeiht in den nährstoffarmen Böden und verträgt sogar Trockenheit.

Als Nahrungsmittel werden vor allem die Wurzelknollen verwendet. Die Blätter können als Gemüse zubereitet werden. Die Knollen sind 15 bis 100 cm lang und etwa 5 – 15 cm dick. Sie können ein Gewicht von bis zu 15 Kilogramm erreichen, haben eine rötlich braune Schale und sind innen weiss. Ich vergleiche sie mit den bei uns bekannten Kartoffeln.«

Er fährt fort: »Die Knollen können jahrelang im Boden verbleiben ohne zu verderben und bei Bedarf geerntet werden. Das macht Maniok zur wichtigsten Nahrungspflanze für Subsistenzlandwirte, also Selbstversorger. Hinsichtlich Reifedauer, Größe, Farbe der Knolle und Geschmack von Maniok besteht eine große Variabilität. Man spricht außerdem von süßen und von bitteren Sorten.«

»Warum erzählst du mir das alles?« frage ich ihn.

»Warte ab, es geht noch weiter. Cassava nimmt unter den Weltnahrungspflanzen nach Weizen, Mais, Reis, Gerste und Kartoffeln die sechste Stelle ein.«

»Und nun? « unterbreche ich ihn.

Dann erklärt Jose mir die Zubereitung: »Die Knollen werden geschält, zerrieben oder geraspelt und dann eingeweicht. Nach ein paar Tagen presst man die Masse aus und wäscht sie. Danach röstet man sie im Ofen. Die in der Presse zurückbleibende Masse liefert das Maniok- oder Mandiokamehl. Ein Nebenprodukt der Herstellung von Maniokmehl ist Stärke, die nach dem Rösten Tapioka genannt wird.

Bei manchen Sorten besteht die Möglichkeit, die Knollen zu schälen und in kleinere Teile zu schneiden. Diese werden dann im Salzwasser gekocht. Es ist unseren Salzwasserkartoffeln ähnlich. Cassavamehl kann ähnlich wie Weizenmehl verwendet werden. Menschen mit Allergien gegen Weizen oder andere Getreide verwenden deshalb häufig Maniokmehl als Ersatz. Die Cassavawurzel kann nach dem Kochen auch frittiert werden und ist ähnlich wie Pommes frites. Je nach Kontinent und Land ist die Zubereitung unterschiedlich und auch die Namen der Endpro-

dukte. Die frische Wurzel wird auch als Heilmittel bei Geschwüren benutzt. Die Samen einiger Sorten wirken abführend und brechreizerregend.«
»Das war jetzt aber ein langer Vortrag. Was genau willst du mir sagen?«

»Geduld, ich erkläre dir bald unser Projekt. Es geht noch weiter. Cassava, Maniok und auch Tapioka wird je länger je mehr als Futtermittelzusatz für die Fleischproduktion in den Industrienationen verwendet. Weil es ein billiger Rohstoff ist. So weit so gut. Aber es führt dazu, dass in den Ländern, wo es angebaut wird, sogenannte exportorientierte Monokulturen entstehen. Die Ernährung der dort lebenden Menschen wird somit gefährdet.«
»Was heisst das? Was habt ihr in Spanien damit zu tun? «
»Also Felice, es ist so, dass ich , sagen wir mal so, durch meine berufliche Tätigkeit in vielen Ländern der Erde war. Sei es in Thailand, Vietnam, Indien, China, Brasilien, Paraguay oder Indonesien. Oder auch in mehreren Staaten in Afrika. Schon seit einiger Zeit konnte ich beobachten, dass es zu den erwähnten Monokulturen kam und Cassava je länger je mehr als Futtermittelzusatz für die Fleischproduktion hergestellt wird. Das habe ich eben auch schon erwähnt. Nun habe ich mich entschlossen, Projekte mit den dort ansässigen Landwirten zu verwirklichen, damit diese erstens keine Monokulturen mehr bewirtschaften und zweitens Cassava für die Bevölkerung und nicht für die Fleischproduktion anpflanzen. Ich habe eigentlich nichts gegen Fleischproduktion, aber der Mensch als solches hat für mich Vorrang. Auch ernähren sich immer mehr Menschen vegetarisch oder vegan. Sie verzichten bewusst auf Fleisch oder tierische Produkte.«
»Das finde ich eine tolle Idee. Machst du das alleine?«
»Angefangen habe ich alleine. Dann kam mir die Idee, jeweils bei der Loteria de Navidad mit vielen Gleichgesinnten zusammen Geld aufzutreiben. Du kannst dich ja an den 23. Dezember des letzten Jahres erinnern. Damals kamen ja 320`000 Euro zusammen. Wir, das heisst, mehrere Partner in Spanien sammeln so Geld und setzen meine Idee

um. Nebst Indonesien sind wir in Vietnam und Brasilien tätig.

Generell wäre es erstrebenswert, wenn die Menschheit weniger Fleisch konsumieren würde. Weniger Fleisch würde heissen, weniger Tiere, weniger Tiere heisst weniger Futtermittel und weniger Futtermittel würde bedeuten, mehr Nahrungsmittel, sprich Cassava für die Menschen. Und am positivsten wäre, wenn es keine Massentierhaltung mehr geben würde. Du siehst, wir haben uns einiges vorgenommen.«

»Was ist denn euer Ziel?«

»Eigentlich habe ich es ja eben erwähnt. Mehr Lebensmittel für Menschen, viel weniger Monokulturen und als positiven Nebeneffekt mehr Lohn für die Landwirte, da wir diese in erster Linie finanziell unterstützen.«

»Was heisst das genau, finanziell unterstützen?«

»Felice, du stellst viele Fragen, heisst das, dass dich unser Projekt interessiert?«

»Wenn ich schon mal in Indonesien bin und du so begeistert von deinem Projekt erzählst, irgendwie ist das ansteckend.«

»Das freut mich sehr zu hören. Nun zu deiner Frage. Wir Europäer geben den sogenannten Einheimischen Geld, damit sie erstens Land erwerben können. Auf diesem Land wird Cassava angepflanzt, welches nicht für die Futtermittelindustrie verwendet werden darf. Und zum zweiten kaufen wir den Landwirten Cassava zu einem guten Preis ab, damit sie und ihre Familien mehr als nur überleben können.«

»Und was macht ihr mit dem Cassava, welches ihr gekauft habt?«

»Das ist gleich wie bei uns in Europa. Wir verkaufen zum einen die Knollen für die Nahrungsmittelproduktion, stellen eine Art Pommes frites her und machen aus Cassava auch Mehl, und mit diesem Mehl machen wir Brote. Das bedeutet, somit, dass wir unsere Finger in der Produktion, in der Verarbeitung und im Vertrieb drin haben.«

»Und wo gehen wir jetzt hin?« frage ich ihn.

»Wir gehen auf's Land in ein Dorf. Dort wird Cassava angepflanzt und verarbeitet. Wir haben mit einer Schweizer Firma eine Produktionsstätte geplant und gebaut, wo Cassava Chips hergestellt werden. Es ist ein Versuchsbetrieb, damit wir auch an anderen Orten in diese Produktion einsteigen können. Wir möchten das Unternehmen als »non profit Organisation« betreiben.

Das bedeutet dreierlei. Erstens, alle Angestellten wie Landwirte und Fabrikarbeiter verdienen in etwa gleich viel. Zweitens, es hat ganz flache Hierarchiestufen. Wenn überhaupt.

Drittens ist es unser Ziel, dass alle Projekte nach zehn, maximal fünfzehn Jahren autonom werden.«

»Wie lange machst du das Projekt schon?«

»Wir sind nun das dritte Jahr dabei.«

Am nächsten Tag fuhren wir über Land und haben mehrere Anbaugebiete besichtigt. Die Bevölkerung ist sehr herzlich und dankbar für die Unterstützung. Mehrere von Joses Stiftung beschäftigte Agronomen treffen wir. Sie kommen aus verschiedenen europäischen Ländern und sind ebenso vom Projekt begeistert wie Jose. Ihr Ziel ist es, Erfahrungen zu sammeln und in ihren Ursprungsländern das Projekt weiter zu führen. Unterstützung erhalten sie von europäischen Agronomen.

Nach vielen erlebnisreichen Tagen verabschieden wir uns von Indonesien und kehren nach einem viertägigen Badeurlaub in Thailand wieder nach Europa zurück.

Jose hat sich entschlossen, von Zürich direkt nach Barcelona weiter zu fliegen.

Er hat seine Familie nun einige Zeit nicht gesehen und hat Sehnsucht nach ihnen. Mir geht es gleich, da ich vor allem Renata und meine Kinder vermisse.

Renata holt mich beim Flughafen Kloten ab und das Wiedersehen ist so stürmisch, als ob wir uns mehrere Wochen nicht mehr gesehen hätten. Wir kennen uns nun erst ein halbes Jahr, aber in solchen Momenten kommt es mir vor, als ob wir uns schon Jahre kennen würden, so wie ich

Renata manchmal in Asien vermisst habe. Es tut extrem gut, sich zu umarmen und zu herzen. Ich würde es Jose gönnen, wenn er in Barcelona auf die gleiche Weise begrüsst würde.

Mein Gedanke dazu:
»Wenn einer eine Reise tut, lernt er viel Neues kennen und die Wiedersehensfreude ist riesig«

Eröffnung des Restaurants in Arth-Goldau

Anfang April

Nun sind es ziemlich genau zehn Wochen her, seit Renata und ich Besitzer einer Liegenschaft, welche ein Restaurant mit Speisesaal und Gartensitzplätzen beinhaltet, geworden sind. Heute Freitag wird das Restaurant offiziell mit einem Abendessen eröffnet.

Susanne Winkler und Werner Dosch sind unsere Gastgeber.

Renata und ich werden als Besitzer exklusiv von den Pächtern und den Angestellten zum Mittagessen eingeladen.

Zu viert, neben Renata und mir sind auch Susanne und Werner am Tisch. Bedient werden wir von Kellner Jakob, dem ehemaligen Obdachlosen und weiteren Angestellten. Wir können von der Speisekarte bestellen, worauf wir Lust haben.

Während des Essens hebt Renata das Glas und bietet den beiden das Du an. Ich schliesse mich an.

Das Essen hat uns vorzüglich geschmeckt und auch die Bedienung war tadellos.

Nach dem Mittagessen zeigen uns Susanne und Werner das Haus. Voller Stolz präsentieren sie uns Raum um Raum.

Während dem Rundgang stellen sie uns jeden einzelnen Mitarbeitenden vor. Etliche von ihnen wohnen auf dem Ganzjahres Camping und haben auch beim Umbau mitgeholfen. Es sind alles top motivierte Leute, von Susanne und Werner persönlich ausgewählt.

Sie bieten auf ihrer Speisekarte auch saisonale Gerichte mit Produkten aus der Umgebung an. Nebst Fleisch und Fisch finden wir auch vegetarisches und sogar veganes Essen auf der Karte.

Auf der Rückfahrt nach Wollerau unterhalten Renata und ich uns angeregt. Auf meinen Vorschlag, dass wir gemeinsam weitere Leute unterstützen könnten, geht sie sofort

ein. Sie habe sich schon mit dem Gedanken befasst, es mir gleich zu tun und finanzielle Hilfe anzubieten. So beschliessen wir, dass wir zusammen ein Konto eröffnen werden und jeder gleich viel Geld einzahlen wird.
Wir einigen uns zunächst auf je 200'000.- CHF.
Da wir uns öfters sehen, werden wir uns über die Ausgaben laufend orientieren können.

Mein Gedanke dazu:
»Liebe und gutes Essen gehen durch den Magen«

Ein paar Tage in Winterthur

Ein Sonntag im April

Morgen Montag möchte ich das erste Mal im Rahmen meiner wohltätigen Aktivitäten zwei Institutionen besuchen, in denen Freiwillige Arbeit leisten. Ich werde dort je einen Tag mitarbeiten und diesmal zum einen diese Institutionen finanziell unterstützen, wenn sie dies benötigen und zum anderen den Leuten Hilfe anbieten, die dort arbeiten, vorausgesetzt, sie benötigen meine Unterstützung. Renata und ich haben uns die letzten Tage im Internet informiert, welche beiden Institutionen ich besuchen werde. Renata hat mir zugesagt, dass sie mich finanziell unterstützen werde.

In meiner Tiefgarage stehen mehrere Autos. Eigentlich möchte ich meinen Reichtum in der Öffentlichkeit nicht zeigen, so habe ich auch eine unauffällige Occasion für besondere Anlässe. Heute ist so ein Anlass. Ich fahre gegen Abend mit dem Auto nach Winterthur und parkiere dort. Die etwa 55 Kilometer über Rapperswil und Effretikon bewältige ich in gut 50 Minuten. Ich habe mir eine Identität ausgedacht und dazu gehört, dass ich in einem entsprechenden Hotel übernachte. Es befindet sich nicht direkt im Zentrum, sondern dort, wo die Zimmer etwas billiger sind.

Montag

Für diese Tage werde ich der Roman sein und ich möchte Einblick in die »Freiwilligenarbeit« bekommen.

Etwa um 07:45 Uhr stelle ich mich dem Betriebsleiter der ersten Institution »Nichts wird weggeworfen« vor.

»Grüezi, ich bin der Roman und möchte heute bei euch mithelfen.«

»Hallo, ich bin der Erich. Du bist herzlich willkommen. Du kommst gerade rechtzeitig. Wir machen zusammen zwei Touren und sammeln in verschiedenen Geschäften Lebensmittel ein. Diese werden wir heute Nachmittag ab 15:00 den Leuten verteilen.«

Zusammen gehen wir auf einen Lieferwagen zu, der auch schon bessere Tage gesehen hat. Erich startet das Auto und beim dritten Versuch springt er an.

Ich frage ihn: »Gibt es Probleme?«

»Ja, leider. Wir sollten schon länger einen Service machen, aber leider fehlt uns noch Geld.« Er lacht laut dabei und meint: »wenn du Lust hast, kannst du ja den Service bezahlen.«

Nun lachen wir beide und das Eis ist gebrochen, wie man so schön sagt.

Die nächsten Stunden fahren wir nach seinem Plan durch Winterthur und Umgebung und holen bei verschiedenen Geschäften Lebensmittel ab. Es sind dies übrig gebliebene Waren vom Wochenende und zum Teil Geschenke von eben diesen Geschäften.

Erich und ich haben uns während der Fahrt sehr gut unterhalten können. Er ist wie ich geschieden und hat erwachsene Kinder. Bis vor einem Jahr hat er zu hundert Prozent gearbeitet und dann auf achtzig Prozent reduziert, damit er immer am Montag diese Tour machen kann. Ein Nachteil sei halt, dass er weniger verdiene.

Ich erzähle ihm meine Geschichte, dass ich nebst meiner Arbeit eine Tätigkeit suche, die ich als sinnvoll erachte. Genau wie er möchte ich als freiwilliger Helfer tätig sein. Was ich arbeite, lasse ich aus und er erkundigt sich auch nicht danach. Ihm genügt es zu wissen, dass ich eine freiwillige Arbeit suche. Ich erzähle ihm auch, dass ich diese Woche Ferien habe und verschiedene Institutionen besuchen werde.

Der Lieferwagen hat seine Macken, so lässt Erich den Motor bei eher kurzen Halten laufen. Bei längeren stellt er ihn ab. Er braucht dann immer wieder mehrere Versuche, bis der Motor anspringt.

Die Zeit vergeht wie im Fluge und so ist es schnell Mittag. Wir machen ab, gemeinsam im Restaurant eines grossen Detailhändlers etwas zu essen.

»Roman, ich lade dich ein. Du hast heute super gearbeitet und hast es verdient.«

Nachdem wir uns an der Selbstbedienungstheke unser Essen ausgesucht und Erich anschliessend bezahlt, setzen wir uns an einen der wenigen freien Tische.

Während dem Essen reden wir kein Wort. Ich hole nach dem Essen für ihn einen Kaffee und für mich einen Tee.

Ich frage ihn, wie es seiner Familie geht. Er beginnt zu erzählen, dass seine Tochter in Norddeutschland wohnt. Er konnte sie schon seit mehr als zwei Jahren nicht mehr besuchen. Sie fehle ihm sehr. Er träume öfters davon, sie mit seinem Sohn zusammen besuchen zu können.

Nach dem Mittagessen machen wir die zweite Tour fertig und treffen gegen 14:30 bei der Verteilzentrale ein. Gemeinsam mit weiteren Helfern laden wir den Lieferwagen aus und stellen die Kisten auf die bereitgestellten Tische. Dort werden sie von fleissigen Mitarbeiterinnen sortiert und zum Verkauf angerichtet. Wobei Verkauf stimmt nicht ganz, da die Artikel beinahe gratis abgegeben werden.

Von 15:00 bis 17:00 konnten gegen vierzig Leute die Lebensmittel nach einem bestimmten Schema kaufen. Einzelpersonen, Paare und Familien konnten sich für wenig Geld für ein paar Tage mit Lebensmittel eindecken, die für sie im Laden zu teuer gewesen wären. Am Schluss blieb nichts übrig. Drei Personen mussten leider weggewiesen werden, da sie die Bedingungen für einen vergünstigten Einkauf nicht nachweisen konnten. Ich bin ihnen gefolgt und wollte ihnen Geld aus meinem Portemonnaie geben. Doch als ich sah, mit was welchemür Auto sie gekommen sind, habe ich mein Vorhaben nicht umgesetzt. Vielleicht habe ich mich in ihnen getäuscht und sie haben das Auto von Nachbarn ausgeliehen.

Nachdem wir aufgeräumt haben, lädt mich Erich zu einem Feierabend Bier ein. Ich nehme die Einladung dankend an. Aus einem Bier werden zwei. Danach ergibt es sich, dass wir gemeinsam das Abendessen einnehmen werden. Ich willige unter der Bedingung ein, dass ich das Essen zahle. Es braucht etwas Überredungskunst bis er ja dazu sagt.

Während des Essens schwärmt er wieder von seiner Tochter und auch davon, wie gerne er sie einmal besuchen würde. Wir haben uns viel zu erzählen und so geht die Zeit schnell vorbei.

Beim Kaffee und Tee machen wir ab, dass ich ihn übermorgen Mittwoch um 10:00 besuchen werde. Was ich denn machen werde, fragt er. Das werde er sehen. Er meint dazu, dass er sich bei seinem Arbeitgeber dafür eine halbe Stunde frei nehmen müsse. So haben wir in einem Restaurant ganz in der Nähe seines Arbeitsplatzes abgemacht, damit unser Treffen nicht mehr als geschätzte fünfzehn Minuten dauern wird. Ich erkläre ihm beim Abschied, dass es sich sehr lohnen werde.

Ich merke wie müde ich bin und so verabschieden wir uns gegen 21:30. Kurz nach 22:00 bin ich im Hotelzimmer und ich telefoniere dort als erstes mit Renata. Ich erzähle ihr vom heutigen Tag und wir machen ab, dass wir der Institution ein neues Auto kaufen und Erich ermöglichen, seine Tochter in Norddeutschland zu besuchen. Die Summe von 60`000.- CHF werden wir teilen. Danach beende ich das Telefonat und lege mich ins Bett. Es dauert nur kurz und ich schlafe ein.

Dienstag

Heute besichtige ich etwas ausserhalb von Winterthur die Wohn- und Beschäftigungsstätte »Together« für Personen, die dieser Institution zugewiesen wurden. Ich werde in der Küche des dazugehörenden Restaurants bei der Zubereitung des Mittagessens für die zu Beschäftigenden, die Angestellten und etliche Mitarbeiter von Firmen in der Nähe mithelfen.

Insgesamt werden gegen hundert Mahlzeiten zubereitet.

Gegen 08:30 werde ich von Doris begrüsst. Sie ist eine von zwei professionellen Köchen und wird heute meine Ansprechperson sein. Zuerst stelle ich mich allen in der Küche Beschäftigten vor. Danach führt Doris mich durch die Räume der Küche und des Restaurants. Es sind einige Personen in der Küche und später auch bei der Essensausgabe beschäftigt. Nebst den beiden professionellen

Köchen hat es mehrere Hilfsköche. Die meisten von ihnen sind dem Beschäftigungsprogramm »Together« von amtlichen Stellen zugewiesen. Gegen Ende des Rundganges zeigt mir Doris die Garderobe, wo Arbeitskleider für mich bereitliegen. Nachher geht es für mich mit Doris an die Arbeit. Doris instruiert mich, was ich zu tun habe und schaut ab und zu nach, ob es ihren Vorstellungen entspricht.

Gegen 11:20 lädt sie mich zu einer zehnminütigen Pause ein. Ich erfahre von ihr, dass sie in Steckborn am Bodensee im Elternhaus wohnt und fünf Mal in der Woche am Morgen mit dem Zug von Steckborn über Frauenfeld nach Winterthur und am Abend wieder nach Hause fährt. Leider lässt es ihr Lohn nicht zu, Geld zu sparen, um ein GA zu kaufen, erzählt sie mir. Wenn sie ein GA hätte, könnte sie ihre Verwandtschaft in der Schweiz mehr besuchen, aber das liege leider nicht drin.

Nach der kurzen Pause werde ich am Buffet eingeteilt. Es ist meine und Johannes Aufgabe, zu schauen, welche Lebensmittel an der Ausgabe knapp werden und in der Küche für Nachschub zu sorgen. Auch darf ich mit ihm zusammen die Getränkeflaschen bei Bedarf auffüllen. Trotz den etwa hundert Mahlzeiten in relativ kurzer Zeit geht die Essensausgabe ruhig und speditiv vonstatten. Es gibt keine Hektik und keine Nervosität. Anweisungen werden nicht geschrien, sondern mit angenehmer Lautstärke erteilt.

Gegen 13:00 Uhr kommt der letzte Gast und danach räumen wir das Übriggebliebene zurück in die Küche. Die meisten gehen nach draussen um zu rauchen. Doris nimmt einen Kaffee und ich einen Tee ein.

»So, Roman, wie hat es dir gefallen?« beginnt sie das Gespräch.

»Super, es war toll. Vor allem die ruhige Atmosphäre fand ich beeindruckend. Einfach Klasse.«

»Ja, das gefällt mir auch so sehr. Du hast dich übrigens sehr schnell und motiviert intergiert. Als wärst du schon längere Zeit mit uns dabei. Was machst du beruflich?«

»Also ich bin Geschäftsmann, so eine Art Allrounder. Ich helfe dort, wo Not besteht. Da geht mir die Arbeit nie aus.

Was ich dich fragen wollte, ist es nur ein Gefühl von mir oder sind die Verhältnisse recht eng?«Ich schaue mich um und versuche damit anzudeuten, was ich meine.

»Du hast schon Recht. Es gibt Pläne, dass die Küche, das Buffet und der Speisesaal vergrössert werden sollen. Wie ich gehört habe, fehlen aber noch einige Zehntausend CHF, damit mit dem Umbau und der Renovation begonnen werden kann.«

Sie nimmt ihren letzten Schluck Kaffee und beendet die Pause. Wir gehen an den grossen Rüsttisch und sie gibt mir Anleitungen für den Mise en Place, also die Vorbereitung von Küchenarbeiten für morgen Mittwoch. Sie erklärt mir, dass ein möglichst perfekter Mise en Place für sie das A und O des Arbeitsablaufes ist. Gegen 15:30 Uhr sind diese Arbeiten und Vorbereitungen aus ihrer Sicht beendet. Gerne hätte ich sie zum Abendessen eingeladen, aber sie erklärt, dass sie sich auf ihr Zuhause freue. Beim Abschied bedanke ich mich bei ihr und teile ihr mit, dass man sich im Leben immer zwei Mal sieht.

Mittwoch

Heute Mittwoch kann ich länger schlafen als in den letzten beiden Tagen. Und ich geniesse es.

Ich werde den zwei Institutionen meine Aufwartung machen und habe um 10:00 mit Erich einen Termin vereinbart.

Um 11:30 werde ich mich mit Doris treffen.

Zum Mittagessen gegen 12:15 treffen Renata und ich uns im Stadtzentrum.

Am Nachmittag haben wir einen gemeinsamen Termin mit dem Geschäftsführer von »Together«, bei dem sich Renata auch ein Bild von der Situation machen kann.

Gegen 10:00 treffe ich mich wie vorgestern abgemacht mit Erich, dem Betriebsleiter von der Institution »Nichts wird weggeworfen« in einem Restaurant in der Nähe seines Arbeitsplatzes. Erich konnte sich die abgemachte Zeit von seinem Arbeitsplatz frei nehmen.

»Lieber Erich, ich muss mich zuerst bei dir entschuldigen, ich habe dich angeschwindelt. Ich heisse Felice und nicht Roman. Ich bin vermögend und möchte dir und der Institution finanziell Hilfe anbieten. Du hast ja vorgestern im Spass gesagt, dass ich den Service bezahlen könnte. Ich habe mich aber entschlossen, erstens der Institution einen neuen Lieferwagen zu schenken und zweitens dir einen Herzenswunsch zu erfüllen. Ich ermögliche dir, dass du mit deinem Sohn zusammen deine Tochter in Norddeutschland besuchen kannst.«

Erich ist zunächst überrumpelt und sprachlos. Meine Überraschung ist gelungen.

»Bevor du nun etwas fragst, ja es stimmt und ja es ist mir Ernst.«

Ich lege ein Couvert vor ihn hin mit dem Hinweis: »Ich habe hier drin Geld für das Auto und deine Reise. Du kannst es aufteilen, wie du es für richtig hältst. Es ist deine Entscheidung.«

Erich öffnet das Couvert und sieht das Bündel Tausender Noten.

Dann steht er auf und kommt auf mich zu und umarmt mich.

»Danke Felice, ganz herzlichen Dank. Du machst mir und «Nichts wird weggeworfen» einen sehr grossen Gefallen. Danke!«

Dann lösen wir uns voneinander und ich trinke meinen Tee aus. Ich übergebe ihm meine Visitenkarte mit der Bitte, dass er aus Norddeutschland eine Karte schicken soll. Er verspricht dies. Wir verabschieden uns und jeder geht seines Weges.

Mein Weg führt mich etwas ausserhalb von Winterthur zur Wohn- und Beschäftigungsstätte »Together«. Hier habe ich meinen zweiten Termin mit Doris, der Köchin aus Steckborn, die täglich pendelt. Ich habe mir gestern Abend lange überlegt, was ich ihr schenken könnte. Im Gespräch mit ihr habe ich nicht wirklich rausgefunden, ob sie nun in Steckborn bleiben möchte oder in die Nähe zügeln. Das möchte ich heute noch von ihr erfahren.

Ich parkiere mein Auto in der Nähe von »Together« und gehe zu Doris in die Küche.

»Gestern habe ich beim Abschied gesagt, dass man sich im Leben zwei Mal trifft. Da bin ich. Hast du ein paar Minuten Zeit für mich?«

»Weil du es bist, aber wirklich nicht mehr als zehn Minuten.«

»Liebe Doris, ich habe dich gestern etwas angeschwindelt. Ich heisse Felice und nicht Roman. Ich bin vermögend und möchte dir finanziell unter die Arme greifen.
Wie gesagt bin ich Geschäftsmann und heute helfe ich dir. Zuerst eine Frage, vermute ich richtig, dass du weiter in Steckborn wohnen möchtest und mit dem Zug zur Arbeit kommst?«

»Ja, das stimmt so.«

»Stimmt es auch, dass du gerne ein SBB GA hättest?«

»Ja, auch das stimmt.«

»Gut, dann habe ich dich richtig verstanden. Ich möchte dir ein Geschenk überreichen. In diesem Couvert hat es einen Geldbetrag, so dass du drei Jahre lang ein Jahres-GA kaufen kannst.«

Sie nimmt das Couvert in die Hand und öffnet es, schaut hinein und dann mich an.

»Wieso machst du das?« «Weil ich es mir leisten kann und du dieses Geschenk verdienst.«

Wir stehen auf, sie gibt mir die Hand und dann umarmt sie mich. Leise höre ich sie an meinem Hals schluchzen.

»Danke, danke, vielen Dank.«

»Gerne geschehen, ich komme übrigens heute Nachmittag nochmal vorbei und treffe den Geschäftsführer wegen dem Umbau, vielleicht sehen wir uns. «

Anschliessend gehe ich ins Stadtzentrum und beim gemeinsamen Mittagessen mit Renata gibt es einiges zu besprechen.

Nach dem Tee gehen wir wieder in die Wohn- und Beschäftigungsstätte »Together«.

Der Geschäftsführer erwartet uns in seinem Büro. Er sei ganz gespannt, was wir mit ihm zu besprechen haben. Ich überlasse Renata gerne die Gesprächsführung.

Nachdem wir die Pläne und den Businessplan angeschaut haben, entschliessen Renata und ich, dass wir zusammen den Restbetrag übernehmen werden und wir haben auf Hundert Tausend CHF aufgerundet.

Der Geschäftsführer gibt uns das Bankkonto von »Together« an.

Nach einer wortreichen Verabschiedung begeben Renata und ich uns wieder ins Stadtzentrum und tätigen je zur Hälfte die Einzahlung auf das angegebene Konto.

Danach geht es die Strecke über Effretikon und Rapperswil wieder nach Hause zurück.

Da wir uns ein paar Tage nicht gesehen haben, entschliesst sich Renata, ein paar Tage bei mir zu wohnen.

Das hat sie vorher bereits geplant.

Mein Gedanke dazu:

»Die Seele ernährt sich von dem, worüber sie sich freut«

Eine junge Frau im Rollstuhl

Ein Tag im Juni

Die letzten Tage hat Renata bei mir gewohnt und wir haben die gemeinsame Zeit sehr genossen. Heute beim Frühstück beschliessen wir, dass Renata den Pfeilwurf auf die Schweizer Karte ausführt. Der erste Wurf landet etwas zu hoch, in Frankreich, der zweite Pfeil steckt leicht nördlich von Solothurn in der Karte. Beim genaueren Hinsehen können wir die Ortschaft lesen, es ist Rüttenen. Zwischen Rüttenen und Solothurn befindet sich die Verena Schlucht. Die Fahrt von Wollerau nach Solothurn dauert mit dem Auto 1½ Stunden und ganz in der Nähe der Bushaltestelle St. Niklaus können wir parkieren. Mit dem Bus fahren wir über Rüttenen Grünegg zur Bushaltestelle Rüttenen Brüggmoos. Im Bus sind wir nur wenige Minuten unterwegs. Von der Haltestelle begeben wir uns gut gelaunt in Richtung Verena Schlucht. Kurz nach 12:15 Uhr kommen wir zu einem Restaurant. Wir einigen uns, hier das Mittagessen einzunehmen und schauen uns nach einem freien Platz um. Es gibt mehrere. Weiter hinten entdeckt Renata eine junge Frau alleine an einem Tisch. Renata macht mich darauf aufmerksam, dass die Frau im Rollstuhl sitzt. Ein kurzer Blick genügt und wir begeben uns an ihren Tisch.
»Ist bei Ihnen noch frei?«, fragt Renate.
Die junge Frau schaut uns lächelnd an und fordert uns auf, ihr Gesellschaft zu leisten.
Wir lächeln zurück und setzen uns. Renata direkt ihr gegenüber und ich neben Renata.
»Es freut mich, dass Sie sich zu mir setzen. Wenn ich mich umschaue hat es noch etliche freie Plätz. Warum also kommen Sie zu mir?« Die junge Frau fragt uns direkt und schaut uns abwechselnd in die Augen.
»Dürfen wir uns Ihnen zuerst vorstellen?« Ohne eine Antwort abzuwarten stellt Renata uns vor: »Dies ist Herr Uto-

pian und ich bin Frau Verrara. Nun zu Ihrer Frage. Wir lernen sehr gerne neue Menschenger kennen und wenn möglich unterhalten wir uns auch mit ihnen.«

»Deswegen kommen Sie zu mir?«

Ich antworte: »Ja, genau deswegen. Es gibt noch einen weiteren Grund, aber den erklären wir Ihnen etwas später. Nachdem wir Sie etwas besser kennen gelernt haben.«

»Jetzt haben Sie mich neugierig gemacht. Um was geht es denn noch?«

»Wie gesagt, das erklären wir Ihnen anschliessend. Dürfen wir Ihren Namen erfahren?«

»Oh, entschuldigen Sie meine Unhöflichkeit. Ich heisse Hanna Guanella «

Nun kommt eine Frau an unseren Tisch und reicht uns die Speisekarte.

»Möchten Sie das Mittagessen einnehmen?«

»Ja gerne.« Antworten Renata und ich.

»Ich würde schon, aber ich habe mein Portemonnaie verloren«, erklärt unsere Tischnachbarin.

»Dann laden wir Sie ein. Suchen Sie sich aus, worauf Sie Lust haben, Sie sind unser Gast.«

»Aber das kann ich doch nicht annehmen.«

»Doch. Das können Sie«, redet Renata auf sie ein.

»Danke viel Mal, das ist sehr nett von Ihnen.«

Jeder nimmt nun eine Speisekarte und sucht für sich das Passende aus. Kurze Zeit später können wir bei der Bedienung unsere Bestellungen abgeben.

Nachdem wir alle bestellt haben, fragt uns Frau Guanella: »Was möchten Sie nun von mir wissen?«

»Eigentlich nichts Spezielles, wie gesagt, wir lernen gerne Menschen kennen und unterhalten uns mit ihnen. Wir zwei«, Renata deutet auf mich «haben uns vor neun Monaten auch so kennen gelernt. Es ist, wie soll ich sagen, die Neugierde, das Interesse einem Mitmenschen gegenüber, man kann es auch als Sympathie bezeichnen.«

»Sie haben Interesse an mir?«

»Ja, wir haben Interesse an Menschen, also selbstverständlich auch an Ihnen.«

»Lernen Sie denn viele Leute so kennen?«

»Es kommt darauf an, was viele heisst. Aber ich denke, es sind nun schon einige.«

Die Bedienung kommt an unseren Tisch und bringt die Getränke und die Vorspeisen.

Wortlos nimmt jeder seine Vorspeise ein.

Wir legen das Besteck auf die Teller.

Frau Guanella schaut zuerst mich und dann Renata an, bevor sie mit ruhiger Stimme zu sprechen beginnt: »Ich habe eine seltene, tödliche Krankheit und meine Lebenserwartung beträgt noch etwa 4 bis 7 Jahre. Es gibt rund 30`000 bekannte Krankheiten, davon sind mehrere tausend seltene Krankheiten. Eine Krankheit gilt dann als selten, wenn weniger als 5 von 10`000 Menschen an ihr leiden. Etwa 80 Prozent der seltenen Krankheiten sind genetisch bedingt, und damit nicht heilbar.«

Sie schaut wieder mich und dann Renata an.

Betretenes Schweigen macht sich breit. Renata und ich müssen diese Mitteilung zuerst einordnen.

Es ist unsere Tischnachbarin, die wieder zu sprechen beginnt: »Es sollte Sie nicht zu sehr nachdenklich machen. Ich habe mich nun schon einige Zeit mit meinem Schicksal abgefunden. Wissen Sie, kein Mensch weiss eigentlich, wann es Zeit ist zu gehen. Das kann schon heute durch einen Unfall sein. Ich weiss, dass ich noch einige wenige Jahre zu leben habe. Im besten Fall. Im Moment geht es mir nicht allzu schlecht. Ich bin mobil und kann gehen, wohin ich will.«

Die Bedienung bringt nun die Tagesteller und schweigend nehmen wir die Mahlzeit ein.

Nachdem wir alle mit dem Essen fertig sind fragt Frau Guanella: »Darf ich nun erfahren, was es für einen weiteren Grund gibt, weshalb Sie sich zu mir gesetzt haben?«

Ich nehme einen Schluck Wein und erkläre ihr: »Es ist eigentlich nichts Weltbewegendes. Frau Verrara und ich sind, wie man so sagt, vermögend. Wir haben es uns zur Aufgabe gemacht, Leute zu unterstützen.«

»Wie sieht denn so eine Unterstützung aus?«

Renata beteiligt sich nun auch wieder: »Darf ich Sie vorher noch etwas fragen?«

Frau Guanella nickt.

»Sie haben gesagt, dass Sie noch wenige Jahre zu leben haben. Haben Sie Träume oder Wünsche, die Sie gerne erfüllen möchten?«

»Ja, ich habe mir eine Wunschliste, eine Bucket-List, gemacht. Dass ich heute hier bin, steht auch auf der Liste und das kann ich nun streichen.«

»Was steht noch auf der Liste?«

»Ich würde gerne einige Kraftorte in der Schweiz und auch in anderen Ländern besuchen. Auf meiner Schweizer Liste stehen noch die Ermitage Arlesheim, die Buschbergkapelle in Wittnau, der Kraftort Heiligkreuz in Heiligkreuz und der Kraftort Kronberg in Jakobsbad.«

Die Bedienung räumt nun die Teller ab und fragt: »Möchte jemand noch etwas bestellen?«

»Kaffee«, Renata und Frau Guanella sagen dies beide gleichzeitig. »Ich nehme einen Eisenkraut Tee.«

»Zwei Kaffee und einen Eisenkraut Tee. Gerne«, sagt sie und begibt sich ins Restaurant.

»Welche Orte im Ausland würden Sie gerne besuchen?«

»An erster Stelle wäre da Rom. Sehr gerne würde ich nach Rom reisen und den Petersdom und die Pauluskirche sehen.«

»Gibt es noch weitere Orte?«

»Ja, die gibt es schon, aber die sind alle zu teuer. Vor allem, weil ich eigentlich nicht alleine reisen möchte, wegen meiner Behinderung. Wie Sie bemerkt haben, bin ich auf den Rollstuhl angewiesen. Innerhalb der Schweiz ist es mit dem Rollstuhl nicht so ein Problem, aber im Ausland kenne ich mich eigentlich nicht aus.«

»Darf ich Sie nochmal fragen, wohin im Ausland Sie gerne gehen würden?«

»Sehr gerne würde ich in Spanien die Kathedrale von Santiago de Compostela und in England Stonehenge besichtigen. Aber wie gesagt, das ist für mich leider nicht bezahlbar.«

»Frau Guanella, wir würden Ihnen die Auslandsreisen sehr gerne bezahlen.«

Renata sagt dies.

Nun kommt, was ich eigentlich fast jedes Mal erleben durfte: Staunen und Nichtrealisieren.

Ich dopple nach: »Es stimmt wirklich, wir übernehmen alle anfallenden Kosten.«

Die beiden Kaffee und der Tee werden serviert.

Renata und ich erleben, dass Frau Guanella nun sprachlos ist.

Wir beschäftigen uns mit unseren Getränken.

»Wissen Sie, wie teuer das ist?«

»Nein, aber wissen Sie es?«

»Ich habe es früher ausgerechnet und bin auf 20`000.- CHF gekommen.«

»Das ist kein Problem für uns. Wir runden auf 30`000.- CHF auf. So haben Sie genügend Geld.«

»Heisst das, Sie schenken mir einfach so 30`000.- CHF?«

»Ja, das heisst es und das Mittagessen bezahlen wir Ihnen auch.«

»Und wie machen Sie das?«

»Ganz einfach. Wir bezahlen nun und anschliessend gehen wir nach Solothurn und Sie erhalten von uns das Geld. Aber eine Bedingung haben wir.«

»Ich habe es ja gewusst. Wie lautet die Bedingung?«

»Sie müssen uns jeweils eine Ansichtskarte schicken. Aus Rom, von Stonehenge und aus Santiago de Compostela.«

»Das ist alles?«

»Ja. Von jedem Ort eine Karte. Hier haben Sie eine Visitenkarte, an diese Adresse schicken Sie die Ansichtskarten.«

Ich übernehme das Bezahlen und danach geht es durch die Verena Schlucht zur Bushaltestelle, wo unser Auto parkiert ist. Während des Spazierganges besprechen wir, dass ich auf der Bank das Geld hole und Renata und Frau Guanella werden in einem Restaurant in der Nähe auf mich warten.

Als Renata und ich ihr das Couvert mit dem Geld überreichen, erlebe ich sie zum zweiten Mal total sprachlos.

Unter Freudentränen bedankt sie sich mehrmals und wir umarmen sie. Der Abschied fällt uns schwer. »Denken Sie an die Karten«, verabschieden wir uns.

Beim Weggehen drehe ich mich um und ich sehe, wie sie aufgeregt in ihr Handy spricht.

Zu Renata sage ich: »Ich habe übrigens auf 40`000.- CHF aufgerundet.«

Renata lacht verschmitzt und antwortet: »Das habe ich mir schon gedacht.«

Mein Gedanke dazu:
»Gutes zu tun tut wirklich gut. Für mich besonders zusammen mit Renata«

Besuch beim Ponyhof

Ein Mittwoch im Juli

Vor etwa einem Jahr war ich in der Nähe von Kreuzlingen auf dem Ponyhof bei Kurt. Bei der Wegfahrt vom Ponyhof habe ich beschlossen, dass ich Kurt und seine Kinder einmal besuchen werde. Heute also reise ich mit dem Auto zu ihnen.

Aber ich bin nicht alleine unterwegs. Meine Begleitung heisst heute Alice. Sie ist diejenige Frau, welche ich in Samedan kennen lernen durfte und mit ihr war ich vor Monaten einige Tage in Paris.

Wir hatten immer mal wieder Kontakt miteinander.

Ihre anfängliche Verliebtheit hat sich gelegt und wir pflegen nun eine lockere Freundschaft.

Alice ist nicht alleine, ihre beiden Töchter begleiten uns.

Sie stellt mir ihre Zwillinge vor, die eine heisst Sabrina und die andere Elisabeta. Da sie absolut identisch aussehen, weiss ich nicht wirklich, wer wer ist.

Von meinem Wohnort bin ich nach Sargans gefahren und habe die drei Frauen am Bahnhof abgeholt.

Von Sargans fahren wir an den Bodensee, wo ich ein wunderschönes Restaurant in Uttwil direkt am See kenne. Dort essen wir zu Mittag.

Weiter fahren wir die fünfzehn Kilometer über Bottighofen nach Lengwil und von dort weiter zu »Annas Ponyhof«.

Die beiden Töchter von Alice sind mehr als entzückt als sie das Hinweisschild lesen.

«Mama, dürfen wir Pony reiten?«

»Lasst und zuerst aussteigen, dann sehen wir weiter« antwortet Alice.

Ich parkiere das Auto und beim Aussteigen sehe ich Kurt und seine beiden Töchter Sandra und Elvira, welche sich zu uns gesellen.

Wir begrüssen uns alle mit Handschlag.

Eine der Zwillinge, vermutlich Sabrina, lacht und sagt: »Ich finde es lustig, dass Sandra und Elvira die gleichen Anfangsbuchstaben im Namen haben wie ich und meine Schwester.«

Elvira, die ältere Tochter von Kurt fragt die beiden: »Sollen wir euch unseren Hof zeigen?«

»Oh ja, das ist super«, antworten die Zwillinge gleichzeitig und fragen: »dürfen wir Pony reiten?«

Alice schaut Kurt an, er lächelt zurück und sagt: »Selbstverständlich dürft ihr Pony reiten.«

Mit lautem Jubelgeschrei rennen die vier Mädchen zu den Stallungen.

Nun begeben wir Erwachsenen uns zum Tisch auf der Terrasse, wo Kurt und ich das letzte Mal zusammengesessen sind.

»Alice, würde es dir etwas ausmachen, wenn ich mit Kurt ein paar Minuten alleine rede?«

Kurt schaut mich erstaunt an, schüttelt den Kopf und sagt zu mir: »Felice, ich habe keine Geheimnisse mit dir zu besprechen. Es macht mir nichts aus, wenn Alice dabei ist.«

Alice lächelt ihn an und fragt: »Soll ich euch Getränke holen, dann könnt ihr euch in Ruhe unterhalten. Wo ist die Küche? Was trinkt ihr?«

»Wenn es dir nichts ausmacht. Ich würde gerne einen Pfefferminztee nehmen.«

»Genau wie beim letzten Mal«, sagt Kurt zu mir. Und zu Alice: »Dort die Türe hinein und dann ist die Küche gleich links. Ich nehme gerne einen Kaffee.«

Alice steht auf und geht ins Haus.

»Wo hast du denn Alice kennen gelernt?« fragt Kurt mich direkt.

»Das ist eine längere Geschichte, die erzähle ich dir gerne später, aber nicht jetzt. Vorher möchte ich gerne erfahren, wie es dir und den Kindern geht.«

»Uns geht es gut.« Mehr als diesen Satz sagt er nicht. Ich schaue ihn an.

»Lieber Kurt, so detailliert wollte ich es nicht wissen.«

Erstaunt schaut er mich an und dann lachen wir beide lauthals los.

275

»Etwas mehr als - uns geht es gut - würde ich schon gerne erfahren. Erzähl doch. «

»Wenn ich mich recht erinnere, warst du vor ziemlich genau einem Jahr hier. Danach hat sich mein Leben und das der Kinder stetig verbessert. Ich habe langsam wieder Boden unter den Füssen bekommen. Ich habe mich um die Buchhaltung gekümmert. Weil du mir die verschiedenen Rechnungen meiner verstorbenen Frau bezahlt hast, war ich ohne Schulden und die schwere Last ist von mir abgefallen. Leute, denen ich Geld schuldig war, haben sich bedankt und die Beziehungen haben sich positiv entwickelt. Auch der Hof läuft seither viel besser. Und das alles habe ich dir zu verdanken.«

»So, hier sind die Getränke. Der Tee für Felice und der Kaffee ist für dich. Was hast du Felice zu verdanken?«

Typisch Alice, denke ich.

»Mir hat er übrigens auch sehr geholfen«, wendet sie sich an Kurt.

»Mama, Mama, schau, wir reiten.« Fröhlich lachend reiten die vier Mädchen an der Terrasse vorbei.

Ich bin froh um die Unterbrechung und erkläre den beiden: »Das könnt ihr einander mal erzählen, wenn es euch recht ist.«

Alice wendet sich an Kurt: »Habt ihr viele Tiere hier auf dem Hof? Ich liebe Tiere sehr.«

»Wir können zusammen einen Rundgang machen, wenn ihr wollt, dann zeige ich euch alles.«

»Wenn es euch recht ist, macht doch den Rundgang ohne mich.«

Sie schauen sich an, erheben sich und gehen zum nächsten Gebäude.

Kurt dreht sich um und sagt »Wir sind bald zurück.«

»Lasst euch Zeit.«

Nach etwa vierzig Minuten kommen die beiden zusammen mit den Kindern zu mir auf die Terrasse.

»Felice, würde es dir etwas ausmachen, wenn ich mit den Kindern hierbleibe und du alleine zurückfahren musst? Ich habe mit Kurt abgemacht, dass wir hier ein bis zwei Tage bleiben können.«

»Selbstverständlich kann ich auch alleine zurückfahren. Ich freue mich, dass es euch hier so gut gefällt.«

Wir verabschieden uns und bald bin ich auf dem Weg nach Hause.

In Wollerau angelangt sehe ich, dass ich zwei neue SMS bekommen habe, das eine ist von Alice, in dem sie sich bedankt, dass sie und ihre Kinder Kurt und den Ponyhof kennen lernen durften. Kurt sei ein ganz Netter.

Das andere wurde von Kurt gesendet. Auch er bedankt sich, dass ich Alice und ihre Töchter mitgenommen habe.

Mein Gedanke dazu:

»Ich könnte doch noch Teilhaber einer Partnervermittlung werden«

Eine korpulente Jugendliche zum Dritten

Ein Tag im Oktober

Vor genau einem halben Jahr hat sich Andrea entschlossen, mit tatkräftiger Unterstützung ihrer Personaltrainerin ihr Übergewicht zu reduzieren. Eine Philosophie von Frau Rüegg lautet, dass man für das Abnehmen ungefähr die gleiche Zeit benötigt, wie die Zeit, in der man zugenommen hat. Im Falle von Katharina sind dies sechs Jahre.

Heute Nachmittag treffen Renata und ich Andrea und ihre Personaltrainerin. Auf meinen Wunsch hat Renata diesen Termin abgemacht. Wir treffen uns beim Bahnhof Pfäffikon, wo uns Frau Rüegg überrascht. Sie und Andrea stehen dort schon bereit. Beide stehen neben einem Fahrrad. Neben ihnen sind noch zwei weitere Fahrräder. Renata und mir wird schnell klar, für wen diese sind.
Nach der Begrüssung ziehen wir uns die Velohelme an und dann fahren wir über den Damm nach Rapperswil. Von dort geht es weiter in Richtung Uznach. Nach einiger Zeit erreichen wir einen grossen Park am See. Dort befindet sich ein Restaurant, unser von Frau Rüegg ausgewähltes Ziel. Wir stellen die Fahrräder ab und nehmen an einem Tisch mit Seesicht Platz.
Es folgt ein wenig Smalltalk der drei Frauen. Andrea wird wegen ihres gesunden Aussehens gelobt.
Frau Rüegg ergreift dann das Wort: »Wie ihr bemerkt habt, hat Andrea etwas an Gewicht verlieren können. Sie hat mir im März erzählt, dass sie in sechs Jahren etwa 70 Kilogramm zugenommen hat. Sie möchte diese siebzig Kilo wieder abnehmen. Unser Ziel ist es, dass sie pro Jahr etwa 12 Kilo abnimmt. Wir sind beide der Meinung, dass das ein realistisches Ziel ist. Im letzten halben Jahr hat sie nun schon acht Kilo abgenommen. Ich kenne das, dass man am Anfang sehr motiviert ist und mehr abnimmt als man sich vornimmt.«
Andrea ergänzt: »Ich möchte so schnell als möglich so viel wie möglich abnehmen. Ich bin mir aber bewusst, dass

eine langsame Gewichtsreduktion auch seine Vorteile hat. Ich denke, dass ich im nächsten halben Jahr nicht mehr so viel abnehmen werde.«

»Darf ich etwas fragen?« wende ich mich an Andrea.

Sie nickt.

»Vor einem halben Jahr hatten Sie grosse Probleme mit anderen Jugendlichen. Können Sie mir erzählen, was sich da in der Zwischenzeit ereignet hat?«

»Sehr gerne. Dank der Hilfe vor allem von Ihnen, aber auch von Frau Verrara und Frau Kaufmann und Annabel hat sich die Situation überraschend schnell sehr positiv gebessert. Frau Kaufmann hat mit Annabel zusammen mit den anderen Kolleginnen und Kollegen geredet. Etwa eine Woche später haben wir uns alle getroffen und es kam zu einer Aussöhnung, oder wie man dem sagt. Seither wurde ich nicht mehr belästigt und die anderen finden es toll, dass ich versuche mein Gewicht zu reduzieren. Mit der einen oder anderen habe ich mich auch schon getroffen und ausgesprochen. Sie haben mir angegeben, dass es zum einen der Gruppendruck war und zum anderen waren sie froh, dass ich das Opfer war und nicht sie.«

Mein Gedanke dazu:

»Wie wahr, wie wahr«

Besuch in einer Schulklasse

Ein Mittwoch Anfang Dezember

Renata und ich besprechen beim Frühstück, wieder einmal jemanden zu beschenken. Doch heute wollen wir einmal etwas Neues wagen.
In etwas mehr als drei Wochen steht Weihnachten vor der Türe. Wir unterhalten uns über Weihnachtsgeschenke.
Wie wir nach längerer Diskussion auf das Folgende gekommen sind, weiss ich heute nicht mehr so genau, aber wir einigen uns, dass wir in einer Schulklasse etwas Besonderes durchführen möchten.

Man sagt ja öfters, dass Kinder eher egoistisch seien und vor allem für sich schauen. So wollen wir in einer Dorfschule eine Primarschulklasse besuchen.

Wir möchten herausfinden, wie Kinder sich entscheiden, wenn wir sie vor die Wahl stellen, für sich oder für die Eltern ein Geschenk auszuwählen und zu bekommen.

Renata kennt im Kanton Glarus eine Lehrerin, Anita Widmer, welche zufälligerweise an einer Primarschule unterrichtet.
Sie telefoniert mit der zuständigen Sekretärin des Schulamtes und erfährt, dass ihre Bekannte am Nachmittag frei habe. Renata wird ins Lehrerzimmer weiter verbunden, da Frau Widmer eventuell dort sei.

Es dauert nicht lange und Renata und Frau Widmer kommen ins Gespräch.
Nach den üblichen Begrüssungsworten kommt Renata zum Thema: »Hallo Anita, ich würde dich heute Nachmittag gerne mit einem guten Freund besuchen und mit dir etwas besprechen. Hast du Zeit für uns?«
Renata nickt und aus dem Telefongespräch entnehme ich, dass wir uns um 15:00 Uhr mit Anita in einem Restaurant in Linthal treffen werden.

Für die sechzig Kilometer rechnen wir mit weniger als einer Stunde Fahrtzeit. Wir beschliessen, unterwegs gemütlich das Mittagessen einzunehmen.
Kurz vor 15:00 treffen wir im Restaurant in Linthal ein.
Die Begrüssung der beiden ist äusserst herzlich und dann stellt mich Renata ihr vor.

Zunächst unterhalten sich die beiden Frauen über vergangene Zeiten und was jede in der Zwischenzeit erlebt hat. Ich beobachte die beiden und kann feststellen, dass sie sich sehr mögen und wertschätzend miteinander umgehen.
Die Lehrerin schätze ich auf Anfang dreissig. Sie unterrichtet Kinder im Alter von neun Jahren, die bei ihr die vierte Klasse besuchen. Insgesamt sind es siebzehn Kinder.

Bei einer kurzen Gesprächspause schaut mich Renata auffordernd an.
»Liebe Anita, ich darf doch Anita sagen?« Sie nickt.
»Renata und ich haben heute Vormittag beschlossen, dass wir in einer Primarschulklasse Kinder überraschen möchten. Wir möchten sie befragen, was sie sich auf Weihnachten als Geschenk wünschen und was ihre Eltern möglicherweise für Wünsche haben. Ein paar Tage später werden wir den Kindern, natürlich einzeln, die beiden Geschenke präsentieren und sie sollen sich entscheiden, ob sie das für sich ausgewählte Geschenk behalten oder das Geschenk der Eltern nehmen.
Wer sein Geschenk behält bekommt es.
Wer sich für das Elterngeschenk entscheidet, bekommt beide Geschenke ausgehändigt.«
Anita schaut mich und dann Renata an. »Wozu soll das gut sein?«
Renata antwortet: »Eigentlich interessiert es uns, ob es Kinder gibt, die sich für das Elterngeschenk entscheiden. Und wenn ja, wie viele. Das ist eigentlich alles.«
»Und was ist meine Aufgabe?«

281

»Wir wären dir dankbar, wenn wir diese Angelegenheit mit deiner Klasse durchführen könnten. Es bleibt aber unter uns, um was es uns geht.«
Anita überlegt einen Moment und teilt uns mit: »Ich bin dabei. Ich denke, dass wir nächsten Mittwoch, am frühen Nachmittag die Kinder eines nach dem anderen befragen können. Wenn ihr wollt, kann ich das übernehmen, ihr seid natürlich auch anwesend.«

Renata schaut mich freudestrahlend an. »Genau so machen wir es. Und eine Woche später kommen wir mit den Geschenken und die Kinder werden vor die Wahl gestellt.«

Ein Mittwoch, eine Woche später

Renata und ich nehmen mit Anita gemeinsam das Mittagessen ein. Wir haben im gleichen Restaurant wie vor einer Woche abgemacht.
Anita informiert uns, dass sie alle Kinder für heute Nachmittag eingeladen hat, die ihre Weihnachtswünsche äussern können. Es sind acht Mädchen und neun Knaben.
Da Anita die Kinder am besten kennt, überlassen wir es ihr, mit den Kindern zu reden.

Nach dem Essen und einer Tasse Tee oder auch Kaffee machen wir uns auf den Weg zum Schulhaus.
Unsere Vorfreude ist riesengross.
Wir werden es heute zum ersten Mal erleben, dass wir Kinder als unser Gegenüber haben werden, welche wir beschenken wollen.

Alle siebzehn Kinder sind im Schulzimmer anwesend. Anita stellt uns vor und erklärt den Kindern, dass wir Bekannte von ihr sind und wir sie gerne überraschen wollen.
Anita hat etliche farbige Zettel vorbereitet, auf denen die Kinder ihre Wünsche notieren können.
Sie nimmt alle Zettel in die Hand und verteilt jedem Kind einen Zettel.

Danach gibt sie die Anleitungen, dass jedes Kind oben den Namen schreiben soll.
Nachher sollen alle darunter den Wunsch für sich aufschreiben und etwas weiter unten den Wunsch für ihre Eltern.

Alle Kinder schreiben nun ihren Namen auf das Blatt und jedes schreibt in seinem Tempo die Wünsche auf.

Sie bittet ein Kind nach dem anderen zu sich nach vorne an ihren Tisch und nimmt den Wunschzettel entgegen. Die Kinder begeben sich darauf wieder an ihren Platz.
Nachdem alle Kinder der Lehrerin ihre Weihnachtswünsche abgegeben haben, erklärt sie den Kindern, dass wir uns in einer Woche am Mittwoch um die gleiche Zeit wieder im Schulzimmer treffen werden.

Ein Kind hebt die Hand und fragt: »Was geschieht nun mit den Zetteln. Wozu haben wir diese ausgefüllt?«
Anita schaut mich an und ich erkläre den Kindern: »Liebe Kinder, bald einmal ist Weihnachten und wir möchten euch überraschen. Da es eine Überraschung ist, möchte ich heute noch nichts verraten. Also lasst euch überraschen und seid in einer Woche wieder hier.«

Mit aufgeregten und lauten Stimmen verabschieden sich alle Kinder. Sie informieren sich gegenseitig, was jeder aufgeschrieben hat.

Renata hat in der Zwischenzeit alle Namen der Kinder und ihre Wünsche auf eine Liste eingetragen:

	Für sich selber	Für die Eltern
Daniela	Puppenhaus möbiliert	Fernseher
Marianne	Besuch im Legoland	Geld / Gutschein
Petra	Jahres-Abo SPICK	Hausbootferien
Karin	Reitstunden	Staubsauger
Elisabeth	Neuer Schulrucksack	Schmuck für Mutter
Claudia	Reitstunden	Eine Woche Ferien
Monika	Smartphon	Neuer Kühlschrank
Esther	Reitstunden	Geld / Gutschein
Markus	X Box	PC
Hans	Sackmesser	Microwelle
Rolf	Playstation	All in one PC
Martin	Skiausrüstung	Zwei Wochen Ferien
Franz	Fussballschuhe	Smartphone
Marco	Skatebord	Tablet
Richard	Smartphon	Hausbootferien
Otto	Playstation	PC
Werner	Skiausrüstung	Europapark Besuch

Zu dritt begutachten wir die Liste und dann schauen Renata und ich uns an.
Wir nicken beide. Das ist eine lösbare Aufgabe.
Anita murmelt vor sich hin: »Das ist ja eine sehr anspruchs-volle Arbeit, diese Geschenke in einer Woche zu organi-sieren.«
Wo sie recht hat, hat sie recht.

Wir haben also eine Woche Zeit, um all diese Wünsche wahr werden zu lassen.
Mit Anita machen wir ab, dass wir uns in einer Woche wie-der im Restaurant zum Mittagessen treffen werden.

Wichtig wird dann sein, dass wir vermeiden können, dass sich die Kinder absprechen können. Das heisst, dass eines nach dem anderen eine Entscheidung fällen soll und danach keinen Kontakt zu den anderen Kindern hat, um diese zu informieren, dass sie das Elterngeschenk wählen sollen.

Anita verspricht, dass sie noch weitere Lehrpersonen organisieren wird.

Auf der Fahrt zurück nach Wollerau diskutieren Renata und ich, wieviel von den siebzehn Kindern sich ein Geschenk für sich selber auswählen und wie viele für die Eltern.

Während Renata der Meinung ist, dass sich alle für das Elterngeschenk entscheiden, bin ich nicht ganz so positiv eingestellt. Ich denke, dass sich mindestens zwei Kinder für ein eigenes Geschenk entscheiden werden.

Wobei, es ist eigentlich nicht so wichtig, wir finden beide, dass es die Mehrheit ist, welche sich für ein Geschenk an die Eltern entscheiden werden.

In einer Woche wissen wir mehr.

Renata und ich haben eine anstrengende Woche hinter uns. Wir haben vierunddreissig Artikel gekauft und alle mit Geschenkpapier einpacken lassen. Auch wenn es ein Couvert mit Geld oder ein Gutschein ist.

Wir haben darauf geachtet, dass das Paket, welches das Geschenk für das Kind beinhaltet, grösser ist als das für seine Eltern.

Jedes einzelne Paket ist mit dem Inhalt angeschrieben und es hat teilweise auch Bilder des Inhaltes darauf aufgeklebt.

Der Einfachheit halber haben wir alle Geschenke vorgängig an das Schulhaus schicken lassen.

Ein Mittwoch, eine Woche später

Wie abgemacht, treffen wir uns mit Anita zum Mittagessen. Mit ihr am Tisch sitzen zwei weitere Personen, die Anita uns vorstellt. Es sind dies Andrea und Bruno.

Sie werden uns am Nachmittag unterstützen.

Nach der Begrüssung können wir das Mittagessen bestellen und Anita informiert, dass sich ihre beiden Lehrpersonen bereit erklärt haben, mit uns zusammen die Kinder zu überraschen. Bruno wird in der ersten Etage bei der Schulklasse bleiben. Andrea hält sich im Schulzimmer im Erdgeschoss gegenüber auf, in welches die Kinder nach der Geschenkauswahl von Anita begleitet werden.

Wir besprechen, dass es Sinn macht, dass die Kinder jeweils ihr Handy abstellen und uns abgeben müssen, damit sie sich untereinander nicht mit SMS informieren.

Anita hat mit den Kindern auf 14:00 im Schulzimmer in der ersten Etage abgemacht.

Wir freuen uns riesig auf die bevorstehende Zeit.

Gegen 13:40 Uhr brechen wir auf und begeben uns ins Schulhaus.

Zu fünft gehen wir in das von Anita vorbereitete Schulzimmer im Erdgeschoss.

Sie erklärt, dass jedes Kind einzeln von der ersten Etage zu uns ins Schulzimmer im Parterre kommt.

Hier auf einem Tisch stehen die beiden jeweils vom Kind gewünschten Geschenke bereit. Je ein grosses und ein etwas grösseres Paket.

Anita hat alle anderen Pakete hinter einem Vorhang bereitgestellt.

Während wir uns unterhalten, hören wir im Gang Kinderlärm. Es sind dies unsere Kinder, die in das Schulzimmer im oberen Stock stürmen.

Gegen 14:00 begeben wir uns eine Etage höher und begrüssen die Kinder.

Anita fordert die Kinder auf, ihr Handy auszuschalten. Alle kommen ihrer Aufforderung nach.

Danach sammelt sie alle Handys ein und informiert die Kinder, dass sie diese heute noch zurückerhalten werden. Die Stimmung im Raum ist mit Vorfreude und Spannung gefüllt.

Bruno bleibt wie abgemacht im Zimmer und beschäftigt die Kinder.

Renata, Anita, Andrea und ich gehen mit dem ersten Kind, mit Daniela, nach unten ins Schulzimmer.

Als Daniela auf dem bereitgestellten Tisch die grossen Geschenkpakete sieht, fragt sie uns: »Sind die beide für mich?«

Wir lächeln sie an und fordern sie auf, am Tisch Platz zu nehmen.

Renata erklärt Daniela, dass sie vor einer Woche zwei Wünsche äussern konnte, sie sich heute aber für eines der beiden Geschenke entscheiden müsse und dies behalten kann.

So sei die Regel.

Sie habe etwas Zeit um sich zu entscheiden.

Daniela schaut die beiden Pakete abwechselnd an und nach kurzer Zeit teilt sie uns mit: »Ich habe mich entschieden. Ich würde gerne den Fernsehapparat für meine Eltern auswählen. Ich glaube, dass sie mehr Freude daran haben als ich an der möbilierten Puppenstube.«

Renata fragt nach: »Bist du ganz sicher, dass du dich für den Fernseher entscheidest?«

»Ja, ganz sicher. Ich möchte meinen Eltern eine Freude bereiten, sie haben so viel für mich getan.«

Renata steht nun auf und begibt sich zu Daniela. »Ich gratuliere dir zu deiner Entscheidung. Den Fernsehapparat können deine Eltern heute noch abholen. Daniela, wir haben nicht nur eine Regel, nein, wir haben zwei Regeln. Wer sich für das Elterngeschenk entscheidet, darf sein Geschenk auch behalten. Wer sich für sein Geschenk entscheidet, darf dieses behalten, aber nur das. Daniela, du darfst beide Geschenke behalten. Wir gratulieren dir.«

Daniela hält die Hand vor ihr Gesicht und kann vor lauter Freude kaum reden.

Sie steht langsam auf und geht auf Renata zu und bedankt sich, dann auch bei mir.

Andrea begibt sich daraufhin ins gegenüberliegende Schulzimmer.

Zu Anita sagt sie: »Wir sind dann wie abgemacht im Zimmer drei.«

Ein Kind nach dem anderen kommt nun zu uns ins Schulzimmer und teilt uns seine Entscheidung mit. Ein Blick auf die Uhr zeigt an, dass es nun 14:40 ist und wir schon mehr als die Hälfte der Kinder beschenkt haben.

Nur zwei Kinder haben sich für das Kindergeschenk entschieden.

Martin konnte seinem Wunsch nach einer neuen Skiausrüstung nicht widerstehen und Rolf dem einer neuen X Box.

Anita hat soeben ein Kind ins gegenüberliegende Zimmer begleitet und möchte sich in den ersten Stock begeben, um das nächste Kind zu holen. Ich bitte sie zu mir und Renata ins Zimmer.

Ich möchte eine Idee, welche mir soeben eingefallen ist, den anderen mitteilen.

»Ich schlage vor, dass wir die Schachtel mit den Handy`s ins Zimmer gegenüber bringen. So können die Kinder ihre Eltern anrufen und sie bitten, dass sie ihre Kinder und die Geschenke hier abholen kommen.«

Renata findet dies auch eine gute Idee. »So machen wir es.«

Anita bringt die Schachtel mit den Handys ins Zimmer gegenüber und instruiert Andrea darüber, dass die Kinder ihren Eltern telefonieren können und sie und die Geschenke etwa 15:30 abholen können.

Während dem Anita kurz abwesend ist, fragt mich Renata: »Felice, was machen wir mit den Geschenken, die übrig bleiben, wenn ein Kind sich für ein Kindergeschenk entscheidet?«

Ich überlege kurz und antworte: »Ich denke, dass wir die Kinder, die sich für ein Kindergeschenk entscheiden, noch etwas zappeln lassen und ganz am Schluss erhalten dann diese Kinder auch noch das andere Geschenk.«

Renata strahlt mit mir um die Wette. Ich glaube, sie hatte die gleiche Idee. Es geht uns ja eigentlich nur darum zu schauen, ob sich eine Mehrzahl derjenigen ergibt, die sich für das eine oder andere Geschenk entscheiden.

Wobei, bei siebzehn Kindern wird es eine Mehrzahl geben, wenn es nur neun zu acht sein werden.

Gegen 15:30 haben wir alle siebzehn Kinder entscheiden lassen. Vierzehn haben sich für das Elterngeschenk entschieden und drei für ihr Geschenk.
Ich bitte Anita, dass sie Martin, Rolf und Karin, welche sich für die Reitstunden entschieden haben, zu uns ins Zimmer holt.
Bruno und Andrea sind auch mit uns im Zimmer.
Ich überlasse es Renata, den drei Kindern die freudige Nachricht mitzuteilen.
»Liebe Kinder, ihr habt euch entschieden und dürft euer Geschenk mitnehmen. Herr Utopian und ich haben uns kurz besprochen und ihr dürft auch beide Geschenke mit nach Hause nehmen.«
Die drei Kinder stehen auf, werfen die Arme nach oben und kommen laut schreiend zu uns und umarmen uns.
Nun kommt Anita mit dem Rest der Klasse und vielen Erwachsenen ins Zimmer und alle können ihre Geschenke zusammenstellen. Sie tun dies nicht, ohne sich bei uns zu bedanken.
Nun zum Schluss kommen Renata und ich zur letzten Überraschung des Tages.
»Liebe Kinder, liebe Eltern, heute wurdet ihr reichlich beschenkt. Manche haben materiell mehr bekommen und andere weniger«, fange ich mit der Rede an.
Renata fährt fort: »Es ist uns aber ein Anliegen, dass alle etwa den gleichen Wert erhalten. Wir haben für alle noch je ein Couvert, in dem ein Geschenk Gutschein ist. Manch erhalten mehr, andere weniger. Aber wenn man die Geschenke und die Gutscheine zusammenzählt, kommen alle auf den gleichen Betrag.«
Dann übernehme ich wieder: »Wir möchten nun jedes Kind mit den Eltern zu uns bitten, damit wir ihm das Couvert übergeben können, gleichzeitig verabschieden wir uns von euch. Wir fangen mit Daniela an.«
Diese Verabschiedung dauert etwas mehr als eine halbe Stunde.

Renata, Anita, Andrea, Bruno und ich bleiben danach noch einen Moment im Zimmer. Wir sind von dem heute Nachmittag Erlebten überwältigt.

Renata und ich bedanken uns bei den drei Lehrpersonen und zum Schluss überreichen wir jedem von ihnen ein Couvert mit einem Dankeschön in Form von Gutscheinen.

Wir machen uns anschliessend alle auf den Weg ins gewohnte Restaurant zum gemeinsamen Nachtessen.

Mein Gedanke dazu:
»Es ist schön, in die glücklichen Kinderaugen zu sehen, die man beschenkt hat«

Der Schriftsteller zum Dritten in Luzern

Ein Tag im Februar

Vor etwa eineinhalb Jahren durfte ich in Luzern den Schriftsteller Rudolf Waibel kennen lernen. Inzwischen haben Renata und ich sein erstes Buch der Trilogie herausgegeben. Wobei, die Hauptarbeit neben dem Schreiben hat Renata erledigt.
Wie es das Schicksal so will, wurde der erste Teil ein toller Erfolg.
Im deutschsprachigen Raum wurden zehntausende Bücher verkauft.
In den letzten Monaten wurde das Buch zusätzlich auch in mehreren Fremdsprachen übersetzt.
Bisher wurden insgesamt etwa 250`000 Bücher, ebooks oder Hörbücher auf den Markt gebracht.
Ich habe mich bei unserem Treffen vor etwas mehr als einem Jahr entschlossen, dass mein Anteil pro Buch, ebook oder Hörbuch, den ich erhalte, 2.- CHF, sein wird. So habe ich einen Zustupf von 500`000.- CHF erhalten.
Herr Waibel erhielt pro Buch wie abgemacht 5.- CHF und hat somit etwa 1`250`000.- CHF einnehmen können.
Wieviel Renata insgesamt am ersten Buch eingenommen hat, entzieht sich meinen Kenntnissen.

Heute treffen wir uns drei gegen 10:45 wieder im Restaurant in Luzern. Wir haben einen Raum reserviert, wo wir uns ungestört unterhalten und das Geschäftliche besprechen können.
Herr Waibel hat inzwischen den zweiten Teil der Trilogie fertig geschrieben und wir werden vertraglich festsetzen, wie wir das Buch herausgeben werden, wie wir uns beteiligen und entschädigt werden
Ich biete an, mich an den Kosten zu beteiligen. Doch die beiden sind vehement dagegen. So lasse ich mich gegen meinen Willen überstimmen. Es bleibt dabei, dass ich in Zukunft weiterhin pro verkauftem Buch 2.- CHF erhalten werde.

Renata und Herr Waibel einigen sich, dass Renata wieder Herausgeberin sein wird und dass sich Herr Waibel zu 50 Prozent am finanziellen Risiko beteiligen wird. Er ist also Teilhaber und wird neu 8.- CHF pro Buch erhalten.
Weiter ist er einverstanden, dass diesmal kein Vorschuss fällig ist.

Renata unterbreitet ihm den vorher verfassten neuen Vertrag zur Unterschrift.
Herr Waibel ist mit dem sehr fairen Angebot einverstanden und unterschreibt. Nachdem das Geschäftliche erledigt ist, lädt Herr Waibel uns zum Mittagessen ein.

Mein Gedanke dazu:
»Womit habe ich es verdient, dass ich Geld erhalte, ohne dafür etwas leisten zu müssen«

Zum Thema Glück

Nun bin ich schon einige Zeit Multimillionär, ein sogenannter Superreicher.

Wie ich letzthin gelesen habe, ist jemand mit einem Vermögen von 30 Millionen Dollar und mehr ein Superreicher. Und ich besitze mehr als 30 Millionen Dollar.
Rein gefühlsmässig empfinde ich wegen meines Reichtums kein spezielles Glücksgefühl. Es ist für mich normal geworden, dass ich mir wegen des Geldes keine Gedanken machen muss. Und auch Renata geht es gleich.

Wir empfinden beide eine riesengrosse Dankbarkeit für unser sehr grosses materielles Polster. Wir können tun und lassen was wir wollen, ohne darüber nachdenken zu müssen, ob wir es uns leisten können. Es ist uns beiden auch völlig egal, dass es noch sehr viele reichere Leute gibt, Milliardäre zum Beispiel.

Wir sind zufrieden mit dem was wir haben. Das macht uns sehr glücklich. Es ist bei uns beiden nicht das Streben nach mehr.
Unser gemeinsames Glück ist, dass wir uns gefunden haben, dass wir uns respektieren und akzeptieren, wie wir sind. Wir geniessen unsere gemeinsamen Zeiten und freuen uns, wenn es dem anderen gut geht mit anderen Leuten.
Wir haben uns beide vorgenommen, dass wir nur mit Leuten verkehren, die uns guttun und mit ihnen das Nehmen und Geben im Einklang ist.
Glücklich macht uns auch unsere Zufriedenheit und Dankbarkeit.
Und wir fühlen uns immer wieder sehr glücklich, wenn wir jemanden beschenken können und dessen finanziellen Engpässe überbrücken helfen dürfen.
Es sind vor allem auch die Umarmungen und Freudentränen dieser uns vorher unbekannten Personen, welche uns beglücken.

Natürlich geniessen wir gemeinsame Wellnesstage, Reisen in fremde Länder, aber jemandem zu helfen, erfüllt uns mit grösserer Glückseligkeit.

Es ist total herrlich, den Moment zu geniessen, wenn jemand realisiert, dass unsere Hilfeleistungen ernst gemeint sind und sich innerhalb kurzer Zeit deren Leben verbessert.
Manchmal weiss ich nicht so recht, zu welcher Schicht ich dazu gehöre. Ehemalige Freunde waren sehr neidisch. Ich habe mich eigentlich nicht verändert, aber meine Mitmenschen gehen anders auf mich zu. Viele sehen nur noch das Geld.

Auch habe ich die Erfahrung gemacht, dass sie mich nicht als Freunde besucht haben, sondern von mir beschenkt werden wollten und sie zu kurz kommen. Ich habe öfters bemerkt, dass ich es einigen nicht recht machen konnte und kann.
Das sehe ich als Nachteil meines Reichtums.

Mein Gedanke dazu:
»Geld beruhigt, es schafft Sicherheit, aber es macht nicht unbedingt auf die Dauer glücklich«

Der Club der Millionäre

Seit einiger Zeit treffen wir uns etwa alle vier Wochen.
Wir, das sind Renata, ich und mehrere befreundete Ehe-
paare und Bekannte. Mittlerweile sind wir schon achtzehn
Personen aus dem Zürichsee Gebiet.
Wie wir festgestellt haben, sind ausser Doris und Ernst,
Marlene und Charles, Renata und mir alles Ehepaare, zum
Teil schon mehr als zwanzig Jahre verheiratet.
Was uns verbindet ist vor allem, dass wir, wie der Name
sagt, alle Millionäre sind.

Wenn ich schreibe alle, dann sind wirklich alle gemeint,
Ehepartner und Lebenspartner. Männer und Frauen.
Wir tauschen uns aus über Geldanlagen. Über Fehler, wel-
che vermeidbar sind.
Unser aller Ziel ist es, dass wir ein Leben lang Millionäre
bleiben werden.

Sogenannte Traktanden für unsere Treffen haben wir
keine, eben so wenig Statuten.
Elisabeth, die Frau des Geschäftsmannes Kurt hat einmal
vorgeschlagen, dass wir Verhaltensregeln schriftlich festhalten sollten. Dies fand Zustimmung von uns allen.
So sind wir relativ schnell zu den folgenden Vereinbarun-
gen gekommen:

Wir arbeiten alle ehrenamtlich.
Wir alle stellen jährlich zehn Prozent unseres persönlichen
Gewinnes für wohltätige Zwecke zur Verfügung.
Wir unterstützen Personen in Notsituationen.
Wir bemühen uns um persönliche Kontakte zu den zu un-
terstützenden Personen oder Institutionen.
Wir sind in der Schweiz aktiv.

Elisabeth hat uns vorgeschlagen, einen zurzeit arbeitslo-
sen, ehemaligen Buchhalter als Anlaufstelle anzustellen,
damit wir von den administrativen Arbeiten befreit sind.

Ich habe mich zunächst dagegen gesträubt, weil so Geld für Administratives ausgegeben wird. Doch mit der Zeit habe ich mich überzeugen lassen, dass so der ehemalige Buchhalter wieder ins Arbeitsleben integriert werden konnte.

Aus seiner Sicht eine tolle Sache.

Soeben habe ich bemerkt, dass ich doch etwas vorgegriffen habe. In diesem Buch habe ich vor allem über meine wohltätigen Aktivitäten geschrieben. Sehr vieles, was sich dazwischen ereignet hat, habe ich ausgelassen.

Dass Renata vor »meiner Zeit« viele Kontakte zu mehr oder weniger wohlhabenden Leuten hatte und immer noch hat, versteht sich von selbst.

Dass sie mich in diese Kreise eingeführt hat, liessen wir ganz langsam an.

Sowohl Renata wie auch ich wollten uns unserer Gefühle sicher sein. Was von Anfang an ein riesengrosser Vorteil war und immer noch ist, ist, dass wir den anderen nicht seines Geldes wegen begehrten und begehren.

So.

Renata und ich haben in den vergangenen gemeinsamen Monaten etliches durchgeführt. Wir haben gemeinsam Reisen unternommen und Veranstaltungen besucht.

Sowohl Renata wie auch ich haben weitere Aktivitäten alleine mit anderen Freunden oder Bekannten und auch Familienmitgliedern absolviert, ohne dass ich in diesem Buch darauf eingegangen bin. Eigentlich ist es ja überflüssig dies zu erwähnen, aber über den Club der Millionäre möchte ich Sie doch gerne informieren.

Wir treffen uns wie schon erwähnt alle zwei Monate.

Unser Treffpunkt ist ein wunderschönes Lokal am Zürichsee. Im Sommer ist es im Gartenrestaurant ausserordentlich gemütlich und in den kälteren Jahreszeiten im Speisesaal.

Wir sind eine illustre Gesellschaft ohne politische oder religiöse Ambitionen. Es ist uns allen sehr wichtig, dass wir respektvoll und bescheiden miteinander umgehen. Wir verabscheuen es, wenn man Reichtum öffentlich zur Schau stellt.

Protzen ist eigentlich ein Tabu.

Manchmal aber ist es eine Gratwanderung. Wo soll man die Grenzen ziehen. Charles zum Beispiel liebt teure Autos, weil er gerne sehr bequem reist.

Mehrere von uns haben wunderschöne Villen.

Protzen fängt aber mit dem offensichtlichen zur Schau stellen von Schmuck oder Kleidern an, so ist Pelz tragen ein Tabu, das von allen eingehalten wird. Niemand von uns besitzt ein Privatflugzeug oder eine grosse Yacht im Mittelmeer oder wo auch immer.

Keiner von uns hat das Gefühl, sie oder er sei etwas Besseres als andere. Wir haben das Glück, keine finanziellen Sorgen zu haben, das hebt uns aber nicht von anderen ab.

Was wir sehr gerne machen ist, dass wir untereinander Feriendomizile zur Verfügung stellen und diese auch gruppenweise bewohnen.

Unsere liebste Beschäftigung ist das gemeinsame Geniessen und uns Austauschen.

Wir haben uns einmal an einem unserer Treffen über den Sinn des Lebens Gedanken gemacht. Es war eine der unterhaltsamsten Diskussionen. Zumal es darum ging, nur einen einzigen Satz zu bilden.

Wir haben uns dann auf folgenden Satz geeinigt.

Es geht darum, das Leben zu geniessen und immer weiter zu lernen, das alles ohne sich, anderen Menschen, Tieren oder der Natur zu schaden.

Ein anderes Mal haben wir uns über persönliches Befinden, seine Befindlichkeit unterhalten.

Wir haben uns auf folgende Aussage geeinigt.

Man steht als Mensch schlussendlich allein im Leben und muss sich seine Grundstimmung selber schaffen.

In meinem Leben habe ich ganz unterschiedliche Leute kennen gelernt. Optimisten und Pessimisten waren zahlreich vertreten.
Ein Pessimist zu sein hat den Vorteil, dass man entweder immer wieder Recht behält oder angenehme Überraschungen erlebt.
Renata und ich ziehen es vor, uns mit möglichst vielen positiv denkenden Menschen zu umgeben. Wir haben es öfters erlebt, dass Negativismus sich als schlecht für unser Wohlbefinden und unsere Gesundheit erwiesen hat.
Schweren Herzens mussten wir uns von griesgrämigen und verbitterten Menschen fernhalten.

Mein Gedanke dazu:
»In meinem früheren Leben hätte ich diese Leute nicht kennen gelernt und sie sind in allen Belangen eine Bereicherung für mich«

Eine korpulente Jugendliche zum Vierten

Ein Tag Anfang März

Heute auf den Tag genau vor fünf Jahren haben Renata und ich uns das erste Mal mit Andrea beim Bahnhofkiosk in Pfäffikon getroffen. In der Zwischenzeit wurde dieser Tag jährlich ein fixer Temin in unseren Agenden. Wir treffen uns jeweils zu viert, denn die Personaltrainerin Frau Rüegg ist auch dabei.
Heute haben wir zur Feier des Tages aber auch Frau Kaufmann und ihre Tochter Annabel eingeladen.

Wir treffen uns zu sechst beim Bahnhof Pfäffikon und fahren mit dem Zug nach Rapperswil. Dort wandern wir gemütlich in ein Restaurant, wo eine Überraschung für Andrea vorbereitet wurde. An einem reservierten Tisch haben fünf Personen schon mal Platz genommen. Es sind dies ihre früheren »Peiniger«. Bei unserem Eintreten stehen alle auf und kommen uns entgegen. Einer nach dem anderen umarmt Andrea wortlos. Andrea laufen die Tränen nur so über die Wangen.
Wie ich die fünf Personen genauer anschaue, haben drei von ihnen einige Kilos zu viel.
Wir setzen uns an den Tisch und Frau Kaufmann erklärt, dass sie für die gelungene Überraschung zusammen mit Annabel verantwortlich ist.

Andrea erhält viele Komplimente wegen ihres Aussehens und ist sehr stolz, die Chance gepackt zu haben.
Nach der Bestellung des Mittagessens meint Andrea zu den dreien, die einige Kilos zu viel haben, dass sie sich freuen würde, mit ihnen zusammen als ihre Personaltrainerin zu arbeiten. Zwei willigen ein und für die dritte ist es leider nicht möglich, da sie zu weit weg wohnt, sonst gerne. Andrea schaut immer wieder auf ihr Handy und tippt auch etwas darauf.

Dann beginnt sie, öfters auf die Eingangstüre zu schauen.

Als ein elegant gekleideter Mann eintritt, geht sie ihm entgegen und gemeinsam kommen sie an unseren Tisch.

Andrea stellt ihn uns vor: »Darf ich euch Herr Ernst Wagner vorstellen, er ist mein Freund. Kennen gelernt haben wir uns beim Joggen und wir haben zusammen auch schon drei Volksläufe erfolgreich bestritten.«

Herr Wagner gibt jedem die Hand. Ein Stuhl und ein Gedeck werden an den Tisch gebracht und die beiden nehmen wieder Platz.

Nun fällt mir auf, dass auch Frau Kaufmann mit ihrem Handy beschäftigt ist. Es dauert nur kurz, und die Türe geht wieder auf. Diesmal kommt eine Frau ins Restaurant. Andrea schaut sie sprachlos an. Dann steht sie langsam auf, geht auf die Frau zu und umarmt sie lange.

Hand in Hand kommen sie an unseren Tisch und Andrea stellt sie als ihre Mutter vor. Nochmals wird ein Stuhl dazu gestellt und auch ein Gedeck.

Frau Kaufman lächelt Andrea an und fragt: »Ist unsere zweite Überraschung gelungen?«

»Oh, ja, sehr.« Sie schaut ihre Mutter und ihren Freund an und fragt: »Kommt noch jemand?«

Alle lachen nun.

Frau Kaufmann: »Nein, jetzt sollten wir alle sein.«

Die beiden Neuankömmlinge bestellen auch ihr Mittagessen bei der Bedienung.

Bald darauf wird das Mittagessen eingenommen .

Gegen Ende des Essens erhebt Frau Rüegg ihr Glas und alle tun es ihr gleich.

»Prost! Auf eure Gesundheit« Alle stossen miteinander an.

»Ich möchte euch mitteilen, dass unsere offizielle Zusammenarbeit mit dem heutigen Tag beendet ist. Das heisst, dass ich nicht mehr die Personaltrainerin von Andrea bin.«

Es ist einen Moment lang ruhig.

Dann fährt sie fort: »Mit dem morgigen Tag wird Andrea meine Teilhaberin sein. Das bedeutet, dass sie mit mir als Personaltrainerin mit unserer Kundschaft arbeiten wird.

Sie hat nun eine mehrjährige Erfahrung und ist bestens geeignet, den Schritt von der Kundin zur Trainerin zu machen. Auf gute Zusammenarbeit!«
Andrea und Frau Rüegg prosten sich zu.

Beim Kaffee oder Tee präsentiert Frau Rüegg ein Fotoalbum. Sie hat mit dem Einverständnis von Andrea alle drei Monate ein Foto gemacht. Nun schauen wir uns diese wieder einmal an. Es ist erstaunlich, an Hand der Bilder die Verwandlung einer übergewichtigen Jugendlichen in eine sportliche Frau feststellen zu können. Voller Stolz kommentiert Andrea den Verlauf.

Heute nun sieht sie ähnlich wie ihre Personaltrainerin aus. »Ich habe die Ernährung bewusst angepasst und viel Wert auf Bewegung gelegt. Ich möchte euch nicht mit den Details langweilen, aber wie ihr seht, habe ich«, sie schaut ihre Trainerin an »haben wir Erfolg gehabt. Und ich bin sehr stolz darauf. Auch freue ich mich auf die Zusammenarbeit mit Frau Rüegg.«
Wir klatschen alle in die Hände.
Sie steht auf und kommt auf mich zu: »Lieber Herr Utopian, ich möchte mich ganz, ganz herzlich bei Ihnen bedanken, dass Sie mich damals angesprochen und mich unterstützt haben.«

Ich korrigiere sie: »Gerne geschehen. Angesprochen haben Sie mich damals als erste mit der Frage: Verfolgen Sie mich? aber lassen wir das. Wichtig ist nur, dass es Ihnen heute und hier so gut geht und dass Sie dies mit der Unterstützung von Frau Rüegg geschafft haben.«
Die Mutter von Andrea schaut sie immer wieder stolz an.
»Mama, mir geht es nun inzwischen einige Zeit so gut, wie schon seit langem nicht mehr. Ich wünsche mir, dass es dir auch gut geht.«
Ihre Mutter nickt nur.

Es gibt viel zu erzählen untereinander.

Als es ans Bezahlen geht, teilen uns die fünf früheren »Peiniger« mit, dass sie die Rechnung übernehmen wollen. Renata und ich schauen uns an. Uns beiden soll es recht sein. Sowohl Andrea wie auch Frau Kaufmann und Annabel geben ihr Einverständnis dazu.

Mein Gedanke dazu:
»Stecke dir ein Ziel und du wirst es mit Beharrlichkeit erreichen«

Etliche Jahre danach

Ein Tag im September

Die Sonne scheint und es ist angenehme 25 Grad warm. Der Himmel ist beinahe wolkenlos und es ist windstill. Es herrscht Postkartenwetter.

Ich sitze auf meinem Liegestuhl auf der geräumigen Terrasse unter einem Sonnenschirm. Auf dem Tisch neben mir steht eine Karaffe mit gekühltem Pfefferminztee und Zitronensaft.

Renata, meine Partnerin, hat sich in ihr Zimmer zurückgezogen, es ist ihr zu heiss hier draussen. Sie hat es lieber etwas kühler.

Meine Beine habe ich etwas hochgelagert. Ich ruhe mich aus. Vor einer Stunde war ich noch am Uferweg spazieren. Wegen meiner Gelenke geht das nicht mehr so schnell wie früher.

Es ist so eine Sache mit dem älter werden.

Aber ich bewege mich immer noch sehr gerne. Das Geheimnis meines soweit guten körperlichen Zustandes lautet:

1. Bewegung
2. Bewegung
3. Bewegung.

Früher habe ich in meiner Wohnung in Wollerau gerne Fitnesstraining betrieben, dazu gehörten Kraft, Ausdauer und Beweglichkeit. Nebst dem Fitnessraum habe ich mich immer gerne in der Natur bewegt, sei es mit joggen, Walking oder Velo fahren.

Heute bin ich zufrieden mit etwas Fitnesstraining und meinen täglichen Spaziergängen. Und ich schaffe es immer noch ohne Rollator. Etliche meiner Mitbewohner sind auf ihren Rollator angewiesen. Vor und im Speisesaal des Restaurants gibt es einen Rollator Parkplatz.

Ich wohne in der Altersresidenz »Renata«. Diese Wohnform habe ich wegen der Convenience ausgewählt. Es versteht sich von selbst, dass die Altersresidenz, bescheiden

303

gesagt, gehobene Ansprüche befriedigen kann und nicht gerade billig ist. Nur sehr gut betuchte Leute können sich einen längeren Aufenthalt bei uns leisten.

Es gibt vier miteinander verbundene Gebäude.

Im ersten Gebäude, in dem Renata und ich unsere Residenzen haben, gibt es noch etliche weitere Residenzen.

Im zweiten Gebäude liegen die drei Pflegeabteilungen mit je zehn Zimmern, in die Bewohner der Residenzen, falls sie pflegebedürftig werden, umziehen können. Somit kann eine lebenslange Wohnmöglichkeit gewährleistet werden.

Im dritten Gebäude sind die Administration und die Hotellerie, darunter auch das Restaurant untergebracht. Und im vierten Gebäude gibt es Personalwohnungen.

Dem Namen der Altersresidenz »Renata« kann man vermutlich leicht entnehmen, dass meine langjährige Lebensgefährtin Renata Namensgeberin gewesen ist.

Vor drei Jahren haben wir, zusammen mit anderen solventen Geldgebern in unserem Alter, geplant und bauen lassen. Die Investitionen haben sich mehr als gelohnt.

Vor zwei Wochen, zwei Tage nach der Eröffnung sind wir ins erste Gebäude eingezogen. Renata und ich wohnen im fünften Stockwerk.

Wir sind immer noch nicht verheiratet. Wir leben zusammen, nicht im gleichen Zimmer, aber Tür an Tür. Wir beide wollten es so. Wir lieben es, wenn wir uns zurückziehen können.

Wenn ich an die letzten Jahre zurückdenke, die ich mit ihr zusammen verbracht habe, wird es mir warm ums Herz.

Viele Stunden haben wir zusammen verbracht. Wir haben einigen Menschen geholfen. Wir durften, Dank unseres Reichtums, Menschen aus ihren misslichen Situationen befreien.

Ich bereue keinen einzigen Tag, seit ich beschlossen habe, Philanthrop zu werden.

Die unverbaubare Aussicht ist traumhaft, sowohl von der Terrasse wie auch aus dem Schlafzimmer. Mein grosses Fenster ist wie ein Flachbildschirm und ich beobachte gerne den Verkehr auf dem Zürichsee.

An schönen Tagen, wie heute, kann man bis auf die andere Seite des Zürichsees sehen. Auf dem Tisch neben mir liegt neben der Karaffe mit gekühltem Pfefferminztee ein Feldstecher. Ab und zu benutze ich ihn.

Renata kommt zu mir auf die Aussichtsterrasse. »Ist etwas Besonderes?« frage ich sie, sie wirkt irgendwie nervös.

»Nein, wie kommst du darauf?«

»Ach nur so ein Gefühl. Ist es die Vorfreude auf heute Abend?«

»Das wird es sein.«

Heute ist ein besonderer Tag. Vor vielen Jahren durfte ich Renata in Luzern kennen lernen. Manche feiern ihren Hochzeitstag, wir feiern den Tag, an dem wir uns zum ersten Mal begegnet sind.

Ich kann mich noch erinnern, als ob es erst gestern gewesen wäre.

Auf der Terrasse des Restaurants habe ich Meringues mit Glace ohne Rahm bestellt. Während ich den Cup gegessen habe, habe ich das erste Mal das sehr sympathische Lachen von Renata gehört. Ich habe mich ihr zugewandt und war total entzückt von ihr. Sie ist immer noch eine attraktive Frau, manchmal trägt sie die Haare zu einem Pferdeschwanz gebunden. Sie hat immer noch eine tolle Figur und ist immer noch genau mein Typ.

Ich habe mir immer wieder die Frage gestellt, worauf Renata bei mir geschaut hat, was hat sie gesehen damals, als sie mich zu sich an den Tisch einlud.

Auch der Spaziergang und das Gespräch auf der Bank bleiben mir im Gedächtnis. Danach fuhren wir ja zusammen nach Zürich in ein Restaurant.

Genau in dieses Restaurant fahren wir, wenn immer möglich, und vor allem jährlich einmal im Monat September. Heute ist wieder unser Feiertag. In ein paar Stunden werden wir uns am gleichen Tisch gegenübersitzen. Und am Schluss werde ich, wie immer, die Rechnung begleichen. Renata hat all die Jahre darauf bestanden, dass sie ihre Rechnungen selber bezahlt, aber sie akzeptiert es, wenn ich an diesem besonderen Tag bezahle.

Als es Zeit ist und wir uns dem Anlass entsprechend umge-
zogen haben, lassen wir uns vom Chauffeur der Residenz
nach Zürich zu unserem Restaurant fahren. Ich habe einen
Tisch für zwei Personen reservieren lassen.
Beim Eingang hängt ein Schild »Geschlossene Gesell-
schaft«.
Im ersten Moment denke ich, ich habe doch keine Lust, mit
Renata an einem Tisch zu sitzen in einer geschlossenen
Gesellschaft, in der ich niemand kenne.
Renata geht fröhlich lächelnd zur Tür, öffnet sie und strahlt
mich an: »Lieber Felice, das Fest kann beginnen.«
Von der Eingangstüre aus sehe ich, dass schon etliche
Personen anwesend sind. Ich schaue genauer hin und auf
einmal wird mir bewusst, dass das mir bekannte Personen
sind.

Silvia, meine Ex Frau mit ihrem Partner.
Mein Sohn Massimo mit Riccarda.
Elena und Tabea mit ihren Partnern.

Mein ehemaliger Chef, Thomas Frei in Begleitung von Verena Egli, meine ehemalige Arbeitskollegin.

Alice Zanetti und Kurt Brunner mit ihren fünf Kindern.
Habe ich schon erwähnt, dass Alice und Kurt noch ein eigenes Kind zusammen haben?
Angelina, die Kioskverkäuferin in Begleitung eines Mannes
und einer jungen Frau, vermutlich ihre Tochter. Damals
war sie recht krank, heute sieht sie gesund aus.
Ich sehe auch Erika Leutenegger, die ich in Herisau kennen lernte, mit Partner.

Hr. Huber von Euro Millions mit seiner Frau.
Yvonne Decastel, die Pilgerin, und ihr Mann.
Der Psychiater Gerber Beat und Begleitung.
Der Schriftsteller, Rudolf Waibel, mit Frau.
Werner Dosch und seine Freundin, Susanne Winkler vom
Camping.
Jose aus Barcelona mit Frau.

Tabea Fiechter und Partner.
Anita Widmer und Ehemann.
Kaufmann Daniela mit einem Mann.
Hugentobler Jakob und eine Begleitung.
Schneider Andrea und ihr Freund Ernst Wagner und ihre damalige Personaltrainerin
Es sind mehr als vierzig Personen anwesend.
Vermutlich habe ich nicht alle aufgezählt.

Renata und ich gehen von Tisch zu Tisch und begrüssen jeden einzeln. Die ganze Begrüssung hat etwas mehr als eine halbe Stunde gedauert. Es hat sehr viele Dankesworte, Umarmungen und Freudentränen gegeben.

Wir begeben uns an unseren Zweier Tisch, an den Tisch, an dem wir all die Jahre unser Zusammen-Sein gefeiert haben.
Ich bin so froh, dass ich mich endlich setzen kann und so glücklich, so viele bekannte Menschen um mich herum zu haben.
Renata nimmt ein auf dem Tisch liegendes Mikrofon in die Hand und schaltet es ein.
Mit einem Messer klopft sie ganz leicht an ein Glas.
Alle Gespräche verstummen.
»Lieber Felice, du darfst, wenn du willst, ein paar Worte an die Anwesenden richten. Du darfst auch Fragen stellen.«
Ich stehe auf und schaue mich um.
»Liebe Familie, liebe Freunde«, beginne ich ganz gerührt.
»Es freut mich ausserordentlich, dass ihr den Weg hierher auf euch genommen habt. Etliche von euch habe ich seit Jahren nicht mehr gesehen. Andere haben mich auf meinem Lebensweg begleitet.«
Ich schaue in die Runde und bin innerlich immer noch überwältigt.
»Ich habe wirklich eine Frage an euch, wer hat das alles organisiert?«
Renata schaut verlegen weg.

Es ist Alice, die sich meldet und zu mir und Renata kommt.
Sie spricht ins Mikrofon: »Lieber Felice, es war Renata, die
alles organisiert hat.«
Ich applaudiere und alle Anwesenden unterstützen mich
dabei.
Ich umarme Renata und bedanke mich bei ihr.
Alice fährt fort mit ihrer Rede.
»Da ich nun das Mikro in der Hand habe, möchte ich die
Gelegenheit nutzen und mich im Namen aller Anwesenden
bei euch beiden herzlich bedanken, für eure Hilfe und für
eure Grosszügigkeit.
Lieber Felice, wir sind aber alle neugierig und haben eine
Frage an dich. War es damals eine Erbschaft, wie du eini-
gen von uns erzählt hast oder hast du das Geld gewon-
nen?«
Sie übergibt mir das Mikrofon.
»Darf ich Hr. Huber von Euro Millions zu mir bitten?«
Er räuspert sich und beginnt: »Es ist üblich, dass wir von
Euro Millions absolute Diskretion bewahren. Ich kann
Ihnen ohne Einwilligung von Herr Utopian keine Auskunft
geben.«
Ich nicke ihm zu, nehme das Mikrofon und gebe ihm mit
folgenden Worten mein Einverständnis.

»Liebe Anwesenden, nun wird ein gut gehütetes Geheimnis gelüftet. Ausser mir und ihm hat nie jemand wirklich etwas erfahren. Ich bin jetzt schon etwas älter und es ist mit
eigentlich nicht mehr wichtig, dieses Geheimnis noch länger für mich zu behalten.«
Damit übergebe ich Hr. Huber von Euro Millions wieder
das Mikrofon.
Es ist ganz ruhig im Restaurant und alle hören gespannt
zu.
»Also gut. Ich werde das Geheimnis nun lösen. Vor vielen
Jahren hat Herr Utopian im Euro Million ungefähr 70 Millionen CHF gewonnen. Wir von Euro Millions konnten ihm
über 45 Mio. CHF auszahlen.«
Ich sehe zufällig zu meiner Ex Frau und den Kindern. Alle
schauen sich erstaunt an und dann mich. Damals habe ich

ihnen erzählt, dass ich mehrere Millionen gewonnen habe, es war die Wahrheit, aber eben nur ein Teil davon.

Ich höre Silvia, meine Ex Frau fragen: »Wie viel ist denn jetzt noch übrig geblieben?«

Ihr Partner legt den Zeigefinger auf ihren Mund und schaut sie tadelnd an.

Und ich überhöre diese Frage bewusst

Herr Huber gibt mir lächelnd das Mikrofon zurück und geht zu seiner Frau an den Tisch. Danach reiche ich das Mikrofon an Renata weiter.

»Liebe Gäste, lasst uns mit dem Essen beginnen. Wie ich in der Einladung geschrieben habe, seid ihr unsere Gäste. Lasst es euch gut gehen und geniesst den Abend.«

Sie schaltet das Mikrofon aus und legt es auf unseren Tisch.

Renata hält mir beide Hände entgegen: »Ist meine Überraschung gelungen?«

Ich bedanke mich mit einer innigen Umarmung.

Es wird ein gelungener Abend mit gutem Essen, vielen interessanten Gesprächen und zwischendurch haben wir auch gesungen.

Nachdem wir wieder in unserer Residenz angekommen sind, bittet Renata mich in den gemeinsamen Wohnbereich.

Wir nehmen auf den bequemen Sesseln Platz.

Sie überreicht mir ein Couvert.

»Felice, ich möchte dir ein wichtiges Dokument übergeben. Es ist eine Kopie einer Schenkungsurkunde. Ich habe ja keine Nachkommen und meine Verwandtschaft besitzt genügend Geld. Deine Kinder sind mir sehr ans Herz gewachsen. Es ist für mich, wie wenn sie meine eigenen Kinder wären.«

Ich öffne das Couvert und lese die Urkunde durch. Sie ist amtlich und notariell beglaubigt.

Der Text ist in zwei Abschnitte gegliedert.

Im ersten Teil werden meine drei Kinder namentlich aufgelistet und jedes erhält Anfang Oktober, also nächsten Monat, einen mehrstelligen Millionenbetrag.

Im zweiten Abschnitt ist ein Text formuliert, dass jeder von ihnen jährlich mindestens vier Mal mit dem geschenkten Geld hilfsbedürftige Personen unterstützen soll. Es ist als Anregung gemeint und keine Bedingung.

Nachdem ich die Urkunde gelesen habe, schaue ich Renata lange an und sage zu ihr: »Renata, was bist du doch für eine grosszügige, warmherzige und clevere Frau.«
Ich stehe auf und gehe zu ihr. Auch sie steht auf und wir umarmen uns und schauen uns lange in die Augen. Danach küssen wir uns zärtlich.
Renata fragt mich: »Hast du Lust zu kuscheln?«
»Ich habe immer Lust zu kuscheln.«

Mein Gedanke dazu:

»An solchen Tagen wie dieser lohnt es sich zu leben«
»Was lange währt ... währt hoffentlich noch lange«

Epilog

Ein Tag Ende Oktober ein Jahr danach

Massimo, Elena und Tabea haben Renata und mich zu einem feierlichen Anlass eingeladen.
Wir treffen uns im selben Seerestaurant am Zürichsee wie vor etwa einem Jahr, als Renata und ich meine drei Kinder mit der Schenkungsurkunde überrascht haben.
Ich kann mich daran erinnern, als ob es gestern gewesen wäre. Auch heute sitzen wir am gleichen Tisch wie damals. Und wie der Zufall es will, jeder sitzt auch am gleichen Platz. Wobei, ganz zufällig ist das sicher nicht, es steckt sicher eine Absicht von uns allen dahinter. Doch lassen wir das.
Vor gut einem Jahr hat Renata meinen drei Kindern eröffnet, dass sie gedenkt, sie zu beschenken und hat jedem ein Couvert mit der Schenkungsurkunde überreicht.

Ich kann mich noch gut erinnern, als ich meinen fünfzigsten Geburtstag gefeiert habe und meinen Lieben je eine halbe Million CHF geschenkt habe. Da war die Freude riesengross. Als sie aber den Betrag sahen, den Renata ihnen schenkt, herrschte zunächst atemlose Stille. Es war wie ein Schock für die drei. Völlig unvorbereitet waren sie in diese Situation geraten. Danach sah ich, wie langsam bei allen drei die Tränen der Freude flossen und sie einer nach dem anderen aufstanden und Renata umarmten und ihr ins Ohr flüsterten. Verstanden hatte ich kein Wort und Renata hatte auch nur genickt.
Den Gesichtsausdruck von Renata werde ich wohl nie vergessen, Emotionen pur, so sieht glücklich sein aus.
Als der erste freudige Schock für die drei vorbei war und sie sich wieder gesetzt haben, hat Massimo sein Glas erhoben und auf Renata angestossen. Wir anderen schlossen uns an.
Nachdem wieder etwas Ruhe eingekehrt war, kam der Moment, auf den ich mich seit einiger Zeit freue.
Ich überreichte zur Überraschung aller, auch von Renata,

welche ich nicht eingeweiht habe, meine drei vorbereiteten Couverts an meine Kinder. Sie enthielten auch eine Schenkungsurkunde mit dem genau gleichen Wortlaut wie die von Renata.

Ich habe somit den Betrag verdoppelt.

Das gleiche Procedere wie vorher bei Renata wiederholt sich nun bei mir.

Auch Renata stand auf und alle fünf umarmen wir uns. Freudentränen flossen bei uns und wir lachten und küssten uns herzlich.

Nun hat jedes meiner Kinder einen zweistelligen Millionenbetrag zur freien Verfügung.

Nicht nur das, die drei dürfen nun nicht vier Personen pro Jahr beschenken, nein neu sind es acht. Pro Quartal nach der Schenkungsurkunde je eine für Renata und eine für mich. Das macht insgesamt vierundzwanzig Personen pro Jahr.

Wenn man diese Zahl so liest, könnte man im ersten Moment meinen, dass das viele sind. Aber es sind ja »nur alle sechs Wochen» eine Person, die man beschenken darf.

Was ich noch erwähnen möchte ist, dass wir fünf uns lange in den Armen lagen und es seine Zeit dauerte, bis sich die Situation beruhigt hatte.

Innerhalb von kurzer Zeit haben dreissig Millionen CHF ihren Besitzer gewechselt.

Das war vor einem Jahr, nun zur Gegenwart.

Zu fünft nehmen wir gemeinsam das Mittagessen ein und lassen uns kulinarisch verwöhnen.

Beim Kaffee bittet Massimo um das Wort.

»Liebe Renata und lieber Papa, im Namen von uns dreien ist es mir eine grosse Ehre, Euch beiden herzlich zu danken.«

Er macht eine kurze Pause und schaut Renata und dann mich an.

»Es ist jetzt ein Jahr vergangen, da durften wir von euch beiden eine äusserst grosszügige Schenkung in Empfang nehmen. Wir sind auch heute noch jeden Tag dankbar für das Geld. Wir drei haben gemeinsam ein Stiftungs-Konto eröffnet, von dem wir Geld für die Unterstützung von Leuten beziehen, welche wir beschenken dürfen. Jeder von uns hat zwei Millionen CHF eingezahlt. Wir drei sind gleichgestellte Stiftungsratsmitglieder und informieren uns gegenseitig. Unser Ziel ist es, dass jeder pro Quartal mindestens zwei Personen unterstützt und beschenkt. Und es macht unheimlich viel Spass.«

Er übergibt das Wort an Elena: »Wie Massimo erklärt hat, ist jetzt ein Jahr vorbei. Wir haben im vergangenen Jahr zwanzig Personen unterstützt und etwas mehr als eine Million CHF verschenken können. Es freut uns sehr, dass wir die Anregung in der Schenkungsurkunde umsetzen konnten.«

Und Tabea macht den Abschluss: »Es ist gar nicht so einfach, Leute zu beschenken.

Wir haben es uns einfacher vorgestellt. Ich habe es sogar erlebt, dass meine Hilfe nicht angenommen werden wollte und es bei Manchen viel Überzeugungsarbeit brauchte.«

Renata und ich schauen uns an.

»Ja, das kennen wir«, äussert sich Renata dazu.

»es ist etwa gleich schwer, Hilfe anzunehmen wie Hilfe anzubieten.«

»Am Anfang, zum Üben, habe ich zehn Zweihundert Franken Noten gehabt und versucht, eine Note an eine wildfremde Person zu verschenken. Einfach so. Es haben mehrere Leute abgelehnt,« ergänzt Tabea. »Aber es ist mir gelungen, alle zehn Noten zu verschenken.«

Renata und ich bedanken uns für die Dankesworte und wir sind sehr stolz, dass die drei die Tradition der Hilfe und des Schenkens weiterführen werden.

Die drei haben uns ihre Geschichten erzählt, wie sie unterstützungsbedürftigen Personen Hilfe angeboten haben. Es ist für uns alle fünf eine Verpflichtung und Bereicherung, Leuten, denen es nicht so gut geht, zu helfen.

Wer aktiv auf andere zugeht, mit ihnen redet und vor allem zuhört, erfährt so einiges.

Unser aller Leitspruch lautet: wenn möglich immer »Hilfe zur Selbsthilfe«.

Natürlich gab es etliche Beispiele, da war die Not der Beschenkten nicht wirklich gross. Aber mit einer finanziellen Zuwendung konnten wir die Lebensqualität erheblich verbessern.

Damit sich bei den meisten aber die Lebensqualität massiv verbessern konnte, brauchte es mehr als nur ein paar Tausend CHF. Wirkliche Not liess sich nur mit mehreren Zehntausend in einen normalen Alltagszustand umkehren.

Renata und ich haben angefangen, Elend in Freude umzuwandeln und sind sehr stolz, dass Massimo, Elena und Tabea unsere Hilfeleistungen in unserer Familie zur Tradition machen werden.

Mein Gedanke dazu:
»Geben ist auch nicht immer einfach, aber es lohnt sich«

Dankesworte

Salvatore, Danke für die Gestaltung des Umschlages!
Lucia und Marianne, herzlichen Dank für die wertvollen Anregungen.

Liebes tredition Team,
Ich möchte mich bei euch ganz herzlich bedanken. Wenn
es euch nicht gäbe, man müsste euch erfinden. Ihr habt es
mir erspart, diverse Verlage anzufragen und von diesen
eventuell Absagen zu erhalten.

Mit euch macht es enormen Spass, ein Buch zu gestalten
und zu verlegen.

Der Autor
Renato Viola wurde 1953 in Surabaya, Indonesien, als
zweiter Sohn geboren. 1955 kehrten seine Eltern mit den
beiden Kindern in die Schweiz zurück.
Er ist verheiratet und hat zwei erwachsene Söhne.
Seit mehr als 40 Jahren arbeitet er in der Psychiatrie als
Pflegefachmann, die letzten Jahre auf einer forensischen
psychiatrischen Station in der Ostschweiz.

Er ist per E Mail zu erreichen unter:
felice.utopian@gmail.com

Und zum Schluss noch einige Tipps

Hier einige nicht allzu ernsthafte Tipps

So haben Sie eine tolle Zeit mit sehr vielen Freunden und können Ihr Geld wieder schnell loswerden:

Gehen Sie an die Presse und machen Ihren Namen und Adresse allen bekannt, ein Foto nicht vergessen.

Teilen Sie allen Bekannten mittels SMS, E Mail etc. mit, wieviel Geld Sie gewonnen haben.

Feiern Sie mit möglichst vielen Leuten ein Riesenfest.

Laden Sie mehrere Freunde in ein Hotel am Meer zu gemeinsamen Ferien ein.

Verschenken Sie Geld allen, die Sie kennen, und Sie haben dankbare Menschen um sich.

Versuchen sie Ihren Gewinn im Casino zu vermehren.

Kaufen Sie sich und Verwandten neue Autos.

Ein neues, teures Haus sollte es sein.

Investieren Sie in risikoreiche Aktien.

Noch ein paar gut gemeinte Tipps

Erzählen Sie anfangs niemandem, dass Sie gewonnen haben.

Leben Sie nach dem Gewinn einige Zeit zuerst wie gewohnt weiter.

Ihre Angehörigen sollten Ihnen wichtiger sein als das viele Geld.

Geben Sie sich Zeit und überlegen Sie in Ruhe, was Sie mit dem Geld machen wollen.

Legen Sie das Geld langfristig an.

Lassen Sie die Finger von Aktien.

Seien Sie kritisch gegenüber Beratern, die Ihnen hohe Gewinne versprechen.

Hier noch der letzte und beste Tipp:

Damit Sie überhaupt gewinnen können, sollten Sie mindestens einen Schein ausfüllen.

Witze zum Thema

Der Angestellte, der in der Firma erfährt, dass er 4 Millionen Euro im Lotto gewonnen hat, ruft sofort bei seiner Frau zu Hause an: »Ich habe vier Millionen Euro im Lotto gewonnen, pack sofort die Koffer.« Fragt sie zurück: »Was soll ich einpacken, den Bikini für die Bahamas, oder den Skianzug für St. Moritz?« Antwortet er: »Das ist mir egal, Hauptsache du bist weg, wenn ich nach Hause komme!«

Er und sie sitzen beim Abendessen.
Da fragt er sie: »Schatz, was würdest du machen, wenn ich im Lotto gewinnen würde?«
Sie antwortet: »Ich würde die Hälfte nehmen und dich verlassen.«
Er: »Würdest du das wirklich tun?« Sie: »Ganz bestimmt!«
Er erwidert: »Ich habe im Lotto 16000 Euro gewonnen. Ich gebe dir die Hälfte und wünsche dir alles Gute.«

Ein Millionär am Bankschalter: »Sie haben sich heute Vormittag bei der Auszahlung um 12`000 Franken geirrt.«
Bankangestellte: »Das kann ja jeder behaupten! Sie hätten das sofort beanstanden müssen. Jetzt ist es zu spät!«
Millionär: »Schon gut, regen Sie sich nicht auf, dann behalte ich das Geld eben ... «

Zeitfracht Medien GmbH
Ferdinand-Jühlke-Straße 7
99095 Erfurt, Deutschland
produktsicherheit@kolibri360.de